골든 프린트
—
4

골든 프린트 4

지은이 은재
펴낸이 임상진
펴낸곳 (주)넥서스

초판1쇄 인쇄 2020년 9월 25일
초판1쇄 발행 2020년 10월 5일

출판신고 1992년 4월 3일 제311-2002-2호
10880 경기도 파주시 지목로 5
Tel (02)330-5500 Fax (02)330-5555

ISBN 979-11-90927-60-4 04810

이 도서의 국립중앙도서관 출판예정도서목록(CIP)은 서지정보유통지원시스템
홈페이지(http://seoji.nl.go.kr)와 국가자료공동목록시스템(http://www.nl.go.kr/
kolisnet)에서 이용하실 수 있습니다. (CIP제어번호 : CIP2020039607)

www.nexusbook.com

은재 지음

인과응보

골든 프린트

G O L D E N | P R I N T

4

—— 디자인을 완성시킬 단 하나의 선, Golden Print ——

BOOK CAT

차례

New project

대한민국의 거의 모든 주요 정책들은 기획재정부의 협의를 거쳐 결정된다. 그 이유는 바로 예산 때문인데, 국회위원회의 심의를 통과한다 하더라도 기재부의 예산결산 최종 심의를 통과하지 못한다면 정책이 굴러갈 수 없기 때문이다.

그래서 국가의 돈줄을 틀어쥐고 있는 기획재정부는 사실상 국가의 정책까지 좌지우지할 만한 힘을 가지고 있으며, 그것이 바로 기재부 장관의 서열이 행정부에서 세 번째인 이유였다. 정부조직법 제19조에 따라 기재부 장관이 부총리를 겸임하도록 되어 있는 바로 그 이유 말이다.

'기재부 차관 출신이시라더니… 진짜 파워가 어마어마하시네.'

때문에 이렇게 강력한 권력을 가진 기획재정부에서 무려 차관까지 역임한 황종호의 파워는 우진과 경완이 상상했던 것보다 훨씬 더 막강하였다. 그는 현역에서도 경제부 관료들에게 존경받던 인물이었고 덕분에 아직까지도 그 영향력이 많이 남아 있었던 것이다.

우진이 그 힘을 명확히 느낀 것은 성동구청에 뜬 패러마운트의 설계 공모 공시를 확인하고 나서였다. 황종호가 알겠다는 대답을 주고 정확히 3일 만에 버젓이 공모 공시가 떠버렸으니 말이다. 공시에는 공모전에 참여한 여덟 개 회사의 기획서들이 전부 투명하게 올라와 있었고, 그것을 확인한 우진은 혀를 내두를 수밖에 없었다.

황종호가 아니었다 하더라도 방법을 어떻게든 만들긴 했을 우진이지만 그래도 한참을 돌아갈 뻔한 천 리 길을, 덕분에 고속도로처럼 뚫고 지나갈 수 있었던 게 사실이었으니까. 사실상 이건 문제를 해결한 수준을 넘어, 더 큰 이득을 본 수준이었다. 우진은 황종호 덕분에 정말 많은 시간과 비용을 아꼈으니 말이다.

'그리고 어르신 덕에 확보한 이 시간은… 태호건설에 치명적인 결정타를 먹일 수 있는 골든타임이라고 할 수 있지.'

그래서 우진은 사무실에 출근하자마자, 진태를 회의실에 불러 앉혔다. 태호건설이 허둥지둥하는 사이 옴짝달싹하지 못하도록 체크메이트를 걸어버리기 위해서 말이다.

"그러니까 이제부터 우리가 해야 할 일은 언론에 이 소스를 뿌리는 일이야."

"언론? 갑자기?"

진태의 물음에 우진이 고개를 끄덕이며 말을 이었다.

"사실 공시가 떴다고 해도 사람들이 그걸 봐서 이슈화되지 않으면 아무 의미가 없어."

"으음?"

"생각해봐, 형."

"뭘?"

"형, 평소에 구청 홈페이지 같은 데 들어가 봐?"

"아니."

"지역개발사업 공시 떠 있는 거, 확인해본 적 있어?"

"없지."

"그러니까 언론이 필요한 거야. '왕십리 민자사업이 진행돼서, 패러마운트가 성동구와 함께 이런 설계 공모를 진행했다.'"

"오호."

"이 공모에는 이러이러한 회사들이 참여했으며, 이런 설계들이 나왔고….'"

우진의 얘기를 듣던 진태가 고개를 살짝 갸웃하며 다시 말했다.

"그런데 그런 내용에 시민들이 관심 있을까?"

"없을 거라 생각해?"

"흠, 하긴. 역사에 쇼핑몰이 들어온다는 기사가 뜨면 궁금해서 한번 눌러보긴 하겠다."

우진이 피식 웃으며 고개를 저었다.

"맞아, 그런데 내가 바라는 건 그 정도가 다가 아냐."

"그래?"

"관심이야 생기겠지만, 그건 사업 진행에 대한 관심 정도고… 지어질 건축물의 디자인이나 공모작으로 올라온 설계에는 별 관심 안 보일 확률이 높거든."

"그렇겠네, 그럼 설계 공모 쪽이 이슈화되려면… 뭐가 더 필요할까?"

우진의 두 눈이 반짝였다.

"더 필요한 건 없어. 이미 소스는 갖춰졌거든."

"소스?"

"브루노의 명성을 최대한 이용해볼까 해."

"…!"

우진의 이야기를 들은 진태는 잠시 말을 멈춘 채 고민을 시작했고, 그런 그를 향해 우진의 말이 다시 이어졌다.

"기사 제목은 이런 식이면 좋을 것 같아."

"어떻게?"

"용산구 글래셜 타워를 디자인한 브루노 산체스. 그의 두 번째 작품, 왕십리 역사에 들어서나?"

그 말을 들은 진태는 탁자를 가볍게 두들기며 감탄했다.

"크… 확실히 느낌이 다르네."

"그렇지?"

우진이 공시된 게시물을 확인한 것은 정확히 지금으로부터 이십 분 전 정도였다. 그리고 그 시점이 공시가 올라온 지 3분도 채 지나지 않았을 때였으니, 아직 태호건설에서는 공시가 떴다는 사실도 모를 확률이 컸다. 그들은 성동구청에 로비가 먹혀들어 갔다고 생각할 테니 공시 같은 건 확인할 생각도 안 할 터였다.

'태호건설에선 아마 쏟아지는 인터넷 기사를 보고서야 상황을 인지하게 되겠지. 아니, 그 시점이 빠를지 태호건설 관계자가 쇠고랑을 차는 게 빠를지… 그것도 사실 확실하진 않군.'

머릿속으로 시뮬레이션을 돌려본 우진은 기분 좋게 웃음 지었다. 일이 잘 풀려서 이곳 패러필드의 건축설계에 발 담글 수 있게 된 것도 고무적이었지만 우진의 전생에서 부실공사로 열 명도 넘는 사람이 죽게 만든 태호건설을 업계에서 몰아낼 수 있게 되었다는 사실도 꽤 기분 좋았던 것이다. 아마 이번 비리가 알려지면 어마어마한 벌금을 물게 될 것이고, 거기에 기업 이미지까지 최악으로 내려갈 테니 태호건설이 무너지는 것은 시간문제였다. 연초부터 정신없이 움직인 데 대한 보상을 받는 기분이었다.

"자, 그럼 대충 어떻게 움직여야 할지 느낌 오지?"

"오케이."

"형이 언론 쪽에 연락 돌리는 동안, 나는 패러마운트 쪽이랑 얘기해볼게."

"패러마운트? 거긴 왜?"

"공시가 올라왔다는 건 패러마운트에서도 사실상 태호건설에 등을 돌렸다는 얘기잖아?"

"하긴, 패러마운트에서 자료를 공유해줬으니 공시가 올라온 거겠지."

"맞아, 그러니까 아마 그쪽은 어떻게 상황이 흘러가는지 인지하고 있을 거야. 썩은 부분을 도려내는 걸 도와주겠다고 얘기하면서 몇 가지 딜을 해볼까 해."

한 이십 분 정도 회의가 더 진행되자, 대략적인 계획의 윤곽이 잡혔다. 하여 우진과 역할 분담을 마친 뒤 자리에서 일어나려던 진태는 문득 뭔가 생각났는지 우진을 향해 다시 입을 열었다.

"그나저나 박경완 부장님 말야."

"응?"

"덕분에 진짜 도움 많이 받는다."

"그치."

"그 네가 말했던 어르신이라는 분도 결국 박 부장님이 소개시켜 준 분이라는 거잖아?"

"맞아."

"그럼 이번엔 우리가 진짜 큰 빚을 진 거네."

진태의 말에 우진은 피식 웃었다. 그의 말이 맞고 우진도 그에 동의하지만, 진태가 생각지 못했던 부분이 하나 있었으니 말이다.

"빚을 진 건 맞는데, 아마 바로 갚을 수 있을걸?"

"청담 클리오 써밋을 말하는 거야?"

우진이 고개를 저으며 대답했다.

"아니, 그건 별개지 이거랑."

"그런가? 그럼 어떻게 갚는다는 건데?"

우진이 씨익 웃었다.

"이거 비리 밝혀지고 나면, 태호건설은 아마 산산조각 날 거야."

"그렇겠지?"

"그럼 태호건설이 갖고 있던 그 시공권은?"

"…!"

"그거 슬쩍 주워서 천웅에 주면 아마 종호 어르신 소개받은 빚을 어느 정도는 퉁 칠 수 있지 않을까?"

우진의 이야기를 듣던 진태는 저도 모르게 헛웃음을 지을 수밖에 없었다. 그 말을 듣고 보니 경완이 왜 제 일처럼 열심히 발로 뛰고 있는지 단번에 이해할 수 있었던 것이다. 그에 더해 패러마운트 사에 전화하여 딜을 해보겠다는 우진의 이야기까지도 어떤 의미였는지 이해되었다.

"거참, 넌 진짜 머리가 빠릿하게 돌아간다니까."

"사실 뻔한 거잖아. 다만 내가 대응이 좀 빠른 편이지, 뭐."

"흐흐, 부장님은 이번에 임원 승진하시면 곧바로 실적 하나 올리실 수 있겠네?"

"뭐, 그렇지. 서로 상부상조하는 게 좋은 거 아니겠어?"

회의실에서 나온 진태는 바삐 움직여 자리로 향했다. 우진이 부탁한 일들은 최대한 빠르게 처리할수록 효과가 좋은 것들이었으니, 여유 부릴 시간이 없었던 것이다. 하지만 바쁘게 타자를 두들기고 전화를 돌리는 와중에도 진태의 표정은 무척이나 좋았다.

우진도, 경완도 모두 그가 좋아하는 사람들이었고 그들이 서로 도우며 빠르게 성장해나가는 모습을 보니 절로 기분이 좋아진 것이다. 물론 가장 기분 좋은 것은 두 사람과 함께 진태 자신도 성장하고 있다는 사실이었지만 말이다.

"예, 기자님. 지난번에 저희 대표님 기사 써주신 건 정말 감사했습니다. 이번엔 왕십리 역사 민자사업 관련해서 소스 드릴 게 좀 있어서 연락 드렸는데요…."

"아, 물론입니다. 조금 조심스럽지만 한 가지 힌트 드리자면… 지금 시공사로 선정되어 있는 태호건설 쪽에서 비리가 터질 수도 있다는 건데…."

"단독으로 드리기는 좀 어려울 것 같습니다. 이미 몇 군데 뿌려져서요."

"여튼, 기사 잘 좀 부탁드리겠습니다!"

패러필드 설계 공모 마감은 1월 10일 월요일이었다. 그리고 오늘은 그로부터 정확히 일주일이 지난 17일 월요일. 패러마운트 기획실에서는 공모결과 발표를 2월 초에 한다고 했으니, 이제 시간은 대략 2주일 정도 남은 셈이다. 아마 그 2주가 전부 지나기 전에 모든 상황은 바뀌어 있으리라.

— * —

태호건설 건물의 10층. 상무이사 윤정렬은 여유로운 표정으로 커피를 홀짝이며, 컴퓨터 마우스를 딸깍이고 있었다. 지금 그의 모니터 스크린에 떠올라 있는 것은 복잡한 숫자들이 적혀있는 엑셀 파일. 이것은 이번 왕십리 민자사업을 진행하면서 들어간 돈들을 깔끔하게 정리해놓은 엑셀 파일이었다.

아직 삽을 뜨기는커녕 설계 공모결과도 나오지 않았건만, 이미 수십억 이상의 액수가 이리저리 적혀있는 이유는 간단했다. 이 모든 돈은 전부 시공권과 설계권을 따기 위해 들어간 로비 비용이었으니 말이다. 정렬은 지금 이 엑셀 파일을 정리하며, 마지막에 자신에게 떨어질 돈의 액수를 계산하는 중이었다.

"흠. 추가로 좀 더 깨지긴 했지만… 그래도 어찌어찌 잘 정리하면 남기는 하겠네."

탁-

커피잔을 책상 위에 내려놓은 정렬이, 하얀 이를 드러내며 웃었다. 오늘 그는 기분이 꽤 좋은 상태였다. 사실 지난주 성동구청에 로비를 집어넣고 난 뒤, 후배에게는 꽤 여유로운 척했지만 정렬 또한 제법 똥줄이 탔었다. 그도 그럴 것이 만약 여기서 삐끗하여 잘못된다면 시공권이고 설계권이고 나발이고, 그부터 쇠고랑을 차고 교도소로 끌려 들어가게 될 터였으니 말이다.

하지만 그 주가 무사히 지나고 주말까지 지났음에도 아직 아무런 연락이 돌아오지 않았다. 정렬이 로비한 것은 뭔가를 해달라는 게 아닌 눈감아달라는 것이었고, 이런 종류의 로비에선 무소식이 바로 희소식인 것이다.

'흐흐, 역시 공돈 싫어하는 인간은 없단 말이지.'

공무원의 입장에선 그냥 공시 민원을 무시하고 한 번 눈만 감아주면 수천만 원 이상의 돈이 공짜로 생기는 것이었으니, 사실 이런 제안을 거부하는 것 자체가 바보 아닌가? 적어도 정렬은 그렇게 생각하였다. 사람은 원래 자신이 가진 시야만큼만 세상을 볼 수 있는 법이었다.

"좋아, 이 정도로 정리하면 되겠어. 아쉽지만… 여기서 더 남겨 먹을 수는 없겠지."

정리된 엑셀 파일의 가장 하단에 찍힌 액수는 대략 십억 정도. 이 것은 정렬이 남겨서 꿀꺽하려는 액수였고, 때문에 그 숫자만 봐도 정렬은 실실 웃음이 새어 나왔다. 아직 엑셀 파일 속에만 들어있는 가상의 돈이었지만 정렬은 이미 이 돈이 자신의 것처럼 느껴졌다.

'이거로 뭐하지? 외제 차라도 한 대 뽑을까?'

파일을 저장한 정렬은, 흥얼거리며 자리에서 일어났다. 평소에 는 블라인드 사이로 새어 들어와, 눈부시고 짜증나게 거슬리던 햇 살이 오늘따라 따스하고 기분 좋게 느껴지는 정렬이었다.

'시간이 너무 느리게 가는군. 빨리 다음 달이 왔으면 좋겠어.'

2월이 돼서 공모결과가 나오고 공사비가 집행되면 이 엑셀 파일 안에 적힌 십억이라는 돈은 정렬의 것이 된다. 그 상상을 떠올린 정렬이 두 주먹을 불끈 쥐고는 부르르 떨었다.

"흐, 흐흐흐!"

그런데 정렬이 그렇게 행복한 상상을 하고 있던 바로 그때, 정렬 의 집무실 문을 누군가가 두들기기 시작하였다.

쿵- 쿵쿵-!

그리고 그 소리를 들은 정렬의 표정은 순식간에 구겨질 수밖에 없었다. 조심스레 노크한 것도 아니고 거슬릴 정도로 세게 두들기 는 소리였으니 짜증이 확 치밀어 오른 것이다.

'어떤 새끼가 버릇없이…!'

요즘 회사 안에서 그를 함부로 대할 수 있는 사람은 없었다. 심지어 대표마저도 그의 눈치를 보고 있는 상황이었으니, 정렬은 감히 누가 이렇게 요란스레 자신의 집무실 문을 두들기는 건지 이해할 수 없었다.

"누구야?! 누가 이렇게 시끄럽게…!"

하지만 바로 다음 순간,

쾅-!

말이 다 끝나기도 전에 요란한 소리와 함께 문이 열리자 정렬은 말문이 막힐 수밖에 없었다. 열린 문 안으로 까만 정장을 입은 웬 건장한 사내들이 우르르 밀려 들어왔으니 말이다. 그제야 정렬은 뭔가 잘못됐다는 걸 느낄 수 있었다.

저벅- 저벅-

하얗게 질린 표정의 정렬을 향해, 한 남자가 뚜벅뚜벅 걸어왔다. 이어서 그는 무표정한 얼굴로 정렬을 향해 입을 열었다.

"서울 서부지검에서 나왔습니다."

— * —

2월은 우진에게 조금 특별한 달이다. 정확히 1년 전, 2월 15일이 바로 우진이 20년 전으로 돌아와 새 삶을 살 수 있게 된 날이었으니 말이다. 회귀라는 초자연적인 경험을 한 뒤, 전생에 항상 꿈꿔왔던 삶을 살 수 있게 된 바로 그날. 그 때문인지 우진은 오랜만에 이제는 꾸지 않을 줄 알았던 악몽을 꾸며 일어났다. 그 악몽이란 바로 회귀 전으로 다시 되돌아가는 꿈이었다.

"으… 차라리 재입대 꿈이 낫지. 이 꿈은 진짜 안 꿨으면 좋겠어."

악몽 덕분인지 새벽같이 일어난 우진은 시원한 물로 간단하게 세안을 한 뒤 추리닝을 입고 현관문을 나섰다. 출근까지 꽤 많은 시간이 남아있었기 때문에 오랜만에 산책이라도 할 요량으로 말이다. 운동화 끈을 단단히 묶고 집을 나선 우진은 전생에서부터 가끔 조깅을 하던 코스로 자연스레 뛰어나갔다. 개포동에 있는 우진의 집은 양재천과 가까운 위치에 있었고, 아늑한 산책로가 조성되어있는 양재천은 가볍게 뛰기 아주 좋은 환경이었다.

후욱- 후욱-

사실 우진이 아침 일찍 조깅을 하는 것은 그리 흔한 일은 아니었다. 오늘처럼 본의 아니게 일찍 일어나지거나, 혹은 머릿속이 복잡해서 생각을 정리하고 싶을 때나 가끔 오늘처럼 뛰러 나오곤 했으니 말이다. 새벽 공기를 마시며 가볍게 땀을 흘리는 것은 머릿속을 비우는 데 아주 탁월한 효과가 있었다.

"훗차!"

한 15분 정도 가볍게 달리자 숨이 차올랐는지, 우진은 잠시 멈춰서 크게 심호흡을 하였다. 이어서 우진의 시선은 저도 모르게 눈앞에 높이 솟아오른 커다란 건물로 향해 있었다. 양재천변에 솟아있는 건물들 중에서 가장 눈에 띄는 호화로운 디자인의 마천루. 아크로팰리스(Acro Palace)라는 이름을 가진 이 높다란 건축물은 강남구 도곡동의 랜드마크이자 부의 상징이기도 한 프리미엄 주상복합이었다.

2011년인 지금을 기준으로는 강남구에서도 손가락에 꼽힐 정도로 비싼 가격을 가진 아파트. 잠시 숨을 고르며 아크로팰리스의 자태를 감상하던 우진의 시선이 이번에는 그 반대편에 가지런히

늘어선 주공아파트 단지로 향했다. 그곳은 바로 오늘까지도 우진
이 살고 있는 곳인 개포동의 주공 아파트였다. 양재천이라는 개천
하나를 사이에 두고 마주 세워져 있는 두 건축물은 마치 강남구의
빈부격차를 상징하는 그림과도 같이 느껴졌다.

마치 양재천이 빈과 부를 나누는 기준선 같은 느낌이랄까? 여기
까지 생각이 미친 우진의 입가에 저도 모르게 쓴웃음이 떠올랐다.
이 강남의 빈부격차를 누구보다 많이 느꼈던 사람이 바로 우진 자
신이었으니 말이다.

'그러고 보면, 예전에는… 강남 산다는 사실만으로 오해도 많이
받았었지.'

외부인들은 강남에 살면 그저 부자인 줄 알지만 우진의 생각에
는 강남이야말로 서울에서도 가장 빈부격차가 심한 동네였다. 특
히 그가 자라온 1990년대부터 2000년대까지, 강남이라는 지역이
급속도로 개발되었던 이 시기에는 더더욱 말이다. 우진은 전생에
도 이 자리에 서서 지금과 꽤나 비슷한 생각을 했던 적이 있었다.

하지만 그때와 지금은 완전히 다른 한 가지가 있었으니, 그것은
바로 우진의 마음가짐이었다. 전생의 우진에게 이 아크로펠리스
는 그저 다른 세상에 있는 사람들의 것이었지만 지금의 우진은 아
크로펠리스가 아니라 그 이상을 바라볼 수도 있는 가능성을 가지
고 있었으니 말이다. 과거의 우진이 아크로펠리스를 보며 '저런 곳
엔 대체 어떤 사람들이 살까?' 따위의 실없는 생각을 했다면 지금
의 우진은 이런 생각을 하고 있었다.

'난 이 두 번째 인생에서, 과연 어디까지 갈 수 있을까?'

자신감과 열정은 작은 성공을 만들었고, 그 작은 성공은 우진에

게 조금 더 큰 열정과 자존감을 선물하였다. 이어서 그것들은 마치 눈덩이가 불어나듯 점점 더 큰 가능성과 성공을 낳았으며, 그것으로 우진은 지금 이 자리까지 설 수 있었다. 심지어 우진이 선 이 자리는 아직 종착점은커녕 반환점도 보이지 않는 곳이었다. 지난 생에는 상상조차 할 수 없었을 만큼, 높은 곳까지 올라왔음에도 불구하고 말이다.

'더 열심히 살아야지. 남들은 가질 수 없는 기회를 얻었으니까.'

집으로 돌아온 우진은 따뜻한 물로 샤워를 한 뒤, 어머니께서 차려주신 아침밥을 먹은 뒤 다시 현관문을 나섰다.

"다녀올게요, 엄마."

"그래. 오늘도 고생이 많구나."

그리고 출근길에 배웅해주시는 어머니를 보며, 마음속으로 작게 다짐했다. 올해는 꼭 어머니와 함께, 저 아크로펠리스 못지않은 좋은 집으로 이사 가리라고 말이다.

— * —

왕십리 민자사업의 공모결과가 나왔다. 공모에 채택된 설계는, 모두가 예상했던 대로 당연히 브루노의 것. 신문에 대서특필될 정도의 커다란 이슈도 있었다. 패러마운트의 시공사로 내정되어 있던 태호건설의 비리가 언론을 통해 아주 적나라하게 밝혀진 것이다. 그 모든 로비 과정이 너무 훤하게 드러난 탓에, 어떤 논란거리조차 생길 여지가 없었다.

사람들은 태호건설을 비난했으며, 태호건설은 공사 예정이던 다른 시공권들까지도 전부 잃어버렸다. 덕분에 돈줄이 막혔고, 그렇지 않아도 최악으로 치닫던 재무 상태는 결국 파국에 이르렀다. 그대로 파산해버리고 만 것이다. 태호건설에 다니던 죄 없는 평범한 직원들은 안타깝게 되었지만, 그렇다 해서 이 비리폭로가 잘못됐다고 생각하는 사람은 아무도 없었다. 그들 때문에 태호건설의 비리를 묻고 덮어둔다면 그거야말로 구더기 무서워서 장 못 담그는 격일 테니까.

[왕십리 역사, 브루노 산체스의 야심찬 설계. 청탁·비리 뚫고 최종 설계안으로 낙점.]

그리고 이 사건이 생각보다 더 크게 언론을 탄 덕에, WJ 스튜디오는 반사이익을 볼 수 있었다.

[왕십리 역사, 브루노 산체스의 야심작. 설계 과정에 참여한 WJ 스튜디오는 어디?]

공모에 채택된 브루노의 설계에 대한 이야기가 여러 언론에 오르내리면서 덩달아 그와 함께 이름이 올라간 WJ 스튜디오 또한 유명세를 얻게 된 것이다. 세계적인 건축 디자이너 브루노와 함께한다는 것 자체가 WJ 스튜디오의 브랜드 밸류에 큰 도움이 되는 것이었는데, 이것이 언론을 통해 크게 알려지기까지 했으니, 이것의 무형적 가치는 생각보다 어마어마한 것이라 할 수 있었다. 그것은 윤치형 교수로부터 걸려온 전화만 봐도 알 수 있는 사실이었다.

[서우진이, 요즘 잘 나가더라?]

"하하, 잘나간다니요, 교수님. 그냥 일이 좀 잘 풀린 것뿐입니다."

[흐흐, 딱히 가르친 건 별로 없는 것 같지만… 그래도 내 제자, 자랑스럽다.]

"가르친 게 없으시다니요. 그렇지 않습니다."

[수업시간에 매번 잠만 자는 녀석이, 뻔뻔하기는.]

"하… 하핫."

윤치형 교수는 WJ 스튜디오의 기사가 난 것을 보고 우진에게 전화한 것이었다. 하지만 전화의 목적이 오직 그것만은 아니었다. 학교 일 때문에 우진에게 마침 연락해야 할 일이 있었는데, 기사를 보고는 겸사겸사 전화를 한 것이었다.

[우진이 너, 작년 연말에 얘기했던 산학협력 건은 기억하지?]

"예, 기억하죠."

[그거 관련해서 곧 회사 메일로 공문 하나 날아갈 테니까, 받으면 바로 회신 좀 해줘.]

"알겠습니다, 교수님. 당연히 그래야죠. 제 학점이 걸린 문젠데요."

[그나저나 이번에 네 회사 유명해져서, 산학협력 올라가면 네 선배들이 다 지원하는 거 아니냐?]

"아, 교수님. 이번에는 공고에 저희 회사 이름은 빼주시기로 했잖아요."

[그랬기는 한데, 그래도 공고 올리면 재밌을 것 같아서 말이지.]

"아닙니다. 안 됩니다, 교수님. 이번엔 저만 하는 거로…."

[흐흐흐. 그래, 알겠다. 걱정하지 말고, 조만간 서류 작성 끝나면 학교나 한번 오거라.]

"예, 알겠습니다. 한번 찾아뵙겠습니다."

윤치형과 이런저런 이야기를 나눈 우진은 전화를 끊고 이번에는 노트북을 열었다. 그가 노트북을 켠 이유는 다른 것이 아니었다. 회사 계정으로 브루노의 메일이 와 있다는 사실을 직원에게서 들었기 때문이다. 브루노가 우진에게 보낸 메일은 이번 프로젝트가 순항할 수 있었던 데에 대한 감사인사였다.

브루노는 똑똑한 사람이었고, 우진보다도 훨씬 더 사회경험이 많은 사람이었다. 그래서 설계 공모에 얽힌 비리와 관련된 보도를 보자마자, 이것을 해결하기 위해 우진이 물밑작업을 했다는 사실까지도 어느 정도 눈치챌 수 있었던 것이다.

딸깍-

우진은 브루노의 메일을 열었고, 그 안에는 생각보다 더 장문의 내용이 들어있었다.

…전략…

WJ 스튜디오와 서우진 대표의 노고에 진심으로 감사드립니다. 덕분에 내 설계는 훨씬 더 나은 방향으로 디벨롭될 수 있었으며, 서울 시민들을 더욱 이롭게 할 수 있는 현실적이고 실용적인 건축물이 될 수 있었습니다.

…중략…

그리고 나는 서우진 대표가 이렇게까지 이 프로젝트에 크게 공을 들인 줄 몰랐습니다. 덕분에 우리의 노력으로 탄생한 이 설계는 결국 이렇게 빛을 볼 수 있게 되었습니다. 그에 다시 한번 진심으로 감사드리는 바입니다. 조만간 성수동으로 찾아뵙도록 하겠습니다.

Ps. 혹시 우진은 영어나 스페인어를 배워 볼 생각이 없습니까? 공모에 채택되었다는 기쁜 소식을 들었음에도 불구하고, 당신과 통화로 이야기를 나눌 수 없음이 아주 아쉽습니다.

…후략…

브루노의 메일을 읽던 우진의 입가에 절로 미소가 떠올랐다. 일단 브루노가 한글로 메일을 보냈다는 사실부터가 매우 기꺼웠으며(물론 통역이 대신 번역하여 작성했겠지만), 그가 태호건설을 몰아내기 위해 들인 자신의 노력을 조금이라도 알아줬다는 사실이 기분 좋았으니 말이다. 그리고 한 가지 더,

"다른 건 몰라도 영어를 배울 생각은 없는데… 이거 좀 미안하게 됐네."

영어를 배울 생각이 없냐는 마지막 이야기에는 피식 웃을 수밖에 없었다. 잘하고 하고 싶은 분야에 대한 공부만으로도 시간이 모자라 허덕이는 마당에, 언어를 새로 공부할 시간은 없었으니 말이다.

딸깍-

브루노의 메일을 전부 읽은 뒤, 우진은 답장 메일을 쓰기 시작했다. 물론 메일의 내용은 한글로 작성했다. 영어나 스페인어로 써주고 싶지만, 모르는데 어쩌겠는가. 브루노의 사무실에 통역사가 상시 머문다는 것이 감사할 따름이었다.

이렇게 정성스레 메일까지 보내주셔서 정말 감사합니다. 제 노력들은 동업자로서 응당 해야 할 일들이었을 뿐이며…

…중략…

이렇게 브루노와 함께 커다란 프로젝트를 진행할 수 있게 되어 정말 기쁘고 즐겁습니다. 조만간 성수동에 오신다니, 그때 뵙고 자세한 이야기 나눌 수 있으면 좋겠습니다.

Ps. 제가 언어에 소질이 없어… 이렇게 한글로 답신을 할 수밖에 없어 죄송합니다.

메일을 전부 작성한 우진은 한번 다시 읽어본 뒤 송신 버튼에 마우스를 가져다 대었다. 그런데 메일을 보내기 직전, 갑자기 뭔가 떠오른 우진이 메일에 내용을 추가하기 시작하였다.

'생각해보니 이 타이밍에 윤 교수님께 꽤 괜찮은 선물을 줄 수도 있겠는데?'

우진이 메일에 추가한 내용은 다른 것이 아니었다. 이번 프로젝트를 진행하게 되면, 글래셜 타워의 완공 이후로 축소됐던 브루노의 설계사무소의 인원이 당연히 더 충원돼야 할 것이고, 이 상황에서 브루노에게 K대 공간디자인과와의 산학협력을 제안한다면 서로에게 꽤 괜찮은 시너지가 날 수 있을 테니 말이다. 물론 브루노보다는 K대에 더 좋은 일이겠지만, 브루노의 입장에서도 나쁠 것은 없는 수준이라고 할 수 있었다.

'만약 잘되면, 브루노에게 소연이나 제이든을 추천해줘야겠네. SPDC 때문에 이미 안면도 있으니 브루노도 흔쾌히 수락할 테고… 브루노의 사무실에서 인턴으로 근무한 경력이 생기는 건, 두 사람에게도 나중에 이력서에 한 줄 채울 만한 훌륭한 소스가 될 테니까.'

하여 메일을 조금 더 길게 늘여 쓴 우진은 기분 좋게 브라우저를 끄고 업무를 시작할 수 있었다.

그리고 그날로부터 며칠이 지난 어느 날, 우진의 옆에는 멀대 같은 영국인 한 명이 시끄럽게 떠들어 대고 있었다.

"Bloody hell! 우진, 혹시 학교에서 날아온 공문 봤어?"

그의 정체는 바로 브루노의 러브콜을 받고 흥분한 제이든이었다.

— * —

흥분한 제이든을 향해 우진이 고개를 절레절레 저었다.

"아니, 무슨 공문?"

제이든이 왜 흥분했는지 잘 알고 있지만 우진은 모른 척했다.

그의 반응을 보는 것이 은근히 재밌었으니 말이다.

"Hmm··· 역시 우진은 브루노의 선택을 받지 못했군."

"그게 무슨 말이야, 제이든?"

"미안하지만 우진, 이번 학기에는 WJ 스튜디오에서 일할 수 없을지도 모르겠어."

"지난 학기에는 일했나?"

우진의 반문을 무시한 채, 제이든은 제 할 말만 계속했다.

"제이든 님의 능력을 빌려줄 수 없게 되었지만, 어쩔 수 없지."

"앞뒤 다 자르고 그게 무슨 말이야?"

"아무래도 브루노가 이 제이든 님의 뛰어난 능력을 알아본 모양이야."

"···?"

"이번 학기에 나를 인턴으로 채용하고 싶대."

"오, 그것 참 잘됐네."

제이든은 마치 랩이라도 하듯, 신이 나서 속사포처럼 말을 이었다.

"브루노는 심지어 날 데려가기 위해서, Professor 윤에게도 따로 이야기를 한 모양이야. 교수님께서 브루노의 사무실에서 인턴을 한다면 그것을 학점으로 인정해주시겠다고 하더군."

"엄청난데?"

제이든이 두 주먹을 불끈 쥐었다.

"무려 6학점이야, 우진. 그러니까 나는 어쩔 수 없이 브루노의 사무실로 출근해야겠어. 서운해도 어쩔 수 없어."

"제법 서운하네."

하지만 신나게 말을 잇던 제이든은 우진의 미적지근한 반응에 결국 폭발하고 말았다.

"Bloody hell! 소연! 아무래도 우진은 영혼을 잃어버린 것 같아. 우진의 영혼을 좀 찾아줘!"

길길이 날뛰는 제이든을 보며 소연은 피식 웃고 말았다. 가끔 보면 제이든은 꽤 귀여운 구석이 있는 친구였다.

"흥분하지 말고 고기나 먹어, 제이든. 우진 오빠는 네가 부러워서 그런 것뿐이야."

치이이익-

담담한 표정으로 고기를 구우며, 흥분한 제이든을 달래는 소연. 웃긴 것은, 그 한마디에 날뛰던 제이든이 다시 안정을 찾았다는 부분이었다.

"후우, 좋아. 그렇다면 어쩔 수 없지. 제이든 님을 부러워하는 건… 어쩌면 너무 당연한 일이니까."

제이든은 사실 하고 싶은 말이 아직 남아있었다.

"그러니까, 우진. 날 브루노에게 빼앗기기 싫다면 빨리 우진도 산학협력이라는 걸 신청해."

"산학협력?"

"WJ 스튜디오도 K대와 협의해서 내게 학점을 줄 수 있다면, 어쩌면 이 제이든 님이 우진을 위해 WJ 스튜디오에 남아줄지도 모르지."

"흠. 노력해볼게, 제이든."

결국 제이든이 하고 싶었던 이야기는 WJ 스튜디오에도 이런 제도를 도입하면 좋겠다는 부분이었는데 그것을 이렇게 길고 장황하게 이야기한 것이다. 그렇게 결론까지 다 얘기까지 다 하고 나서야 젓가락을 드는 제이든을 보며, 우진은 고개를 절레절레 저을 수밖에 없었다.

'아무튼, 진짜 별난 놈이라니까.'

우진은 제이든에게 자신의 산학협력 제휴 사실을 숨겨야겠다고 생각했다. 아마 WJ 스튜디오가 사실 산학협력을 먼저 체결했고, 우진이 그것으로 6학점을 날로 먹을 예정이라는 사실을 알게 된다면, 제이든은 배신감에 거품을 물지도 모를 일이었다.

어지간한 한국인보다도 젓가락질을 잘하는 제이든은 소연이 구워놓은 고기들을 야무지게 집어 먹기 시작하였다. 소연과 친하게 지낸 덕인지 소시지, 치킨, 피자만 좋아하던 제이든은 최근 고기의 맛에 눈을 떴다. 기름기 가득한 탱글탱글한 오겹살을 우물거리며 음미하는 제이든. 그런 그를 향해, 이번에는 소연이 다른 방향으로 화제를 돌리며 입을 열었다.

"그나저나, 제이든."

"음?"

"이번 학기 전공 수업, 뭐 들을 예정이야?"

"Hmm… 글쎄. 아직 전부 다 확정 짓지는 않았어."

소연은 두툼한 목살을 불판 위에 올리며, 다시 말을 이었다. 이번 에는 우진을 향해 물었다.

"오빠는 생각해둔 거 있어?"

이미 시간표를 다 짜뒀던 우진이 고개를 끄덕이며 대답했다.

"나야 대충 정해뒀지."

"오…? 윤치형 교수님 수업이야 필수니까 들어야 할 거고… 조 운찬 교수님 수업 들을 거야?"

"디공디(디지털 그래픽 공간디자인) 말하는 거지?"

"응, 그거."

우진은 웃으며 고개를 끄덕였다. 사실 소연이 처음 시간표에 대 한 이야기를 꺼낼 때부터, 디지털 그래픽 공간디자인 수업에 대한 이야기가 나올 것임을 알고 있었으니 말이다.

"난 당연히 듣지. 2학년 수업 중에 그게 제일 듣고 싶었는데."

2학년 1학기부터 들을 수 있는 '디지털 그래픽 공간디자인' 수업 은, K대 디자인학부에서 여러모로 유명한 수업이었다. 조운찬 교 수가 강의하는 핵심 수업 중 하나로, 각종 3D툴을 응용해서 건축 디자인에 접목하는 것을 배우는 수업. 이 수업이 유명한 이유는 두 가지였는데 첫째는 수업의 난이도와 무지막지한 과제 때문이었으 며, 둘째는 현시점에 국내 어디에서도 배울 수 없는 툴들을 배울 수 있는 하이 퀄리티의 수업이라는 점 때문이었다.

공간디자인과가 아닌 다른 디자인학부 학생들도 수강 신청을 많이 할 정도로 인기 있는 수업임과 동시에, 보통 수강생 중 절반 이상이 낙오한다는 악명 높은 수업인 것이다. 그래서 오히려 공간디자인과 선배들은 후배들에게, 어지간한 각오 없이는 수강하지 말라는 이야기를 하는 수업이었다. 소연이 우진과 제이든에게 물어본 이유가 바로 그 때문이었고 말이다.

"역시 오빠는 들을 줄 알았어."

소연이 고개를 주억거리며 제이든을 향해 시선을 돌렸다. 그런데 어쩐 일인지, 제이든은 심상치 않은 표정을 짓고 있었다.

"엣헴, 혹시 지금 이 제이든 님에게 디공디를 수강할 건지 물어볼 생각인 거야?"

"어… 그렇다면?"

조금 당황한 표정이 된 소연이 얼떨결에 반문하자, 제이든은 다시 신이 나서 말하기 시작했다.

"그런 건 물어볼 필요도 없는 거였어, 소연."

"왜?"

"디공디에서 A+를 받을 수 있는 건, 오직 이 제이든 님뿐일 테니까."

생각지도 못했던 대답에 소연은 말을 잃었고,

"…?"

우진도 덩달아 어이없는 표정이 되었다.

"그건 또 뭔 소리야, 제이든?"

하지만 제이든은 의미심장한 표정만 지어 보일 뿐, 우진의 물음에 대답해주지 않았다.

"비밀이야. 개강해서 수업을 들어보면 알게 되겠지."

"뭘?"

"이 제이든 님의 위대함을."

"…."

우진은 고개를 갸웃했지만, 더 캐묻지는 않았다. 사실 그렇게까지 궁금하지도 않았고 말이다.

'혼자 집에서 선행학습이라도 하는 건가? 뭐, 열정 넘치는 건 좋은 일이니까….'

적어도 '블러디 헬'을 연발하며 밤새 게임에 빠져있는 것보다는, 훨씬 더 긍정적인 방향일 터. 우진은 제이든을 응원해주었다.

"그럼 디공디 수업 들을 때, 모르는 건 제이든에게 물어보면 되는 거지?"

"Of course. 제이든 님만 믿으라고."

그렇게 주말 오후. 오랜만에 여유롭게 고기를 구우며 수다를 떤 세 사람은 법카의 은총과 함께 식사를 마쳤다. 사실 오늘 그들이 만난 이유는 방학 동안 모형 작업실에서 고생한 소연과 제이든의 노고를 치하하기 위함이었다. 이번 주를 마지막으로 둘의 알바가 마무리되니, 우진이 맛있는 고기를 한 끼 사준 것이다.

"소연이는 집으로 간다고 했지?"

"응, 오늘 저녁에 동생들이랑 할머니 뵈러 가기로 해서."

"할머니 잘 지내시지? 안부 좀 전해드려."

"히히, 그럴게."

제이든에게 시선을 돌린 우진이 예의상 물어보았다.

"제이든, 너는 어디로 가?"

그러자 그 물음을 기다리고 있던 제이든이 재빨리 대답하였다.

"제이든 님은 강남에 볼일이 있지."

"강남?"

"어딘지는 비밀이야. 궁금해도 말해줄 수 없어."

"…."

오늘따라 비밀이 많은 제이든을 보며, 동시에 한숨을 푹 쉬는 우진과 소연.

"그래, 시크릿 보이. 강남이라면 아쉽지만 태워줄 수 없겠군."

"Holy…! 우진은 어디로 가는데?"

"비밀이야."

"젠장!"

시끄러운 두 사람을 먼저 보낸 우진은 차에 시동을 걸었다. 제이든에게는 비밀이라고 한 우진의 목적지는 다름 아닌 용산. 우진은 오늘 브루노와 패러필드의 설계 조율을 위해 미팅이 있었다. 원래는 브루노가 성수동에 오기로 되어 있었지만, 어쩌다 보니 패러마운트의 실무자가 용산으로 오게 되어 삼자대면을 하게 된 것.

"패러마운트에서 온다고 했던 사람이… 이번에 새로 부임한 기획실장이라고 했지?"

태호건설의 로비가 적나라하게 까발려진 뒤, 패러마운트 담당 부서 쪽에서도 꽤 대대적인 인사이동이 있었다고 했다. 때문에 우진은 오늘 미팅에 꽤 기대가 컸다. 새로 부임한 실장급 인물이면, 실적에 목말라 할 확률이 높았으니 말이다.

로비로 인해 온 회사의 시선이 쏠려있는 이 왕십리 사업장에서 훌륭한 성과를 보인다면, 반사적으로 크게 실적을 올릴 수 있을 터. 의욕적인 실무진과 함께 일하는 것은 사업에 긍정적인 방향이 아닐 수 없었다.

끼이익-

도착한 우진이 문을 열고 들어서자, 그를 발견한 브루노가 환하게 웃으며 맞아주었다.

— * —

이번 왕십리 역사의 민자사업과 같은 복합몰 개발은 일반적인 건축 개발사업보다 조금 더 복잡한 이해관계를 가진다. 자본을 대는 시행사와 건물을 올리는 시공사가 있다는 점에서는 다른 부분이 없지만, 실시 설계단계에서부터 시행사와의 더 세밀한 조율이 필요하다는 점은 조금 특별한 부분인 것이다.

물론 다른 건축사업이 진행될 때에도 설계단계에서 시행사와의 조율은 당연히 필요하다. 하지만 복합몰 사업은 그 조율의 정도가 훨씬 더 하드하다. 보통 복합몰은 삽을 뜨고 건설이 진행되는 동안 입점하게 될 브랜드들을 미리 유치하기 시작하는데, 그들에게 최대한 매력을 줄 수 있는 구조를 뽑아내기 위해 시행사에서 따로 설계 조율을 위한 TF팀을 꾸릴 정도였으니 말이다.

심지어 어떤 경우는 시행사의 의견뿐 아니라 미리 입점 계약이 체결된 브랜드의 의견까지도 반영되는 경우가 있었다. 모든 것은 자본주의의 논리. 패러마운트에서도 아쉬워할 정도로 강력한 파워와 인지도를 가진 브랜드의 경우 그들을 유치하기 위해 설계단계에서부터 그들이 매력적으로 느낄 만한 조건을 만들어주는 것도 하나의 전략이 될 수 있는 것이다. 그래서 오늘의 미팅에서도 주요 안건은 거의 이러한 내용들이었다. 실시설계가 본격적으로 시작되기 전에, 꼭 한 번 짚고 넘어가야 하는 부분이었으니 말이다.

"흐음… 그러니까, 실장님. 지상 2층의 경우, 유명 의류 브랜드를 필두로 한 쇼핑 공간을 조성할 예정이라는 말씀이신 거죠?"

브루노의 말을 곧바로 통역사가 통역하였고, 패러마운트에서 나온 김 실장이 고개를 끄덕이며 대답하였다.

"그렇습니다, 브루노. 그래서 엘리베이터와 에스컬레이터의 접근성이 높을 A섹터 부근에는 최대한 많은 매출이 발생할 만한 업종이 들어서야 합니다."

"아무래도 그렇겠지요."

"그래서 이 부분의 공간이 이렇게 좁게 빠지면, 저희 입장에서 조금 난처할 것 같습니다. 메이저 브랜드에서는 이렇게 좁은 공간에 매장을 내어주지 않을 테니까요."

그리고 이런 얘기가 나오게 될 경우 아쉬운 쪽은 패러마운트였다. 세계적인 건축 디자이너 브루노에게 상업성을 위해 설계변경을 요구하는 건 분명한 아쉬운 소리였으니 말이다. 물론 디자이너이기 이전에 프로페셔널한 실무자인 브루노는 그런 부분에서 딱히 불쾌함을 느끼거나 하지 않았지만 말이다.

"흠, 그럼 에스컬레이터의 위치를 조금 움직여야 할 것 같은데…."

"사선으로 방향을 비트는 것도 하나의 방법일 것 같군요."

"뭐, 이런 얘기는 지금 이야기할 수 있는 부분은 아닌 듯합니다. 일단 체크해둘 테니, 다음 안건으로 넘어가죠."

그리고 이런 대화들이 오가는 것을 지켜보면서, 우진은 슬슬 끼어들 타이밍을 재고 있었다. 오늘 이 미팅에 들어오면서 우진은 한 가지 얻어내고자 하는 부분이 있었다.

Dealings

최근 카페 프레스코의 상승세는 정말 엄청났다. 가로수길에 유리아가 건물을 통째로 인테리어해 오픈한 2호점이 대박이 나면서, 그렇지 않아도 〈우리 집에 왜 왔니〉로 인해 치솟고 있던 인지도가 더욱 빠르게 상승세를 탄 것이다.

그리고 이렇게 미친 듯이 물이 들어오는 상황에서, 석중은 노를 저을 줄 아는 인물이었다. 과감하게 영업이익 대부분을 마케팅 비용으로 전환하여 태우기 시작했으며, 아버지의 회사인 'NA푸드원'과 콜라보 프로젝트를 통해 새로운 디저트 메뉴와 커피 개발도 소홀하지 않았다.

게다가 유리아도 가만히 있지 않았다. 가맹수수료를 일체 받지 않는 대신 홍보에 도움을 주기로 했던 만큼, 은근히 자신의 일상을 카페 프레스코에 녹여내어 대중에게 어필해주었던 것이다. 그녀는 촬영이 없는 날이면 항상 자신의 카페 건물을 들러 얼굴을 비추었고, 그것을 2차 콘텐츠로 재생산하기도 했다.

〈우리 집에 왜 왔니〉가 아닌 다른 예능에서도 촬영장으로 자신의 카페 프레스코 건물을 빌려주기도 한 것이다. 하여 이러한 모든 상황들이 시너지를 일으키면서, 카페 프레스코의 인지도는 국내 프랜차이즈 커피 브랜드 중 3위 이내에 들어설 정도로 우뚝 성장하였다.

심지어 3위라는 것도 사실상 아직 가맹점 부족 때문이지, 독보적인 1위로 올라서는 것이 시간문제라는 전문가들의 평가가 지배적일 정도였다. 이 상승세에 한 발 얹고 있는 WJ 스튜디오의 매출도 덩달아 쭉쭉 끌려 올라갔고 말이다. WJ 스튜디오의 1월 총 매출이 10억 단위가 넘어선 데에는 카페 프레스코의 성장세가 크게 한몫했다.

'인테리어 공사치고, 영업이익률도 나쁜 편은 아니고….'

하지만 우진은 여기서 만족할 수 없었다. 하루하루가 다르게 성장하는 카페 프레스코의 인지도를 어떻게 하면 최대한 WJ 스튜디오의 이익에 활용할 수 있을지 고민한 것이다. 같은 상황과 흐름 속에서도 어떤 포지션을 취하고 그것을 어떻게 활용하느냐에 따라, 사업적으로 만들어낼 수 있는 성과는 천차만별인 것. 그리고 이러한 고민 속에서 우진은 괜찮은 Deal을 성사시킬 방안을 구상해내었다.

그것은 바로 이번 왕십리 역사 민자 사업의 시행사인 패러마운트와 업계의 뜨거운 감자인 카페 프레스코의 사이에서 중간다리 역할을 하며 WJ 스튜디오가 실리를 챙기는 것. 그래서 오늘 패러마운트와의 삼자대면이 있기 이틀 전, 우진은 먼저 석중의 사무실을 찾았다. 카페 프레스코 본점과 석중의 사무실이 있는 고양시 덕양구에 오랜만에 방문한 것이다. 당연한 얘기겠지만, 석중은 우진을 크게 반겨주었다.

"서 대표, 이거 얼굴 보기 너무 힘든 거 아냐?"

"지난번 파티 때 뵀잖아요, 형님."

"그게 벌써 두 달 전이야, 짜샤."

"그날은 형님께서 바쁘셔서 먼저 가셨으면서…."

"여튼, 종종 놀러 오고 그래라. 요즘은 수하 씨나 재엽 씨가 너보다 더 자주 오는 것 같아."

"그래요?"

"방송국이랑 가깝잖아. 다른 연예인분들도 같이 많이 오시더라고."

카페 프레스코 본점 2층에는 우진이 따로 설계했던 비즈니스룸들이 있다. 그곳은 꽤 프라이빗한 공간이었기 때문에 방송국에 올 일 있는 연예인들이 자주 애용한다고 했다.

"밥은 먹고 왔지?"

"예, 형님."

"잠깐 앉아 있어. 커피 내려올게."

"사장님이 직접 내려주시는 커피라니… 이거 너무 황송한데요."

"징그러우니까, 능글거리지 말고."

석중과의 대화는 항상 일상적인 내용으로 시작돼서, 결국 사업과 관련된 이야기로 확장되어 넘어간다. 오늘이야 우진이 사업적으로 할 이야기를 들고 왔기에 당연한 순서였지만, 평소 딱히 용무 없이 이야기를 나눌 때에도 대화가 그런 흐름으로 이어졌던 것이다. 때문에 우진은 아주 자연스럽게, 왕십리 민자 역사 개발에 대한 이야기를 꺼내들 수 있었다. 석중도 그 기사를 본 적 있었기에, 이야기는 더 쉬웠다.

"뭐? 그 건설사 로비가 너랑 관련 있는 얘기였어?"

"에이, 형님. 그렇게 말씀하시니까 제가 로비한 것 같잖아요."

"아, 말이 좀 이상했나."

"기사 내용은 안 읽어보셨나 봐요?"

"응, 그냥 대충 훑어봤지."

"여튼 저희 WJ 스튜디오가 브루노의 설계사무소와 협업을 했어요. 그런데 비리 때문에 공모 심사가 공정하게 진행될 것 같지 않아서… 제가 살짝 손을 좀 쓴 거죠, 뭐."

"살짝… 손을…?"

"공기관에 찔렀고, 그쪽에서 힘깨나 쓰시는 어르신께 도움 좀 받았고… 뭐, 그 정도로 알아주시면 됩니다."

"기업 로비, 비리, 잡아내는 게 언제부터 그렇게 쉬운 일이었냐?"

"대충 넘어가줘요, 형님."

석중은 우진의 말에 혀를 내둘렀다. NA푸드원이라는 대기업이 굴러가는 것을 십수 년 동안 지켜봐 왔던 그는 기업 간에 벌어지는 로비의 민낯에 대해 꽤 잘 알고 있었던 것이다. 그런 유착관계를 잘라내는 것은 철저한 사전 조사와 준비 그리고 어지간한 공권력의 힘을 빌리는 게 아니라면 쉽지 않은 일이었는데, 태호건설의 로비를 잡아낸 주역이 우진이라는 이야기를 들었으니 놀라지 않는게 이상한 일이었다.

'물론 내가 이름 들어본 적 없는 걸 보니 대기업까지는 아닌 것 같지만….'

어쨌든 오랜만에 만난 우진이 꺼내든 이야기는 흥미로운 것이었고, 그래서 석중은 빨려 들어가듯 집중해서 그 이야기를 경청했다. 그리고 한 10여 분 정도 우진의 얘기를 듣다 보니 그가 오늘 왜 자신을 찾아온지 알 수 있었다.

"그러니까 네 제안은, 카페 프레스코 매장을 패러필드에 입점시키자는 거네."

"맞아요."

우진의 계획이 어느 정도 머릿속에 그려진 석중이 의미심장한 표정으로 웃었다.

"그리고 넌, 그쪽에 날 연결시켜주는 대가로 뭔가를 얻어내겠지?"

우진은 부인하지 않았다.

"당연하죠."

그리고 그 대답을 들은 석중이, 장난스럽게 되물었다.

"그럼 나한테 떨어지는 건?"

석중의 이 물음은 사실 농담이었다. 왕십리 역사는 서울 지하철역 중에서도 유동인구가 가장 많은 역사 중 한 곳이었고, 게다가 브루노라는 거장이 설계하게 될 복합몰이 들어선다면 더욱 발전 가능성이 높아질 지역이었으니까. 그런 곳에 카페 프레스코의 매장이 들어설 수 있다는 것은 분명 석중에게도 좋은 일이었으니 말이다.

게다가 설령 이득 볼 게 없다 하더라도 우진의 부탁이라면 당연히 들어줄 생각이었지만, 괜히 우진의 당황한 모습을 보고 싶어서 한번 튕겨본 것이다. 그러나 석중의 그 말에도 우진은 전혀 당황하지 않았다. 우진이 석중에게 하려 했던 구체적인 제안은 아직 꺼내지도 않은 상황이었으니까.

"그야 당연히, 형님께서 구미가 당기실 만한 제안도 생각해뒀죠."

"뭐? 생각해뒀다고…?"

대화가 생각지 못했던 방향으로 흘러가자, 석중은 당황한 표정으로 반문했고 그에 우진은 웃으며 다시 말을 이었다.

"오늘 제가 드릴 제안은 디테일이 중요합니다."

"음…?"

"어떻게, 한번 들어보시렵니까?"

석중은 고개를 끄덕였고, 우진은 차분히 설명을 시작했다. 그리고 우진의 이야기 끝에서, 석중은 혀를 내두를 수밖에 없었다.

— * —

패러마운트의 신임 기획실장 김진수가 안경을 살짝 치켜올렸다.

"그러니까, 요즘 핫한 그 카페 프레스코의 대표님과 다리를 놔주시겠다는 겁니까?"

우진이 고개를 끄덕이며 대답했다.

"그렇습니다. 아시겠지만… 요즘 카페 프레스코만큼 대중들에게 인지도 높은 카페 브랜드도 없지 않습니까?"

복합 쇼핑몰에서 카페는 무척이나 중요한 문화시설 중 하나다. 고객들의 쉼터 역할을 하여, 쇼핑몰의 체류 시간을 늘려줄 수 있는 공간. 메인 스트리트에 위치한 카페가 편안한 감정을 느낄 수 있는 휴식공간의 역할을 잘해준다면, 고객들은 쇼핑몰에 머물면서 느낀 피로감을 상당 부분 해소할 수 있고, 그것이 체류 시간의 증가로 이어지면서 전반적인 몰(Mall)의 매출 상승으로 선순환하게 되는 것이다. 그래서 김진수 실장이 요식 파트에서 가장 신경 쓰는 업종이 바로 카페였는데, 그 부분에서 우진이 흥미로운 제안을 꺼낸 것이었다.

"확실히… 카페 프레스코가 입점해준다면 저희 쪽에서도 구미가 당기는군요. 그런데 어떻게 다리를 놔주신다는 겁니까?"

"저희 WJ 스튜디오가 카페 프레스코와 전속 계약을 맺고 있는 설계사무소이자 시공업체거든요."

김진수 실장의 눈이 살짝 커졌다.

"인테리어를 말씀하시는 거겠지요?"

"그렇습니다. 〈우리 집에 왜 왔니〉라는 예능 프로그램 보시면, 2화쯤에 카페 프레스코 본점이 나오는데… 그때 제가 디자인한 인테리어라는 내용이 방송에 나오기도 했지요."

"아, 제가 TV를 많이 보는 편은 아니라 몰랐네요. 오늘 여기 오기 전에 서 대표님께서 유명인이라고 이야기를 듣긴 했었는데, 하하."

"네? 어디서요?"

"제 밑에 대리 하나가 그 〈우리 집에 왜 왔니〉 팬인가 보더라고요. 서 대표님 사인 하나 받아달라 하더라고요."

그의 이야기에 우진은 멋쩍게 웃어 보였다. 최근 들어 〈우리 집에 왜 왔니〉에서 우진의 등장 비중이 예전보다 많이 떨어졌음에도 불구하고 여기저기서 자신을 알아보는 사람들이 많아졌는데, 우진으로서는 그것이 참 적응되지 않는 부분이었으니 말이다. 커피를 한 모금 마신 김진수 실장이 다시 입을 열었다.

"만약 카페 프레스코가 입점한다면, 당연히 가장 좋은 자리를 원하겠죠?"

우진이 고개를 끄덕였다.

"그렇습니다. 아시는지 모르겠지만… 지금 추진 중인 카페 프레스코 직영점과 가맹점들 모두 본사에서 최소 일주일 이상 상권분석을 한 뒤에 선별해서 입점된 곳들입니다."

김 실장이 살짝 놀란 표정으로 입을 열었다.

"오호, 그건 몰랐네요. 어쩐지 유명세에 비해 가맹점 숫자가 빨리 늘지 않더라니…."

우진이 다시 말을 이었다.

"특히나 직영점의 경우 훨씬 더 까다롭게 상권심사를 합니다. 그리고 오늘 이야기가 잘된다면 아마 패러필드에는 직영점으로 진행될 겁니다."

직영점이라는 말에 김 실장의 눈이 반짝였다. 매장 관리 차원에선 아무래도 점주가 중간에 끼어있는 것보다 직영점으로 운영되는 매장이 훨씬 더 메리트 있었으니 말이다.

"확실히 괜찮은 제안이군요. 구체적인 제안서를 보지 못했음에도 충분히 매력적일 만큼."

하지만 우진의 이야기는 여기서 끝이 아니었다. 옆에서 가만히 듣고 있던 브루노에게 눈짓으로 허락을 받은 우진이 본론을 꺼내기 시작하였다.

"그래서 이 제안이 만약 양자 간에 성립이 된다면… 인테리어 디자인 설계 과정에서 저희 WJ 스튜디오가 한 가지 추가로 제안드리고 싶은 부분이 있습니다."

우진의 이야기를 들은 김 실장의 얼굴에 흥미가 떠올랐다. 지금부터 하려는 이야기가 사실상 본론임을 본능적으로 알아챈 것이다.

"디자인 설계 차원에서의 추가 제안인 건가요?"

우진이 고개를 끄덕였다.

"그렇습니다."

호기심 넘치는 표정으로 다음 말을 기다리는 김 실장을 향해, 우진이 다시 천천히 입을 열었다. 우진의 손은 패러필드 지하 3층 평면도의 로비 방향을 가리키고 있었다. 지하 3층 로비는 브루노가 설계한 패러필드의 최하층으로, 지하 3층부터 지상 3층까지 총 6개 층에서 내려다볼 수 있는 뻥 뚫린 공간이었다.

"패러필드의 전체 톤앤 매너(Tone and manner)*에 맞는 파빌리온을 저희 스튜디오에서 디자인해 설치하고 싶습니다. 이 뻥 뚫린 공간 전체를 웅장하게 채워 넣을 수 있을 만큼, 커다란 규모로 말이지요."

생각지도 못했던 우진의 제안에 김 실장의 두 눈이 종전보다 더 크게 확대되었다.

— * —

파빌리온(Pavilion)이란 사전적 의미로 따지자면, 가설 건물, 부속 건물, 조형물, 정자 등의 개별적인 건축물을 의미하는 단어다. 그러니까 독립적인 구조를 가진 일체의 건축 구조물을 의미하는 단어가 바로 파빌리온이다. 하여 건축 디자인 업계에서 사용되는 이 파빌리온이라는 개념은 보통 어떤 공간에 설치될 수 있는 디자인적 의미를 갖는 건축조형물을 통칭한다.

물론 조형물이라 해서 단지 미관상의 아름다움만 담기는 것은 아니다. 그 건축조형물이 실제로 어떤 기능을 가지는 경우에도, 그것은 여전히 파빌리온이라 불리니 말이다. 파빌리온은 쉘터 (Shelter)의 역할을 하는 쉼터가 될 수도 있을 것이며, 행인의 길잡이 역할을 하는 안내소가 될 수도 있고 나아가 밴드나 오케스트라

---

* 색감이나 색상, 분위기 등, 디자인 방향성과 표현법에 대한 전반적인 방법론을 의미한다.

등이 공연을 할 수 있도록 설치된 밴드스탠드(Bandstand)일 수도 있을 것이다.

하지만 그런 모든 기능보다 디자인적 아름다움이 조금 더 우선하는 개념이 건축 디자인 업계에서 얘기하는 파빌리온이라 보면 될 것이다. 물론 파빌리온이라는 개념이 생소한 김 실장과 같은 평범한 사람들은, 보통 그것을 설치미술과 비슷한 개념으로 생각하지만 말이다.

"그러니까 WJ 스튜디오에서, 디자인적으로 설계에 어울릴 조형물을 하나 설치해주시겠다는 거죠?"

"뭐, 비슷합니다."

"당연히 그에 대한 비용은 따로 청구하실 테고…."

우진이 다시 한번 고개를 끄덕였다.

"물론이죠."

김 실장이 펜을 빙그르르 돌리며 입을 열었다.

"그러니까 이건… 일종의 거래인 거네요?"

"저는 실장님께 카페 프레스코라는 훌륭한 브랜드가 입점할 수 있도록 도와드리고 실장님은 저희 스튜디오에게 멋진 파빌리온을 설치해볼 수 있는 기회를 주시고… 서로에게 윈-윈이 될 수 있는, 괜찮은 Deal이 아닌가 생각합니다."

우진의 말이 끝나자 김 실장은 잠시 생각에 잠겼다. 사실 우진의 부탁 자체가 그렇게까지 어려운 것은 아니다. 어차피 이 정도 규모로 지어지는 복합몰의 로비에는 그럴싸한 조형물이 하나쯤 들어가 줘야 했고, 해외 유명 작가의 비싼 작업물을 들여오는 게 아니라면 사실 어디에 일을 맡겨도 거기서 거기라고 생각됐으니 말이다.

만약 우진이 터무니없이 비싼 단가를 요구하지만 않는다면, 설계권을 가진 브루노와도 긴밀한 관계인 WJ 스튜디오에 일을 주는 것이 나쁘지 않은 선택일 터. 그럼에도 불구하고 김 실장이 고민하는 이유는, 이런 종류의 일을 원하는 업자들 중에 양아치가 아주 많기 때문이었다.

단가는 높게 부르고 조형물 자체는 대충 만들어서, 한 건 크게 해먹으려는 업자들. 사실 조형물이라는 것 자체가 단가를 책정하기 아주 애매한 장르였고, 디자인 값을 얼마를 쳐 주냐에 따라 천차만별로 값이 달라질 수 있는 분야였으니 그런 양아치 같은 업자들이 많이 생겨날 수 있는 것이고 말이다. 게다가 이렇게 대놓고 거래를 요구하는 경우라면? 우진이라는 사람을 잘 모르는 김 실장으로서는 냉정하게 더 의심될 수밖에 없었다.

'〈카페 프레스코〉라는 먹음직스런 미끼까지 던져놓고… 대체 얼마나 크게 해먹으려 하는 거야?'

라는 식으로 사고가 흘러갈 수밖에 없는 것이다. 그리고 우진은 그런 김 실장의 속내를 어느 정도 짐작하고 있었다. 김 실장은 최대한 무표정한 얼굴을 하고 있었지만, 상황 자체가 너무 뻔했으니 말이다. 우진 또한 전생에 건설사에서 근무할 때, 양아치 같은 업자들을 한두 명 만나본 게 아니었으니까.

'나였어도 비슷한 생각부터 떠올렸겠지.'

하지만 당연히 우진은 이 파빌리온 제작으로 양아치처럼 해먹을 생각이 전혀 없었다. 물론 금전적인 이득을 포기하는 것은 아니었지만, 그보다 더 중요한 것은 무형적인 가치들이었으니 말이다. 세계적인 디자이너와 함께 설계한 이번 패러필드 복합몰은 분명 세계 건축업계의 관심을 받게 될 것이고, 여기에 WJ 스튜디오의 이름으로 독자적인 파빌리온 디자인을 선보인다면 그 또한 자연히 세계적인 조명을 받을 테니 말이다.

물론 디자인이 별로라면, 아무리 브루노의 명성을 등에 업었다 하더라도 순식간에 묻혀버릴 것이다. 하지만 우진은 자신 있었다. 파빌리온 디자인은 아주 오래전부터 해보고 싶었던 것이었고 전생에서 온갖 건축 잡지에 실리며 세계적으로 유명해졌던 파빌리온들을 한두 개 봤던 것이 아니었으니까. 그래서 우진은 김 실장이 고민하는 동안 잠시 머릿속을 정리한 뒤, 조심스레 다시 입을 열었다. 그가 어떤 생각을 하는지 안다고 해서, 그것을 너무 직설적으로 꺼내는 것도 좋은 선택은 아니었다. 왕십리 패러필드는 그렇지 않아도 이미 비리와 로비 때문에 민감한 사업장이었으니까.

"실장님."

"예, 대표님."

"혹시, 제가 조금 더 구체적으로 제안을 말씀드려도 되겠습니까?"

조금은 의외의 이야기에 김 실장은 갸웃했지만, 곧 고개를 끄덕였다. 우진의 이야기를 더 들어보지 않을 이유도 없었으니 말이다. 우진의 입이 다시 떼어졌다.

"사실 실장님 입장에서도 꽤 난처하실 수 있다는 것을 알고 있습니다."

"예? 그게 무슨….."

"저희 WJ 스튜디오가 최근에 크게 성장했다고는 하지만, 사실 파빌리온 제작은 포트폴리오가 전혀 없지 않습니까?"

우진이 꺼낸 이야기는 사실 김 실장의 머릿속에 전혀 없던 부분이었지만 일단 고개를 끄덕였다.

"그, 그렇지요."

잠시 뜸을 들인 우진이 다시 입을 열었다. 이제부터 꺼낼 이야기가 핵심이라고 할 수 있었다.

"그래서 제가 한 가지 드리고 싶은 제안은… 디자인 피(Fee)에 대한 부분을 백지수표로 드리겠다는 겁니다."

"네에…?"

우진의 말이 끝나자, 김 실장뿐 아니라 브루노의 두 눈도 휘둥그레졌다. 그 제안 자체가 너무 파격적인 것이었으니 말이다.

"백지수표라는 말씀은… 디자인 값을 저희가 원하는 대로 책정하라는 말씀이신가요?"

우진이 고개를 끄덕였다.

"그렇습니다. 저희는 원가에 대한 부분만 깔끔하게 영수증으로 남겨서 따로 청구하겠습니다. 그 부분에 대해서만 확실하게 챙겨 주시면… 디자인 피는 패러마운트에서 얼마를 책정하든 그대로 수용하겠습니다."

김 실장은 혼란스러운 표정이 되었다.

"저희 재무팀에서 제로를 부를 수도 있습니다."

"그렇겠지요. 그쪽이야 당연히, 건축비를 최대한 줄이려 들 테니까요."

"그런데…."

혹여 우진이 자재의 원가절감으로 어떤 장난을 치려는 것은 아닌지 순간적인 의심도 들었지만, 그러한 부분은 미리 칼같이 잘라 버렸다.

"원자재와 인건비에 대한 검증도 패러마운트 측의 감사팀에 맡기겠습니다."

"…!"

"그렇다고 과도한 자재를 사용할 일도 없을 겁니다. 원가 총액은 업계표준을 넘지 않도록 할 테니까요."

그래서 우진의 이야기를 듣던 김 실장은 할 말을 잃고 말았다. 그의 말이 이어질수록, 패러마운트의 입장에선 이 제안을 받아들이지 않으면 이상할 수준까지 되어버렸으니 말이다.

"그렇게 말씀해주시면 저희야 감사하긴 한데…."

해외 유명 디자이너의 작품을 들여오는 것은 너무 큰 출혈이 필요한 일이고, 그렇다고 다른 업자를 알아보자니 그에 대한 검증도 쉽지 않은 상황이다. 우진의 제안을 거부할 이유가 전혀 없는 것이다. 심지어 우진은 김 실장이 하고 싶지만 꺼내기 어려운 말들까지 자진해서 얘기하고 못을 박아버렸다.

"방금 말씀드린 모든 내용은 도급계약서에 명시하겠습니다. 이 정도면 어떻습니까?"

하여 그렇게 우진의 말이 전부 끝나자, 장내에는 침묵이 흘렀다. 여유로운 표정의 우진과 혼란스러운 표정의 김 실장, 그리고 뒤늦게 통역의 이야기를 들은 뒤 놀란 표정이 된 브루노까지. 그렇게 잠시 동안의 침묵을 깨고 먼저 말을 꺼낸 것은 김 실장이었다. 그는 얼떨떨한 표정으로 고개를 끄덕이고 있었다.

"뭐, 당연히… 좋습니다, 좋죠. 이렇게까지 말씀해주시는데 받아들이지 않을 이유가 없지요."

우진이 웃으며 대답했다.

"역시 그렇죠?"

"그런데, 서 대표님."

"예?"

"계약서를 쓰기 전에 딱 하나만 더 여쭤봐도 되겠습니까?"

우진은 어깨를 으쓱했다.

"네, 뭐. 얼마든지요."

김 실장이 뒷머리를 긁적이며 다시 입을 열었다.

"이렇게까지 해서 파빌리온 계약을 따가시려는 이유가… 대체 뭡니까?"

우진은 다시 가볍게 웃으며 대답했다.

"이건 기회고, 저는 이 기회를 살릴 자신이 있으니까요."

당연히 그 말을 이해하지 못한 김 실장은 아리송한 표정이 되었지만, 우진은 그저 웃어 보일 뿐이었다. 그리고 잠시 후, 우진은 김 실장에게 한마디를 툭 하고 덧붙였다.

"디자인 잘 빠지면, 값은 알아서 잘 쳐주셔야 합니다? 하하."

— * —

사실 건축뿐만 아니라 다른 대부분의 분야에서 가치를 책정하기 참 힘든 부분이 바로 디자인 피라고 할 수 있다. 디자인이라는 것은 어쩔 수 없이 아주 주관적일 수밖에 없는 가치이며 때문에 그것을 받아들이는 사람에 따라 천차만별로 책정할 수 있는 부분이었으니 말이다.

만약 브루노처럼 이미 커다란 인지도를 가지고 있는 경우라면 좀 얘기가 다르겠지만, 우진처럼 디자이너로서의 인지도가 크지 않은 인물이라면 더더욱 어려워진다. 그래서 일반적인 시선으로 보기에 우진의 이 거래는 너무 위험한 거래라고 할 수 있었다.

경우에 따라서 이 거래가 끝난 뒤에 패러필드라는 '거대한 복합몰에 지어진 파빌리온'이라는 포트폴리오 말고는, 아무것도 남지 않는 결과가 만들어질 수도 있었으니 말이다. 거대한 규모의 파빌리온을 제작하면서 고생이란 고생은 다 하고, 땡전 한 푼 남지 않을 수 있다는 말이다. 하지만 아이러니하게도 우진은 오히려 자신의 인지도가 백지상태에 가깝기 때문에 이런 제안을 던진 것이었다.

디자인업계의 인지도라는 것을 숫자로 표현할 수 있다면 모든 디자이너의 출발점이 항상 제로에서 시작되는 것은 아니었으니까. 우진은 자신이 디자인한 파빌리온의 가치를 직접 책정하지 않고 오히려 패러마운트의 주관으로 넘김으로써 디자이너로서의 데뷔를 최대한 높은 출발 선상에서 시작하고자 한 것이다.

'일종의 도박이긴 하지만… 자신은 있으니까.'

만약 우진이 디자인한 파빌리온이 정말 세계적으로 건축업계의 인정을 받고, 수많은 전문가들로부터 거론된다면 김 실장은 결코 디자인 피를 적게 책정할 수 없을 것이다. 패러마운트는 한국 대기업일 뿐 아니라 글로벌 기업이었고 때문에 세계적으로 인정받은 디자인에 터무니없이 낮은 가치를 책정한다면, 기업 이미지를 망치기 딱 좋았으니 말이다.

하지만 지금 우진이 패러마운트에 부를 수 있는 디자인 피에는 명확한 천장이 정해져 있다. 아직 SPDC라는 학부 공모전 외에는 디자이너로서 데뷔조차 제대로 하지 않은 우진이 자신의 디자인에 높은 값을 책정할 수는 없는 노릇이니까.

그래서 우진의 이 선택은 오히려 그가 디자인할 파빌리온에 최대한 높은 가치를 책정받기 위한 포석이었다. 남들의 귀에는 궤변으로 들릴지언정, 우진은 사실 큰 그림을 그리고 있었던 것이다.

하지만 이 궤변이 성립하기 위해서는, 한 가지 결과가 전제되어야
만 한다. 그것은 바로 우진의 손에서 탄생할 파빌리온이 세계적으
로 인정을 받을 훌륭한 디자인이어야만 한다는 것이었다.

의외의 지원군들

게임 덕후 석현은 요즘 게임에 접속한 지 꽤나 오래되었다. 매일 저녁만 되면 석현을 기다리는 어린 양들이 무수한 러브콜을 보내옴에도 불구하고 그것들을 한 치 망설임조차 없이 거절할 정도였으니 말이다.

[헤이, 석현! 정말 오늘도 안 올 거야?]

[요즘은 제이든도 게임에 안 들어오던데. 너희 무슨 일 있는 건 아니지?]

[제발 한판만 같이 해줘. 부탁이야.]

[오, 제발. 나 승급하고 싶어. 석현이 필요해.]

[미안, 친구들. 요즘 일이 좀 많아서.]

[흑흑….]

제이든의 친구들에게 이야기한 것처럼, 석현의 게임 접속이 끊긴 이유는 바빠서였다. 하지만 그 바쁘다는 게 WJ 스튜디오의 일 때문은 또 아니었다. 최근 WJ 스튜디오의 모형 파트는 꽤나 고급 인력들이 충원된 상황이었고, 그래서 석현은 이제 전반적인 디렉팅 역할만 하면 되었으니 말이다.

그렇다면 석현이 그 좋아하던 게임도 접어둔 채 빠져있는 것은 대체 무엇일까? 그 전에 석현이 그 무언가에 빠지게 된 계기부터 이야기하자면, 그 발단은 바로 석현의 생일이었다.

"잠깐⋯ 이거 아이폰이잖아?"

"맞아."

"이번에 나온 신형 모델인 것 같은데?"

"맞아, 석구. 이건 WJ 스튜디오의 개국공신을 위해 특별히 준비한 선물이지."

"Bloody Hell! 생일선물로 아이폰이라니! 미쳤어, 우진! 나도 아이폰!"

"시끄러워, 제이든. 아이폰은 개국 공신에게만 선물할 거야."

"나도 개국공신이야!"

"개국공신이 뭔지는 알아?"

"Holy! 그걸 내가 어떻게 알아!"

생일선물로 아이폰을 받은 석현은 우진에게 적잖이 감동할 수밖에 없었다. 그들은 오랜 불알친구였음에도 불구하고 서로의 생일을 챙긴 역사가 거의 없었다. 그런데 가격을 떠나서 석현이 정말 갖고 싶었던 물건을 미리 준비해서 선물해주었으니, 겉으로 티는 내지 않아도 은근히 감동한 것이다.

'우진이 거랑 커플 폰인 것만 제외하면 완벽하네. 색깔은 좀 다른 거로 사오지⋯.'

하여 이 생일선물은 석현의 충심을 자극하기에 충분했고 덕분에 따로 우진의 이야기가 없었음에도 불구하고, 석현은 뭔가 도움이 되고 싶다는 생각을 하게 된 것이다.

'그러고 보면 요즘… 내가 딱히 하는 일이 없네. 우리 대표님, 뭔가 도울 수 있는 게 없을까?'

물론 석현이 하는 일이 없는 것은 당연히 아니다. 모형작업자들이 최대한 효율적으로 최고의 작업물을 뽑아낼 수 있도록 관리하고 있는 게 그였으니 말이다. 하지만 우진과 달리 사회경험이 부족한 석현은 사업 확장 차원에서 뭔가 할 수 있는 일이 딱히 없었다.

말재간이 좋아서 영업을 뛰어다닐 수 있는 것도 아니었고, 이 모형사업을 더 확장시켜 크게 키울 만한 아이디어도 잘 떠오르지 않았으니 말이다. 그래서 이런저런 고민을 하던 석현은, 문득 예전에 우진과 잠깐 나누었던 대화를 떠올리게 되었었다.

'맞아. 그러고 보니 그때, 우진이 비주얼 스크립트를 공부하고 싶다고 했었지?'

청담 선영의 설계공모가 마감된 직후였던 11월 초쯤, WJ 스튜디오의 대표실에서, 우진과 함께 나눴던 이야기들.

[프로그래밍 쪽을 좀 배워보고 싶어.]

[뭐… 라고?]

[제대로 된 프로그래밍을 배우겠다는 건 아냐. 내가 어떻게 그것까지 공부하냐? 그게 그렇게 쉽게 겉핥기식으로 배울 수 있는 분야도 아니고.]

[그럼 뭔데?]

[정확히는 알고리즘을 배우고 싶은 거야.]

[알고리즘이라면….]

[디자인 툴에 쓰이는 알고리즘. 그러니까 라이노에 들어가 있는, 그래스호퍼(Grasshopper) 같은 비주얼 스크립트(Visual Script)를 좀 공부해보고 싶다는 거야.]

당시 우진과 얘기를 좀 나눴던 석현은 디자인에 쓰이는 비주얼 스크립트라는 것에 대해 꽤 관심이 생겼다. 우진의 설명에 의하면 그것을 모형제작에 활용할 수도 있어 보였으니 말이다. 비주얼 스크립트를 이용해 3D 모델링 파일을 만들고, 그것을 인식할 수 있는 기계를 활용하여 모형작업을 하는 것.

　'재밌겠는데?'

　모델링 파일을 인식할 수 있는, 가장 많이 대중에게 알려진 장비는 3D프린터 같은 것이다. 하지만 2011년도에 3D프린팅은 아직 가격대에 비해 퀄리티가 떨어져 실용성이 부족한 기술이었다. 하지만 3D프린팅이 아니더라도 CNC머신* 같은 기계들도 모델링 파일을 인식할 수 있었고, 그것은 이미 WJ 스튜디오에도 여러 대 구비되어 있는 장비였다.

　우진이 말한 비주얼 스크립트를 배운다면, 그 장비들을 활용하여 만들어낼 수 있는 모형의 폭이 더 다양해지는 것이다. 사람의 손으로 계산하고 설계하기 힘든 특별한 작업물들을 알고리즘과 컴퓨터를 활용하면 깔끔하게 작업할 수 있을 테니까.

　'내가 한번 미리 공부해볼까?'

　그리고 컴퓨터 공학을 전공한 석현은 비주얼 스크립트라는 장르를 우진보다 훨씬 더 빠르게 습득할 수 있었다. 그것은 C언어와 같은 컴퓨터 언어에 비유하자면, 가장 사람의 언어에 가까운 장르였으니까. 쉽게 말해 0과 1로 이뤄지는 컴퓨터 언어를 프로그래머가 아닌 평범한 사람이 봐도 이해할 수 있도록 프로그래머들이 짠 함수를 아이콘 같은 것으로 이미지화시킨 것이 비주얼 스크립

---

*　컴퓨터 마이크로프로세서를 내장한 수치 제어 공작 기계로, 컴퓨터에 의해서 정확한 수치로 절삭 공구의 움직임을 자동 제어하는 기계를 통칭한다.

트였다.

"일단 라이노라는 프로그램을 깔아야 한다고 그랬지?"

저가에 배포되어 학생들이 쉽게 구매할 수 있는 라이노 프로그램을 다운받은 석현은 작년 연말부터 짬날 때마다 공부하고 있었다. 라이노를 공부할 수 있게 시중에 나온 책도 몇 권 샀다. 우선은 비주얼 스크립트가 담겨있는 그래스하퍼(Grasshopper)를 사용하기 전에, 라이노를 이용한 모델링부터 어느 정도 할 줄 알아야 했으니 말이다.

하여 그렇게 취미 삼아 라이노를 끄적여 보던 석현은 금세 모델링의 세계에 빠져들고 말았다. 애초에 모델링이라는 것이 3차원 가상공간에서 컴퓨터 툴을 이용해 모형을 빚는 작업이었으니 원래도 모형 덕후였던 석현에게는 너무 재밌을 수밖에 없던 것이다.

"이거… 왜 이렇게 재밌어?"

게다가 라이노로 작업한 3D모델링 파일을 도면화시켜서, WJ 스튜디오에 있는 CNC기계와 레이저커팅기 등으로 실물제작까지 해볼 수 있었으니, 이것은 석현에게 천국이나 다름없는 환경이었다. 꼭 라이노와 비주얼스크립트를 공부하기 위해서가 아니라 석현의 원래 취미생활이던 프라모델 파츠 개조 같은 부분에도 접목시킬 수 있었던 것이다. 그래서 이렇게 11월부터 모델링에 빠져있던 석현은 자연스레 게임을 멀리하게 되었다.

"역시 나는 디자인과에 갔어야 했어… 개들은 이런 재밌는 작업을 매번 과제로 하는 거 아냐? 지금이라도 우리 학교 디자인과에 편입할 방법을 알아볼까…"

우진에게는 이렇게 따로 공부한다는 사실을 이야기하지 않았다. 아직은 석현도 공부하는 단계일 뿐이었으니, 좀 더 실력을 쌓아 놀랄 만한 작업물을 보여줄 수 있을 때 '짠' 하고 오픈하려 했던 것이다.

하지만 우진도 모르는 이 사실을 아는 단 한 명의 사람이 있었으니, 바로 제이든이었다. 제이든은 우진을 제외한다면 석현과 가장 오래 붙어있는 소울 메이트였으니 말이다. 그리고 아무리 서프라이즈를 준비한다고 한들, 석현도 자신의 연구 성과를 자랑할 사람이 한 명쯤은 필요했다.

"석현! 이거 정말 석현이 모델링한 모형이야?"

"흐흐, 그렇다니까? 모델링이 이렇게 재미있는 작업인 줄은 몰랐지."

게다가 제이든만큼 리액션이 뛰어난 친구도 찾기 힘들었다.

"Bloody Hell! 석현이 우진보다 모델링을 더 잘하잖아?!"

"우진이야, 나처럼 연습할 시간이 없으니까."

"아냐, 석현은 역시 천재가 분명해. 물론 이 제이든 님만큼은 아니지만."

심지어 제이든은 이 모델링이라는 분야를 직접 공부하는 학생이기에 석현의 작업물들을 같이 공감해줄 수도 있었다.

"라이노는 네가 공부하던 맥스와 또 모델링 방식이 달라."

"어떻게 다른데?"

"맥스는 하나의 매스(Mass)를 만들어서 그것을 깎거나 확장 시키는 형태의 모델링 방식에 최적화되어 있다면, 이 라이노 모델링에서는 벡터(Vector)가 엄청 중요하거든."

"벡터라면, 방향 값을 얘기하는 거야?"

"음, 말로 얘기하기는 좀 힘드네. 쉽게 라이노가 맥스보다 나은 장점을 설명하자면, 곡면이 많은 물체를 모델링하는 데는 라이노가 더 좋아. 곡면이 많은 다리미 같은 가전제품이나, 자동차 모델링 같은 것 말야."

원래 자신이 재미 붙여 공부하는 분야를 공감해주고 이해해줄 수 있는 사람이 옆에 있다면, 큰 시너지를 불러일으킨다.

"좀만 기다려, 제이든. 라이노에 좀 더 익숙해지고 나면, 내가 진짜 멋진 작품을 보여줄 테니까."

그래서 석현은 혼자 작업하기 심심할 때면 꼭 제이든을 불러 옆에 앉혀 놓았고 그것은 결국 제이든에게도 긍정적인 영향을 주었다.

"젠장! 아무래도 안 되겠어, 석현."

"뭐가?"

"이 제이든 님도, 석현과 함께 모델링 공부를 해야겠어."

"흠… 너도?"

어려운 곡면체부터 시작해서 다양한 모델링을 뚝딱뚝딱 만들어내는 석현을 보고 있자니, 조금 흥미를 잃었던 모델링이라는 분야 자체가 다시 재밌어 보였던 것이다. 특히 제이든이 게임 다음으로 좋아하는 슈퍼카들을 석현이 모델링하기 시작하자 옆에 있던 제이든은 결국 구경으로 만족할 수 없었다.

"이번 학기에 모델링 과목은 반드시 우진보다 점수를 잘 받아야 해."

"왜?"

"그야, 이 제이든 님이 얼마나 뛰어난지 증명하기 위해서지."

"뭐, 그러든가. 나도 혼자 하는 것보단 덜 심심하고 좋지, 뭐."

그래서 제이든이 석현의 모델링 파티에 합류한 것은, 대략 1월 초부터였다. 그들이 항상 회동을 하던 곳은 바로 유리아의 카페 프레스코 매장. 원래 모델링 공부를 항상 집에서 했던 석현이었지만, 제이든을 위해 장소를 카페로 바꾼 것이다.

크리스마스 파티 때 두 사람과 안면을 튼 유리아는 그들이 자신의 매장에 놀러 오는 것을 당연히 반겼고, 가끔 그녀가 매장에 있을 때 방문하면 서비스 디저트를 두둑이 챙겨주기도 했다. 한번은 매장에서 제이든이 유리아와 마주친 적도 있었는데, 그때 제이든은 특별히 당부하기도 했다.

"리아 누나, 우리가 여기 온다는 사실을 우진에겐 절대로 얘기해선 안 돼요."

"응? 왜?"

"제이든과 석현이, 우진 몰래 엄청난 걸 준비하고 있거든요."

"엄청난… 거?"

"흐음, 말하자면 WJ 스튜디오의 비밀병기 같은 거죠. 그러니까, 절대로 말하시면 안 돼요."

"프흐흐, 뭔지는 모르겠지만, 알겠어."

이렇게 우진도 모르는 사이, 합심해서 엄청난 비밀병기를 준비하고 있던 석현과 제이든. 이것이 차후에 우진에게 어떤 방식으로 도움이 될지는 아직 누구도 알 수 없는 것이었다. 심지어 당장 우진이 진행하려는 파빌리온 제작에 큰 도움이 될 것이라는 사실은 석현과 제이든조차 짐작할 수 없는 부분이었다.

— * —

"기대됩니다."

"무슨 말씀이세요?"

"서 대표님께서 디자인하실 파빌리온 말입니다."

"걱정되시는 건 아니고요? 제 파빌리온의 디자인이 제대로 나오지 않는다면, 브루노의 작품에 누가 될 텐데요."

"글쎄요, 걱정보다는 기대감과 호기심이 더 크군요."

"하, 하핫…."

"여튼, 오늘 미팅은 고생하셨습니다. 본격적으로 작업 시작되면, 그때 다시 뵙도록 하지요."

"브루노께서도 정말 고생 많으셨습니다."

"별말씀을."

미팅은 순조롭게 끝났다. 패러마운트의 김 실장은 우진의 제안을 전격 수용하였으며, 이 제안이 잘 성사된 덕에 설계에 대한 다른 논의들도 순조롭게 진행되었다. 물론 김 실장은 설계 전문가가 아니고 기획부서 쪽 인물이기에, 구체적인 설계 조율 과정은 실무진들과 따로 미팅을 가져야 한다.

하지만 설계 수정에 대한 큰 방향성과 맥락은 확실하게 정해졌고 그것이 브루노가 최초에 설계했던 방향성과 크게 다르지 않다는 점이 고무적이었다. 김 실장이 브루노의 디자인 콘셉트와 연관된 설계들은 최대한 수정 요구하지 않겠다고 약속했으니까.

'후임으로 괜찮은 사람이 와서 다행이야.'

이런 사업의 경우 공모에 당선된 설계의 투시도가 설계변경 과정을 거쳐 완전히 다른 형태로 지어지기도 한다. 사업 주체가 자금집행 과정에서 이런저런 딴죽을 걸어대는 경우가 아주 빈번했으니 말이다. 하지만 총 책임자에게서 이런 약속을 받았으니, 그런 최악의 경우는 피한 것이었다. 그래서 우진은 설계에 대한 고민들은 한시름 내려놓을 수 있었고, 이제 그의 관심은 온통 파빌리온에 집중되었다.

'일단 미팅은 생각했던 대로 잘 끝났고… 그럼 이제 남은 건, 내가 파빌리온 디자인을 멋지게 뽑아내기만 하면 되는 건가?'

물론 금전적인 이득만 따지자면, 파빌리온을 시공함으로써 얻는 이익보다 전체 설계에 브루노와 함께 참여하면서 받게 될 설계비가 훨씬 더 짭짤할 확률이 높았다. 패러필드가 청담 선영보다 건축비 총액은 조금 낮은 사업장이지만, 기본설계만 했던 청담 선영 사업장과 달리 여기서는 실시설계까지도 참여하게 되니 말이다.

아직 정확히 계산해보지는 않았지만, 아마 WJ 스튜디오의 몫만 따져도 수십억이 넘는 단위의 돈일 터. 하지만 우진은 설계권을 얻은 것보다 파빌리온을 시공할 수 있게 된 게 훨씬 더 기분 좋았다. 설계는 브루노의 주도하에 WJ 스튜디오가 서포트를 하는 개념이라면, 이 파빌리온은 반대로 우진과 WJ 스튜디오의 디렉팅하에 브루노의 조언을 조금 받는 정도가 될 테니까. 그에 더해 아직 한 번도 도전해보지 못했던 새로운 분야라는 사실 때문인지, 설렘이 더 크기도 하였다.

'잘할 수 있을 거야. 아니, 무조건 잘해내야 돼.'

우진은 세계적으로 인정받을 만큼 멋진 파빌리온을 만들어낼 자신이 있었다. 그렇기 때문에 자신 있게 백지수표 딜까지 꺼냈던 것이고 말이다.

미팅을 끝내고 사무실에 돌아온 우진은 오늘 있었던 이야기들을 꼼꼼히 문서화하여 정리하기 시작했다. 다음 주 월요일 주간 회의에서 이 내용을 정리하여, 파빌리온 제작 설계를 위한 TF팀을 꾸려야 했으니 직원들이 쉽게 이해할 수 있도록 정보들을 정리할 필요가 있는 것이다.

"좋아, 이 정도면 회의 자료는 충분한 것 같고…."

직원 몇 명에게 세계적으로 유명한 디자이너들의 파빌리온 레퍼런스를 조사해달라고 언질도 미리 해두었다. 그의 머릿속에 있는 디자인과 계획들을 설명하려면 레퍼런스는 필수였으니 말이다. 하여 그렇게 할 일을 전부 마친 우진은 퇴근하기 전 마지막으로 스마트폰을 들었다. 우진이 생각하는 파빌리온 디자인을 위해 꼭 도움받아야만 할 한 사람, 그에게 문자를 남기기 위해서 말이다.

[교수님, 찾아뵙고 조언 구하고 싶은 일이 있습니다. 혹시 시간 언제 괜찮으실까요?]

— * —

사실 파빌리온이라는 개념은 아직 한국 건축업계에서 그렇게 보편적인 것이 아니었다. 건축물 앞이나 로비에 세워지는 조형물들이야 오래전부터 있어왔지만, 그것을 보통 파빌리온이라 부르지는 않았으니 말이다. 패러마운트의 김 실장도 우진이 얘기하는 이야기의 맥락상으로 파빌리온이라는 말을 이해한 것뿐이었다. 우진이 어떤 조형물 같은 것을 설치한다고 이해했을 뿐, 구체적으로 이해하지는 못했다.

그렇다면 우진은 아직 한국 건축에선 개념조차 생소한 파빌리온을 대체 어떻게 자신 있게 작업하겠다고 한 것일까? 게다가 세계적으로 인정받을 수 있을 만큼 뛰어난 디자인으로 뽑아내겠다는 야심 찬 포부까지 가지고 말이다. 당연히 그것이 근거 없는 자신감은 아니었다. 우진의 그 자신감에 대한 근거는 바로 여기에 있었으니까.

"아, 교수님. 그럼 제가 주말에 찾아봬도 될까요?"

[그래, 무슨 일인지는 모르겠지만 밥이나 한 끼 같이 먹자꾸나.]

"제가 교수님 계시는 쪽으로 가겠습니다."

[아냐, 우리 집 쪽에는 별거 없고… 내가 일요일에 마침 삼청동 쪽에 나갈 일이 있으니, 그쪽에서 보면 어떻겠어?]

"저야 좋습니다. 그럼 일요일 몇 시까지 삼청동으로 갈까요?"

[한 시 정도면 적당하겠다.]

"감사합니다, 교수님! 식당은 제가 알아보겠습니다!"

['소담'이라고 내 단골집 있거든? 거기로 예약하는 건 어때?]

"좋습니다!"

K대 공간디자인과의 교수이자, 미래의 프리츠커상 수상자. 그리고 현시점 한국의 그 누구보다 디지털 건축 디자인에 관심이 많고, 그와 관련된 분야에서 세계적으로 인정받을 만큼 뛰어난 실력을 가진 인물. 조운찬 교수라는 든든한 백이, 우진이 자신감을 가질 수 있었던 근거 중 하나였던 것이다.

'아마 파빌리온 관련해서 디지털 건축 디자인을 하고 싶다고 조언을 구하면… 엄청 좋아하시겠지.'

K대가 디자인 명문이라고는 하지만, 아직 교수들의 미래지향적인 건축 디자인에 대한 관심도는 낮은 편이었다. 조운찬 교수를 제외하면 다들 연령대도 높은 편이었고, 무엇보다 툴에 익숙한 교수

는 잘 없었으니 말이다.

그래서 조운찬 교수는 항상 자신의 관심 분야를 공유할 수 있는 사람을 필요로 했고, 우진은 이번 기회에 조운찬 교수와의 유대감도 더 끈끈하게 만들어볼 생각이었다. 우진이 아는 조운찬 교수는 어떤 명예와 이익을 추구하기보다 디자인이라는 학문을 탐구하는 진성 학자에 가까운 타입이었고, 때문에 우진이 도움을 요청한다면 아무 조건 없이 전폭적인 지원을 아끼지 않을 사람이었다.

'물론 그렇다고 해서, 도움만 받고 입 닦을 생각은 절대로 아니지만 말이지.'

디자인이야 결국 우진이 직접 하겠지만, 설계하는 과정에 조운찬 교수의 조언과 도움은 필수다. 때문에 파빌리온이 완성된 뒤, 우진은 대외적으로는 서포터, 국내에는 지도교수로서 조운찬 교수의 이름을 함께 올릴 생각이었다. 그렇게 된다면 결과적으로 조운찬에게도 큰 이득이 될 것이었으니 말이다.

물론 이런 우진의 배려가 아니더라도 동대문의 DDP(동대문 디자인 플라자)가 완성된 뒤에는 엄청나게 위상이 높아질 건축 디자이너가 바로 조운찬이었지만, 그 전에 파빌리온이 먼저 진행되면서 교수로서 K대 내의 입지부터 공고히 다질 수 있게 될 터. 이것이 실질적으로 조운찬에게 득이 되는 것과 별개로, 도움을 구하는 우진으로서는 응당 해야 할 도리라고 생각했다.

"2학년 수업에 디공디가 있으니… 명분도, 타이밍도 완벽하네."

파빌리온을 처음 생각했을 때부터 생각했던 계획들이 이렇게 깔끔하게 맞아떨어지자, 우진은 무척이나 기분이 좋을 수밖에 없었다. 물론 조운찬 교수가 서포트한다 해서 디자인 툴들을 배우는 게 쉬운 일을 결코 아닐 테지만 적어도 즐기면서 공부할 수는 있을 것이었다. 이것은 오래전부터 우진이 동경해왔던 분야였으니 말이다.

'실시설계가 끝나는 데까지 최소 3개월, 5월쯤에 삽 뜨면, 공기(공사 기간)는 대충 2년 정도 잡으면 될 테고… 파빌리온 설계는, 올해 안으로만 나오면 되겠네.'

디지털 건축에 대한 개념조차 아직 제대로 확립되지 않은 한국에서 DDP가 완공되기도 전에, 먼저 그러한 분야에서 디자이너로서 서우진이라는 이름을 알릴 수 있게 될 것이라고 생각하니 아직 본격적으로 일이 시작되지 않았음에도 불구하고 우진의 가슴은 벌렁거리기 시작했다.

처음 WJ 스튜디오라는 이름으로 사업자를 낼 때처럼, 설렘 가득한 두근거림이 또 한 번 시작된 것이다. 그래서인지 시간은 빠르게 지나갔다. 주간 업무는 순조롭게 마무리되었고, 별다른 일을 하지 않았음에도 불구하고 토요일도 순식간에 지나갔다. 하여 그렇게 일요일 정오. 우진은 두근거리는 마음을 안고 삼청동으로 향하고 있었다.

— * —

조운찬에게 2010년은 꽤 특별한 한 해였다. 젊은 나이에 K대의 조교수로 들어가 유례없이 빠르게 이름을 알리면서 결국 최연소의 나이에 정교수가 되어, 처음 제자들을 가르쳤던 한 해였으니 말이다. K대 디자인 학과라는 보금자리는 교수로서 뛰어난 학생들을 가르칠 수 있다는 사실만으로도 아주 마음에 드는 좋은 자리였지만, 그의 공부를 더 심도 있게 갈고닦을 수 있을 만큼 훌륭한 인프라가 갖춰져 있다는 부분이 조운찬으로서는 가장 마음에 들었다.

"K대를 선택했던 건⋯ 지금 와서 생각해보면 정말 괜찮은 선택이었지."

그래서 이렇게 기분 좋은 한 해를 보냈던 조운찬은 올해 들어 K대에 더 큰 애착을 갖게 되었다. 그의 그 애정 안에는 당연히 제자들에 대한 애정도 포함되어 있었다. 자신이 유학까지 다녀오며 연구하고 공부했던 분야를 제자들에게 가르치는 것은 여러모로 행복한 일이었으니 말이다. 그리고 그 제자들 중에는 조금 많이 특별한 녀석들도 있었다.

"서우진⋯ 이 녀석은 대체 어떻게 생겨 먹은 녀석인지 모르겠단 말이야."

2010년 K대 공간디자인과에서 단연 최고의 화젯거리는 바로 서우진이었다. 신입생이면서 다른 학교 학생들은 물론 선배들까지 싹 다 밀어내고 SPDC 대상을 거머쥐질 않나, 학기 초부터 사업을 벌이더니 그것을 성공시키고 무려 '전문가'라는 타이틀을 달고 TV에 출연하질 않나. 두 눈으로 보고 확인하지 않았다면 믿을 수 없는 일들을 연달아서 계속 성공시키는 조금 많이 특이한 제자 서우진.

몇몇 교수들은 수업에 충실하지 않은 서우진을 아니꼽게 보기도 했으나, 조운찬과는 전혀 상관없는 얘기였다. 우진이 성실하지 않은 수업들 중에 조운찬 교수의 수업은 전혀 없었고 오히려 그가 가르치는 과목들은 그 누구보다 열심히 공부하고 열정적인 우진이었으니 말이다. 우진이 다른 교수의 수업에서 어떤 평가를 받든, 조운찬은 그런 것을 신경 쓰는 사람이 아니었다.

"다 아는 내용이라 듣기 싫었나 보지, 뭐."

게다가 그가 우진에게 소개해줬던 3D그래픽 업체의 사람들 또한 우진을 아주 높게 평가하였다. 아주 똑똑하고 열정적이며, 예의바른 청년이라고 말이다. 그래서 평소 조운찬이 가지고 있던 우진의 이미지는 어떤 제자들보다도 좋을 수밖에 없었다.

"요놈이 갑자기 왜 보자고 했을까… 궁금해 죽겠네, 진짜."

사실 일요일에 사소한 일정들이 있었던 조운찬은 우진의 전화에 충동적으로 그것들을 취소했다. 우진이 말하는 것을 보니 그의 일과 관련된 꽤 중요한 이야기를 하려는 듯 보였고 겉으로 티 내지는 않았지만, 그것에 대한 호기심이 엄청나게 커졌으니 말이었다.

방학이라 학교에서 마주칠 일도 없었으니, 하루라도 빠르게 우진을 만나서 이야기를 들어보려고 했던 것. 그래서 운찬은 일요일 오전에 있던 약속을 서둘러 마무리하고, 약속 시간보다 20분이나 먼저 삼청동 단골집인 소담에 도착했다. 그리고 운찬이 그곳에 도착한 지 10분이 지났을 즈음, 우진의 차가 소담의 주차장에 들어왔다.

Passion for design

조운찬의 단골집 소담. 이곳은 그 이름에서 느껴지는 이미지처럼, 아늑하고 아름답게 꾸며진 삼청동의 한식집이었다. 일전에 우진이 경완과 함께 갈비탕을 먹었던 정통 한식집과는 분위기가 다른, 옛날 가정식 같은 느낌의 한식집이라고 해야 할까.

여기서 조운찬이 항상 시켜 먹는 메뉴는 떡갈비라고 했고, 그래서 우진과 운찬은 나란히 떡갈비 상차림을 각각 주문했다. 그리고 음식이 나오기 전 일상적인 얘기부터 시작된 두 사람의 대화 주제는 곧 왕십리 패러필드 사업장에 대한 이야기까지 옮겨갔다. 그 이야기를 듣던 조운찬은 적잖이 놀랄 수밖에 없었고 말이다.

"그러니까, 네 설계사무소가⋯ 브루노 산체스, 그 양반과 협업해서 왕십리 패러필드 설계를 진행 중이라는 거지?"

"그렇습니다, 교수님. 기사에도 꽤 크게 났었는데, 모르셨어요?"

"내가 뉴스 신문 그런 거 잘 안 보잖냐."

조운찬은 우진이 태호건설의 비리를 잡았던 스토리들에 대해서도 전혀 모르고 있었다. 평소 세상사에 딱히 관심이 없는 그였기에, 꽤나 떠들썩했던 뉴스에 대해서도 전혀 몰랐던 것이다. 만약 학기 중이었다면 동료 교수들을 통해서라도 들었겠지만, 방학 기간인 지금은 학교에 걸음 할 일이 많지 않았기에 완전히 처음 듣게 된 것이다. 그래서 그 스토리를 대략적으로 다 듣고 난 운찬의 첫 마디는 바로 이것이었다.

"대체 너, 뭐 하는 놈이냐?"

"넵?"

"아니 무슨 신입생이…."

"이제 2학년 됐습니다만."

"….."

업계를 잘 아는 운찬이었기에 우진의 이야기들은 더욱 비현실적으로 느껴졌다. 물론 믿지 않는 것은 아니었다. 이것은 사실, 일부러 지어냈다고 하기도 터무니없을 정도로 현실감 없는 얘기들이었다.

"어쨌든 그래서, 설계 전반을 브루노와 협업하기로 했고… 그 메인 로비에 들어갈 파빌리온을 네 회사에서 따로 외주하기로 했다는 거지?"

"맞습니다, 교수님."

조운찬은 본인도 뛰어난 건축가였지만, 당연히 해외 유명한 건축가에 대한 관심이 많았다. 그래서 그에 관한 이야기들도 어느 정도 이어질 수밖에 없었다.

"그 양반, 전에 컨퍼런스에서 한 번 본 적 있지."

"정말요?"

"하지만 얘기는 나눠보지 못했어. 다음에 가능하다면 자리를 한 번 만들어줄 수 있을까?"

"물론이죠, 교수님. 브루노도 아마 기뻐할 겁니다."

하지만 지금 그런 부분들보다 더 중요한 것은 오늘 이 자리가 만들어진 이유다. 그래서 결국 식사가 차려졌을 즈음, 조운찬이 먼저 운을 떼었다.

"그래서 우진이 넌, 오늘 날 보자고 한 이유가 뭔데?"

그리고 그의 이 질문을 기다리고 있었던 우진은 망설임 없이 곧바로 대답하였다.

"그건… 제 파빌리온의 디자인 때문입니다."

우진의 간결한 대답에 조운찬이 쓰고 있던 뿔테안경을 살짝 치켜올렸다. 방금 우진의 대답으로 인해, 흥미가 조금 더 커진 것이다.

"디자인에 대해, 내게 조언을 구하려고?"

그러나 이 다음 순간, 조운찬은 적잖이 당황해야만 했다. 이어진 우진의 대답이 전혀 생각지도 못했던 방향이었으니까.

"아뇨, 디자인 콘셉트나 방향성은 이미 정해 두었습니다."

"뭐?"

우진의 말이 다시 이어졌다.

"제가 교수님께 여쭙고 싶은 부분은… 사실 제 머릿속에만 있는 이 디자인을 현실로 꺼내기 위한 솔루션입니다."

우진은 오늘 자신이 오래전부터 생각하고 있던 파빌리온 디자인에 대해 조운찬에게 이야기해볼 생각이었다.

— * —

우진이 아는 미래에 세계적으로 인정을 받는 가장 핫한 분야 중 하나가 바로 디지털 건축이었다. 사전적인 의미로 가장 간단히 표현하자면 컴퓨터로 대표되는 디지털기술을 건축설계에 활용한, 일체의 모든 건축들을 의미하는 것이 바로 디지털 건축이다. 하지만 이런 관점에서 봤을 때, 디지털 건축은 너무 포괄적인 분야였다.

오늘날 모든 건축설계에 쓰이고 있는 AutoCAD 같은 프로그램들도, 결국 디지털 기술로 만들어진 프로그램이니 말이다. 때문에 '디지털 건축'이라는 말은 경우에 따라 혹은 표현하는 사람에 따라 아주 다양하게 쓰이는 단어였지만, 우진의 머릿속에 있는 디지털 건축의 분야는 아주 명확한 한 가지를 의미하였다.

일반적인 설계도면으로는 솔루션을 제시할 수 없는, 비정형적이고 기하학적인 외관을 가진 미래지향적 디자인의 건축물들. 디지털 기술을 활용하여 특이한 형상의 부재(部材)들을 제작하고, 그것들로 건축물을 시공하는 '디지털 패브리케이션(Digital Fabrication)' 방식의 건축. 지금도 동대문에 차근차근 시공 중인 DDP(동대문 디자인 플라자) 같은 건물 말이다.

"디지털 패브리케이션이라…."

미래에는 이 방식으로 정말 많은 세계적인 건축물들이 시공된다. 물론 미래라고 해서 디지털 건축들만 판을 치는 것은 아니다. 여전히 작품성 있는 아날로그 건축물들은 훌륭한 평가를 받으며, 그것들은 디지털 건축이 갖지 못하는 감성적인 가치들을 갖기도 하니까. 하지만 전생에서 우진이 가장 동경했고 관심 있던 분야가 바로 이 디지털 건축이었고, 어찌 보면 건축이라는 분야의 축소판인 파빌리온은 우진이 디지털 건축의 첫발을 내딛으며 경험을 쌓기에 아주 좋은 기회라고 할 수 있었다.

건축에는 인간의 편리를 위한 많은 고민들과 제약들이 수반되지만, 그 어떤 건축물의 기능보다 디자인적 아름다움이 가장 중요한 파빌리온 설계에서는 그런 것들로부터 한결 자유로울 수 있으니 말이다. 그래서 우진이 조운찬에게 배우고 싶은 것은 그가 공부하고 연구하는 분야인 디지털 패브리케이션 기법들에 대한 것이었다. 우진의 머릿속에 있는 상상 속의 형태를 실존하는 건축물로 형상화시켜 줄 수 있는 디지털 패브리케이션의 노하우와 응용 사례들.

마지막으로 이 모든 작업을 위한 가장 기본 소양인, 다양한 툴을 다루는 방법들까지 말이다. 우진은 2학년 첫 학기를 오롯이 이 분야에 대한 공부에 쏟을 생각이었다. 물론 WJ 스튜디오의 일들이야 계속 바쁘겠지만, 실질적인 시간이 많이 들어가는 부분들은 직원들이 대신할 수 있도록 시스템도 많이 만들어진 상태였다.

"물론 쉽지 않다는 건 잘 알고 있습니다."

우진의 말에 운찬이 고개를 끄덕이며 대답했다.

"개인 차이가 있겠지만, 확실히 쉬운 분야는 아니지."

"하지만 불가능하다고 생각지는 않습니다."

"그래?"

"디지털 패브리케이션이라는 게, 전부 다 어렵고 고차원적인 기법만 있는 건 아니지 않습니까?"

"맞는 얘기다. 간단한 기법을 잘만 응용해도, 얼마든지 멋진 결과물을 뽑아낼 수 있지."

"제 능력이 닿는 선에서, 최대한 배워서 활용해보고자 합니다."

하여 이러한 우진의 포부와 열정에 대해 전부 들은 조운찬 교수는, 오늘 끝도 없이 놀라고 있었다.

"그런데, 우진아."

"예, 교수님."

"넌 이걸 대체… 어디서 처음 접한 거냐?"

운찬이 듣기에 우진은 단순히 이런 분야가 있다는 것을 아는 정도가 아니었으니 말이다. 물론 전문적인 지식이 있다고 느껴지는 것은 아니었다. 하지만 적어도 디지털 패브리케이션이 어떤 방식의 건축 디자인에 쓰이는지 정도는 확실히 인지하고 있는 것처럼 느껴졌다.

아직 학부 수업은커녕 대학원 수업도 제대로 개설되지 않은 디지털 건축을, 이토록 구체적으로 배우고 싶다며 따로 자신을 찾아온 학부 2학년 학생이라니. 심지어 이런 이야기들은 조운찬을 제외하고는 교수들에게조차 생소할 분야였는데, 그것이 우진의 입에서 흘러나온 것이다. 하지만 운찬이 놀랄 것을 이미 예상했던 우진은 담담히 그의 물음에 대답하였다.

"제가 작년부터 3D툴과 관련된 수업들을 정말 열심히 듣지 않았습니까?"

"그… 랬었지."

"툴을 다루는 게, 제 적성에 정말 잘 맞더라고요."

"그랬으니까 내 수업을 그렇게 열심히 들었겠지?"

"맞습니다, 교수님."

잠시 뜸을 들인 우진이 다시 입을 열었다.

"그래서 따로 이 툴을 활용한 건축들에 대해 알아보고 공부를 좀 더 해보다 보니… 방금 말씀드린 디지털 건축에 대한 개념들을 접할 수 있게 되었습니다."

3D툴이 적성에 맞는다는 것은 거짓말이 아니었다. 아무리 우진이 꿈을 위해 열정을 불태우고 있었다고 해도 3D툴에 흥미가 생기

지 않고 마냥 어렵기만 했다면, 그 바쁜 와중에 이렇게까지 열심히 공부할 수는 없었을 테니 말이다. 물론 디지털 건축에 대해 안 것이 3D툴에 대한 흥미 때문은 아니었지만, 조운찬이 납득할 수 있도록 선후 관계를 조금 바꿔 얘기한 것뿐이었다.

우진의 말이 끝나자 정적이 내려앉았다. 그리고 잠시 후,

딸깍-

말없이 젓가락을 들어 반찬을 한입 집어 먹은 조운찬이, 천천히 다시 입을 열었다.

"지금까지 우진이 너만큼, 날 놀라게 했던 사람은 없었다."

진심 어린 운찬의 말을 들은 우진은 묵묵히 그의 다음 말을 기다렸다. 조운찬의 감탄에 사실 기분이 좋기보단 조금 부끄럽기도 했다. 그가 지금 감탄한 이유는 우진의 노력으로 인한 결과물 때문이 아닌, 단지 미래의 경험을 통해 알고 있는 지식들 때문이라고 생각했으니 말이다. 하지만 그의 다음 말이 이어지자, 그 생각이 조금 잘못됐음을 알 수 있었다.

"사실 어떤 분야에 대해 호기심이나 관심 따위를 갖는 건 그리 어려운 일이 아니야. 하지만 이렇게 열정적으로 그것을 갈망하고 탐구하려는 자세를 갖는 건… 결코 아무나 할 수 있는 일이 아니지."

조운찬이 우진에게 감탄한 것은 단순히 알려지지 않은 분야에 대한 우진의 지식 때문이 아니었던 것이다.

"하지만, 그래서 난 기분이 아주 좋구나."

조운찬의 입가에 미소가 걸렸다. 그에게는 이 상황이 얼마나 비현실적인 것인지가 중요한 것이 아니었다. 그는 지금, 오랜만에 설레고 있었으니까.

"아무래도 오늘, 나 혼자 좋아하고 있던 것을 함께 좋아해줄 사람을 만난 것 같거든."

"…!"

"어쩌면… 나만큼이나."

현재 가진 바 능력과 디자이너로서의 인지도, 그리고 교수와 제자라는 사회적 관계, 그런 것은 아무런 문제도 되지 않았다. 운찬은 우진이 오늘 보여준 이 열정이 진짜라는 것을 확실하게 느끼고 있었고, 그거면 충분했으니 말이다. 조운찬이 우진을 향해 손을 내밀었다.

"내가 도울 수 있는 것이 있다면, 최대한 돕도록 하마."

"감사합니다, 교수님!"

"하지만 시간이 조금 지난 뒤에는, 네게도 날 도울 수 있는 능력이 생겼으면 좋겠구나."

운찬의 손을 맞잡은 우진은 속으로 감격할 수밖에 없었다. 그에 대해 꽤 알고 있다고 생각했건만, 오늘 생각했던 것보다도 훨씬 더 큰 그릇을 발견한 것 같았으니 말이다.

"꼭 그럴 수 있도록 하겠습니다!"

힘차게 대답한 우진이 속으로 다짐하였다.

'교수님의 기대를 저버릴 순 없지.'

조운찬이 얘기한 대로 시간이 좀 더 지난 이후에는, 그와 동등한 위치에서 함께 열정을 나눌 수 있는 한 사람의 건축 디자이너가 되리라고 말이다.

 언제나 그랬듯, 2011년의 2월도 빠르게 지나갔다. 회귀한 뒤로는 전생에서보다 몇 배 이상 시간이 빠르게 지나가는 느낌. 그래서 한 번씩 우진은 이게 회귀의 부작용은 아닌지 진지하게 고민해보기도 했다. 당연히 진짜로 그런 것은 아니었지만 말이다.

 "후, 벌써 개강이라니."

 학교 주차장에 차를 댄 우진은 학과 건물로 향했다. 발걸음은 가벼웠다. 오히려 작년 말보다 회사 업무량도 많이 줄었고, 올해는 더 열정적으로 배우고자 하는 목적도 강했으니 말이다. 특히나 학기 첫날부터 조운찬 교수의 수업이 있었으니, 수업이 부담되기는커녕 기대 가득할 수밖에 없는 것. 하지만 우진에게 부담은 생각지도 못했던 곳에서 찾아왔다.

 "우와…! 서우진이다!"

 "야, 이제 우리 선배님인데 그렇게 말하면 어떡해."

 "헉! 맞다, 설마 들으신 건 아니겠지."

 "이 거리에서 안 들렸겠냐?"

 "으, 괜찮아. 우리 과 선배는 아니니까."

 막 개강한 디자인학부 건물에는 많은 학생들이 분주하게 돌아다니고 있었고 그들 중 많은 사람들이 우진의 얼굴을 알아본 것이다.

 "와… 근데 실제로 보니까 신기하다. 연예인 보는 것 같아."

 "서우진 선배 정도면 연예인 맞지, 뭐. 저 선배 때문에 우리 학교 원서 썼다는 애도 봤는데?"

 "응…?"

 "아, 팬심 때문은 아닐걸?"

"그럼?"

"롤 모델이라던데? 저렇게 어린 나이에 성공한 디자이너도 찾기 힘들잖아."

"아하."

대놓고 사인을 해달라거나 아는 척을 하는 사람들은 다행히 아직 없었지만, 수군거리는 목소리들이 들리는 것만으로도 아주 부담스러운 우진이었다.

'크흠, 팬심일 수도 있지. 아닐 건 또 뭐야?'

모르는 다수의 사람들이 자신을 알아본다는 건, 우진에게도 아직 많이 생소하고 묘한 느낌이었다. 유명해졌다는 생각에 기분이 좋기도 하면서, 동시에 그러한 관심들이 부담되기도 하는 것. 게다가 우진을 선배라고 부를 신입생들이 생겼다는 것도, 묘한 기분이 드는 이유 중 하나였다.

드르륵-

컴퓨터실 문을 열고 들어가자, 이미 도착해서 자리를 세팅해둔 제이든의 모습이 보인다. 그의 옆에서 신이 나서 떠들고 있는 또 다른 멀대는 바로 선빈. 소연은 보이지 않았다. 1학년 때도 3D툴과 관련된 수업들을 많이 어려워했던 그녀는 디공디를 아예 수강 신청하지 않은 것이다. 그것은 너무 당연했다. 3D툴이 적성에 잘 맞지 않는 학생들에게 디공디 수강은, 지옥으로 가는 지름길이나 다름없었으니까.

"수강생이 20명도 안 되겠네. 나야 좋지만….."

우진은 작게 중얼거리며 자리를 찾아 들어섰다. 하지만 역시나 우진이 자리 잡기도 전에, 요란스런 제이든의 목소리가 먼저 들려왔다.

"헤이, 우진! 이쪽으로."

"그렇지 않아도 거기로 가고 있었어."

"준비됐지, 우진?"

"뭐가?"

"이 제이든 님의 위대함에 감탄할 준비 말이야."

벌써 몇 번째 듣는지 모를 제이든의 말에, 우진은 고개를 절레절레 저었다.

"흠… 다음 주부터 얼굴 볼 수 없는 건 아니고?"

"What?"

"아직 수강 정정기간이잖아. 잘 생각해, 제이든. 오늘 수업 들어보고 어려우면 다음 주엔 나오지 않아도 된다고."

"이 제이든 님을 무시하다니!"

"무시한 거 아냐. 단지 충고일 뿐이지."

"Bloody Hell!"

공간디자인과의 2학년에 배정되어 있는 수업이지만, 아이러니하게도 우진의 동기들은 거의 보이지 않았다. 대부분이 재수강을 하러 온 고학년 학생들이거나 3, 4학년임에도 불구하고 처음 수업을 들으러 온 경우, 혹은 열정 넘치는 다른 과의 학생이었으니 말이다. 그래서 사실상 우진과 친분이 있는 사람은 제이든과 선빈이 전부. 제이든의 오른쪽에 앉은 우진은 그 반대편에 앉은 선빈과도 반갑게 인사하였다.

"여, 선빈!"

"형, 오래만이야. 방학 때도 엄청 요란하게 살았던데?"

"뭐가?"

"태호건설 관련 기사 봤어. 거기 구속당한 상무가 우리 아버지도 아시는 사람이었더라고."

"그래…? 어떻게 아시지?"

"나도 물어봤는데, 그냥 업계 바닥 좁다고, 그런 얘기만 하시네."

"그렇군."

"그리고 참, 우리 아버지께서 형 엄청 칭찬하시던데. 진짜 대단한 친구인 것 같다고."

"대단하긴, 무슨. 그런 거 아니야. 내가 한 건 딱히 없어."

"겸손은."

우진은 오랜만에 만난 선빈이 뭔가 달라졌다고 생각했다. 물론 작년 학기 중에도 허물없이 친하게 지내던 사이이긴 했지만, 뭔가 자신을 대하는 태도가 미묘하게 변한 것을 느낀 것이다.

'얘가 방학 동안 뭔 일 있었나?'

우진이야 정확히 알 수 없지만, 그가 느끼는 그 미묘한 차이는 바로 질투와 동경이라는 시선의 차이였다. 카페 프레스코의 디자인에 진심으로 감탄한 그날 이후, 조금씩 변하기 시작한 선빈의 태도가 방학이 지나자 확 느껴진 것이었으니 말이다. 어쨌든 두 멀대들과의 요란한 인사가 끝나고, 우진은 자리의 컴퓨터를 켜고 프로그램을 세팅하기 시작했다.

피이잉-

순식간에 부팅되어 윈도우 화면이 떠오르는 것을 보며, 우진은 만족스런 표정이 되었다. 아직 SSD*가 보급형으로 저가에 공급되지 않는 2011년임에도 불구하고, K대 디자인과 컴퓨터 실기실의

---

* Solid State Drive의 약자로, 하드디스크의 한계를 극복하기 위해 개발된 반도체 기반의 저장장치.

모든 컴퓨터에는 SSD메모리가 기본으로 설치되어 있었다. K대에서 디자인과에 얼마나 많은 예산을 투자하는지 알 수 있는 단적인 예였다.

'좋아, 라이노를 한번 켜볼까?'

디공디는 우진이 유일하게 강의계획서까지 꼼꼼하게 챙겨본 수업이었다. 때문에 우진은 수업이 어떤 식으로 진행될지 대략 알고 있었고, 이 수업에서 메인으로 사용될 툴이 라이노(Rhino3D)라는 것도 잘 알고 있었다. 3D툴인 라이노는 프로그램의 이름에 걸맞게 아이콘도 코뿔소의 모양으로 디자인되어 있었다.

'미리 책을 좀 사서 먼저 공부해볼 걸 그랬나?'

프로그램을 열어서 이런저런 기능들을 눌러보던 우진은 속으로 중얼거리며 입맛을 다셨다. 3D맥스와 어느 정도 비슷한 사용방식을 가진 툴일 줄 알았는데, 막상 뚜껑을 열어보니 생각보다 더 생소했으니 말이다. 그런 우진을 옆에서 지켜보던 제이든이 씨익 웃으며 참견하였다.

"바보, 우진."

"뭐?"

"지금부터 이 제이든이 하는 걸 잘 보라고."

"…?"

"아직 수업이 시작되진 않았지만, 멋진 걸 조금 보여주도록 하지."

신이 나서 우진의 의자를 밀어낸 제이든은, 그의 컴퓨터 앞에 앉아 쏜살같이 마우스를 움직이기 시작했다. 그리고 잠시 후,

"오호."

우진은 조금 감탄할 수밖에 없었다. 제이든이 만들어낸 결과물

자체가 그리 대단한 것은 아니었지만, 간단한 모델링이라곤 해도 제이든이 너무 능숙하게 시연을 보여주었으니 말이다. 그리고 감탄과 동시에, 피식 웃음이 새어 나올 수밖에 없었다. 개강하자마자 이걸 보여주려고 혼자서 낑낑대며 선행학습을 했을 모습이 눈에 선했던 것이다. 마치 주인의 명령을 잘 수행한 충견처럼, 두 눈을 반짝이며 우진을 바라보고 있는 제이든. 그래서 우진은 제이든의 기대에 이번만큼은 부응해주기로 하였다.

"대단해, 제이든."

"역시 제이든은 엄청나지?"

"내가 널 너무 과소평가했던 것 같아."

"후후. 이제야 제이든의 위대함을 알아보다니, 어리석은 우진."

더욱 신이 난 제이든은 우진의 앞에서 이것저것 다양한 모델링들을 만들기 시작하였다. 사실 시간이 많은 것은 아니다 보니 대단할 정도로 복잡한 모양은 없었지만, 그래도 라이노의 많은 기능들을 사용하는 모습은 꽤 놀라운 것이었다.

'오호, 이거 조금 공부한 수준이 아닌데?'

제이든의 그 시연들은 꽤 흥미로움과 동시에 도움이 되었기에, 우진은 더욱 추임새를 넣으며 그것을 옆에서 지켜보았다.

"아, 라이노에서는 아예 선의 곡률을 조절해서 곡면을 조율할 수가 있네?"

"제이든의 실력이 대단하지?"

하지만 그렇다고 해서, 제이든을 놀려주는 재미를 완전히 포기한 것은 아니었다.

"음, 인정할게. 오늘은 네가 나보다 낫네."

"What? '오늘은'이라니, 우진. 난 항상 우진보다 낫다고."

"글쎄, 그건 아닐걸. 이번 학기가 지나기 전엔 아마도 내가 더 잘할 것 같은데."

"농담하지 마, 우진. 그럴 순 없어."

우진이 제이든을 놀리는 것은 단순히 재밌기 때문만은 아니다. 그는 이렇게 한 번씩 경각심을 일깨워줘야, 더 열심히 수업에 임할게 분명했으니 말이다. 제이든의 성장은 우진에게도 장기적으로 큰 도움이 될 터. 아마도 그것이 제이든을 놀리는 더 큰 이유일 것이었다. 그렇게 우진이 제이든의 3D모델링 시연을 감상하는 사이,

드르륵-

컴퓨터실의 문이 다시 열리고, 조운찬 교수가 천천히 안으로 들어왔다. 그가 들어오자 조금 소란스럽던 장내는 곧바로 조용해졌으며, 다들 기대에 찬 눈빛으로 조운찬 교수를 바라보았다. 여기 모인 학생들 중에는, 사실상 학점을 때우기 위해 들어온 수강생은 없었다. 다들 이 수업에 기대가 무척이나 큰 사람들뿐이었으니 말이다.

"반갑습니다, 여러분. 처음 뵙는 분들도 무척이나 많군요."

강단에 선 조운찬이 특유의 담백한 목소리로 운을 떼었다.

"제 수업을 이미 들어보신 분들도 많지만, 다시 한번 간단히 소개드리도록 하겠습니다. 공간디자인과 교수 조운찬이라고 합니다. 한 학기 동안 잘 부탁드립니다."

말을 마친 조운찬이 가볍게 고개를 숙여 보이자, 장내에서 자연스레 박수가 터져 나왔다. 그리고 보통의 강의였다면 아마 이다음 순서는 사제 간 약간의 잡담이었을 터. 하지만 조운찬은 전혀 그런 이야기 없이, 곧바로 스크린을 켜고 수업을 시작하였다. 어떤 수업이든 한결같은 그였기에 이미 예상했던 수순이긴 했지만 말이다.

이어서 수업이 시작되자 누구보다 초롱초롱한 눈빛으로 스크린을 응시하는 제이든.

'이 제이든 님의 실력을 유감없이 보여주도록 하겠어.'

수업 자체에 대한 기대도 기대지만, 제이든은 자신이 방학 동안 공부한 것들을 마음껏 뽐낼 생각에 더욱 들떠있었다. 그런데 잠시 후,

"자, 다들 컴퓨터 부팅되었으면 바탕화면을 보세요."

"네, 교수님!"

"바탕화면에 알리아스(Alias) 안 깔려있는 학생 없죠?"

조운찬의 첫마디가 떨어진 순간, 당황한 나머지 제이든의 두 눈이 크게 확대되었다.

"Alias…?"

오늘 수업에서 지난 몇 달 동안 갈고닦은 라이노 실력을 마음껏 뽐내 보일 예정이었는데, 조운찬이 이름조차 생소한 전혀 다른 프로그램의 이름을 이야기했으니 말이다. 그런 제이든의 마음을 헤아리기라도 했는지, 누군가 조운찬에게 질문했지만….

"교수님, 그런데 수업은 라이노로 진행되는 것 아니었나요?"

조운찬에게서 나온 대답은 제이든의 기대를 더욱 처참히 부숴버리고 말았다.

"하하, 라이노에 대한 수업도 할 겁니다. 하지만 비정형 모델링의 근본적인 부분들을 더 심도 있게 공부하기 위해서는 알리아스 프로그램이 더 낫다고 생각해서… 초반 커리큘럼을 조금 수정해 봤습니다."

제이든의 두 동공이, 마치 지진이라도 난 듯 떨리기 시작하였다.

수업이 끝났다. 그리고 제이든은 우울했다.

"Bloody Hell!"

"제이든, 너 오늘 그 말만 몇 번짼지 알아?"

"Holy! 그걸 내가 어떻게 알아!"

"정확히 25번째야."

"정말 그렇게 많이 했다고?"

"사실 거짓말이야. 나도 세어보진 않았어."

"젠장."

가방을 챙겨 컴퓨터실을 나오는 선빈과 제이든. 먼저 나와 있던 우진은 두 사람의 대화를 들으며 피식 웃었다. 제이든이 왜 저러는지 아주 잘 알고 있었으니 말이다.

"제이든, 오늘 그래도 알리아스 꽤 잘하던데 왜 그렇게 울상이야?"

"후, 우진은 제이든의 진짜 실력을 몰라."

"오늘은 가짜 실력이었어?"

"물론. 사실 제이든은 모든 걸 다 알지만, 모른 척한 것뿐이지."

"왜?"

"다른 학생들이 충격받을까 봐 걱정됐거든."

"엄청난 배려심이네."

"당연하지, 제이든은 관대하거든."

며칠 전에 석현에게서 관대하다는 말을 배운 제이든은 요즘 이 단어에 꽤나 꽂혀 있었다. 거의 모든 대화의 마무리에서 자신의 관대함을 어필할 정도. 그런데 항상 그러한 어필 뒤에는 건방진 표정을 짓던 그였건만, 오늘은 여전히 시무룩한 표정뿐이었다. 그 이유는 당연히, 눈이 핑 돌아갈 정도로 어려웠던 수업 때문이었다.

"너무 우울해하지 마, 제이든."

"제이든은 우울하지 않아."

"오늘 수업 중 과제도 네가 가장 먼저 끝냈잖아?"

"칭찬은 우진이 받았지."

"지금 내 실력이 더 뛰어난 걸 인정한 거야?"

"Holy! 말이 헛 나왔어. 필요 이상으로 관대한 말을 해버렸군."

"자꾸 한글의 의미를 네 멋대로 바꿔 쓰지 마, 제이든."

여느 때처럼 실없는 농담 따먹기를 하며 컴퓨터 실기실을 나온 우진과 제이든은 선빈까지 대동하여 오랜만에 교내 카페에 왔다. 우울해하는 제이든에게 핫초코를 한 잔 사준 우진은 빨대를 쪽쪽 빠는 제이든을 보며 헛웃음을 지을 수밖에 없었다. 제이든 스스로는 엄청 아쉬워하고 있었지만, 우진이 보기에 사실 오늘 가장 수업을 잘 따라간 능력자는 제이든이었다.

사실 알리아스라는 프로그램이 라이노보다 좀 더 예민하고 난이도 높은 프로그램이기는 했지만, 큰 틀에서의 모델링 방식 자체는 비슷한 면이 많은 툴이었다. 때문에 당연히 라이노를 선행 학습한 제이든이 우진을 비롯한 다른 학생들보다 이해가 빨랐던 것이다. 단지 더 대단한 무언가를 보여주기 위해 시키지도 않은 짓들을 하다가, 교수님께 핀잔을 들었을 뿐이었다.

'대체 이렇게 단순한 놈이, 어떻게 머리는 좋을 수 있는 거지?'

일 년을 알고 지냈음에도 아직 불가사의한 존재인 제이든.

"다음 주에 대단한 걸 보여주면 되잖아, 제이든. 다음 수업 땐 관대할 필요 없어. 알겠지?"

"후우… 우진, 그 말 후회하게 될 거야."

그에게 약간의 위로를 남긴 뒤 먼저 카페에서 일어선 우진은 다시 학과 건물을 향해 걸음을 옮겼다. 다음 수업까지는 아직 두 시간 정도 시간이 남아있었지만, 그 사이에 과 사무실 건물에서 만나기로 한 사람이 있었으니 말이다. 우진과 약속이 있는 사람은 다름 아닌 윤치형 교수였다.

"조교님, 교수님 아직 안 오셨죠?"

"아, 우진이 왔냐. 방금 연락받았다. 금방 오실 거야. 들어가 앉아 있어."

"네, 형. 고마워요."

과 사무실 안쪽의 접견실에 들어가자, 조교가 미리 세팅해놓은 커피가 눈에 들어왔다. 자리에 앉은 우진은 그 커피를 한 모금 홀짝였고,

"으… 써."

우진이 집어 든 커피잔을 다시 내려놓기도 전에, 윤치형 교수가 안으로 들어왔다.

"내가 좀 늦었나?"

——— * ———

윤치형 교수가 우진을 보자고 한 이유는, 기본적으로 산학협력과 관련해서 조율해야 하는 일체의 이슈들 때문이었다.

"자, 서 대표. 이 서류대로 진행해도 되는 거지, 그럼?"

"그렇습니다, 교수님."

"그나저나 대표님 월급이 너무 짜서 어쩌나?"

"하하, 아닙니다. 저야 사실 따로 하는 일도 없는데, 이것만 해도 감지덕지죠….."

K대학교의 산학협력 시스템은 해당 프로젝트를 통해 업체에서 고용한 학생의 월급 대부분을 학교에서 지원해주도록 되어 있었다. 학교는 업체를 통해 학생이 실무 공부를 할 수 있는 환경을 제공하는 것이고, 업체는 학교에서 지원해주는 월급을 통해 비용을 최소화하여 인턴을 고용할 수 있는 개념인 것이다.

어찌 됐든 우진도 이 시스템 내에서 학점을 받아가는 것이었으니, 다른 학생들과 마찬가지로 지원금을 받는 것. 해서 오늘 우진이 과 사무실에서 한 것은, 이 비용을 조율하는 것부터 해서 구체적인 서류 데이터의 픽스라고 할 수 있었다. 그 결과 학교에서 우진에게 지원해주기로 한 액수는 월 70만 원 정도였는데, 우진의 입장에서는 진짜 학교에서 용돈이라도 받는 기분이었다.

'6학점 대신 받는 돈이라고 생각하면, 사실 공돈은 아니긴 하지. 그래도 거저 생긴 돈 같아서 기분은 좋지만 말이야.'

이 일련의 과정들은 그리 오래 걸리지 않았다. 이미 어느 정도는 얘기가 되어있던 부분이었고, 마지막 확인 작업 정도였으니 말이다. 때문에 오늘 만남의 진짜 이유는 조금 다른 부분에 있었다. 그래서 서류 정리가 끝나고 난 뒤에도 우진은 자리에서 일어서지 않았고, 윤 교수가 먼저 본론에 대한 운을 떼었다.

"일단 얘기 시작하기 전에 고맙다는 인사부터 먼저 하고 싶구나."

"네? 갑자기 무슨 말씀이세요, 교수님."

"우진이 네 덕에 이 산학협력 사업이 탄력 많이 받았거든."

잠시 의아한 표정이 됐던 우진은 곧 무슨 말인지 알아채고는 반문했다.

"브루노… 말씀이신 거죠?"

"그래, 크게 관심 없던 네 선배들도 브루노의 스튜디오까지 협약 체결이 됐다고 하니까 다들 과 사무실 전화기에 불이 나도록 전화하더라."

"하하, 확실히 브루노의 스튜디오에서 인턴을 할 수 있다는 건… 매력적인 선택지니까요."

윤 교수는 브루노와 연결해준 우진에게 고맙다는 인사와 함께, 브루노의 스튜디오와 관련된 얘기들을 이것저것 물어보았다. 윤 교수가 이 얘기를 먼저 꺼낸 이유는 당연히 이것이 본론과도 관계가 있기 때문이었다.

"그러니까 지금 한국에 있는 브루노의 스튜디오는 별개의 국내 법인이라는 거지? 브루노 입장에서는 해외 법인인 셈이겠군."

"그렇습니다, 교수님. 사업자 이름이 다르지 않습니까?"

"그렇더구나."

"스페인에 있는 브루노의 설계사무소 본사의 상호는 TRA스튜디오라고 알고 있습니다."

"맞아, 나도 알고 있다. 그래서 물어봤지."

정확히는 브루노와 관련해서 우진에게 부탁하고 싶은 부분이 하나 있는 윤치형이었다.

"지금부터 내 이야기는 사실 대외비인데…."

"말씀하세요, 교수님. 저 입 무겁습니다."

"하하, 그래. 다름이 아니고 이번 산학협력 참여도가 높아서 그런지 총장님께서 새로운 프로젝트의 기획안을 추가로 지시하셨거든."

"기획… 안이요?"

생각지 못했던 윤치형의 얘기에 우진의 두 눈이 반짝였다.

"그래, 새로운 기획안."

커피를 한 모금 홀짝인 윤치형이 커피잔을 조심스레 내려놓으며 다시 말을 이었다.

"우진이 너, 우리 학교에 교환학생 시스템 있는 거 알지?"

"예, 알고 있습니다."

"이렇게 말하면 감이 좀 올지 모르겠는데… 그것과 산학협력 프로젝트를 콜라보하는 개념의 신규 프로젝트야."

"네에…?"

"으음, 이걸 어디서부터 설명해야 하나… 해외에서 진행될 산학협력이라고 해야 하나?"

우진은 머리가 빠르게 돌아가는 편이었고, 윤치형의 이 몇 마디를 들은 순간 그가 무슨 얘기를 하고 싶어 하는지 바로 깨달을 수 있었다.

'오호…! 이게 진짜로 될 수만 있다면, 해외 스튜디오에서 인턴 경력을 쌓을 수도 있는 거잖아?'

윤치형 교수가 이야기하는 신규 프로젝트란 바로 이미 있는 교환학생 시스템에 산학협력의 장점을 덧붙이는 것. K대는 이미 해외의 유명한 디자인학교와의 교환학생도 몇 년째 진행 중이었는데 만약 현지의 기업들과 커넥션만 만들 수 있다면, 교환학생으로 가 있는 국가에서도 산학협력을 진행할 수 있게 되는 것이었으니 말이다.

물론 이미 친분이 있는 해외 디자인학교로부터 현지 법인을 소개받을 수도 있는 문제였지만, 그것은 결코 쉽지 않은 일이었다.

현실적으로 유명한 디자인 스튜디오를 그런 식으로 소개받기란 불가능에 가까운 일이었고 아무리 현지 회사라고 한들 어중이떠중이 회사에 K대학생들을 인턴으로 보내는 것도 득 될 것이 없는 일이었으니 말이다.

이런 와중에 우진과 직접적인 친분이 있는 브루노의 현지 스튜디오는 윤치형의 입장에서 너무 매력적으로 보일 수밖에 없는 선택지였다. 만약 브루노가 현지 산학협력도 흔쾌히 수용하여 스페인 교환학생 시스템과의 콜라보가 성공적으로 결정된다면 실질적으로 학생들에게 엄청나게 큰 도움이 될 것임은 물론, K대 디자인학부의 위상도 크게 상승할 수 있을 테니까. 특히 윤치형 교수가 학과장으로 있는 공간디자인과는 더더욱 그렇고 말이다.

"브루노의 현지 법인과 연결을 바라시는 거죠?"

본격적인 설명이 시작되기도 전에 우진이 입을 열자, 윤치형 교수는 살짝 놀란 눈치였다.

"그, 그렇지."

"뭐… 다음 미팅 때 이야기야 충분히 해볼 수 있을 것 같긴 한데…."

잠시 당황했던 윤 교수가 다시 입을 열었다.

"물론 이 프로젝트를 당장 진행하자는 건 아니야. 국내 산학협력도 아직 제대로 시작되지 않은 시점에서 스페인 현지 법인에 대한 얘기까지 꺼내는 건… 브루노의 입장에서도 당황스러울 수 있을 테지."

"그렇습니다."

우진이 고개를 끄덕이자, 윤 교수의 말이 다시 이어졌다.

"그래서 지금 나는 이런 느낌으로 생각하고 있어."

"말씀하세요."

"이번 학기 산학협력이 어느 정도 진행된 이후에, 슬쩍 운을 한 번 띄워보려는 거지."

"음….'

"만약 브루노가 인턴으로 일한 우리 학교 학생들이 마음에 드는 상황이라면, 해외 법인에 대한 이야기도 좀 더 쉽게 꺼낼 수 있지 않을까?"

윤치형의 이야기는 결론적으로 충분히 가능한 것이었다. 애초에 K대의 첫인상이 우진과 제이든, 그리고 소연이었던 브루노는 K대학교에 대해 아주 좋은 이미지를 가지고 있었고, 제이든과 소연을 포함해 이번에 브루노의 스튜디오에서 인턴으로 일하게 된 다섯 명 또한 다들 출중한 실력을 가진 학생들이었으니 우진이 말만 잘한다면 충분히 가능성 있는 제안이었던 것이다.

그래서 사실 우진은 이 얘기를 듣자마자 고개를 바로 끄덕일 수도 있었다. 태생이 영국인인 제이든은 몰라도 소연이나 선빈 같은 평범한 학생들의 경우 이 프로젝트가 성사된다면 훨씬 더 많은 기회가 열리게 되는 셈이었으니 말이다. 우진 또한 자신의 동기들이 더 훌륭한 디자이너로 성장할 수 있는 기회를 갖게 된다면, 기꺼이 도움을 주고 싶은 게 당연한 것. 하지만 우진은 그러지 않았고, 거기에는 당연히 그만한 이유가 있었다. 이 순간에도 우진의 사업 머리가 본능적으로 돌아간 것이다.

"충분히 가능하긴 할 것 같습니다, 교수님."

"그… 렇지?"

"그래서 말인데요, 교수님."

윤치형 교수를 마주 본 우진은 마른침을 집어삼켰다. 그리고 잠시 후, 천천히 다시 말을 이었다.

"이 프로젝트를 역으로 현지 학교에도 제안해보시는 건 어떻습니까?"

"뭐…?"

"현지에서 이쪽으로 오는 교환학생들도 있지 않습니까."

"그렇지."

"그 학생들에게도 한번 산학협력을 제안해보는 겁니다."

"…!"

"이를테면 WJ 스튜디오라든가… 괜찮은 회사들 있지 않겠습니까? 하하."

우진의 능글맞은 목소리를 듣던 윤치형은, 저도 모르게 혀를 내두를 수밖에 없었다.

새 학기의 시작

해외의 유학생들을 인턴으로 채용한다는 것이 사실 기업 입장에서 단기적인 이득을 볼 수 있는 프로젝트는 아니다. 유학생들의 디자인 실력을 떠나 외국인들을 채용하여 일을 시키는 것은 내국인 직원들과 일하는 것보다 능률이 나쁠 수밖에 없었으니까.

의사소통이야 한국으로 유학 온 학생들인 만큼 아주 어렵지는 않겠지만, 해외의 경우 기업문화도 한국과는 많이 다를 수밖에 없는 것이다. 그럼에도 불구하고 우진이 윤 교수에게 이런 프로젝트를 제안한 이유는 장기적인 관점에서 WJ 스튜디오를 글로벌 기업으로 키우고 싶다는 욕심이 있기 때문이었다.

글로벌 기업이라는 것은, 돈이 많고 회사 규모가 커진다고 그렇게 한순간에 될 수 있는 것이 아니다. 해외 법인만 만든다고 사람들이 글로벌 기업이라고 불러주지는 않으니까. 해외 문화와의 접점을 지속적으로 만들어주면서, 한국과는 다른 관점과 문화들을 이해하고 그 안으로 기업이 자연스레 녹아 들어가야만 진정한 의미에서의 글로벌 기업으로 성장할 수 있는 것이다.

그러니까 학교라는 창구를 통하여 해외 유학생들을 인턴으로 채용하려는 것은 이 모든 과정을 위한 하나의 수단이 되는 것. 게다가 앞으로 WJ 스튜디오가 더 유명해지고 세계적인 명성을 얻게 된다면, 유럽이나 미국의 뛰어난 건축 디자이너들을 자연스레 인턴으로 끌어들일 수 있을 테니 장기적인 관점에서 WJ 스튜디오의 성장을 빌드 업 하기 위한, 하나의 포석 같은 개념인 것이다. 그리고 윤치형 교수는 우진의 이 제안을, 긍정적으로 검토해보겠노라 하였다.

"가능성이 아주 없는 제안은 아니니… 한번 총장님께 말씀드려보도록 하지."

"감사합니다, 교수님."

"너무 큰 기대는 마라. 그리고 만약 성사되더라도 실질적으로 시행되려면 최소 일 년은 더 걸릴 거야."

"그거야 당연하죠."

윤치형 또한 가능성은 충분히 있는 프로젝트라고 생각했다. 비록 유럽이나 미국의 톱클래스 스튜디오들에는 못할지언정, 국내에도 유명 디자인 스튜디오들은 존재했으니 해외에서 들어온 유학생들도 충분히 매력을 느낄 만하다고 생각한 것이다. 만약 이것이 선순환으로 잘 굴러가기 시작하면 K대의 입장에서도 인지도를 크게 높일 수 있을 테니, 여러 가지로 윈-윈일 것이었다.

"감사합니다, 교수님. 그럼… 브루노와 이야기해보고 다시 연락드리겠습니다."

"그래. 고맙다, 우진아."

"별말씀을요."

"하지만 학점은 이거랑 별개인 것 알지?"

"넵?"

"고마운 건 고마운 거고… 이번 학기에도 내 수업시간에 잠만 자면 학점은 얄짤 없을 줄 알아."

"으… 알겠어요…."

윤치형 교수와의 이야기를 마친 우진은 뒷머리를 긁적이며 과 사무실에서 나왔다. 건축 디자인 원론에 관련된 수업인 윤 교수의 수업은 전공과목 중에서도 가장 졸린 수업이었으니 말이다.

"분명 내용은 좋은데… 졸린 걸 어떡하라고."

하지만 뚱한 목소리로 중얼거리는 것과 달리 우진의 표정은 무척이나 밝았다. 오늘 윤 교수와 대화하는 동안 머릿속으로 그려본 WJ 스튜디오의 청사진이 꽤나 멋진 것이었으니까.

'흐흐.'

물론 해외의 유학생들이 매력을 느낄 스튜디오 중 우진의 WJ 스튜디오가 포함되려면, 갈 길은 한참 멀었다. 국내에서야 〈우리 집에 왜 왔니〉의 유명세 때문에 WJ 스튜디오의 인지도가 많이 뻥튀기된 상황이었지만 그것이 유학생들에게까지는 큰 영향을 미치지 못하는 인지도였으니 말이다.

그래서 우진은 이번 왕십리 패러필드에 지어질 파빌리온을, 반드시 멋지게 해내리라 또 한 번 다짐하였다. 우진의 생각은 이렇게 머릿속에서 돌고 돌았다. 이렇게 그가 진행 중인 모든 일들은, 결국 시너지를 내며 그를 더 높은 곳까지 끌어 올려줄 프로젝트들이었다.

'〈우리 집에 왜 왔니〉가, 해외에도 수출이 되면…. 글로벌 인지도도 올라가려나?'

잠시 엉뚱한 생각을 하던 우진은 고개를 절레절레 저으며 디자인학부 건물에서 나왔다. 이제 교양수업 시작까지 시간이 얼마 남지 않았고, 그 수업을 듣기 위해서는 무려 공학관 건물로 가야 했다.

저벅- 저벅-

교정에서 걸음을 옮기는 우진의 곁으로 시원한 3월의 봄바람이 스쳐 지나간다.

"휘유, 바람 시원하고 좋네."

이어서 도착한 공학관의 앞에는 우진과 함께 자연과학을 탐구하기 위해 먼저 도착해 있던 소연이 있었다.

"디공디는 잘 듣고 왔어?"

소연의 물음에 우진은 엉뚱한 대답을 했다.

"밥이나 먹으러 갈래?"

어이없는 표정이 된 소연이 반문하였다.

"뭐? 수업은?"

하지만 다음 순간.

"이번 주는 정정 기간이잖아."

꽤 합리적인 우진의 대답에, 소연의 두 동공이 살짝 흔들린다.

"그, 그렇기는 한데…."

망설이는 그녀의 팔을 우진이 잡아끌었다.

"후문 쪽에 새로 생긴 국밥집 맛있다더라."

"아재같이 국밥?"

"뭐래. 네 취향을 가장 많이 고려한 제안이었는데."

"칫."

"그래서, 안 먹어? 나 혼자 감?"

"아니, 가자. 사실 나도 어딘 줄 알아. 거기 순댓국 맛있더라."

"…."

그렇게 우진의 2학년 첫날은 자연스런 자체휴강과 함께 훈훈하게 마무리되었다.

— * —

재엽은 요즘 들어 조금 무료함을 느끼고 있었다. 무료하다는 게 바쁘지 않다는 얘기는 아니다. 한창 높은 주가를 올리고 있는 재엽에게 일이 끊일 리는 없었으니까. 다만 그가 무료한 이유는, 뭔가 특별하고 신선한 일이 없기 때문이었다. 좀 더 구체적으로 표현하자면, 의외성 없는 일상의 연속이랄까? 그것은 지금 재엽의 앞에서 커피를 홀짝이고 있는 수하도 마찬가지였다.

"수하야, 요즘 뭐 재밌는 거 없냐?"

"그런 게 어딨겠어. 뻔히 아는 사람이 왜 이런담."

"뭔가 예상치 못한 일 같은 거. 그런 게 좀 있어 줘야, 사는 맛이 나는데 말이지."

"이 오빠가 또, 배부른 소리 하네."

둘이 대화를 나누고 있는 커피숍은 가로수길에 있는 리아의 카페 프레스코 매장이었다. 카페 주인장인 리아는 일정 때문에 회동에 나오지 못했지만, 다들 워낙 바쁜 사람들이다 보니 시간 맞는 사람들끼리 잠깐씩이라도 만난 것이다. 재엽은 마침 오늘 집에 있는 날이었고, 수하는 압구정에서 광고 촬영이 있던 날이었기에 가까운 신사동에서 만날 수 있었다.

"연말까지만 해도 재밌는 일 좀 있었는데."

"하긴, 크리스마스 파티 때도 꽤 재밌었고."

리아의 카페 프레스코는 여전히 인산인해였지만, 루프탑에 항상 비워두는 자리가 있었다. 리아가 중요한 미팅이 있거나 친한 지인들이 방문했을 때 사용하기 위해 어지간하면 비워놓는 곳이 있었던 것이다. 재밌는 것은, 그 자리의 가장 큰 수혜자가 석현과 제이든이 되었다는 사실이었지만 말이다.

"나도 이 동네로 이사 오고 싶다."

"확실히 강남이 살기는 좋지."

"맞아, 리아가 만들어놓은 아지트도 있고."

"그러니까 내가 말했잖아. 너도 청담 써밋 청약 넣으라니까?"

"나 이제 통장 없어, 오빠. 마포 프레스티지 지난번에 계약했다고 했잖아."

"아, 맞다. 그랬지."

커피를 한 모금 쪽 빨아들인 재엽이 다시 입을 열었다.

"그럼 미분양 기다렸다가 하나 계약해. 리아도 계약한다고 했어."

수하가 입술을 삐죽이며 말했다.

"리아는 부자잖아."

"너도 요즘 잘나가는 거 다 알거든? 오늘 찍은 광고도 화장품 광고 아니야?"

"히히, 그렇긴 해."

입이 쭉 찢어져서는 헤헤 웃는 수하를 보며 재엽이 고개를 절레절레 저었다. 재엽이 볼 때 수하는 가능성이 정말 무한한 배우였다. 〈우리 집에 왜 왔니〉 이후로 인기가 엄청나게 치솟기도 했지만, 그것이 이제 시작이라고 느껴질 만큼 말이다.

'캐릭터 자체가 매력 있는 친구이기도 하지만… 진짜 연기력이 끝내주니까.'

일전에 우연히 촬영현장에서 그녀가 연기하는 모습을 본 적 있었는데, 그때 재엽은 소름이 돋는 것을 느꼈다. 카메라 워킹이나 사운드 등으로 인한 포장이 전혀 되지 않은 날것임에도 불구하고, 스크린을 보는 기분이었으니 말이다. 그래서 진심으로 자신이나 리아를 부러워하는 수하를 볼 때면, 재엽은 가끔 꿀밤을 한 대씩 때려주고 싶었다. 왠지 몇 년만 지나면, 재엽이 거꾸로 수하를 부러워하게 될 것 같았으니까.

"그거 광고 찍고 번 돈으로 계약 가자, 임수하."

"그거로 계약금이나 간신히 되겠다. 무슨 30평대 분양가가 13억이 넘는다며?"

"어차피 중도금은 대출이잖아."

"잔금은 어떻게 내라고."

"그때까지 벌면 되지. 아니면 잔금 칠 때쯤, 마포 집을 팔든가."

"응? 그런 방법이 있었네?"

집 얘기부터 시작해서 일상적인 대화를 나누던 두 사람은, 〈우리 집에 왜 왔니〉 촬영에 대한 이야기까지 다양한 얘기들을 하였다. 두 사람 모두 딱히 저녁 일정이 없었으니, 오랜만에 꽤 오래도록 한자리에 앉아 이야기를 나눈 것이다. 하지만 시간이 남아서 하릴없이 시간을 죽이는 것 또한 당연히 아니었다. 그들은 지금, 기다리고 있는 사람이 한 명 있었으니까.

"매번 생각하는 거지만, 서우진 이놈은 연예인이야 진짜."

"스케줄 말하는 거지?"

"너나 나보다 더 바쁜 것 같지 않아?"

"그러니까. 노인네들 힘들게 기다리게 하고 말야."

"아까 좀 더 일찍 오라고 그랬더니, 개강해서 바쁜 걸 어쩌냐고 하는데… 순간 당황해서 말문이 막혀버렸다니까?"

"푸핫, 크크크. 맞네, 그러고 보니 오늘 3월 첫 주 월요일이네."

오늘 두 사람은 우진이 오면 가볍게 술이나 한잔하기로 약속한 상황이었다. 카페 벽에 걸려있는 시계가 7시 반을 가리키고 있었으니, 우진도 슬슬 올 때가 되었다.

"디저트 너무 많이 먹으면 안 되겠지, 오빠?"

"케이크 너 혼자 다 먹어놓고, 이제 와서?"

"한 조각 더 시킬까, 잠깐 고민했거든."

"참아라. 술 마실 배는 남겨놔야지."

그런데 시간이 조금 더 지났을 즈음. 우진이 도착하기 전, 갑자기 재엽의 전화가 울리기 시작하였다.

위이이잉-!

석재로 제작된 탁자의 위에 놓여 있어서 그런지 진동 소리는 무척이나 요란하였고, 화들짝 놀란 재엽은 전화를 받으며 자리에서 일어났다.

"나 잠깐, 전화 좀 받고 올게. 우진이 오면 일어날 준비하고 있어."

"그래. 천천히 다녀와, 오빠."

스마트폰을 귀에 댄 채로, 루프탑의 구석진 곳으로 걸어 나가는 재엽. 그리고 그렇게 한 5분 정도가 지났을까? 우진이 도착하기 전 먼저 전화를 끊은 재엽이 조금 미묘한 표정이 되어 자리로 돌아왔다.

"오빠, 왜. 무슨 일 있어?"

수하의 물음에 재엽은 살짝 인상을 찌푸리며, 쇼파에 털썩 주저앉았다.

"아무래도 말이 좀 씨가 된 것 같은데?"

"뭐가?"

"아까 내가 그랬잖아. 예상치 못한 일이 좀 일어나줬으면 좋겠다고."

조금 당황한 수하가 말을 살짝 더듬으며 대답했다.

"그, 그랬지."

"방금 전화 엄마한테 온 건데, 문제가 좀 생겼다네."

"응?"

"그 내가 엄마한테 산 청담 써밋 말이야."

"…?"

"엄마가 놀라서 전화 오셨어."

꽤나 심각한 재엽의 표정에 수하는 걱정스런 표정이 되었다. 무슨 일인지는 정확히 알 수 없었지만, 재엽이 저렇게 심각한 표정을 짓는 것은 처음 보았으니 말이다. 그리고 이런 기묘한 분위기 속에서,

덜컹―

뒤늦게 도착한 우진이 두 사람 앞에 나타났다.

― * ―

재건축 투자자들에게 가장 무서운 것은, 집값이 떨어지는 상황이 아니다. 재건축 투자라는 것은 주식처럼 단기간에 차익을 보고 빠질 수 있는 종류의 투자가 아니었고 결국 부동산 가격은 물가상승률처럼 장기적으로 우상향하게 되어 있으니 말이다. 개발이 진행되는 것을 지켜보며 몇 년이고 묻어두다 보면, 손해를 볼 일은

거의 없는 구조였으니 경험이 많은 투자자라면 단기적으로 출렁이는 집값에 일희일비할 일은 없는 것이다.

하지만 아무리 닳고 닳은 투자자라도 가슴이 철렁할 수밖에 없는 상황도 있었으니, 그것은 어떤 내·외부 요인에 의해 사업이 엎어지는 것이다. 개발과정에서 조합의 어떤 비리가 드러나거나, 외부 소송에서 패소하여 조합의 설립인가가 취소된다거나. 예기치 않게 찾아오는 이러한 사고는 경험 많은 투자자들까지도 패닉에 빠지게 할 상황인 것이다.

사고가 터져 개발이 무산되는 것은 투자자의 가치판단과는 전혀 무관한 재앙이었고, 그렇게 되면 수년에서 많게는 십 년이 넘게 쌓아온 개발차익이 실현되기도 전에 증발해버리는 것이었으니까. 재엽이 지금 어머니의 전화를 받고 당황한 이유도 바로 여기에 있었다.

[아들, 큰일 났어.]

"무슨 일이에요, 엄마?"

[우리 윗집에 사는 박 교수님 알지?]

"네, 그분 잘 알죠."

[방금 장 보러 나갔다가 그분 만나서 얘길 들었는데, 지금 조합 내부에 난리가 났나 봐.]

"조합이라면, 청담 선영이요?"

[그래, 네가 조합원인 곳이 거기밖에 더 있니?]

오래도록 재엽의 부모님과 친하게 지내던 이웃인 박 교수는 당연히 청담 선영의 조합원이었고 조합 임원들과도 꽤 친분이 있는 청담 선영의 토박이였다. 재엽의 어머니는 그 박 교수로부터, 개발 진행과 관련된 충격적인 소문을 들은 것이었고 말이다.

[엄마가 사실 이해를 다 하진 못했는데, 그 소송 건 때문에 재건축이 취소될 수도 있다지 뭐냐.]

"그러니까, 조합에서 평형 신청 과정에서 비리가 있었다고요?"

[그렇대. 비대위에서 그 건으로 소송을 걸 예정이고, 너무 확실한 사실이라서 승소하기 힘들 거라던데?]

"그게 얼마나 큰 비리인데요?"

[조합에 한번 전화해봐라, 재엽아. 엄마도 불안해 죽겠어, 진짜.]

재엽은 혼란스러웠다. 재건축 투자는 이번이 처음이었기 때문에, 개발이 취소된다는 게 얼마나 큰 손해인지부터 감이 잘 오지 않았다. 아무리 그가 돈 잘 버는 인기 연예인이라 해도, 10억이 넘는 재건축 물건에 문제가 생긴 것은 걱정이 될 수밖에 없는 것. 그래서 전화를 끊고 돌아왔을 때, 표정이 어두웠던 것이다.

"갑자기 이게 무슨 날벼락이냐, 진짜."

재엽의 입장에서 그나마 다행인 것은, 마침 오늘이 우진을 만나기로 한 날이었다는 점. 이 전화를 받자마자 바로 눈앞에 나타난 우진이 구세주처럼 보일 지경이었다. 하여 재엽은 어머니께 들은 이야기를 우진에게 토시 하나 빼먹지 않고 그대로 옮겼고,

"그러니까 그 박 교수라는 분이 이렇게 말씀하셨고…."

"응, 그래서?"

"이게 조합이 공중분해 될지도 모르는 큰 위기라는데…."

"흠, 확실히 위험한 일이기는 하지."

우진은 약속장소에 도착하자마자 뜬금없이 재엽의 부동산 상담을 하게 된 것이다.

하여 설명을 모두 마친 재엽은 한숨을 푹 쉬며 중얼거리듯 한탄하였다.

"하, 진짜 이거 어쩌냐…? 당장 조합에 전화해서 확인해볼 수도 없고…."

옆에서 그 이야기를 듣고 있던 수하는 무슨 말인지 이해가 되지 않아 커다란 눈만 끔뻑이고 있었고 말이다. 하지만 왜인지, 우진의 표정은 별로 심각하지 않았다. 심각하기는커녕, 어떤 흥미로운 이야기를 들을 때나 지을법한 의미심장한 표정을 짓고 있는 우진.

"지금은 조합도 아마 퇴근했을 거야."

"그렇겠네."

뒷머리를 긁적인 재엽이, 다시 우진을 향해 물었다.

"네가 볼 땐 어때? 이거 진짜 심각한 상황인 건 맞지?"

그 물음에 우진은 고개를 살짝 저으며 대답했다.

"글쎄."

"글쎄라니…?"

"아직 몇 가지 확인해봐야 할 것들이 있어서."

"그래? 하긴, 오피셜이 아니라 소문이니까, 확인되기 전에는…."

꽤 당황했는지 횡설수설하는 재엽을 보며 우진은 쓴웃음을 지었다. 전생에 이 사건으로 인해 피해 봤던 사람들 중에 재엽도 포함되어 있었을 것이라 생각하니, 뭔가 묘한 기분이 든 것이다.

"잠깐 기다려봐, 형."

우진은 스마트폰을 꺼내 들었다. 홈 화면에 떠있는 시간을 확인한 우진은 그대로 전화번호를 검색해 문자를 찍기 시작했다.

[청담선영 조합장님]

시간이 일곱 시가 넘었기에 이른 시간이라고 할 수는 없지만 사안이 사안인 만큼, 문자 한 통 정도는 괜찮다고 생각했다.

[조합장님, 저 WJ 스튜디오 대표 서우진입니다. 다름이 아니

라…]

　[이런 이야기를 들었는데, 통화 가능하실 때 연락 한번 부탁드리겠습니다.]

　문자를 보낸 우진은 재엽의 건너편 소파에 털썩 엉덩이를 깔고 앉았다.

　'답이 오려면 시간이 좀 걸리겠지?'

　조합장에게 문자도 넣어놨으니, 이제 재엽을 안심시켜줄 차례였다.

— * —

　사실 재엽으로부터 들은 이 상황은, 이미 몇 달 전부터 예견되어 있었던 것이었다. 우진이 조합장에게 줬던 솔루션은 사달이 나는 것을 막는 방법이 아닌 이 상황을 이용하는 방법이었으니까.

　[이걸 굳이 막으려 하실 필요는 없습니다, 조합장님.]

　[물론 미리 위험요소를 제거하고 싶으신 마음은 이해하지만, 내년 초까지는 방치해뒀다가 함정으로 써야 합니다.]

　[녹취 파일만 잘 확보해주세요. 그쪽에서 먼저 소송을 걸면, 역으로 묻어버릴 수 있을 테니까요.]

　우진이 조합장에게 줬던 솔루션은 간단했다. 비대위 끄나풀인 조합원 몇 명이 양보하는 척 평형 신청 과정에서 빠지는 걸 녹취 파일로 몰래 남겨놨다가 소송을 걸었을 때 증거자료로 제출하라는 것이다. 애초에 비대위에서 파놓은 함정이라는 것이, 자신들이 양보한 것을 불공정 운영으로 둔갑시키는 것이었으니 이 증거만 있다면 오히려 소송에서 역공을 할 수 있는 것이다.

[아마 비대위는 소송에서 패배할 테고, 막대한 소송비용과 사업 지연에 대한 피해보상을 조합에 해야 할 겁니다.]

[그러면 오히려 자신들이 가지고 있던 청담 선영의 상가지분마저도, 전부 다 조합에 내어줘야 할지도 모르겠죠.]

그래서 작년에 우진이 조합장에게 솔루션을 준 것과 별개로, 이렇게 소송이 터지는 것까지는 아주 정상적인 상황이었다. 다만 여기서 우진이 한 가지 의아한 것은, 소송이 제대로 시작되기도 전에 왜 이렇게 빨리 소문이 퍼졌냐는 것이었다. 조합의 중임들도 아닌, 일반 조합원들에게까지 말이다.

'전생에서는 이렇지 않았어. 소송이 한참 진행될 때까지도 일반 조합원들은 모르고 있었다가… 1심에서 패소했다는 사실이 드러나고 나서야 난리가 났었는데 말이지.'

만약 이 의문점이 아니었다면, 우진은 조합장에게 문자조차 넣지 않았을 것이었다. 청담 선영의 조합원들 사이에서 한번 난리가 나는 것은 지극히 당연한 수순이었으니 말이다.

'뭔가 전생과 조금 달라진 것 같지만… 탈이 난 건 아닐 텐데.'

우진은 일단 재엽에게 상황을 설명해주었다. 아직 비대위를 완전히 옭아매기 전인 관계로, 구체적인 뒷이야기까지 다 설명하지는 않았다. 재엽이야 어디에 말을 옮길 사람이 아니었지만, 그의 부모님은 친한 조합원들에게 얘기할 수도 있다고 생각했으니까. 소송이 시작되기 전에 우진과 조합장 홍식의 계획이 비대위의 귀에 들어간다면, 일망타진은 물 건너가게 될 것이었다.

"그럼 우진아, 이거 전혀 걱정할 것 없다는 거지?"

"아마도."

"'아마도'라니! 확실해야 돼. 이게 어디 한두 푼 걸린 일이냐."

우진이 피식 웃으며 다시 말했다.

"거의 확실할 거야. 조합장님이랑 통화해보고, 전후 사정 파악한 다음에 다시 얘기해줄게."

해서 우진의 설명을 들은 재엽은 놀란 가슴을 쓸어내릴 수 있었다. 확답까지 듣지는 못했기에 완전히 개운한 마음은 아니었지만, 그래도 걱정이 한결 가신 것이다.

"그럼 오빠, 별 탈 없는 거지?"

"우진이 말에 의하면?"

"다행이다. 얼굴 완전 까맣기에, 진짜 큰일 난 줄 알았잖아."

"꽤 큰일이 날 뻔하기는 한 거지, 뭐."

그래서 우진과 재엽, 수하 세 사람은 어느 정도 나아진 분위기 속에서 카페 프레스코를 나섰다. 재엽이 미리 예약해둔 인근의 술집으로 자리를 옮긴 것이다. 기분이 조금 뒤숭숭하긴 했지만, 이 일 때문에 오랜만에 겨우 잡은 약속을 파투 낼 수도 없었으니, 기분전환도 할 겸 바로 자리를 이동한 것. 그런데 그들이 술집에 도착하기도 전, 우진의 스마트폰이 다시 울렸다.

위이잉-

그것은 바로, 조합장 곽홍식으로부터 돌아온 문자였다.

[아, 안녕하셨습니까, 서 대표님. 혹시 지금 통화 가능하십니까?]

그리고 그 내용을 확인한 우진은 곧바로 통화버튼을 터치하였다.

— * —

[소문이 벌써 거기까지 나다니, 빠르군요.]

첫 마디를 듣는 순간, 우진은 알 수 있었다.

"역시, 계획에 무슨 차질이 생긴 건 아니었던 거군요?"

[하하, 그렇습니다. 제가 이렇게 중요한 일을… 그렇게 허투루 진행하지는 않지요.]

쾌활한 그의 목소리를 들은 순간, 문제가 생긴 것은 아님을 알아챈 것이다.

'하긴. 그럼 그렇지.'

하지만 문제가 없는 것은 없는 것이고, 그것과 별개로 우진은 현재 상황이 궁금하였다. 이제 시기상 슬슬 비대위가 움직일 때는 되었으니 말이다.

"아직 소송이 시작된 건 아니지요?"

[그렇습니다. 조만간 소장이 날아올 것 같기는 한데… 이 친구들, 행동이 꽤 굼뜨군요. 허허.]

우진은 가장 궁금했던 부분부터 물어보았다.

"그럼… 갑자기 이렇게 소문이 퍼진 것은 왜 그런 걸까요?"

그 물음에, 곽홍식이 웃으며 대답하였다.

[그야, 저희 쪽에서 손을 좀 썼기 때문입니다.]

"손을 쓰셨다고요?"

[더 확실하게 비대위의 퇴로를 전부 다 차단하기 위해서 말이지요.]

마치 우진에게 칭찬이라도 해달라는 것처럼, 홍식은 요 며칠 동안 있던 일을 우진에게 신이 나서 늘어놓았다. 그리고 그 모든 이야기를 들은 우진은 꽤 놀란 표정이 되었다.

'역시… 이 아저씨도 보통내기가 아니라니까?'

사실 비대위가 소송을 건다고 해도 소송에 모든 반대파가 전부 참여하는 것은 아니다. 패소할 때의 리스크 때문에, 사업 자체는 반대하면서도 소송에는 발을 걸치지 않고 관망하는 이들도 꽤 있으니 말이다. 홍식은 이번 기회에 그렇게 애매하게 걸쳐있는 반대파들까지 싹 다 끌어들여 정리하기 위해, 일부러 틈을 보인 것이었다.

첫째로는 일부러 소문을 흘려 비대위가 움직일 명분을 만들어준 것이고, 둘째로는 이 소문에 일부러 묵묵부답 대응하지 않음으로서, 하이에나처럼 기다리고 있는 비대위 인물들이 소송에 확신을 가질 수 있게 만들어준 것이다. 이 문제를 조합에서는 안일하게 생각하고 있으며, 여기에 대해 별다른 대응책도 없겠다는 생각이 들도록 말이다. 그 결과 평범한 입주민인 재엽의 어머니에게까지 이이야기가 전해진 것이었고, 오늘 우진이 이렇게 재엽의 상담을 해주게 되었던 것.

"조합장님, 보기보다 무서우신 분이셨군요."

[헛헛, 이 방법을 저희 쪽에 알려주신 분께서 그리 말씀하시면 어떡합니까?]

"하하, 그것도 그러네요."

[무튼 조만간 소송이 시작될 분위깁니다.]

"제 예상보다 한 달은 더 빨라졌군요."

[소장 날아오고 고소인 명단 확인한 뒤에, 다시 연락드리겠습니다.]

"고생하셨습니다…!"

그래서 홍식과의 통화가 끝났을 때, 우진은 한결 더 마음이 가벼워졌다. 이 전화 한 통으로 의아했던 부분까지 전부 다 확인이 되었으니 말이다.

'재엽이 형이 좋아하겠네.'

그런데 전화를 끊고 재엽에게 이야기를 꺼내려던 우진의 머릿속에, 불현듯 한 가지 생각이 떠올랐다.

'잠깐, 생각해보니 이거….'

어쩌면 곽홍식으로 인해 바뀐 이 상황을 잘 이용해서, 적지 않은 이득을 볼 수 있을 것 같다는 생각이 떠오른 것이다.

정보를 돈으로 만드는 방법

세 사람은 마음 편히 먹고 마시며 떠들었다. 술집에 들어서기 전까지만 해도 미묘하게 꿀꿀했던 분위기는, 일단 술자리가 시작되고 나니 싹 다 사라진 것이다. 물론 조합장의 전화를 받은 우진이 재엽에게 문제없다며 확답을 준 것이 가장 큰 이유였지만 어쨌든 세 사람은 평소처럼 신나게 웃고 떠들 수 있었던 것.

그래서 오랜만에 취기가 오를 정도로 마신 우진은 열두 시가 다 되어갈 쯤이 돼서야 집으로 향했다. 집에 도착한 뒤에는, 그대로 아침까지 푹 잠에 들었고 말이다. 하여 그렇게 숙면한 뒤, 개운하게 눈을 뜬 이른 아침. 출근길에 오른 우진은 곧바로 어디론가 전화를 걸었다. 정확히는 여기저기 전화를 돌리기 시작하였다.

"아, 예. 사장님, 청담 선영 매물 알아보려고 전화 드렸는데요."

[아, 그러시군요! 전화 잘 주셨습니다. 어떤 물건 알아보고 계시죠? 대단지다 보니, 평형대가 워낙 다양해서요.]

"33평형이나 29평형으로 알아보고 있습니다. 50평대 이상 신청해둔 물건이면 더 좋고요."

[오…! 29평형은 마침 어제 매물이 좀 나온 게 있는데… 50평대

신청한 물건은 아쉽게도 없고요.]

"혹시 가격 브리핑 좀 받아볼 수 있을까요?"

[음… 일단 물건 하나는, 시세대로 나왔고요, 다른 하나가 좀 싸게 나온 녀석이 있는데… 34평 신청 물건입니다.]

"추가 분담금 포함해서 총 매수가가 얼마죠?"

[일단 매매가는 11억 초반 정도… 추가 분담금이 4천만 원 정도 나올 테니, 11.5~7억 사이가 되겠네요.]

"그렇군요."

[전세가 6억 정도 껴 있어서, 초기투자금은 5억이 조금 넘는 수준이죠.]

"감사합니다, 사장님."

우진은 출근길에, 검색 포털에서 찾을 수 있는 청담동의 부동산이란 부동산은 전부 전화를 돌렸다. 청담 선영의 시세 동향을 파악하기 위해서 말이다.

'역시 아직까지 크게 싸게 나온 물건은 없네.'

주식 판에서는 어떤 호재나 악재에 대한 찌라시가 돌기 시작하면, 보통 그것이 시세에 거의 즉각적으로 반영된다. 평범한 개미 투자자가 찌라시를 접하고 정보를 얻었을 시점이면, 해당 정보가 이미 시세에 반영되어 있을 정도로 시장의 움직임이 빠르다는 것이다.

하지만 부동산은 주식과 정반대였다. 주식처럼 거래 절차가 간단하지 않고 액수가 한 번에 크게 움직이다 보니, 오히려 호재와 악재가 반영되는 데 시간이 좀 걸릴 수밖에 없다. 특히 이렇게 급작스러운 악재가 생겼을 경우, 첫 한 주 정도는 매수 대기자와 매도자 사이의 눈치싸움이 시작되는 것이 보통이었으니 오늘 우진이 전화를 돌린 것은 당장의 시세 변동을 보기 위함이 아니었다.

"네, 사장님. 매수 의향은 있는데… 급매가 나올 때까지 조금만 더 지켜보겠습니다."

[하하. 그러도록 하십시오, 대표님.]

다만 부동산들로부터 지속적인 연락들 받음으로써, 앞으로의 시세 동향을 쉽게 파악하기 위해서였다.

"괜찮은 물건 나오면, 꼭 좀 브리핑 부탁드립니다."

[물론입니다! 연락드리겠습니다!]

이렇게 매수 대기자로서 여러 곳의 부동산에 번호를 뿌려놓으면, 부동산에서 물건이 나올 때마다 알아서 문자를 넣어주니 큰 수고를 들이지 않고도 시세 파악이 가능해지는 것이다.

"좋아, 그럼 밑밥은 뿌려놨으니… 조합에 한번 찾아가 볼까?"

사무실에 도착한 우진은 이번에는 조합장에게 전화를 걸었다. 오늘 바로 조합에 찾아갈 생각이었기에, 약속을 잡은 것이다.

"네, 조합장님. 그럼 오늘 저녁 식사 시간 괜찮으십니까?"

[그렇게 합시다. 설계변경 건 때문에 여쭙고 싶은 부분도 있었고… 그렇지 않아도 한번 뵙고 싶던 참이었습니다.]

"그럼 제가, 4시까지 조합 사무실로 찾아가겠습니다."

[저녁이라기엔 너무 이르지 않습니까?]

"식사 전에, 몇 가지 여쭙고 싶은 부분이 있어서 말이지요."

[흠, 그럼 넉넉히 4시 반까지 오시지요. 오후에 약속이 하나 있는데, 4시까지는 끝나지 않을지도 몰라서 말입니다.]

"알겠습니다. 그럼 그때 뵙도록 하겠습니다."

조합장과의 전화를 끊은 우진은 이번에는 컴퓨터를 켜서 엑셀 파일을 열었다. 청담써밋의 평형별 조합원 분양가부터 시작하여

각 타입별 감정평가 금액 등을 표로 정리하여, 어떤 물건을 어떤 가격에 샀을 때 가장 많은 차익이 남을지 좀 더 세밀하게 분석한 것이다.

'단기간에 크게 먹을 수 있는 기회야. 마다할 필요는 없겠지.'

딸깍- 딸깍-

우진은 마치 모니터에 빨려 들어가기라도 할 것처럼, 스크린에 시선을 고정시킨 채 연신 마우스를 클릭하였다. 하여 그렇게 대략 한 시간 정도가 더 지났을까? 우진은 메신저를 열어, 진태를 대표실로 불렀다.

"형, 우리 지금 여유자금 얼마나 확보 가능하지?"

"음… 갑자기 무슨 일이야?"

"단기적으로 투자할 만한 투자처가 생겨서."

"경영지원실에 확인해봐야 되긴 하는데… 이번에 패러마운트 쪽에서 계약금 입금됐으니, 한 20억 정도는 확보 가능할걸?"

"순수 잔고만 얘기한 거지?"

"그렇지, 운영자금 3~4억 정돈 빼고 얘기한 거고."

"오케이, 알겠어. 경영지원실 가서 정확한 데이터 좀 뽑아서 메신저로 보내줘."

"알겠어. 그럴게."

오랜만에 분주히 움직이는 우진의 모습 때문인지, 진태 또한 덩달아 행동이 빨라졌다. 우진의 말이 떨어지기가 무섭게, 후다닥 경영지원실로 가서 재무 데이터를 요청한 것이다. 하지만 지금 가장 분주한 것은, 우진의 머릿속이라고 할 수 있었다.

'딱 두 달짜리 투자야. 빨리 준비해야 해.'

점심 식사도 거르며 회사 업무를 빠르게 정리한 우진은 세 시 반

쯤 다시 사무실에서 나왔다. 그가 향한 곳은 당연히 청담 선영의
조합 사무실.

부르릉-

시동을 거는 우진의 표정은, 조금 상기되어 있었다.

——— * ———

청담 선영의 비대위원장 권순현은 일 년 전까지만 해도 선영아
파트의 조합원이었다. 심지어 40평대 아파트 한 채에 180평 규모
의 커다란 상가지분까지 갖고 있던 대지분의 소유자였던 것. 그랬
던 그가 개발을 반대하기 시작하게 된 것은, 상가조합과 아파트 조
합원들 사이의 협상이 결렬된 이후부터였다.

원래 선영아파트 재건축 계획에는 상가까지 포함되어 있었는데
상가 조합원들이 건축이 진행되는 동안 생길 영업 손해에 대해 비
용을 청구하자 아파트 조합에서 갈라서버린 것이다. 물론 아파트
조합에서 처음부터 상가 조합원들의 요구를 거절했던 것은 아니
다. 그들의 입장에서도 상가까지 포함되어 더 큰 규모로 재건축되
는 게 좋은 방향이었으니, 처음에는 최대한 다독여 함께 가려고 했
었으니까.

"공사기간 동안 발생했을 매출의 80퍼센트를 모든 상가 조합원
에게 보전해주셔야 합니다."

"허…."

"상가 비례율*도 너무 낮게 잡혔습니다. 최소 20퍼센트는 높게 산정해주셔야 하고요."

"논의해보겠습니다. 하지만 그 수치들은 너무 높습니다. 조정이 좀 필요합니다."

"그리고 상가 조합원들도 아파트를 똑같이 분양받을 수 있도록 해주셔야 합니다."

"그건 안 됩니다! 가뜩이나 일반분양분도 부족한데⋯."

하지만 상가 조합원들은 전혀 양보하지 않았고, 덕분에 갈등의 골은 갈수록 더 깊어졌다.

"이건⋯ 아파트 조합원들의 입장에서 너무 큰 역차별입니다."

"상가 조합원들은 생계가 달린 문제입니다. 역차별이라니요!"

"2년간 주거를 강제로 옮겨야 하는 아파트 조합원들은 손해가 없겠습니까?"

"대신 시세차익을 보지 않습니까!"

"아파트만 새 건물로 짓습니까? 상가도 전부 다 신축되어 가치가 올라갈 겁니다."

"아무튼! 이 조건들을 전부 수용해주시지 않는다면, 상가 조합원들은 개발을 반대할 수밖에 없습니다."

"하아⋯."

그래서 결국 선영아파트 조합에서 선택한 것은, 아예 상가를 분리시키고 아파트만 재건축을 추진하는 방향으로 사업 방향성을 선회하는 것. 상가 조합원들을 끌고 가기 위해 조합 차원에서 큰

---

* 감정평가 결과 책정된 부동산의 가치에 비례율을 곱하면, 사업장의 사업성을 고려한 권리가액이 산정된다. 각 평형별 조합원 분양가에서 가지고 있는 부동산의 권리가액을 뺀 값이 추가 분담금이 된다.

손해를 보느니, 차라리 단지 규모가 조금 작아지더라도 빠르게 사업을 진행하는 것이 더 낫다고 판단한 것이다.

"이렇게 된 이상 어쩔 수 없겠습니다."

"뭐요?"

"사업계획을 처음부터 다시 수립하겠습니다. 그렇게 개발을 반대하시니, 상가는 재건축에서 완전히 빼드리도록 하지요."

"그게 무슨…!"

덕분에 상가 조합원들은, 졸지에 낙동강 오리알 신세가 되어버린 것. 사실상 상가 조합원들의 과도한 욕심 때문에 벌어진 일이었지만, 당사자들 입장에서는 그리 생각하지 않았다.

"다 같이 잘 먹고 잘 살면 얼마나 좋아!"

"이기적인 아파트 조합원 놈들! 이대로 사업이 진행되게 둘 수는 없습니다!"

이것이 바로, 분노한 상가 조합원들이 세입자들과 똘똘 뭉쳐 비대위를 결성하게 된 계기였고 말이다. 상가 대지주였던 권순현이 총대를 메고 나선 것도, 바로 이때였다. 그는 당시 아파트 지분도 가지고 있었지만, 그것마저 팔아버리고 비대위원장으로 나섰다. 심지어 이런 상황에서 그가 팔아버린 청담 선영의 가격이 개발에 대한 기대감으로 30퍼센트 이상 상승했으니 권순현의 입장에서는 더욱 배가 아플 수밖에 없었다.

'이 야비한 놈들. 내가 이렇게 당하고만 있을 것 같아?'

그래서 권순현은 몇몇 비대위원들과 함께, 사업을 엎어버릴 계획을 일 년 동안 치밀하게 구상했다. 그리고 지금 조합원들 사이에서 빠르게 퍼지고 있는 그 소문이 바로, 이 설계의 결과라고 할 수 있었다.

"위원장님, 이제 슬슬 움직일 때가 된 것 같지 않습니까?"

권순현의 입가에 기분 좋은 웃음이 걸렸다.

"그렇지 않아도 소송 건 때문에 오늘 이 자리에 여러분을 모시게 되었습니다."

권순현의 상가에 모인 비대위원들은 기대감 넘치는 표정으로 그의 이야기를 듣기 시작했다.

"아마 모르긴 몰라도, 조합에선 지금 똥줄이 타고 있을 겁니다."

"당연하지요. 겉으로는 태연한 척하고 있지만, 사실상 빠져나갈 구멍이 없는 상황 아닙니까?"

"그렇습니다. 아마 소송이 걸리면 합의 비용부터 조율하려고 할 텐데… 어지간한 금액으로는 절대 합의해줄 수 없습니다."

"인당 최소 이십억 이상은 받아내야 합니다. 그 이하로 몇 푼 받고 발 빼느니, 사업을 아예 엎어버리는 게 낫죠."

"옳습니다!"

흥분한 비대위원들과 함께 소송 일정에 대해 논의하며, 권순현은 속으로 실소를 흘렸다.

'후후, 이제 와서 후회해봐야 소용없지. 소송이 시작되고 나서, 곽홍식 그 늙은이의 면상을 한 번 봐야 하는데….'

그가 절치부심하며 기다려왔던 그날이 정말 목전으로 다가왔으며, 이제 그들을 낙동강 오리알 신세로 만든 아파트 조합원들에게 한 방 크게 먹여줄 수 있을 것이라 생각하니 그 생각만으로도 절로 웃음이 새어 나오는 것이다.

"아파트에 지분 가지신 분들은 이제 슬슬 파셔야 할 것 같습니다."

"아무래도 그렇겠지요. 소송결과가 나오고 나면, 값이 엄청 떨어질 테니까요."

비대위원들은 신이 나서 앞으로의 계획에 대해 공유하였다. 이 소송의 결과가 그들만이 알고 있는 미래라고 생각하니, 할 수 있는 이야기들도 무척이나 많았다.

"다들 마지막까지 파이팅 하십시다."

"고생하십니다, 위원장님."

"소장은 그럼 언제 날아가는 거지요?"

"다음 주가 지나기 전엔 결과가 나올 겁니다."

"이달 말엔 법정에서 뵐 수 있겠군요."

권순현이 씨익 웃으며 대답했다.

"그날 아마 우리 조합장님도 뵐 수 있을 겁니다."

"흐흐. 우리 잘나신 곽 선생님 표정이 궁금합니다, 그려."

합의금으로 받아낼 거액을 머릿속으로 떠올리며, 저마다 기분 좋게 웃는 비대위원들.

하지만 지금 이 순간, 그들이 알 수 없는 사실이 몇 가지 있었다. 첫째로는 지금 그들이 웃고 떠들고 있는 바로 이 상가 호실 앞에, 한 사람이 지나가고 있다는 사실이었으며, 둘째로는 그 남자가 그들의 이러한 계획을 이미 오래전부터 다 알고 있었고 그 계획을 최대한 이용하기 위해 조합 사무실을 찾아왔다는 사실. 마지막으로는 그로 인해 이 모든 계획이 산산조각 나게 될 것이라는 사실까지 말이다.

우진을 만난 홍식은, 꽤 반갑게 그를 맞아주었다. 첫 만남이야 조금 얼굴 붉히며 시작됐었지만, 결과적으로는 우진에게 정말 많은 도움을 받은 홍식. 때문에 그가 오랜만에 조합사무실에 찾아온 우진을 반갑게 맞은 것은, 너무 당연한 일이라고 할 수 있었다.

"오랜만에 뵙습니다, 조합장님. 신수가 훤해지셨네요."

"허허, 서 대표는 여전하십니다. 이쪽으로 앉으시지요."

일상적인 이야기들을 형식적으로 몇 마디 주고받은 두 사람은, 곧 사업장에 대한 이야기를 시작하였다. 그리고 처음 대화는, 최근까지 있었던 조합의 일들을 홍식으로부터 듣는 것으로 시작되었다.

"일단 관리처분 인가는 곧 떨어질 예정입니다."

"호오, 진짜 빠르시군요."

"미리미리 해둔 준비가, 이제 빛을 발하는 게지요."

"예정이라는 건, 서울시에서 확답이 내려왔다는 건가요?"

"그렇습니다. 담당관이랑 통화는 이미 끝냈고, 고시 뜨기를 기다리는 중이지요."

홍식은 서류준비부터 시작해서 서울시와 지금까지 오갔던 커뮤니케이션들에 대해 이야기해주었고 그 내용들을 흥미롭게 듣던 우진은 속으로 적잖이 놀랐다.

'이 아저씨가, 원래 일을 이렇게까지 잘했나?'

전생의 모든 기억을 통틀어봐도, 이렇게 깔끔하게 조합 일을 처리하는 조합장을 본 적이 없었으니 말이다. 일이 한번 잘 풀리기 시작하자 흐름을 탄 것인지는 몰라도 만약 이번 주 내로 관리처분인가가 떨어진다면, 우진의 예상보다도 훨씬 진행속도가 빨라지는 것.

'나중에 재개발이나 재건축 하나 들어가게 되면, 이 아저씨 꼬셔서 영입해도 괜찮을 것 같은데?'

재건축 사업장에서 시간은 곧 돈이다. 그리고 재건축 사업은, 조합장의 능력 여하에 따라 진행속도와 결과물이 천차만별로 달라진다. 때문에 능력이 검증된 뛰어난 조합장을 영입할 수 있다면, 조합원들의 입장에서는 그것이 곧 이득으로 돌아오는 것. 그의 이야기를 듣던 우진은 청담 선영의 개발이 끝난 뒤 그와 함께 일해볼 것을 처음으로 진지하게 고민하였다. 앞으로 이삼 년 정도가 지난 뒤에는 본격적으로 부동산 시장이 폭등하기 시작할 것이고 그때 우진은 본격적으로 투자에 뛰어들 생각이었으니까.

'청담 선영 완공 시점이랑 얼추 시기도 맞물려 떨어지고 말이지.'

하지만 이런 생각들은 결국 곁가지에 불과할 뿐이었다. 오늘 우진은 이곳에 그저 안부 차 온 것이 아니었으니 말이다. 그래서 홍식의 자부심 넘치는 이야기들을 어느 정도 들은 뒤, 우진은 조금씩 본론을 꺼내기 시작하였다.

"그래서 조합장님."

"말씀하시지요."

"이제 그 소송 건은, 어떻게 진행될 예정입니까?"

홍식이 짐짓 모른 척하며 되물었다.

"어떻게 진행되다니요. 사실 소송을 거는 것은 저쪽일 테니, 저쪽에서 계획을 세우는 것 아니겠습니까. 허허."

우진이 웃으며 고개를 저었다.

"소송이 들어올 시점은 이미 아시지 않습니까?"

"흠, 그게 무슨…?"

"비대위에서 아직까지 소송을 걸지 않고 상황을 지켜보며 기다린 이유. 거기에 해답이 있지 않습니까?"

곽홍식이 눈을 빛내며 말했다.

"오호, 서 대표께서는 그 답이 뭐라고 생각하시는지요?"

우진은 망설임 없이 대답했다.

"관리처분 고시가 난 뒤, 대략 한 주 정도가 지났을 시점."

"그때 소송이 들어올 거란 말입니까?"

"그렇습니다."

잠시 정적이 흘렀고, 그 사이 우진은 차를 한 모금 홀짝였다. 말을 쉬지 않고 하다 보니 목이 말랐던 것이다. 그리고 우진이 찻잔을 다시 내려놓자, 곽홍식이 다시 질문하였다.

"어째서 그렇게 생각하십니까?"

그에 우진은 대답 대신 다시 반문하였다.

"비대위 측 인물들 중, 아직까지 청담 선영 아파트에 지분이 있는 사람들이 제법 있지요?"

"…!"

"이번 소송 건을 위해 함정을 판 조합 대의원들을 포함해서, 꽤 많은 것으로 알고 있는데요."

"맞습니다."

"그들이 아파트를 팔고 나올 매도 타이밍을, 한 번 가져가려고 하지 않겠습니까?"

"…!"

"관처가 떨어지면 일시적으로 가격이 튀어 오를 테고, 그즈음이

저들의 매도 타이밍이겠지요."

우진은 정확히 핵심을 짚었고, 홍식은 그것을 다시 한번 확인하였다.

"비대위들이 가지고 있는 아파트 지분을, 최고가에 팔아치우려할 것이라는 말이지요?"

"바로 그렇습니다. 그게 아니라면, 아직까지 소송을 걸지 않고기다리고 있을 이유가 없지요."

흥미진진한 표정으로 우진의 얘기를 듣던 홍식은, 결국 그의 통찰력에 감탄할 수밖에 없었다. 이 재건축 사업에 대한 이해도가어지간히 높지 않고서는, 이런 흐름을 결코 잡아낼 수 없으니 말이다.

'역시 대단한 인물이야. 조합 내부 사정을 여기까지 들여다보다니.'

사실 우진도 처음부터 여기까지 생각할 수 있던 것은 아니다. 다각도로 비대위의 입장에서 고민을 해보며, 투자 수익을 극대화할방법을 연구하다 보니 그들의 행동 동기까지도 훤하게 들여다볼수 있었던 것이다. 거기에 한 가지 더, 우진은 이 정도에서 그치지않고 한 가지 사실을 더 꿰뚫어 보았다.

"그리고, 조합장님."

"예?"

"사실 조합장님이 일부러 소문을 내신 가장 큰 이유도, 바로 여기에 있었던 것 아닙니까?"

우진의 물음에, 홍식의 말문이 순간적으로 막혀버렸다. 지금까지가 그의 얼굴에 떠오른 감정이 흥미로움과 감탄이었다면, 이번에 떠오른 감정은 경악에 가까운 것이었다.

"어째서 그리 생각하시오?"

우진이 씨익 웃으며 답했다.

"비대위 놈들이, 고가에 아파트를 팔고 빠져나가는 걸 보기 싫으셨겠지요."

"…!"

"소송을 걸기 전에 최고시세가 형성되는 것을, 일부러 막으신 것 아닙니까."

"허허…."

"물론 최대한 완벽하게 비대위를 옭아매는 것도 중요한 이유였겠지만… 저는 이쪽에 비중이 더 실려 있을 거라고 생각하는데요?"

보통 재건축 아파트의 값이 가장 많이 오르는 시점은, 재건축의 각 단계가 한 계단씩 넘어가는 시점이다. 처음 재건축의 추진위원회가 결성되면 기대감으로 인해 시세가 살짝 오르고, 그다음은 조합이 설립되면 또 한 번 시세가 오르고, 여기에 사업 시행인가, 시공사 선정, 마지막으로 관리처분인가까지.

이 단계들이 하나하나 진행될 때마다 투자자들 입장에서는 리스크가 하나씩 제거되는 셈이니, 이때마다 가격이 오를 수밖에 없는 것이다. 그래서 관리처분이 난 시점이 청담 선영의 시세가 오르는 것은 너무 당연한 수순이었고 여기서 조금 더 생각하면 비대위가 가지고 있는 지분을 이 시점에 매도하려고 할 것이라는 점도 예상 가능한 범위였다. 우진은 여기서 한 번 더 나아가, 조합장의 속내까지 간파해내었지만 말이다.

"이런, 서 대표님께서는 그동안 제 머리 꼭대기 위에 앉아 계셨나 봅니다, 허허헛."

너무 당황한 나머지 헛웃음을 짓는 홍식을 보며, 우진은 마주 웃었다. 자신의 추론이 맞았음이 확인되니 꽤나 기분이 좋았던 것이다.

"저 같아도 이렇게 했을 겁니다."

"그렇습니까?"

"정말 잘하셨습니다. 그런 악질적인 놈들 손에 한 푼이라도 떨어지는 것을 막아야지요."

반대로 우진의 칭찬이 이어졌음에도 불구하고, 홍식은 묘한 기분이었다. 조합의 대의원들조차 바로 이해하지 못했던 자신의 설계를 외부인인 우진이 정황만으로 파악한 것이었으니 순간적으로 정말 소름 돋게 놀란 것이다. 그런 그를 향해, 이번에는 우진이 먼저 입을 열었다.

"기왕 이렇게 칼을 뽑아 드신 거, 더 강하게 나가시는 건 어떻습니까?"

우진의 물음에, 주름진 홍식의 눈이 다시 크게 뜨여졌다.

"더 강하게라면, 어떻게 말씀이신지요?"

그런 그를 향해, 이제 우진은 본론을 얘기하기 시작했다.

"사실 제가 오전에 시세를 좀 파악해봤는데, 아직까지 전혀 미동조차 없더군요."

"저희 아파트 시세 말씀이십니까?"

"그렇습니다."

우진이 다시 입을 열었다.

"아예 조합의 대의원들까지 아파트를 팔기 위해 움직이고 있다는 소문을 슬쩍 흘리는 것은 어떻습니까?"

"예…?"

"조합 관계자들이 자신의 물건을 빠르게 처분하려고 한다. 이것만큼 확실한 시그널이 어디 있겠습니까?"

우진의 제안은 바로 이런 것이었다. 소송에 대해 이미 눈치챈 조합 임원들이, 여기서 승소할 자신이 없어 미리 물건을 팔고 빠지려고 한다는 소문을 낸다. 그 소문 때문에 매수 대기자들은 전부 관망으로 돌아서고, 극도로 불안해진 선영아파트의 일반 조합원들이 자신들의 물건을 내놓기 시작한다.

매물은 쌓이고 매수자는 없으니, 가격은 순식간에 떨어져 내린다. 이 상황에서 비대위원들은, 결국 관리처분까지 기다리지 못하고 물건들을 팔아버리고 만다. 하지만 우진의 이 이야기를 전부 다 들은 홍식은, 이번엔 조금 미적지근한 반응이었다.

"저도 그런 생각을 해보지 않은 것은 아닙니다."

"그렇습니까?"

"하지만 그렇게 하지 못한 데에는, 몇 가지 문제가 있어서지요."

"어떤 문제가 있을까요?"

잠시 뜸을 들인 홍식이 다시 말을 이었다.

"첫째로, 그 정도까지 심각한 소문이 퍼져버리면… 낮아진 가격에 거래가 이뤄지기보단, 거래가 잠겨버릴 확률이 높습니다."

"비대위원들이 물건을 내어놓아도, 그게 안 팔릴 수 있다는 말인가요?"

"그렇습니다. 이 정도로 강력한 악재가 터져버렸을 땐, 매수 대기자들도 한동안 관망할 수밖에 없으니까요. 자칫하면 사업이 엎어질 수도 있는 상황에서, 가격이 좀 떨어졌다고 누가 십억이 넘는 물건을 사고 싶겠습니까?"

우진은 입에서 반사적으로 '사고 싶은 사람 여기 있는데요'라는 말이 튀어나올 뻔했지만, 가까스로 집어삼켰다. 홍식의 말이 이어지고 있었으니 말이다.

"둘째로, 이로 인해 평범한 다른 조합원들이 피해 볼까 우려됩니다."

이번에는 우진의 눈이 살짝 커졌다. 그는 조합장 홍식이 이렇게까지 정의로운 사람인 줄 몰랐으니 말이다.

'분명 작지만, 로비도 받아먹고 그랬던 사람인데….'

우진은 아직 정확하게 파악하지 못했지만, 홍식은 정의롭다기보다 어떤 자신만의 선을 갖고 있는 사람이었다. 작게 로비를 받는 것은 누군가에게 피해를 주지 않는 일이라 생각해서 크게 거리끼지 않았지만, 비대위원들이 아닌 다른 조합원들이 자신의 설계로 피해를 본다면 그것은 안 될 일이라고 생각했던 것이다.

"악재로 인해 시세가 순간적으로 폭락했을 때, 분명 눈여겨보다가 매수하려는 사람이 한두 명쯤은 있을 겁니다."

"그렇겠지요."

"그들이 만약 비대위원의 물건을 산다면 다행이겠지만, 평범한 조합원의 물건을 산다면 오히려 역효과가 나게 될 겁니다."

"조합장님이 설계한 덫에 평범한 조합원이 손해를 보게 되고… 비대위원들은 오히려 팔지 못해서 다시 가격이 반등할 때까지 강제로 기다리게 될 수도 있다는 말이지요?"

홍식이 고개를 끄덕였다.

"바로 그렇습니다."

이번에는 우진이 감탄했다. 물론 이 또한 우진이 생각하지 못했던 부분은 아니었지만, 그래도 홍식이 이렇게까지 생각이 깊을 줄은 몰랐으니 말이다.

'이 아저씨… 진짜 다시 봐야겠는데?'

하지만 우진은 이 제안을 접을 생각이 없었다. 그는 여기에 대한, 확실한 솔루션까지도 가지고 있었으니까. 그래서 우진은 말했다.

"만약 그 문제들을, 확실하게 해결할 방법이 있다면요?"

우진의 물음에, 홍식의 두 눈이 화등잔만 하게 커졌다.

"그… 런 방법이 정말로 있습니까?"

우진이 웃었다.

"물론입니다. 제가 여기까지 와서 왜 거짓말을 하겠습니까."

그 의미심장한 웃음을 본 홍식은, 저도 모르게 다시 소름이 돋았다. 또, 그와 동시에, 우진의 입에서 나올 다음 말이 너무도 궁금하였다.

"경청하겠습니다."

"하하."

"알려주시는 겁니까?"

우진이 고개를 끄덕였다.

"당연합니다. 그 얘기를 위해 여기까지 왔으니까요."

우진의 입이, 다시 천천히 열렸다.

"조합장님께서 파악된 비대위원들의 명단을 제게 넘겨주시면… 아마 모든 문제가 해결될 겁니다."

"…?"

이해하지 못한 홍식이 의아한 표정을 짓자, 우진이 한마디 덧붙였다.

"제가 그 사람들 물건만, 골라서 살 생각이거든요."

"…!"

우진의 한쪽 입꼬리가 씨익 말려 올라갔다.

"극도의 공포로 인해 형성된 최저점의 시세에서, 영혼까지 탈탈 털어다가 매수해줄 용감한 투자자."

우진이 손가락으로 자신을 가리켰다.

"그 역할을… 제가 한번 맡아볼까 합니다."

All in

그 어떠한 변수도 남지 않아, 사실상 결과가 정해진 확실한 투자. 심지어 2~3개월 안으로 투자금과 수익금을 전부 다 회수할 수 있는, 시간 대비 최고의 성과가 보장된 투자. 우진의 입장에서 지금 시점의 선영아파트는, 바로 그런 확실한 투자처였다.

'미래를 알고 있다 해도, 이 정도 기회는 다시 오기 쉽지 않지.'

그리고 이렇게 완벽한 기회를 어쭙잖게 날려 먹을 우진이 아니었다. 단순한 시세차익을 보는 것을 넘어서, 가장 효율적인 방식으로 최고의 성과를 내는 것, 그것이 우진의 목표였고 그를 위한 준비는 이미 모두 끝났다. 곽홍식이 살짝 떨리는 목소리로 물었다.

"아니, 서 대표."

"예, 조합장님."

"시드가 대체 얼마가 있기에, 그런 말씀을 하시는 겁니까?"

홍식의 입장에서는 의아할 만했다. 아무리 회사의 대표라고 해도 우진의 나이는 20대에 불과했고, 그런 그에게 수십억 이상의 현금이 있다고는 믿기 힘들었으니 말이다. 백번 양보해서 우진에게 십억 가까운 시드 머니가 있다고 치자. 그 정도 금액이면, 전세를 끼고 산다는 전제하에 작은 평수 두 채 정도를 매수할 수 있다.

하여 그 두 채를 모두 비대위의 물건으로 매수한다고 했을 때 그 것은 우진에게야 큰 이득으로 돌아오겠지만, 조합장의 입장에서 는 큰 의미 없는 일이었다. 현재 선영아파트의 조합원들 중, 비대 위 혹은 그 관련 인사로 파악되는 인원만 총 열 명 정도. 그들 중에 두 채를 가진 사람도 몇 있었으니, 최소한으로 잡아도 비대위의 물 건만 열두 채는 된다. 그 물건들 중 고작 두 개를 매수하여 부당이 익을 막겠다고 해도 대세에 영향을 주기는 힘든 것이다.

"한두 채 매수할 생각으로는, 어림도 없는 계획인 건 아시지 않 습니까?"

홍식의 물음에, 우진이 고개를 끄덕이며 답했다.

"조합장님 말씀이 맞습니다. 당연한 이야기지요."

우진의 망설임 없는 답에, 홍식의 동공이 더욱 커졌다.

"그렇다는 말씀은…!"

"파악된 물건이 혹시 몇 개인지 말씀해 주실 수 있겠습니까?"

우진이 말하는 파악된 물건이란, 비대위 측이 소유하고 있는 선 영아파트를 말하는 것. 잠시 기억을 더듬은 홍식이, 조심스런 목소 리로 말했다.

"확실한 건 열두 채. 그 외에 몇 채 정도는 더 있을 수도 있겠지 요."

우진이 고개를 끄덕였다.

"예상했던 수준이군요."

"허허…."

"그 물건 전부를 매수할 수 있을 것 같습니다. 이렇게 확답 드리 면, 한번 추진해보실 생각 있겠습니까?"

현재 선영아파트 한 채를 매수하는 데 들어갈 평균비용은, 대략 5~7억 정도이다. 전세를 끼고 매수하거나 담보대출을 70%까지 풀로 받아 매수하거나, 그렇게 투자비용을 최소화시켰을 때의 수치가 저 정도인 것이다. 그렇게 12채를 매수한다? 최소 60억이라는, 어마어마한 액수가 필요한 일이었다. 우진의 말이 끝난 뒤 잠시 아무 말 없이 그를 응시하던 홍식이, 떨떠름한 표정으로 물었다.

　"혹시 서 대표님, 물려받으신 돈이 많으십니까?"

　우진이 웃으며 고개를 저었다.

　"그렇진 않습니다."

　"한데 대체 어떻게…."

　홍식은 은행장 출신의 금융권 인사였기 때문에, 돈에 대한 감각이 아주 정확하다. 그래서 현금으로 수십억 이상 동원 가능하게 하려면, 회사의 규모가 얼마나 커야 하는지도 아주 잘 알고 있다. 연매출이 60억 넘는 회사는 생각보다 많지만, 60억을 현금으로 동원할 수 있는 회사는 별로 없다. 홍식의 눈에 비친 WJ 스튜디오는, 아주 후하게 쳐줘야 20억 이상 동원하기 힘든 규모의 회사였다. 이렇게 갑작스런 상황이라면 더더욱 그렇고 말이다. 우진이 씨익 웃으며 입을 열었다.

　"제가 혼자 그 거액을 전부 감당하리라고 생각하십니까?"

　"아…?!"

　"저는 재벌이 아니지만, 어쩌다 보니 돈 있는 지인들은 많이 알고 있습니다."

　우진의 대답에, 홍식의 머리가 빠르게 돌아갔다. 그의 머릿속에 가장 먼저 떠오른 것은, 우진이 〈우리 집에 왜 왔니〉에 출연한다는 사실이었다. 유명 연예인들 몇몇이 한 손씩 거들어준다면, 확실히 불가능한 일은 아닐 터. 이제야 납득한 홍식이 천천히 고개를 끄덕였다.

"그러시다면… 확실히 가능한 전략이겠군요."

"그렇지요."

물론 돈 많은 지인들을 가진 것과 그들을 설득하여 선영아파트를 사게 만드는 것은 별개의 문제다. 하지만 적어도 우진이 혼자 다 매수한다고 하는 것보다는 훨씬 현실성 있어 보이는 방법이었고, 그간 우진이 보여준 성과들을 생각하면 그가 허언을 할 만한 사람은 아니라고 생각됐다. 그리고 한 가지 더. 우진이 충분한 자금력을 동원해올 수 있다면, 홍식에게도 한 숟갈 얹을 기회가 올 것이다.

"알겠습니다, 서 대표님. 그럼 말씀하신 대로… 기왕 뽑아 든 칼을 더 과감하게 휘둘러보도록 하지요."

"현명하신 판단입니다."

우진의 능글맞은 목소리에, 홍식이 고개를 절레절레 저으며 웃었다.

"이 상황을 이렇게까지 알뜰하게 써먹을 생각을 하시다니… 제가 한 수 배웠습니다."

"하하."

"직접 동원하실 자금이 얼마인지는 모르겠지만, 이번에 적잖이 수익을 올리시겠군요."

홍식의 주름진 검지가 탁자를 빠르게 두들긴다. 그리고 우진은 지금 홍식의 머릿속이 훤히 들여다보였다.

"저만 벌겠습니까?"

"예?"

"조합장님께서도, 한두 채 정도는 하시려는 것 아닙니까?"

"…!"

"조합장님 명의로 샀다가는 저들이 눈치챌 테니 그러실 수는 없을 거고… 자녀분이나 친척분들 명의로 매수할 생각을 하고 계셨던 것 아닙니까?"

우진의 반문에, 홍식은 또 한 번 고개를 절레절레 저을 수밖에 없었다. 생각을 그대로 읽힌 탓에, 마치 벌거벗겨진 듯한 느낌까지 들었으니 말이다. 만약 누군가 홍식에게 우진이 사실 한국의 동방삭*이라 했다면, 지금은 아마 믿었을 것만 같았다.

'스물셋…? 내 아들놈보다 어리다고 이놈이? 말도 안 되지.'

홍식은 우진이 조합을 돕는 우군이라는 것이 다행이라는 생각이 들었다. 이런 놈이 비대위 쪽에 붙어 조합을 갉아먹었다면, 지금쯤 공중분해가 되고도 남았으리라.

"서 대표님께서는 마치, 제 속에 들어갔다 나오신 것 같군요."

"후후, 칭찬으로 듣겠습니다."

어쨌든 그런 홍식의 속마음과는 별개로, 훈훈하게 마무리된 오늘의 미팅. 대략 이야기가 끝난 듯하자, 우진이 다시 홍식을 향해 입을 열었다.

"그럼, 식사나 하러 가시죠, 조합장님. 너무 떠들어서 그런지, 갑자기 배가 많이 고픕니다."

홍식이 고개를 끄덕이며 자리에서 일어섰다.

"그립시다. 오늘 식사는 내가 사도록 하지요."

우진이 빙긋 웃었다.

---

* 늙지 않고 수천 년을 살았다는 설화 속 인물.

"마다하지 않겠습니다."

— * —

홍식과 우진은 식사하면서, 몇 가지 계획을 더 구체화시켰다. 일단 첫 번째 계획은, 함정을 더 깊게 파는 것.

[그럼… 1심까지는 패소하는 방향으로 생각해보겠습니다.]
[그때까지 녹취파일의 존재를 숨기시겠다는 거죠?]
[그렇습니다. 2심까지 숨기는 건 좀 위험할 것 같고… 1심까지는 괜찮을 것 같습니다.]
[확실히 패소했다는 뉴스가 뜨면, 임팩트는 상당하겠군요.]

그리고 두 번째 계획은, 조합원들의 피해를 최소화하기 위한 안전장치들이었다.

[소문을 퍼뜨림과 동시에, 조합 차원에서 공문을 돌리시면 좋을 것 같습니다.]
[공문이요?]
[지금 이러이러한 소문이 퍼지고 있는데, 그것은 비대위 쪽 사람들이 분란을 조장하기 위해 퍼뜨린 것이며 결코 사실이 아니다. 헛된 소문이니 절대로 믿지 마시라.]
[흠.]
[조합장님께서 지금까지 쌓아 오신 신뢰가 있으니, 조합원들은 그 이야기를 대부분 믿어줄 겁니다.]

[일리 있군요.]

[최대한 한 명 한 명 연락을 돌려서, 진정성 있게 얘기해주시면 더 좋습니다.]

[저희가 역으로 함정을 팠다는 사실만 제외하고 말이지요?]

[그렇습니다.]

사람은 본래, 자신이 믿고 싶은 것을 믿는 법이다. 같은 공문을 받았다고 해도, 평범한 조합원의 입장에서는 조합장의 말이 사실이라고 믿고 싶을 것이다. 재건축의 마지막 단계인 관리처분을 앞둔 상태에서, 소송패소라는 날벼락 같은 상황은 부정하고 싶을 것이 당연하니까.

하지만 반대로 비대위 측 인사의 입장에서는, 조합장의 공문이 거짓말이라고 믿게 될 것이다. 그들은 자신이 파놓은 함정이 성공할 것임을 이미 기정사실로 생각하고 있는 상황이었고, 그런 상황에서 조합장의 공문을 받는다면 아마 시간을 벌기 위해 쇼를 한다고 생각할 것이니까. 이것은 지극히 당연한 사람의 심리였고, 우진의 제안은 그것을 적절하게 이용한 것이었다. 우진은 정말 치밀하게 계획을 설계하였다.

[만약 조합장님께서 그렇게까지 말했는데도 믿지 않겠다는 사람이 있다면, 그분의 물건을 조합장님께서 사겠다고 하시죠.]

[오호….]

[계약금만 걸어뒀다가 승소 후에 파기해주셔도 되고, 믿어주지

All in   135

않는 조합원이 괘씸하시면 배액 배상*을 받으시면 됩니다.]

[그것도 괜찮은 방법이군요, 허허.]

[이렇게 하면 아마 일반 조합원의 피해는 99퍼센트 막을 수 있을 겁니다.]

[정말 그렇겠습니다.]

[그러고 보니 비대위원들의 물건을 살 때는, 배액 배상을 엄두조차 내지 못하도록 계약금도 크게 걸고 잔금 날짜도 빠르게 잡아야겠군요.]

[아, 그러네요. 계약금이 삼사천 정도밖에 되지 않으면, 배상해 버리고 계약을 파기하려고 할 수도 있겠습니다.]

거래가 수십, 수백 건이 일어나는 상황이라면, 모든 거래 사실을 모니터링하는 것은 사실상 불가능하다. 하지만 이렇게 악재가 겹친 단지의 거래물량은 보통 꽁꽁 얼어붙을 수밖에 없고, 그래서 우진은 이 방식의 대처가 충분히 가능성 있는 안전장치라 생각했다.

[오늘 서 대표님, 정말 다시 봤습니다, 그려.]

[별말씀을요.]

[오늘 이야기한 모든 조치가 끝나면, 다시 연락드리도록 하겠습니다.]

[그럼, 조심히 들어가십시오.]

그렇게 끝까지 홍식을 감탄하게 만든 우진은 기분 좋게 귀가할

---

* 매도자가 일방적으로 계약을 파기할 때, 받은 계약금을 두 배로 돌려줘야 하는 법적 의무.

수 있었다. 머리를 싸매며 계획을 짜고 공부한 만큼 이번 일은 아주 술술 잘 풀릴 것 같은 예감이 들었다.

'진짜 물 한 방울 샐 틈 없이 준비했어.'

그런데 이렇게까지 구체적인 계획을 얘기하는 와중에, 사실 우진은 홍식에게 한 가지 숨긴 것도 있었다. 비대위의 물건을 매수함에 있어서 대부분 외부의 자금력을 빌릴 것처럼 얘기했지만, 사실은 그렇지 않았으니 말이다. 지금 우진이 동원하려는 자금력은 무려 30억이 조금 넘는 수준이었다.

'회사에 보유 중인 현금에 기보*에서 끌어당길 수 있는 대출. 거기에 개인적으로 모아둔 돈까지 합하면….'

이 모든 돈을 '올인'하여, 최대한 많은 지분을 확보할 생각을 하고 있었던 것이다. 투자처가 확실한 것과 별개로 투자 기간이 반년 이상이었다면, 절대로 이만한 금액을 동원할 수는 없었을 것이다. 당장 WJ 스튜디오가 굴러가기 위해서라도, 자금 유동성을 남겨놔야 했으니까. 하지만 이 투자는, 조합이 비대위와의 소송에서 승소하는 순간 곧바로 엑시트(Exit)가 가능한 투자다. 그때까지 길게 잡아도 3개월은 넘지 않을 것이었으니, 리스크는 크지 않았다.

'30억으로 몇 채나 살 수 있을까? 저점에서 잘 잡으면… 거의 열 채까지도 가능하지 않을까?'

매매가 10억에 전세가 5억인 아파트는, 초기 투자금액이 5억이다. 그런데 이 아파트의 가격이 20% 빠져서 8억에 거래된다면, 초기 투자 금액은 3억으로 줄어든다. 아파트 가격은 20%가 빠졌지만, 투자비용은 40%가 빠지게 되는 구조인 것이다. 우진은 여기까

---

* 기술보증기금.

지 생각했고, 그래서 30억대로 맥시멈 10채까지도 매수가 가능할 것이라고 보았다.

조합장이 오늘 얘기 나눈 대로 확실하게 움직여준다면, 충분히 가능한 가격대다. 그가 말했던 대로 일부러 1심에서 패소하는 그림까지 그려준다면, 물건을 팔지 못한 비대위 인사들은 조급함이 극에 달할 테니까. 아마 11~12억인 가격이 9억 밑으로 내려가는 정도는 기정사실이라고 생각해도 될 것이었다.

'관리처분인가에 소송 승소에⋯ 역으로 호재가 겹칠 테니 목표가는 13억 정도로 잡고⋯ 그러면 수익률은 못해도 150% 이상 나오겠군.'

30억 정도를 두 달 정도 묻어두면, 그것이 80억 정도가 되어 돌아올 것이다. 보수적으로 계산해도 그 정도였다.

'좋아, 생각도 못 했던 기회 덕에 꽤 큰돈이 확보되겠네.'

홍식과의 식사를 마치고 집으로 귀가하는 길. 차 안에서 행복 회로를 돌리던 우진은 저도 모르게 실실 웃고 말았다. 뜻하지 않게 찾아온 이번 기회 덕에, 우진이 꿈꾸던 것들 중 하나를 좀 더 빨리 이룰 수 있게 될 것 같았다.

'잘하면 올 연말에는, WJ 스튜디오의 사옥을 지어볼 수도 있겠어.'

자신이 설립한 회사의 사옥을, 직접 디자인하고 직접 지어 올리는 일. 건축 디자이너라면 누구나 꿈꿀 만한 그날이, 아무래도 멀지 않은 것 같았다.

—— * ——

조합장과의 비밀스런 회동이 있던 그날로부터, 대략 3일 정도의 시간이 지나갔다. 그리고 그 3일 차가 되던 날의 아침. 우진은 홍식으로부터 전화 한 통을 받을 수 있었다.

[슬슬 소문이 퍼지기 시작했습니다, 서 대표님.]

"그래요?"

[친한 부동산들에서 어제부터 미친 듯이 전화가 오더군요.]

"부동산 사장님들 중에도 조합원이 꽤 계시지 않습니까?"

[맞습니다. 다들 적잖이 당황한 눈칩니다. 소문이 정말 사실인지, 몇 차례나 확인하더군요.]

"그래서 뭐라고 대답하셨습니까?"

[저야 뭐, 서 대표님께서 조언 주셨던 대로 대처했죠. 하하.]

"잘하셨습니다. 일반 조합원분들은 지속적으로 최대한 안심시켜 드려야 합니다."

수화기 너머로 흘러나오는 홍식의 목소리를 들으며, 우진은 여유롭게 커피를 홀짝였다. 슬슬 부동산에서도 급매가 나온다는 소식이 들려오고 있었고 때맞춰 기다리고 있었던 홍식의 전화까지 왔으니 이제 슬슬 우진도 액션을 취할 때가 되었다.

"아, 조합장님. 물건 개수는 정확히 파악되셨습니까?"

[총 열일곱 개 정도 되더군요.]

"오호, 그렇습니까?"

우진의 눈이 빛났다. 생각보다 물량이 더 많았으니 말이다.

[확실치 않아 의심만 하고 있는 물건이 한 채 정도 있고… 열일곱 채는 확인된 물건입니다.]

"좋습니다."

잠시 뜸을 들인 우진이 홍식에게 다시 물었다.

"조합장님께선 몇 채 커버하실 생각이십니까?"

홍식이 대답했다.

[제가 두 채, 조합 대의원 두 분이 각 한 채씩 하시기로 했습니다.]

우진이 머릿속으로 계산기를 두들겼다.

"그럼 제 쪽에서 대략 열세 채 정도 커버하면 되겠군요."

[그렇습니다. 가능하시겠습니까?]

보는 사람은 없지만, 우진은 고개를 끄덕이며 답했다.

"아마 가능할 겁니다. 이제 정확한 물량이 나왔으니, 지인들의 확답을 받은 뒤에 다시 연락드리겠습니다."

[빨리 얘기해주셔야 합니다.]

"물론입니다. 내일이나 모레 안으로 확답 드리겠습니다."

몇 가지 이야기를 더 나눈 뒤, 우진은 홍식의 전화를 끊었다. 하지만 전화가 끊겼음에도 불구하고, 우진은 수화기를 내려놓지 않았다. 정확한 물량이 확인됐으니, 이제 조금이라도 빠르게 계획을 확정 지어야 한다. 우진의 손은 어느새, 다른 번호를 누르고 있었다.

띠- 띠띠띠-!

이어서 송신음이 끝나자 누군가의 목소리가 들려왔고,

[어, 서 대표. 아침부터 어쩐 일이야?]

우진은 전화통에 대고 다짜고짜 입을 열었다.

"형님, 혹시 집 한 채 사실 생각 있어요?"

[뭐?]

목소리의 주인공은, 다름 아닌 강석중.

우진의 지인 중 가장 돈이 많은 그가 바로, 첫 번째 고객이었다.

— * —

재건축 물건을 매수할 때에는, 고려해야 할 부분이 아주 많다. 2011년도는 대부분의 규제가 풀린 환경이기 때문에 조금 나았지만, 한창 부동산이 최고 호황이었던 07년도 즈음에는 눈이 핑 돌아갈 정도로 복잡한 규제들이 난무했었으니 말이다. 예를 들어 투기과열지구*로 지정된 지역에 있는 재건축 사업장은, 조합설립 인가 시점부터 전매제한이 걸리게 되어 있었다.

전매제한을 무시하고 매수할 시, 현금청산** 대상자가 되는 것이다. 매수한 물건이 현금청산 대상이 되어버리면 사실상 개발로 인한 이득은 날려버리는 것이었으니, 만약 강남구가 투기과열지구로 지정되어 있었던 07년도였다면, 지금 우진이 계획한 것처럼 매수할 수는 없었을 것이었다.

'지금이 2011년도인 게 다행이라고 생각해야 하나….'

물론 지금 시점이라고 해서 고려해야 할 부분이 없는 것은 아니다. 한 세대에 속한 사람이 같은 단지의 물건을 여러 개 보유할 경우, 한 채를 제외한 나머지 물건은 조합원 입주권을 받지 못하고 현금청산 당하게 되는 법안은 아직도 유효했으니까.

---

* 주택가격의 안정을 위하여 필요한 경우에 건설교통부 장관 또는 시장·도지사가 지정하는 규제.

** 아파트를 가지고 있음에도 새 아파트의 조합원 분양권을 받지 못하고, 강제로 조합에 현금으로 청산당하는 케이스.

우진 한 사람의 명의로 청담 선영 여러 채를 산다면, 물건 하나를 제외하고는 입주권을 받을 수 없는 것이다. 그래서 우진은 한 채를 제외하고는 관리처분고시가 나기 직전에 싹 팔아버려야만 했다.

'전부 다 매도할 때까진, 긴장 바짝 하고 움직여야겠어.'

사실 이조차도 일 년 전에는 불가능했었다. 다주택자의 물건이 었던 아파트는, 누가 매수하든 똑같이 현금청산 대상이었으니까. 하지만 이 법안으로 인해 선의의 피해자들이 속출함에 따라, 매수 자의 경우에는 입주권을 받을 수 있다는 개정 법안이 발표되었고 (지분 쪼개기가 성행하는 재개발의 경우 제외되었다) 그 덕에 우진의 계 획에는 문제가 없었다.

'그래도 명의는 최대한 분산시켜서 계약해야지. 명의 하나당 한 채까지는, 급하게 안 팔아도 되는 물량이니까.'

우진이 여러 사람을 끌어들인 이유는, 비단 자금 부족 때문만이 아니었던 것이다.

우진은 앉은 자리에서 거의 두 시간을 통화했다. 석중부터 시작 해서 유리아와 재엽, 거기에 박경완까지. 해서 모든 통화가 끝난 뒤, 우진이 매수하기로 결정된 물량은 처음 생각보다 조금 줄어들 었다. 개인 명의로 한 채, 어머니 명의로 한 채, WJ 스튜디오 법인 명의로 다섯 채까지, 총 일곱 채를 계약하기로 계획한 것이다. 사 실 무리해서라도 열 채까지 하고 싶었지만, 위험부담 분산 차원에 서의 결정이었다. 이렇게 하면 관리처분 전에 네 채만 팔면 되니, 훨씬 안정성이 확보된다.

'일곱 채만 하더라도, 넘치도록 많은 이득을 볼 수 있을 거고…'

물론 이런 결정도, 지인들의 반응이 생각보다 좋았기에 가능한 것이었지만 말이다. 일단 우진의 설명을 듣자마자 한 번의 고민조차 없이 고개를 끄덕인 석중부터 시작해서…

"그래서 이게 이렇게 된 일인데… 아마 두 달 뒤에는 확실히 이익 보실 수 있을 거예요."

[그래?]

"형님께는 크게 부담될 금액도 아니니, 한 채 정도 해보시는 건…."

[그러지, 뭐.]

"네? 넵! 알겠슴다."

[그리고 우진아.]

"예?"

[필요하면 또 말해. 몇 개 더 계약해줄 수도 있어.]

"그, 그러실 필요까지는…."

기다렸다는 듯 가장 큰 물건에 눈독을 들인 리아.

[나도 재엽 오빠처럼 펜트 할래.]

"응?"

[펜트 신청할 수 있는 물건은 없어?]

"하나 있긴 한데…."

[그거 내가 할래.]

"그러지, 뭐."

그리고 최근에 광고를 찍어서 시드머니가 생겼다며, 자기도 한 채 사고 싶다는 수하까지.

[야, 잠깐만, 수하 언니가 바꿔달래.]

"응? 옆에 있어?"

리아와 통화하던 중에 불쑥 끼어든 수하도, 하겠다며 적극적으로 나선 것이다.

[그러니까 4억 정도 있으면 된다는 거잖아?]

"그렇긴 해."

[그럼 나도 하나! 광고비 들어온 거 넣으면 딱 맞겠다.]

"누나 그 돈으로 마포 프레스티지 잔금 내야 한다더니?"

[2개월 안에 다시 팔면 된다며.]

"아, 그렇긴 하지."

[그러니까 나도 껴줘.]

"…."

해서 이렇게 열화와 같은 성원 덕에, 우진은 손쉽게 세 채를 확보할 수 있었다. 여기에 우진의 일곱 채를 합하면 벌써 열 채. 그렇다면 나머지 세 채는 누가 하기로 했느냐. 재엽은 아니었다. 그는 이미 가지고 있는 펜트 하나면 충분하다고 손을 내저었으니까. 마지막 세 채에 지분을 넣은 것은, 다름 아닌 경완이었다.

[그래, 까짓것. 세 채 정도는 내가 커버해주지.]

"부장님. 아니, 상무님."

[응?]

"왜 상무님이 사시는 것처럼 얘기하세요? 이거 천웅에서 매입하는 거잖아요."

[돈은 회사가 내도, 결정은 내가 하는 거야, 인마.]

"생색내시기는…."

[소송은 승소하는 거 확실하지?]

"지난번에 조합 사무실에서 얘기 듣지 않으셨습니까."

[상무 달자마자 옷 벗기는 싫어서 그래.]

"엄살떨지 마시고, 계좌 보내드리면 바로 계약금 쏠 준비나 미리

해두시죠."

[총알처럼 쏴 보낼 테니까 걱정 마라, 짜샤.]

솔직히 우진은 자신의 제안을 다들 이렇게 쉽게 오케이 할 것이라고 생각지 못했었다. 리아는 전에도 청담 선영을 탐냈던 적이 있었으니 하고 싶어 할 것이라 생각했지만, 아파트 투자에 전혀 관심 없어 보이던 석중과 시드머니가 충분하지 않던 수하까지 이렇게 흔쾌히 하겠다고 할 줄은 몰랐던 것이다. 게다가 투자금이 가장 커서 부담스러웠던 대형평수를 리아가 사겠다고 한 덕에, 일은 더 쉽게 풀렸다.

리아가 계약하겠다고 한 한 채는, 투자금만 놓고 따지면 거의 세 채와 맞먹는 수준이었다. 펜트하우스를 신청할 수 있는 50평형은, 초기 투자금이 8억을 넘었으니까. 그래서 더욱 가벼운 마음이 된 우진은 통화내용을 수첩에 다시 한번 내용을 정리한 뒤 자리에서 일어났다. 이어서 대표실 구석에 준비해뒀던 작은 선물상자 몇 개를 챙겼다. 오늘 오후에는, 부동산 몇 곳을 방문할 예정이었다.

— * —

"그러니까 사장님, 33평형이 10.5억까지 물건이 나왔다는 거죠?"

우진의 질문에, 청담부동산의 사장 김 씨가 고개를 연신 끄덕였다.

"그렇다니까요, 대표님. 말씀하신 대로 요즘 좀 안 좋은 소문이 돌고 있기는 한데… 그 부분은 조합장님께서 루머라고 확언 주셨습니다."

침을 튀겨가며 속사포처럼 설명하는 그를 향해, 우진이 짐짓 모른 척 눈을 치켜뜨며 반문하였다.

"그래요?"

"믿을 만한 분이십니다. 다른 건 몰라도 그 부분은 믿으셔도 될 거예요."

본격적으로 작전이 시작되기 전, 작은 다과 상자를 하나씩 들고 동네 부동산들을 순회한 우진. 부동산에 직접 발품을 파는 우진의 목적은 두 가지였다. 첫째로는 동네 부동산들에 좋은 이미지를 심어주는 것. 결국 부동산 거래도 사람이 하는 일이다 보니, 이렇게 이미지를 좋게 만들어 두면 거래에 좋은 영향을 줄 수밖에 없는 것이다.

'거래 과정에서, 최대한 내가 유리한 쪽으로 포지션을 잡아주겠지.'

그리고 둘째로는, 많은 부동산들 중 가장 믿을 만한 곳 한 곳을 찾아두기 위함이었다. 소송이 시작되고 본격적으로 매물이 쏟아지기 시작하면, 어리바리한 부동산에 일을 맡겼다가 낭패를 볼 수도 있었으니 말이다. 결국 우진이 오늘 부동산을 돌아다닌 것은, 사전 탐색 같은 개념이었고, 지금 그가 들어와 있는 이곳은 세 번째로 방문한 부동산이었다.

"여기 비대위가 진짜로 악질입니다."

"스토리를 좀 아시나 봐요?"

"저도 조합원이니까, 당연히 알죠."

"그렇군요."

"반면에 조합장님은 진짜 일 잘하십니다. 아마 이번 루머도, 비대위에서 의도적으로 퍼뜨린 게 분명합니다."

우진은 살짝 게슴츠레한 시선으로, 남자의 표정을 살펴보았다. 이 사람의 진심이 어떤 것인지, 정확하게 판단하기 위해서 말이다.

'조합장을 진짜로 믿는 거야, 아니면 물건 팔려고 이빨 터는 거야?'

만약 조합장을 정말 믿고 이렇게 얘기한다면 괜찮겠지만, 믿지 않으면서 이렇게까지 물건을 추천한다면 양심을 속이는 사람일 터. 이전에 방문했던 두 곳은 후자에 가까웠지만, 그래도 이곳 청담부동산의 사장은 꽤 괜찮은 사람 같아 보였다. 적어도 무턱대고 이번이 기회라며, 무조건 등을 떠밀지는 않았으니 말이다.

"솔직히 상황 자체가 위험해서 제가 무조건 추천 드릴 수는 없는데, 제가 대표님이었으면 샀을 겁니다."

"오호."

"말씀하신 대로 여러 채 하지는 마시고, 30평형대로 한 채 정도만 계약해보세요. 놓치기 아쉬운 기회인 것도 맞거든요."

동네 부동산 사장들에 비해 비교적 젊은 나이대여서 그런지, 김 씨는 조리 있게 상황에 대한 설명도 잘해주었다. 그리고 가장 마음에 들었던 것은, 우진의 나이가 어리다고 해서 멋대로 판단하지 않았다는 점. 그래서 우진은 꽤 흡족한 표정으로 고개를 끄덕일 수 있었다.

"알겠습니다, 사장님. 제가 조금만 더 알아보고 바로 연락드리겠습니다. 물건 확실하게 확보해주세요!"

"예, 대표님! 정말 감사합니다!"

우진은 부동산에서 나오면서, 김 씨의 명함을 처음으로 휴대폰에 등록하였다.

"흠, 이제 딱 한 군데만 더 가볼까?"

물량이 많은 만큼 거래는 이 한 곳에서 다 이뤄지기 힘들겠지만, 그래도 괜찮은 곳을 찾은 것 같아 기분이 좋았다. 심지어 김 씨는, 우진이 따로 요청하지도 않았는데 매물정보를 정리해서 문자로 보내주기까지 하였다.

위이잉-

"오…?"

그것으로 평형별 매물정보를 다시 한번 확인한 우진의 두 눈이 반짝였다.

'10.5 언저리에 벌써 물건이 세 개나 나왔네. 11억 정도에 다섯 개… 똥줄 어지간히 타나 보군.'

벌써부터 한 계단 꺾인 가격도 가격이지만, 확인된 매물의 숫자가 며칠 만에 열 개가 넘어섰다. 심지어 동호수가 확인된 물건들은, 죄다 비대위 진영의 것. 안절부절못하고 있을 비대위원들의 모습을 떠올린 우진이, 저도 모르게 실소를 흘렸다. 이대로 시세가 내려올 대로 내려왔을 때, 우진은 제대로 가격을 후려쳐서, 최저가에 매수할 생각이었다.

'남의 눈에 피눈물 날 거 뻔히 알면서 양아치 짓 하는 놈들 돈은… 좀 탈탈 털어먹어도 돼.'

그리고 이렇게 시간이 지나, 3월의 마지막 주가 다가왔다.

협상을 할 때에는

"하, 진짜 돌아버리겠네."

누군가의 한숨 섞인 탄식이 새어 나오자, 기다렸다는 듯 여기저기서 아우성이 터져 나왔다.

"다들 가격 너무 많이 내려서 내놓으신 것 아닙니까?"

"난 아닙니다. 이제껏 10억 밑으로 내놓은 적이 없어요."

한마디 한마디가 이어질 때마다, 사람들의 언성이 조금씩 높아진다.

"어떻게든 10억 선에서는 버텨야 합니다."

"그러다가 소송 결과 나와서 매수자들 다 돌아서면? 그때는 어쩌시려고 그럽니까?"

"지금은 매수 대기자 있답니까?"

"한두 명 있는 것 같습니다."

"…! 그 부동산이 어딥니까?"

"제 물건 먼저 팔고 나서 말씀드리지요."

"하… 이보세요, 김 사장님!"

도떼기시장도 이런 도떼기시장이 없다. 서로 삿대질을 해가며, 얼굴을 붉히면서 언성을 높이는 모습들. 그 모습을 지켜보던 비대위원장 권순현이 한숨을 푹 쉬며 고개를 절레절레 저었다.

'후우. 이 양반들이 진짜…!'

비대위원들과 조합원들이 서로 언성을 높이는 것도 아니었다. 모두가 같은 편이나 다름없는 비대위의 인사들이, 서로 물건 가격을 내리지 말라며 싸우고 있는 것이다.

'그러니까 내가 팔라고 했을 때 미리들 팔지. 쯧.'

얼마 전까지만 해도 이들 중에는, 일 년 전에 아파트 지분을 홀라당 팔아버린 권순현을 비웃은 사람도 있었다. 하지만 지금은 어떠한가? 권순현이 팔고 나서 1억가량이 더 올랐었다면, 지금은 이미 그때 팔았던 가격 아래로 다시 떨어져 내려왔다. 게다가 그조차도 호가일 뿐, 실제로 팔려면 1억 이상을 더 싸게 팔아야 할지도 모른다. 그래서 순현은 지금 언성을 높이고 있는 사람들이 짜증 나면서도 한편으로는 이해가 되기도 했다. 애초에 지금 다투고 있는 이 사람들은, 아주 우유부단한 인물들이었으니까.

'개발을 반대하면서도 조합원 지위는 유지하고 있는… 줏대라곤 쥐뿔만큼도 없는 사람들이지.'

재건축 사업에선 처음 조합이 설립될 당시, 입주민들의 동의를 일정 비율 이상 필요로 한다. 여기서 끝까지 동의하지 않은 사람들은 조합원의 지위를 갖지 못하게 되어, 재건축 시 현금 청산자가 되고 말이다.

한데 지금 비대위원장인 권순현의 앞에서 싸우고 있는 이 사람들은, 전부 비대위의 끄나풀이면서도 그와 동시에 조합원 지위를 유지하고 있는 사람들이었다. 속으로는 개발을 반대하면서, 동의

서에는 사인했다는 소리다. 그러니 사실상 이도 저도 아닌 사람들인 것이다. 물론 이들이 있었기 때문에 조합장을 상대로 거하게 함정을 팔 수 있었던 것이기는 했지만 말이다.

'후. 내가 참자, 참아. 일단 다독여서 회의는 해야지.'

권순현은 이들이 가지고 있는 아파트를 얼마에 팔든 관심이 없었다. 단지 시끄러운 입들을 좀 닫고, 회의에 집중해주길 바랄 뿐이었다.

"다들 너무 일희일비하지 마십시다. 이제 회의해야지요."

권순현의 말에, 얼굴이 시뻘게진 남자 하나가 언성을 높였다.

"위원장님 재산 아니라고 너무 함부로 말씀하시는 것 아닙니까?!"

순현은 열이 뻗쳤지만, 화를 꾹 눌러 참으며 다시 입을 열었다.

"어차피 소송 이기면, 그깟 1~2억이 대숩니까?"

"크흠…."

"합의금으로 한 사람당 아무리 적어도 20억 이상은 떨어질 겁니다. 너무 상심하지 마시고… 싼 가격에라도 빠르게 팔아넘기시지요. 특히 박 교수님은, 저희 중에 지분도 가장 많지 않으십니까?"

"커, 커험."

"승소하면 가장 많이 버실 분이…일단 회의부터 집중하도록 하시죠."

순현의 말은 틀린 것이 없었기 때문에, 일순간 시끄럽던 장내가 조용해졌다. 그리고 드디어 분위기가 잡힌 것처럼 보이자, 순현의 입이 다시 차분히 열렸다.

"당장 다음 주가 소송 날입니다, 여러분."

"알고 있습니다."

"그때까지 저희가 꼼꼼히 준비해둬야 할 부분은….."

하지만 드디어 정상적으로 회의가 진행되나 싶던 순간.

띠리리리리-!

누군가의 휴대폰 벨소리가 갑자기 요란히 울리기 시작했고….

"위원장님, 저 잠시만…!"

조금 전까지 언성을 높이며 싸우던 인물들 중 하나가, 전화기를 들며 후다닥 바깥으로 튀어 나갔다.

"윤 사장님!"

"자, 잠시만요! 부동산 전화라서…!"

그리고 그 뒷모습을 지켜보던 순현은, 뒤통수를 한 대 후려갈기고 싶은 기분이었다.

"하아아…."

— * —

청담부동산의 사장 김 씨로부터 연락이 왔다.

[대표님! 말씀하신 대롭니다!]

"네?"

[205동 13층 물건 혹시 기억하십니까?]

"그, 33평형이요?"

[네, 대표님.]

"가격 내렸나요?"

[예, 말씀하신 대로 9억 중반까지 내려왔습니다. 9.6억이면 팔겠다고 문자가 왔거든요.]

"9.6이라…."

[어떻게, 약속 잡아드릴까요?]

"흐음."

[이 이하로는 힘들지 않을까 싶어서요.]

"확실히 싸긴 하네요."

[그렇죠. 단기간에 2억이 내려온 가격이니… 한번 진행해보시렵니까?]

소송까지 일주일이 남은 시점. 선영아파트의 가격은 많이 떨어졌지만, 아직 우진이 생각했던 목표가에 도달하지는 못했다. 우진의 목표가는 8억 중반 정도였는데, 9.6억이 가장 싼 매물이었으니 말이다.

'여기서 좀 후려쳐서, 일단 첫 번째 거래는 진행해봐?'

사실 부동산 가격이라는 게, 거래가 전혀 없는 상황에서 무한정 떨어지기는 쉽지 않다. 어쨌든 매도자들은 최신 실거래 시세를 보고 그것을 기준으로 자신의 물건을 올려놓기 마련인데, 이전 거래가 여전히 고가에 있으면 내려서 팔더라도 한계가 있으니 말이다. 그러니까 낮은 가격에서 거래가 되어야 그보다 더 낮은 가격에 물건이 나오는 것인데 어떤 물건도 팔리지 않는 상황이다 보니, 우진이 기대했던 것보다 내림 폭이 조금 좁았다.

'더 기다리기보단… 이제 액션을 취해줘야 맞겠어.'

우진의 머리가 빠르게 굴러갔다. 어차피 저들의 사정을 알고 있는 우진은 매도자의 멘탈을 쥐고 흔들 자신이 있었다. 9억 6천 정도에 나온 매물을 잘 후려치면, 5천 정도는 더 싸게 살 자신이 있다는 말이다. 그리고 이 물건이 만약 9억 초반에 거래 완료가 된다면 그것이 바로 신호탄이 될 것이다. 매물들의 가격이 줄줄 흘러내리는 시발점 말이다.

"약속 잡아주세요, 사장님."

[아, 알겠습니다!]

"만나서 조금 더 네고해보죠."

[넵! 잘 생각하셨습니다. 그럼 날짜는 언제로…?]

우진은 잠시 생각한 뒤 대답하였다.

"이틀 뒤가 좋겠습니다."

매도자가 심리적으로 충분히 쫓길 만한 적당한 시간. 이틀이라는 날짜를 얘기한 우진은 그 뒤에 한마디를 덧붙였다.

"아, 그리고 사장님."

[예, 대표님.]

"이틀 안에 더 싸게 나오는 물건이 없어야 제가 계약한다고 했다고 얘기해주십시오."

그것은 협상을 위한 포석이었다.

— * —

부동산 김 씨는, 이번 손님이 참 특이하다고 생각하였다. 대화를 나눠보면 부동산에 대한 지식도 해박한 데다 자금력도 꽤나 커 보이는데, 나이는 아무리 높게 봐 줘도 20대로밖에 보이지 않았으니 말이다. 심지어 더 놀라운 것은, 소문이 퍼진 뒤 선영아파트의 시세가 정말 이 사람의 말처럼 흘러가고 있다는 것. 그래서 김 씨는 이 손님을 아주 단단히 쥐고 있어야 한다고 생각했다. 지난 경험상 이런 특이한 손님은, 거의 대박 아니면 쪽박이었으니 말이다. 평소에 눈치가 빠른 편인 김 씨는 자신의 눈을 믿었다.

"자, 빼먹은 건 없는 것 같고…."

부동산 계약을 위한 서류들을 꼼꼼히 준비한 김 씨는, 그것들을 파일에 정리한 뒤 외투를 챙겨 입었다. 이어서 계약서에 잠시 눈이 닿은 그는, 작은 목소리로 중얼거렸다.

"선영아파트 30평대를 9억 대에 계약하다니… 나도 돈만 있었으면 하나 했을 텐데."

김 씨가 향하는 곳은, 그의 사무실에서 10분 정도 거리에 있는 동네 부동산이었다. 매도자의 물건이 그쪽에 나와 있어서, 계약을 거기서 진행하기로 한 것이다. 그곳으로 향하는 김 씨의 발걸음은 가벼웠다. 지금 선영아파트의 상황은, 사실상 매수자가 완전히 갑일 수밖에 없는 상태. 동네 부동산 중 거의 유일하게 매수 대기자를 보유하고 있는 김 씨는, 마음이 편한 것이 당연하였다.

딸랑-

문이 열리고 부동산의 안으로 들어서자, 매도자는 이미 자리에 나와 있었다. 40대 중후반으로 보이는 중년의 남성. 그는 무척이나 초조해 보이는 얼굴이었다.

'초조할 수밖에 없겠지… 이삼 주 동안 매수자가 전혀 나오지를 않았으니까.'

자리에 앉은 김 씨는 매도자와 간단히 인사를 나눈 뒤 자리에 앉았다. 그리고 잠시 후, 우진이 도착하였다.

"아, 오셨습니까, 대표님."

"네, 사장님. 오랜만에 뵙습니다, 하하."

김 씨에게 기분 좋게 인사한 그는, 자리에 앉기 전 매도자와도 악수를 나누었다. 김 씨는 그런 그를 의뭉스런 표정으로 슬쩍 응시하였다.

'과연 이제부터 어떻게 하려나.'

만약 별다른 이슈가 없다면, 매도인이 얘기한 9.6억이라는 가격 그대로 자연스레 거래가 이뤄질 것이다. 하지만 분명 우진은 현장에서 조금 더 네고하겠다고 했다. 김 씨는 그가 어떻게 자연스레 네고를 해낼지, 그것이 궁금하였다.

'몇백 정도라도 더 깎아볼 생각이려나?'

김 씨가 그런 생각을 하는 사이, 매도자 측 부동산의 설명과 함께 여느 때와 다를 것 없는 평범한 부동산 거래절차가 진행되었다.

"하하, 그럼 일단 등기부 확인하시고… 보시다시피 전세입자를 제외하면 근저당은 따로 설정된 게 없습니다."

그런데 시간이 지날수록, 김 씨는 조금씩 의아한 표정이 될 수밖에 없었다. 네고를 하겠다던 우진은 단지 부동산의 설명을 들으며, 고개만 끄덕이고 있었으니 말이다.

'뭐지? 네고를 포기한 건가?'

그런데, 그렇게 김 씨가 고개를 갸웃거리고 있던 그때. 가만히 고개만 끄덕이고 있던 우진이 드디어 처음으로 입을 열었다. 계약서에 대해 설명하던 부동산 사장이 아닌, 매도인을 향해서 직접 말이다.

"아, 그런데 말입니다, 윤 사장님."

갑작스레 우진이 말을 걸자, 매도인 윤 씨가 떨떠름한 표정으로 대답했다.

"네…? 말씀하십시오."

그런 그를 살짝 쳐다본 우진이, 계약서의 한쪽을 손가락으로 가리키며 입을 열었다.

"여기, 잔금 지급 날짜를 보면. 2주 뒤로 되어있는데…."

"그… 렇죠?"

"이게 너무 빠듯해서요."

"그, 그런가요?"

우진의 말이 이어지자, 윤 씨의 등줄기를 타고 식은땀이 흘러내린다.

"제가 지금 다른 물건이 팔려야 잔금이 납부 가능한데… 혹시 잔금 일정은 4월 이후로 잡아주실 수 있겠습니까?"

"…!"

마치 아무것도 모른다는 듯 천연덕스런 표정으로, 잔금 일정 조정에 대해 이야기하는 우진. 그 말이 끝나자마자 잠시 정적이 흘렀고, 그와 동시에 부동산 김 씨는 온몸에 소름이 쫙 돋는 것을 느꼈다.

'미친…! 이 상황을 이렇게 이용한다고?'

우진이 어떤 방식으로 네고하려는지, 그 마지막 말을 들은 순간 정확히 알아차릴 수 있었으니 말이다.

'4월이면 소송 이후야. 그때로 잔금을 미루면, 매도자 입장에서는 곤란할 수밖에 없겠지.'

매도자 윤 씨는, 비대위가 승리할 거라고 믿는 사람이다. 그런 그의 입장에서 소송 뒤로 잔금이 밀리면 우진이 계약금을 두 배로 뱉어내면서, 배액 배상을 하고 파기해버릴 것이라고 생각할 수밖에 없다. 윤 씨는 자연히 잔금 시점을 당기려고 할 것이고, 이제 그것은 우진의 무기가 될 것이다. 가격을 네고할 수 있는, 강력한 무기 말이다. 부동산 김 씨는 지금 이 상황이, 너무도 흥미진진하게 느껴졌다.

—— * ——

윤 씨는 침을 꿀꺽 삼켰다.

'그래, 일단 나라도 살아야지.'

사실 지난 두 달 동안 윤 씨는 똥줄이 타서 정말 미칠 지경이었다. 아파트 매물을 가진 비대위원들끼리 서로 약속한 것이 있었으니 10억 밑으로 물건을 내어놓지 않는데 정말 그 2주 동안, 매수하겠다고 간 보는 사람조차 단 한 사람도 나타나지 않았으니 말이다. 심지어 부동산 한두 곳에 내놓은 것도 아니다.

전속 부동산을 두면 복비를 싸게 딜해볼 수 있겠지만, 그런 것은 지금 중요한 게 아니었다. 가장 중요한 것은 어떻게든 소송이 끝나기 전에 팔아야 한다는 것. 때문에 청담 선영의 매물을 취급하는 모든 부동산에 매물을 전부 올려놨지만, 2주간 정말 전화 한 통조차 오지 않았다.

그래서 윤 씨는, 약속한 불문율을 깨고 9억 중반까지 가격을 낮췄다. 그 뒤에 이렇게 계약이 성사됐고 말이다. 곧 소송에서 패소하게 될 조합원 입주권을 누군가에게 속여 판다는 게 조금 미안하기도 했지만, 그것도 잠시뿐이었다.

'어린 친구한테 미안하긴 하지만… 저 나이에 이 정도 돈이 있으려면 연예인이거나 금수저겠지, 뭐. 내 알 바냐.'

오늘 아침까지도 혹시 매수자가 변심할까 봐, 노심초사 가슴을 졸였던 윤 씨. 그는 계약서에 도장을 완전히 찍기 전까지는 입 안이 바짝 마르는 기분이 계속 유지될 것이다. 만약 오늘 계약을 성사만 시킬 수 있다면, 십 년 묵은 체증이 내려갈 것만 같았다.

"자, 계약서는 다 확인하셨죠?"

"네, 거의 다 읽었습니다."

"젊은 친구가 꼼꼼히 보시네, 그려."

"큰돈이 오가는 일인데, 정확하게 봐야죠."

"부동산 계약서가 뭐 특별한 게 있겠습니까, 허허. 다 거기서 거기인 게지요."

그래서 윤 씨는 계약서를 확인한다며 시간을 끄는 매수자가 마음에 들지 않았다. 어떻게든 빨리 도장을 찍게 만들고, 이 자리를 떠나고 싶었을 뿐이었다.

'거 대충 읽고 도장 찍지. 젊은 놈이 뭐 이렇게 의심이 많아?'

그런데 매수자가 계약서의 마지막 페이지를 읽었을 때 윤 씨의 이 조급한 마음은, 당황으로 바뀔 수밖에 없었다.

"아, 그런데 말입니다, 윤 사장님."

갑작스레 그를 부른 매수자가, 생각지도 못했던 부분을 얘기했으니 말이다.

"네…? 말씀하십시오."

"여기, 잔금 날짜를 보면 2주 뒤로 되어있는데…."

"그… 렇죠?"

"이게 너무 빠듯해서요."

"그, 그런가요?"

윤 씨의 등줄기를 타고 식은땀이 흘러내렸다.

"제가 지금 다른 물건이 팔려야 잔금이 납부 가능한데… 혹시 잔금 일정은 4월 이후로 잡아주실 수 있겠습니까?"

"…!"

사실 잔금 일정까지 2주로 잡혀있는 것은, 일반적인 부동산 계약에서도 엄청나게 짧은 시간이다. 일반적으로 중도금까지 한 달.

다시 잔금까지 한 달 정도는 잡아주는 게 보통이었으니까. 하지만 상대가 어리다 보니 윤 씨는 이 부분에서 태클이 들어올 것이라고 전혀 생각하지 못했고, 순간 말문이 막힐 수밖에 없었다. 대답하지 못하는 윤 씨를 힐끔 응시한 우진이 이번에는 그 옆을 향해 시선을 돌렸다.

"보통 이런 거래 할 때, 잔금 한 3개월 정돈 잡아주지 않나요? 그렇지 않은가요, 사장님?"

우진이 질문한 대상은 매도인 측 부동산 사장.

예상치 못했던 질문에 그는 떨떠름한 표정으로 고개를 끄덕였다.

"그, 그렇기야 하죠. 사실 이 건은 매도인분이 돈이 급하게 필요하셔서 급매로 내놓으신 거라…."

잠시 혼미한 표정이던 윤 씨가, 대화에 다시 끼어들었다.

"제가 3월 안에는 돈이 꼭 필요한 일이 있는데… 어찌 안 되겠습니까, 대표님?"

윤 씨의 말에, 우진은 곤란하다는 듯한 표정을 지었다.

"아… 3월 얼마 안 남은 것 같은데…."

그리고 스마트폰을 열어 뭔가를 확인하며 잠시 생각에 잠겼다. 사실 스마트폰으로 달력을 켜긴 했지만, 무슨 일정 같은 것을 보고 있는 것은 아니다. 그저 상대의 애간장을 태우기 위해 매도 일정을 확인하는 척 연기를 했을 뿐. 하지만 우진이 생각에 잠긴 것은 연기가 아니었다. 지금 우진의 머릿속은 빠르게 회전하고 있었으니까.

'일단 스타트 좋고.'

매수 목표가인 9억 천만 원. 이 물건의 값을 그 가격까지 깎기 위해, 가장 완벽한 설계를 짜야 했으니 말이다. 칼자루는 우진이 쥐고 있었고, 그래서 급할 건 아무것도 없었다. 우진이 말을 멈춘 뒤 긴장 속에 정적이 흘렀고, 스마트폰을 덮은 우진이 천천히 다시 입을 열었다.

"사실 부동산 거래를 하려 할 때, 현금 다 들고 사는 사람은 별로 없지 않습니까?"

"그, 그렇죠."

"제가 지금 확보 가능한 현금이, 2억이 채 안 됩니다."

"…."

"내어놓은 부동산이 팔리면 그 돈으로 사려 했던 건데, 그게 아마 5월은 돼야 나갈 것 같거든요."

9억 6천으로 내놓은 이 아파트에는, 현재 5억 9천만 원에 전세가 들어와 있다. 그러니까 현재 가격 기준으로 우진이 매수하기 위해서는, 3억 7천만 원의 현금이 필요한 것. 취·등록세를 포함하면 4억쯤이 필요한 셈이었으니, 지금 가진 현금으로는 매수가 불가능하다. 우진은 이 어필을 하는 것이었다. 쉽게 말해, 나 지금은 살 돈 없으니 배 째라는 식으로 얘기한 것이다.

"이, 이걸 어쩐다…."

윤 씨의 입에서 저도 모르게 침음성이 새어 나왔다. 입이 바짝바짝 마르기 시작했고, 머릿속은 더욱 복잡해졌다. 하지만 윤 씨의 머릿속이 아무리 복잡하다 한들, 우진은 그 속을 아주 훤히 들여다보고 있었다. 사실상 지금 이 상황 자체가, 우진의 각본대로 움직이고 있는 것이었으니 말이다.

'아저씨 머리가 좀 잘 굴러간다면… 아마 잔금을 미뤄줄 테니, 3월 전에 2억이라도 전부 달라고 하겠지?'

만약 2억쯤 먼저 받아둔다면, 소송에서 패소한 뒤에도 배액 배상은 불가능하다. 계약을 파기하려면 법적으로 그 두 배인 4억을 배상해야 했는데, 그만한 돈을 배상하느니 그냥 손해 보고 아파트를 매수하는 게 나았으니 말이다. 그리고 한참을 고민하는 듯했던 윤 씨는, 역시나 우진이 예상했던 그대로의 이야기를 꺼내었다.

"그럼, 대표님."

"예, 말씀하세요."

"제가 당장 필요한 돈은, 대표님께서 확보 가능하시다는 2억 정도로 일단 해결이 될 것 같거든요?"

"그런가요?"

윤 씨가 고개를 끄덕이며 다시 말했다.

"네. 만약 계약금, 중도금으로 3월 내에 2억을 먼저 입금 주시면, 나머지 잔금은 4월이든 5월이든 미뤄드리겠습니다. 어떠십니까?"

너무도 정확히 예상대로 진행되는 상황 탓에, 우진은 저도 모르게 새어 나오려던 웃음을 간신히 참아내었다.

'너무 멍청한 사람은 아니라서 다행이네.'

이제는 다시 우진이 연기를 해야 할 차례. 목적지가 코앞에 보이는 느낌이었다.

"하… 그렇게까지 해야 하나…."

우진이 한숨을 푹 쉬자, 윤 씨가 의아한 표정으로 물어본다.

"당장 2억 정도는 있다고 하신 것 아닙니까?"

우진이 천천히 고개를 저으며 대답했다.

"통장에 현금이야, 딱 계약금 10%만큼만 있죠."

"네? 그럼 2억이라는 건…."

"제가 신용대출이라도 끌어 모아서, 확보 가능한 최대치가 2억이라는 겁니다."

"아…."

우진이 인상을 살짝 찌푸리며 아랫입술을 깨물자, 윤 씨의 표정에 다시 조급함이 드러났다. 이렇게 되면 윤 씨의 입장에서는 사실상 자신의 돈이 급한 것 때문에 매수자에게 신용대출을 받으라고 해야 하는 것이나 다름없는 상황이니까.

'젠장, 이걸 어떻게 얘기해야 하지?'

만약 매수자가 많아서 매도인이 갑인 상황이라면 상관없다. 그렇게 해서라도 살 거면 사고, 아니면 말라고 하면 그만이니까. 하지만 지금은 철저히 매수자 우위인 상황이다. 윤 씨는 지금 우진이 아니라면, 자신의 물건을 사줄 사람이 없는 상황이었으니 말이다.

심지어 팔지 않고 보유한다는 선택지조차 존재하지 않는다. 그래서 우진이 말을 멈춘 이 찰나의 시간 동안 윤 씨의 속은 타들어 갔고, 그것은 잠시 후 좌절로 바뀌었다. 우진이 너무 미안하다는 표정으로, 최악의 이야기를 꺼내었으니 말이다.

"정말 죄송합니다, 윤 사장님."

"아니, 갑자기 그게 무슨 말씀이신지…."

"사실 제가 매수 결정할 때도, 정말 고민 많이 했었거든요."

"무슨 고민 말입니까?"

"아시다시피 조합이 소송에서 질 거라는 소문이 무성해서… 아무리 급매로 싸게 산다고 해도 사실 매수 결정이 무서울 수밖에 없잖습니까."

"아… 그거야 조합장님께서 절대 그럴 일 없다고 말씀을…."

우진이 윤 씨의 말을 자르며 다시 입을 열었다.

"그런 상황에서 이렇게 신용대출까지 받아서 급하게 거래해야 한다면, 윤 사장님 같으면 어떻게 하시겠습니까?"

이어진 우진의 말에 윤 씨는 꿀 먹은 벙어리가 되고 말았다. 그가 생각해도 이런 상황이라면, 거래를 포기할 것 같았으니 말이다.

"아….'

여기에 우진은 결정타를 날렸다.

"아무리 생각해도, 그냥 포기하는 게 맞을 것 같습니다."

"…!"

"정말 죄송합니다, 사장님."

마지막 승부수를 던진 우진은 망설임 없이 자리에서 일어섰다. 여기서 만약 윤 사장이 그를 잡지 않는다 해도, 상관없는 일이다. 어차피 다른 매수자가 나타나지 않는 이상, 무조건 자신에게 다시 전화 올 수밖에 없었으니까. 물론 이 자리에서 잡지 않을 확률도, 희박했지만 말이다.

"자, 잠깐만요, 대표님!"

"네?"

"제… 제가 가격을 더 네고해드리면 어떻겠습니까?"

"음…?"

"2억을 확보하시려면, 신용대출을 받으셔야 한다고 했죠?"

"그렇습니다."

"그럼 이자 부담도 생기실 테고 저 때문에 여러모로 손해 보시게 되는 거니까… 천만 원 정도 싸게 드리겠습니다."

윤 씨와 다시 눈이 마주친 우진은 새어 나오려는 웃음을 참기 위해 안간힘을 써야 했다. 이제 게임은, 끝난 것이나 다름없었다.

"정말 깜짝 놀랐습니다, 대표님."

"네?"

"그걸 9억 초반까지 네고가 가능할 줄은⋯."

"하하, 더 깎으려다 참은 겁니다."

"⋯."

"어차피 저 사람은, 팔 수밖에 없는 상황이었거든요."

거래가 끝난 뒤. 청담부동산으로 돌아온 우진은 김 사장과 차를 한 잔 마시고 있었다. 다음 일정까지 시간이 조금 비기도 하고, 김 사장의 꼼꼼하고 빠른 일 처리가 마음에 들기도 했으니 말이다. 남은 거래들도 이 사람과 함께 진행하면 더 수월할 것이라는 생각에, 친분을 좀 더 쌓으려고 생각한 것. 친분을 쌓고 싶은 것은 김 사장도 마찬가지였기에 둘은 훈훈한 분위기 속에서 대화를 나누고 있었다.

"그런데 정말, 몇 채를 더 매수하실 생각입니까?"

"네, 사실 나오는 대로 다 매집할 생각입니다."

"허⋯."

"왜 그러세요?"

"자금력도 부럽지만⋯ 그 실행력이 정말 대단하십니다."

"그런가요?"

"사실 아무리 확신을 가져도 무서운 상황 아닙니까?"

"소송 말씀하시는 거죠?"

"예, 저는 돈이 있었어도 대표님처럼은 절대 못 할 것 같거든요."

"하하하."

"역시 돈은 버는 사람이 버는 건가 봅니다."

이야기를 더 나누다 보니, 김 사장은 정말 괜찮은 사람이었다. 대화에서 특별히 가식 같은 것이 느껴지지도 않았으며, 일적인 측면에서도 상당히 프로페셔널했으니 말이다. 그래서 기분 좋게 대화를 하던 우진은 그에게 말하지 않았던 한 가지 사실을 이야기해주었다.

"혹시, 사장님."

"예?"

"저 어디서 낯이 익거나 하진 않으십니까?"

"음…?"

사실 우진은 부동산 사장이건 매도인이건, 한 명쯤은 자신을 알아볼 수도 있다고 생각했었다. 최근 우진은 〈우리 집에 왜 왔니〉에 출연하지 않은 지 꽤 오래되었고, 그사이 알아보는 사람들이 부담되어서 머리도 짧게 자른 상태였지만…. 시공사 선정 총회 날도 직접 단상에 올라 발표한 그였으니, 선영아파트의 조합원들이라면 알아볼 수도 있다고 생각했던 것이다.

물론 알아보는 사람이 있었어도 상관은 없었다. 그냥 순진한 표정으로, 제가 직접 디자인하고 설계한 집에 살아보고 싶었다고 하면 그만이니까. 하지만 결국 아무도 우진을 알아보지 못했고, 그래서 조력자인 김 사장에게는 이야기해주고 싶었다.

"시공사 선정 총회 때, 천웅건설의 설계안을 제가 발표했었는
데…."

"네…?!"

우진이 명함을 꺼내 들었다.

"WJ 스튜디오 대표, 서우진입니다. 이거, 몰라주시니 조금 서운
하네요."

비단 이번 일뿐 아니더라도, 청담동은 장기적으로도 항상 눈여
겨봐야 할 훌륭한 입지를 가진 동네다. 일전에 문정동에서 친분을
만들어뒀던 김 씨 아저씨처럼, 이번에도 장기적으로 인연을 이어
갈 씨앗을 하나 뿌려둔 것.

'그러고 보니, 청담 사장님도 김 씨네.'

우진의 이야기에 김 사장은 벙찐 표정이 되었고,

"아, 그…! 그러고 보니…!"

우진은 기분 좋게 웃었다.

"하하하, 지금이라도 알아봐주시니 다행입니다."

"미리 말씀하시죠! 이거 정말 대단하신 분이었네…!"

김 사장과의 대화를 마무리한 우진은 그 길로 청담동을 빠져나
와 다시 WJ 스튜디오 사무실로 향했다. 청담에서는 영동대교만 건
너면 곧바로 성수동이었기 때문에, 순식간에 사무실에 도착할 수
있었다. 사무실에 도착한 우진은 자판기 우유를 한 잔 뽑아 들고,
기분 좋게 대표실로 들어갔다.

'좋아. 첫 단추는 아주 잘 꿰인 것 같고….'

오늘 하루는 순조롭게 잘 지나갔지만, 이제부터가 진짜 시작이

나 다름없다. 부동산 김 사장에게 이야기해뒀으니 조만간 거래 사실이 부동산 사이에 퍼져나갈 것이고, 그러면 이제 버티고 있던 비대위 인사들은 너 나 할 것 없이 물건을 팔기 위해 발버둥 칠 것이니까.

'이 주일. 아니, 일주일이면 싹 다 매집할 수 있을지도.'

3월의 셋째 주와 넷째 주는, 그렇게 빠르게 지나갔다. 그리고 4월의 첫날이 되었을 때, WJ 스튜디오의 대표실 금고에는 계약서가 정확히 일곱 장 쌓여 있었다.

인과응보

우진과 조합장이 계획한 대로, 조합은 1심에서 패소했다. 그 소식은 순식간에 모든 조합원에게 퍼져 나갔고, 모두들 난리가 났다.

"하, 조합장님. 전화기에 불나겠습니다."

"허허, 어쩌겠습니까. 조금만 참아주세요."

"그냥 조합원님들에게 다 오픈하면 안 됩니까?"

"아직 안 됩니다. 딱 일주일만 기다려주시지요, 다들."

그나마 조합원들의 불안감이 극한까지 치닫지 않은 것은, 조합장이 미리 1심에서는 패소할 수도 있다고 귀띔을 해뒀기 때문이었다. '증거를 확보 중인데, 그게 1심 일정까지는 어려울 수도 있다. 2심 때는 무조건 승소할 거니까, 기다려달라' 이런 식으로 몇몇 친한 조합원들에게 슬쩍 흘려뒀던 것이다.

어차피 비대위 측 인사들은 조합에서 시간을 끌기 위해 거짓말을 한다고밖에 생각하지 않았으니, 아주 영리하고 효과적인 전략이었던 것. 아마 이 이야기가 아니었다면, 지금쯤 일반 조합원들의 매물도 폭포수처럼 쏟아져 나왔을 것이었다.

'이제 딱 이 주일만 버티면 돼.'

조합사무실 베란다에 나가 담배를 한 모금 빨아들인 곽홍식은 지난 3월의 일들을 떠올리며 피식 웃었다. 처음 우진과 함께 계획했던 일들이 이렇게까지 착착 맞아떨어질 줄은 몰랐으니 말이다. 단순히 소송 전에 고가에 아파트를 처분하려는 비대위 측 인사들이 꼴 보기 싫어 시작했던 작전이, 우진 덕에 규모가 아주 거하게 커져버린 것.

'고놈, 진짜 난 놈은 난 놈이라니까.'

한결 기분이 좋아진 홍식의 머릿속에 앞으로의 계획이 차근차근 떠올랐다.

'이제 남은 물건이 총 네 개였지?'

우진이 9.1억에 33평형 거래를 성사시킨 이후, 부동산에 10억에 올라와 있던 매물들은 더 이상 찾아볼 수 없게 되었다. 일단 첫 거래가 터지자, 버티고 버티던 비대위원들이 경쟁적으로 자신의 물건을 팔아치운 것이다. 9억 대에 팔린 물건도 없었다. 우진이 처음 계획했던 대로, 8억 후반 정도에 순식간에 물건 여덟 개가 거래되어버린 것.

물론 그것들을 매집한 사람은 우진과 조합장. 그리고 천웅건설이었다. 그리고 그저께 1심 패소 소식이 알려지자마자, 8억 중반대에 매물 다섯 개가 추가로 거래되었다. 그래서 이제 남아있는 비대위의 물건은 총 네 채. 조합장 곽홍식은 입맛을 다셨다. 절대로 8억대에는 팔 수 없다며 버티고 있는 네 명의 비대위원들이 떠오른 것이다.

'다음 주에 최소 두 채 이상 매수해야 하는데….'

그들의 물건을 어떻게든 2심이 시작되기 전에 매수해야 한다. 2심에서 또다시 패소하여 시간을 한 번 더 끄는 것은, 조합 차원에서도 리스크가 제법 있는 일이었으니까.

'팔긴 무조건 팔 거란 말이지. 그걸 어떤 가격에 사느냐가 관건 인 거고….'

남은 네 개의 물건들은, 조합의 몫이 하나, 천웅이 둘. 그리고 우 진의 몫이 또 하나였다. 그중에서도 자신의 몫 하나만큼은, 최대한 싸게 매수하고 싶은 홍식이었다.

'부동산에 약을 쳐놨으니, 슬슬 입질이 올 때가 되었는데….'

까끌까끌한 턱수염을 만지작거리던 홍식은, 책상 위에 얹혀 있 던 자신의 휴대폰을 슬쩍 응시했다. 그리고 바로 그때,

위이잉-!

홍식의 전화가 울리기 시작하였다.

[선영부동산 임○○ 대표]

— * —

"자. 됐어, 누나."

"좋았어. 덕분에 별 경험을 다 해보네. 내가 재건축 투자도 해보 고 말이야."

오늘 우진은 마지막 매수를 끝마쳤다. 마지막 거래이자 가장 저 렴한 가격으로 마무리된 오늘의 거래. 매수가격은 무려 8억 3천만 원이었고, 그 행운의 주인공은 바로 수하였다. 우진이 처음 후려쳐 거래했던 9.1억보다도, 8천만 원이나 더 싼 값에 거래가 성사된 것 이다.

"그럼 이제 절차가 어떻게 되는 거야?"

"잔금 날짜가 다음 주잖아?"

"응, 맞아."

"그때 잔금 다 입금하면 법무사님이 등기해주실 거야."

"그러면?"

"그러면 이제 그 집, 누나 거 되는 거지, 뭐."

"오예."

"4월 13일로 2심 날짜 잡혔으니까, 팔 거면 그 이후에 팔면 될 거야."

우진은 오랜만에 수하가 운전하는 차에 타고 있었다. 우진의 도움을 받아 이렇게 아무나 할 수 없는 투자도 하게 되었으니 저녁은 그녀가 한 끼 대접하기로 한 것이다.

"그럼 우진아."

"응?"

"팔 땐 얼마에 팔아?"

"음… 3개월 내로 팔 거면 13억 정도."

"그, 그렇게나 비싸게?"

"사실 13억에 팔기 아까워. 나 같으면 그냥 완공될 때까지 들고 갈 거야."

"그럼 얼마 되는데?"

"최소 17억."

"헐…?"

"한 십 년 뒤에는 거의 30억도 가능할걸?"

"야, 그건 좀 오버잖아."

우진이 농담을 한다고 생각했는지, 운전하다 말고 어이없는 표정을 짓는 수하. 하지만 우진은 전혀 농담이 아니었다. 그가 전생에서 경험했던 2020년, 우진이 아니었다면 원래 청담 선영 자리에 지어졌을 아르티아는 34평형 28억이라는 실거래가를 찍었었으니 말이다.

'내 회귀가 미래에 얼마나 큰 영향을 미칠지는 모르겠지만… 적어도 대세가 바뀌지는 않을 테지.'

하지만 그런 얘기를 해줄 수는 없었으니, 우진은 멋쩍게 웃으며 얼버무렸다.

"그냥 말이 그렇다는 거지, 말이."

"싱겁기는."

우진이 말을 돌렸다.

"자, 그럼 여기서 퀴즈."

"갑자기 그건 또 웬 뜬금없는 소리?"

"13억에 매도했을 때, 임수하 씨가 벌게 될 돈은 얼마일까요?"

"야, 누나를 바보로 아나?"

"그래서 얼만데."

"그, 그러니까… 잠시만."

수하는 인상을 찡그리며 열심히 머릿속으로 계산을 시작했고 그녀를 놀리는 것이 꽤 재밌었는지, 우진은 낄낄거리며 웃었다.

"그걸 그렇게 오래 계산해야 해?"

"조용히 좀 해봐! 운전하는 데 방해되잖아!"

그리고 두 사람이 웃고 떠드는 사이, 수하의 차는 목적지에 도착할 수 있었다.

끼익-

수하의 차가 멈춘 곳은, 한눈에 보아도 비싸 보이는 한남동의 스시집. 대충 인당 이십만 원 정도는 가볍게 식대로 나올 법한 매장에 수하가 차를 대자, 우진이 살짝 놀란 표정으로 물어보았다.

"누나, 너무 비싼 데 온 거 아냐?"

"괜찮아. 네 덕에 수억 벌게 생겼는데, 이 정도쯤이야."

농담과 진담이 반쯤 섞인 수하의 대답에, 우진이 한숨을 푹 쉬며 대답했다.

"하, 갑자기 책임감이 팍 올라오네."

"믿는다, 서우진. 부담은 많이 가질수록 좋아."

"아, 이 누나가 왜 이런대. 이러다 비싼 밥 먹고 체하겠네."

"낄낄, 여기 사리(しゃり)*가 진짜 일품이야. 꼬득꼬득한 게 진짜 맛있다니까?"

"말 돌리기는…."

소연이 소고기 마니아라면, 수하는 예전부터 일식 마니아였다. 그중에서도 특히 초밥을 가장 좋아했는데, 그녀가 소개해주는 초밥집은 대부분 맛있었던지라 우진은 꽤나 기대하며 식당 안으로 들어섰다.

"오셨습니까, 배우님."

"안녕하세요, 셰프님!"

"요즘 뜸하시더니, 오랜만에 오셨네요."

"최근에 좀 바빴네요, 하하."

수하는 단골손님이었는지, 주방에 서 있던 셰프와도 반갑게 인사하였다. 인사를 마치고 구석진 곳에 자리를 잡은 두 사람은, 미리 세팅되어 있던 애피타이저를 한입씩 집어 먹으며 다시 대화를

---

* 슈리(사리), 초밥에 사용되는 밥.

시작하였다. 우진은 문득, 수하에게 궁금했던 부분이 하나 생각났다.

"그나저나, 누나."

"응?"

"이번에 소속사 옮겼다며?"

"어떻게 알았어?"

"재엽이 형이 말해줬어."

"아하."

"그, KSJ엔터로 옮겼다면서?"

수하가 고개를 끄덕이며 대답했다.

"맞아, 매니저 오빠랑 같이 옮겼어. 기존 회사 계약조건이 너무 안 좋았거든."

우진이 수하의 소속사 이전에 대해 물어본 이유는, 이것이 그가 알던 미래와 다르기 때문이었다. 우진의 전생에서도 수하는 한남동 로맨스를 찍기 전에 소속사를 한 번 옮기긴 한다. 하지만 그곳이 KSJ엔터는 아니었다. 국민배우 임수하는 원래 데이지엔터라는 곳에서 거의 평생 동안 배우 생활을 했었으니 말이다.

그리고 이 변화는, 분명 우진 때문에 일어난 일이었다. 석중의 여동생이자 KSJ엔터의 대표인 강소정. 그녀가 임수하와 인연이 생긴 것이, 바로 유리아가 열었던 연말 파티 때문이었으니까. 애초에 우진이 아니었더라면 유리아가 석중과 인연이 생길 리도 없었을 테고, 그랬다면 강소정이 석중과 함께 파티에 올 일도 없었을 터였다. 때문에 우진은 기분이 복잡했다.

'이게 수하 누나에게 더 나은 선택이었어야 할 텐데….'

원래대로 데이지엔터에 갔으면 변수 없이 국내 최정상급 배우가 됐을 수하의 미래가, 어쨌든 조금 바뀐 것이었으니까. 그런데 우진이 이런 생각을 하고 있던 그때, 수하가 전혀 예상치 못했던 말을 우진에게 꺼내었다.

"아. 그러고 보니, 네가 소속사 얘기 꺼내서 생각난 건데."

"응?"

"소정이, 아니. 우리 대표님이 널 좀 많이 보고 싶어 하시더라고."

"나…? 나를?"

수하가 고개를 끄덕이며 대답했다.

"그렇다니까. 관심이 아주 많으시던데?"

우진이 고개를 갸웃했다. 연예기획사 대표가 건축쟁이인 자신을 왜 보고 싶어 할지 감이 잘 오지 않았으니 말이다.

"뭐, 어디 사옥이라도 새로 지으려고 하시나?"

수하가 고개를 가로저었다.

"아닐걸. 우리 이번에 사옥 새로 매입해서 들어가기로 했거든."

"흠, 그래? 그럼 왜지?"

우진은 머리를 좀 굴려봤지만, 감이 잘 오지 않았다. 실력파 배우들을 위주로 영입하는 KSJ에서 단순히 예능에 한 번 출연했을 뿐인 우진에게 관심 가질 이유가 잘 떠오르지 않았으니 말이다.

'뭐, 나중에 만나보면 알겠지.'

두 사람이 이런저런 이야기를 하는 사이, 음식은 금방 나왔다. 수하가 얘기했던 대로 초밥은 정말 맛있었고, 덕분에 우진은 즐겁게 저녁 식사를 할 수 있었다.

"그럼 다음에 리아랑 같이 봐."

"잘 먹었어, 누나."

"별말씀을."

그렇게 맛있는 밥까지 얻어먹고 집으로 돌아오는 길, 우진은 기분이 무척 좋았다. 맛있는 밥도, 임수하라는 좋은 사람도. 그리고 오늘, 지난 한 달 동안 공들인 일의 마침표를 찍은 것까지도 말이다. 오늘 수하가 했던 이 거래를 마지막으로 이제 모든 준비는 끝났다.

'이제 2심까지는 5일 정도 남은 건가…?'

우진은 소송 날, 법정에 들어가 참관해볼 생각이었다. 이제 우진은 누구보다 선영아파트에 지분이 큰 조합원이었으니, 그럴 만한 자격도 충분히 있었다.

'다음 주가 기대되는데?'

조합장 홍식이 이날만을 위해 준비해둔 평형 신청 현장의 녹취 파일. 그것을 들은 비대위원들이 어떤 표정이 될지, 그것이 몹시 궁금한 우진이었다.

— * —

4월 13일, 수요일이 되었다. 변수는 없었고 모든 것은 계획대로였지만, 막상 소송 당일이 되자 우진은 조금 긴장되었다. 아무리 확실한 배팅이라 해도 들어간 금액이 워낙 컸으니, 완전히 결과가 나오기 전까지는 압박감이 없을 수가 없는 것이다.

'오늘 소송 결과로, 내 수중의 수십억이 왔다 갔다 할 테니까.'

그래서 아침부터 일찍 일어나 마음을 차분히 가라앉힌 우진은 다른 일정은 잡지 않고 시간에 맞춰 법정으로 향했다. 참관석 한쪽에 앉아 재판장을 내려다보자, 멀찍이 앉아있는 배심원들의 모습이 보인다. 그리고 잠시 후, 피고와 원고를 비롯한 모든 인원이 안으로 들어왔다. 피고의 대표 자리에는 당연히 조합장 곽홍식이 앉아있었고, 그 반대편 원고의 자리에는 꼬장꼬장한 인상의 중년 남자가 앉아 있었다.

'저 사람이 비대위원장인가 보네.'

비대위원장과 그 뒤편의 비대위원들을 확인한 우진은 실소를 머금었다. 한눈에 봐도 그들에게는 일말의 긴장감도 느껴지지 않았으니 말이다. 아마도 이 소송 자체를 이미 이긴 재판이라고 생각하는 것일 터. 우진이 그런 생각을 하고 있을 때, 비대위원장 권순현이 홍식을 향해 입을 열었다.

"대체 항소는 왜 하신 겁니까?"

지금 이 자리에 소환되었다는 것 자체가 못마땅하다는 듯, 홍식을 향해 이죽거리는 순현. 그런 그를 향해, 홍식은 허허 웃어 보일 뿐이었다.

"항소를 왜 하긴, 왜 했겠나. 당연히 이 소송에서 이기려고 한 게지."

"소송이 길어지면, 조합원들 손해만 더 커질 겁니다."

"그래?"

"저희 변호사 비용부터 정신적 피해보상까지, 한 톨도 빠짐없이 전부 청구할 생각이니까요."

홍식의 표정이 너무 덤덤해서인지, 순현은 더욱 약이 오른 듯 보였다. 하지만 그런 정도의 도발에, 이리저리 휘둘릴 홍식이 아니었다.

"허허, 마음대로 하시게나."

"…!"

"반대로 소송에서 졌을 땐 어떻게 될지도 한 번쯤은 고민해보시고 말이야, 허허."

순현은 벌떡 일어나며 뭐라 말하려 했지만, 법원 관계자들에 의해 저지당했다. 이제 재판이 시작되었기도 했거니와, 법원에서 이런 개인적인 분쟁은 용납되지 않으니 말이다.

"후우…."

그래서 크게 심호흡을 하며 자리에 앉은 순현은 그저 홍식을 노려보며 이를 갈 수밖에 없었다. 순현은 예전부터 홍식을 무척이나 싫어했다. 애초에 조합장인 홍식이 상가조합의 요구를 들어주기만 했더라도, 이렇게 긴 싸움은 할 필요조차 없었으니 말이다. 그것이 실제로 합리적인 요구였는지와 같은 이성적인 기억은 순현을 비롯한 비대위원들의 머릿속에 전혀 남아있지 않았다. 많은 사람들은 대부분의 경우에서, 자신에게 유리한 것들 위주로 기억하곤 했으니까. 하지만 오늘 순현은 이 길고 힘들었던 싸움이 어디서부터 잘못된 것인지를 다시 한번 생각해볼 수밖에 없게 되었다.

"원고의 주장에 따르면, 청담 선영아파트의 일부 평형 타입 신청 과정에서, 특정 조합원 몇몇이 부당이득을 취했다고 하였습니다. 맞습니까?"

"예, 맞습니다."

처음 시작은 1심 때와 마찬가지로 아주 수월하게 진행됐지만…

"45평형과 34평형을 받을 수 있는 원 플러스 원 평형 배정을, 기존 40평대 보유 조합원은 받을 수 없다고 공시하였는데… 그들 중 일부만 타 조합원들의 사전 동의 없이 해당 평형을 배정받았다고 하였습니다. 이 또한 맞습니까?"

"그렇습니다. 이에 대한 증거로, 조합원 안내 책자와 현시점 평형 배정 현황표를 제출합니다."

돌연 피고 측 변호사가 불쑥 일어서더니, USB 파일을 하나 들고 나온 것이다.

"재판장님, 이의 있습니다."

처음 이의제기가 되었을 때만 해도, 순현은 별것 아니리라 생각하였다. 사실 조합의 입장에서는, 최후의 순간까지 뭐라도 꼬투리를 잡아 발악하고 싶을 게 당연하다 생각했으니까. 하지만 USB 안의 음성파일이 재판장에 울려 퍼지기 시작한 순간,

"…!"

장내의 공기가, 싸늘하게 식어가기 시작하였다.

— * —

치직- 치지직-

[조합장님, 물량이 부족해서 40평대 조합원은 받을 수 없게 되었다고요?]

[그렇습니다, 여러분. 50평대 조합원님들 배정 이후에 가능한 물량이 조금 남긴 한데… 전원에게 공평하게 돌아갈 수 없게 되어, 형평성 문제 때문에 일반분양으로 돌리기로 했습니다.]

치직거리는 약간의 잡음 속에서, 누군가의 목소리가 선명하게 울려 퍼진다. 그리고 그 목소리들을 들은 순간, 권순현은 저도 모르게 자리에서 벌떡 일어날 뻔하였다.

'씨, 씨발…! 뭐야?'

법원의 스피커를 통해 흘러나오는 두 사람의 목소리는, 전부 그가 아주 잘 알고 있는 사람의 목소리였다. 하나는 바로 저 건너편 피고 자리에 앉아있는 조합장의 목소리였고 다른 하나는 지금 그의 옆에 앉아있는 비대위원 김현곤의 것이었다. 딱 두 마디의 대화만 들었을 뿐인데도, 순현은 스피커를 통해 어떤 대화 내용이 흘러나올지 아주 정확히 예상할 수 있었다. 김현곤이 저 자리에서 했던 이야기 자체가, 바로 순현 자신이 계획한 이야기들이었으니까.

[물량이 총 몇 개 부족한 거죠?]

[45평형 물건이 3개가량 부족하군요.]

[그럼 세 명만 양보하면 다른 40평대 조합원분들은 원 플러스 원을 받으실 수 있는 것 아닙니까?]

[그렇기야 한데… 대체 누가 여기서 양보하겠습니까?]

목소리가 흘러나오기 시작하자, 재판장의 주름진 눈이 가늘게 뜨여졌다. 법원은 이 음성파일에서 흘러나오는 소리를 제외하면 너무도 고요하였고, 원고 측에 앉아있는 비대위원들의 두 손은 바들바들 떨리고 있었다.

[일단 저부터, 추가 분담금이 부담돼서… 원 플러스 원을 양보할 생각이었습니다.]

[허허, 정말입니까?]

[아마 저 같은 생각을 가지신 분이 몇 분 정도는 더 계실 것 같은데, 그러면 문제가 해결되지 않겠습니까?]

[흐음. 그렇긴 합니다만… 그럼 혹시 여기 계신 분들 중에는, 양보하실 분이 계신지요?]

사실 지난 1심에서 조합이 비대위에 패소한 이유는 단 하나였다. 평형 신청 과정에서의 불평등이 사실은 합의하에 이뤄진 부분이었다는 조합장의 주장을 증명할 수 있는 수단이 없었으니 말이다. 당시에 그 합의 내용에 대한 부분은 분명 합의서로 만들어서 기술하였지만, 그것을 비대위에서 몰래 빼돌렸으니 증거가 없었던 것이다.

아무리 조합장 곽홍식이 억울하다 호소하여도, 증거가 없는 상황에서 재판장으로선 비대위 측의 손을 들어줄 수밖에 없는 것. 그런데 지금 그 명백한 증거가, 법원에 울려 퍼지고 있었다. 이제는 상황이 완전히 뒤집어진 것이다.

[허허, 정말 이렇게 세 분이 양보해주시는 겁니까?]

[그렇습니다, 조합장님. 어차피 저희는 50평대로 바꾸려고 했던 상황이라, 사실 양보랄 것도 없습니다.]

[김현곤 조합원님, 임진숙 조합원님 그리고 강철현 조합원님. 그럼 이 세 분이 원 플러스 원을 양보하시는 것… 맞으시죠?]

[맞습니다.]

[저도 맞아요.]

[그렇게 하겠습니다.]

마치 이 소송을 위해 준비되기라도 한 듯, 너무도 명백하게 정황을 보여주는 곽홍식의 음성 녹음파일. 고요한 가운데 울려 퍼지는 곽홍식의 목소리에, 순현은 온몸에 닭살이 돋는 것 같았다. 양보했던 조합원의 이름까지 굳이 육성으로 읊는 그의 목소리를 듣다 보니, 자신이 역으로 함정에 걸렸다는 사실을 깨달은 것이다.

'이 악마 같은 늙은이가…!'

만약 비대위가 이렇게 뒤통수를 칠 것이라고 예상하지 못했더라면, 애초에 이 녹음파일은 존재할 수도 없었다. 합의서에 도장까지 찍은 상황에서, 굳이 이렇게 녹음까지 할 필요는 없었으니까. 때문에 홍식이 이렇게 미리 녹음해뒀다는 것은, 이미 그 당시 조합 사무실 안에 비대위의 끄나풀이 있다는 사실을 눈치챘다는 방증이었다. 어쩌면 그 끄나풀이 합의서를 빼돌려 비대위 측에 넘길 것까지도, 알고 있었을지도 몰랐다. 그렇지 않았더라면 저렇게 양보한 조합원 이름까지 한 사람 한 사람 불러가며, 음성녹음으로 남기지는 않았을 테니까.

[그럼 이렇게 진행하도록 하겠습니다. 여러분들의 양보 덕에 다른 여덟 분의 조합원들께서 덕을 보시겠군요, 허허.]

[하하, 별말씀을요. 다 서로 좋자고 하는 일 아니겠습니까?]

[감사합니다. 그럼 이렇게 처리해서, 다음 정기총회 때 안건 상정하겠습니다.]

녹음파일은 곽홍식의 목소리를 끝으로 종료되었다. 하지만 음성이 꺼졌음에도 불구하고, 장내는 잠시 동안 침묵에 잠겨 있었다. 비대위 측 인사들은 창백해진 얼굴로 여전히 부들부들 떨고 있었으며, 조합장을 비롯한 피고 측 인사들은 아주 여유롭거나 혹은 통쾌한 표정을 짓고 있었다. 마지막으로 이 재판의 모든 결정권을 가지고 있는 재판장은, 어이없는 표정을 짓고 있었다. 그리고 이 와중에 권순현은 사람 좋은 표정으로 웃고 있는 조합장 곽홍식을 뚫어져라 노려보고 있었다.

'당했다. 완전히 당했어. 씨발, 어떻게 빠져나가지?'

순현은 당장 조합장의 웃는 낯짝에 주먹이라도 휘둘러주고 싶었지만, 그가 그 정도로 미련한 사람은 아니었다. 만약 그랬다가는, 이 소송의 패소를 떠나서 더 큰 형벌이 내려질 테니 말이다. 그래서 두 눈을 질끈 감은 순현은, 분노와 함께 허무함이 몰려오기 시작했다.

소송에서 패소하는 순간, 합의금으로 큰 몫 잡기는커녕, 반대로 조합에 손해배상을 해줘야 할 테니 말이었다. 하지만 순현과 달리 참지 못한 비대위원도 한 사람 있었다. 그는 바로 저 녹음파일의 목소리 중 한 명이었던, 비대위원 김현곤. 그가 벌떡 일어서며 홍식을 향해 소리친 것이다.

"이, 이건 모함입니다, 재판장님!"

"모함이라니요, 명백한 증거를 가져오지 않았습니까?"

이미 멘탈이 가루가 된 현곤은, 자신이 무슨 말을 하는지조차 정확히 인지하지 못한 듯 보였다.

"우릴 모함하려 한 게 아니라면, 이런 음성파일을 대체 왜 만드셨단 말입니까!"

곽홍식이 여유롭게 대답했다.

"정기총회에 공시할 서류를 작성하기 위해 녹음했었을 뿐입니다. 녹음만큼 편리한 기록방법이 어디 있습니까?"

"이…! 개 같은…!"

홍식의 여유로운 대답에 더 이상 할 말을 찾지 못한 현곤은, 발악하듯 소리 지르며 원고석에서 뛰쳐나갔다. 물론 그것은 법원 관계자들에게 곧바로 제압당했지만 말이다.

"신성한 법정에서 지금 뭐 하시는 겁니까?"

재판장의 묵직한 목소리에, 아무 말도 못 하며 달달 떨기만 하는 김현곤. 그런 그를 응시하던 피고 측 변호사가, 천천히 입을 열기 시작했다. 그것은 부드러운 목소리였지만, 비대위 인사들의 귓전으로는 천둥처럼 묵직하게 들려왔다.

"굳이 음성대조를 해보지 않아도 이미 느끼셨겠지만, 저기 김현곤 원고의 목소리가 방금 이 녹음파일 안에 있었습니다."

"계속 진행하세요."

"애초에 저들이 주장했던 모든 것이 거짓으로 드러났으며, 반대로 이 소송을 통해 부당한 이득을 취하기 위한 사기행각임이 밝혀졌습니다."

원고 측을 슥 둘러본 변호사가 재판에 쐐기를 박았다.

"이는 무고죄*에 해당하는 명백한 범죄이며… 반대로 저희 피고 측에는 아무런 과실이 없었음을 다시 한번 호소하는 바입니다."

변호사의 차분한 목소리로 마무리되었고, 원고 측 비대위원들은 침묵했다. 피고 측 뒤편에 앉아있던 배심원들은 비대위원들을 향해 경멸의 눈초리를 보냈고, 참관석에 앉아있던 조합원들은 만세를 부르며 환호했다. 물론 아직 재판이 끝난 것이 아니기에 큰 소리를 낼 수는 없었지만, 모두가 마음고생이 심했던 탓인지 기쁨은 배가되었다.

땅- 땅-

"잠시 휴정하겠습니다. 양측 주장과 증거에 대한 검증이 모두 끝난 뒤, 다시 재판을 재개하도록 하지요."

판결을 위해 잠시 휴정이 진행되었지만, 지금 이 순간 재판의 결과를 의심하는 사람은 아무도 없었다. 홍식이 제출한 음성파일은, 얼굴에 철판을 깔았다고 해도 부인할 수 없는 너무도 명백한 증거였고, 재판장이 아닌 세 살배기 어린아이가 보더라도 이 재판의 피

---

* 타인으로 하여금 형사처분 또는 징계처분을 받게 할 목적으로 공무소 또는 공무원에 대하여 허위 사실을 신고하는 죄(형법 156조).

고는 무죄가 분명했으니 말이었다. 그리고 그렇게 잠깐의 시간이 지난 뒤, 자리에 다시 앉은 재판장은 곧바로 판결봉을 세 번 두들겼다.

땅- 땅- 땅-!

"피고 곽홍식 외 청담 선영아파트의 조합원들의 무죄를 선언합니다."

재판장의 목소리를 들은 권순현의 신형이 그대로 무너져 내렸다.

— * —

"이제 어쩌실 겁니까?"

우진의 물음에 홍식이 껄껄 웃으며 대답했다.

"어쩌기는요. 죄를 지었으면 죗값을 치르게 해주어야지요."

"당연히 손해배상을 청구하시겠죠?"

홍식이 고개를 끄덕였다.

"사업 지연에 대한 손해배상부터, 조합원들의 정신적 피해에 대한 모든 손해배상까지. 이번 소송에 이름을 올린 모든 비대위원들에게 전부 다 청구할 생각입니다."

일전에도 여러 번 언급했지만, 재건축 사업에서 시간은 그대로 돈으로 직결된다. 투자자의 입장에서 이게 추상적인 개념이라면, 조합의 입장에서는 아주 직관적인 개념이다. 조합이 운영되는 데 들어가는 비용은 보통 사업장의 수주를 원하는 건설사와 정비업체로부터 차입하여 확보되는데, 시간이 지날수록 이자와 함께 비용이 눈덩이처럼 불어날 수밖에 없었으니 말이다.

홍식이 정말 독하게 마음먹고 비 오는 날에 먼지가 나도록 비대위원들을 털어먹는다면 아마 저들은 그대로 파산하고 말 것이었다. 최소한 그들이 가지고 있던 상가지분의 대부분을 청담 선영의 조합에 넘겨줘야 할지도 몰랐다.

"인과응보겠지요?"

우진의 물음에 홍식이 고개를 끄덕였다.

"그렇지요. 사실 서 대표님이 아니었다면, 피눈물을 흘린 것은 저들이 아니라 저희 조합원들이었을 겁니다."

"그랬… 겠지요."

조합원들의 숫자는 비대위 숫자보다 훨씬 더 많다. 그랬기에 조합이 패소했을 때 조합원들이 볼 손해보다는, 지금 비대위원들이 보게 될 손해가 훨씬 큰 게 사실이었다. 하지만 그렇다고 해서 저들의 죄가 가벼운 것은 당연히 아니었다.

어지간한 재건축 사업장들 중 비대위가 없는 곳은 거의 없었지만, 이렇게 계획적으로 공문까지 은닉해가며 부당이득을 취하려는 비대위들도 흔치는 않았으니까. 일반적인 비대위들은 이런 불법적인 집단이 아니라, 단지 자신들의 손해를 막고 이익을 취하기 위한 평범한 집단인 경우가 더 많았다.

"이제 뭐, 제가 더 도와드릴 일은 없겠지요?"

우진의 물음에 홍식이 멋쩍게 웃으며 대답했다.

"이 정도만 해도 저희 조합원들은 정말 서 대표님께 갚기 힘든 빚을 졌습니다. 이제부턴 저희가 알아서 해결해야지요."

조합장의 진심 어린 말을 들은 우진은 기분 좋은 미소를 지었다.

"그럼, 마무리 잘해주십시오."

"물론입니다."

"아, 그리고 한 가지…."

"예?"

반문하는 홍식을 향해 우진이 나직한 어조로 한마디 덧붙였다.

"충분한 피해보상은 받으시되, 너무 끝까지 몰아붙이지는 마시길 바랍니다. 쥐를 구석에 몰아넣을 때도, 빠져나갈 구멍을 조금은 남겨둬야 물리지 않는 법이니까요."

우진의 이 마지막 한마디에 홍식은 작게 웃을 뿐이었다.

수확의 달

선영아파트의 조합이 승소했다는 소식은, 기사를 통해 엄청나게 빠르게 퍼져나갔다. 부동산 투자자들은 물론, 평소 관심 없던 일반인들까지도 한 번쯤 기사 제목을 봤을 정도로 꽤 크게 이슈가 되었던 것이다. 물론 여기에는, 우진과 곽홍식의 물밑 작업도 한 몫하였다.

바닥까지 떨어져 내린 선영아파트의 시세를 최대한 빠른 시일 내에 최고가로 끌어올리기 위해서는 언론을 타는 것만큼 좋은 방법이 없었으니 말이다. 물론 우진이나 홍식에게 언론을 좌지우지할 수 있을 만한 힘이 있는 것은 아니다.

다만 이 사건 자체가 결코 평범하지 않은 치밀한 사기극이었고, 그 자체만 놓고 봐도 꽤 자극적인 기삿거리였으니 각 언론사에 소스만 열심히 뿌리고 다니면 알아서 수많은 기사들로 재생산될 수 있었던 것이다. 그래서 이 이슈는 결국 공중파 뉴스에까지 실리게 되었다.

[다음 소식입니다.]

[청담 선영아파트 재건축의 진행이 급물살을 타게 되었습니다.]

[2심까지 진행된 비대위와의 소송 끝에 결국 조합이 승소하였으며….]

국밥집에서 뉴스를 보던 경완이 육수를 한 모금 들이킨 뒤 입을 열었다.

후루룩-!

"크으…! 맛 좋고!"

"기분 꽤 좋아 보이십니다?"

우진의 물음에, 경완이 고개를 끄덕이며 씨익 웃었다.

"물어 뭐해? 당연하지."

"전무님께선 뭐라십니까?"

"네 바짓가랑이 꼭 붙잡고 있으란다. 그럼 아마 몇 년 내로 전무 달 수 있을 거라고 하시던데."

"하하."

오늘 우진은 오랜만에 경완을 만났다. 선영아파트 일도 거의 마무리되었으니, 퇴근 후에 국밥이나 한 그릇 하기로 한 것이다. 만나서 특별히 일적인 이야기를 나눌 것도 없었다. 두 사람의 나이 차이는 거의 20년이지만, 경완은 마치 친구를 만나는 것처럼 우진이 편했다. 그것은 반대로 우진도 마찬가지였고 말이다.

'사실 정신연령으로 치면… 경완 아재가 나랑 제일 비슷할 테니까.'

만면에 푸근한 미소를 머금은 채 뉴스를 시청하는 경완. 이번 일로 사실 경완이 번 돈은 없다. 천웅 쪽에서 매수한 지분들은, 회사 돈으로 매수한 것이었으니 말이다. 하지만 그럼에도 불구하고 기분은 우진보다도 더 좋아 보이는 경완을 보며, 우진은 피식 웃고 말았다.

"천웅이 가져간 물건은, 얼마에 내놓으실 겁니까?"

"글쎄, 네가 얘기했던 대로 13억 정도?"

"빨리 물건 올리시죠."

"왜?"

"그거 다 팔리고 나면, 전 더 비싸게 올리게요."

"와, 이놈. 도둑놈 심보 보소?"

경완은 낄낄 웃으며, 우진과 소주잔을 맞대고는 단숨에 입에 털어 넣었다. 이어서 은근한 목소리로, 다시 우진을 향해 입을 열었다.

"너 이번에, 한 20억 벌었냐?"

"팔려야 번 거죠. 아직 안 팔았습니다만."

"대충 알아들어 짜샤. 그래서 얼마 벌 것 같은데?"

"음… 취·등록세 떼고 양도세 떼고… 차 떼고 포 떼고 해도, 대충 30억 가까이 남지 않을까요?"

"캬…! 서우진, 부럽다. 부러워."

경완의 입에서 탄성이 터져 나왔다. 그는 우진이 정말 부러웠다. 사실 이 상황에서 우진이 부럽지 않다면, 그거야말로 거짓말일 것이다.

'30억이라니. 누군 평생 만져보기도 힘든 돈을 20대에… 크…!'

하지만 그와 동시에 경완은 우진이 이렇게 승승장구하는 것이 진심으로 기쁘기도 했다. 친한 지인의 성공으로, 대리만족 같은 것을 느낀달까? 우진의 성공이 본인에게도 도움이 되긴 했지만, 그것과는 완전히 별개의 순수한 감정. 그래서 경완은 무엇보다도, 우진의 다음 행보가 궁금했다. 정확히는 우진이 이번에 거둔 성공을 거름으로 또 어떤 일을 벌일지, 그런 것이 너무도 궁금한 경완이었다. 경완이 기대감 어린 목소리로 우진을 향해 물었다.

"그럼 이제 그 돈으로 뭐 할 건데?"

"사옥 올릴 겁니다."

"사옥? 너네 WJ 스튜디오?"

"네."

사옥이라는 말에, 경완의 두 눈이 살짝 반짝인다.

"어디다?"

"그건 부지를 이제부터 알아봐야죠."

"후보지가 있을 거 아냐."

"종로는 못 갑니다. 거기 너무 비싸요."

우진의 그 말에, 경완이 어이없는 표정으로 되물었다.

"야, 내가 언제 우리 회사 근처로 오랬냐?"

"느낌이 그랬어요, 느낌이."

"내가 왜?"

"일하기 싫으실 때마다 외근 나간다 하고 놀러 오실 것 같습니다."

"뭐야, 너 언제 독심술도 익혔냐?"

"하하하."

"그래서 어디로 갈 건데?"

"아직 모릅니다. 일단 부지부터 찾아봐야죠."

우진은 경완과 이야기를 나누면서, 자연스레 사옥건설에 대한 계획을 머릿속으로 떠올려 보았다.

'내 회사 사옥이라….'

경완에게는 어디로 갈지 모른다고 했지만, 사실 우진은 낙점해 둔 위치가 몇 군데 있었다. 일단 첫 번째 후보지는, 지금 WJ 스튜디오가 위치한 성수동 업무지구. 이유는 우진이 성수동의 지식산업센터를 선택했던 이유와 크게 다르지 않았다. 2011년 기준으로 대지 평당 4천만 원 정도인 성수 업무지구는, 2020년 즈음 1억에 육박할 정도로 땅값이 오를 동네니 말이다.

실사용 측면에서의 입지도 마음에 들었다. 북서쪽으로 중랑천을 건너면 강북 도심에, 아래로는 한강만 건너면 바로 압구정이었으니. 직접 몇 개월 있어 본 결과, 서울 핵심지로의 이동이 무척이나 편했던 것이다.

'부지만 싸게 잡을 수 있으면, 여기서 아예 뿌리박을지도.'

그리고 두 번째 후보지는, 서초구의 방배동이었다. 정확히는 내방역 인근의 대로변. 2019년경까지, 방배동은 강남 안에서 꽤 저평가된 지역이었다. 서초구 한복판에 위치했음에도 불구하고, 고지대인 서리풀공원으로 교통이 막혀있어, 강남 핵심지와 단절된 느낌이었으니 말이다. 서초역과 내방역은 거리상으로 1km남짓밖에 되지 않지만, 실제로 이동하려면 서리풀 터널을 빙 돌아서 한참 가야 했다.

'하지만 서리풀 터널이 뚫리고 나면, 입지 자체가 완전히 달라지게 되지.'

방배동은 2019년 즈음부터, 완전히 새로운 입지로 탈바꿈하게 되는 동네다. 2019년 4월의 서리풀 터널 개통을 시작으로, 지역 자체에 개발 호재가 끊이지 않고 이어지게 되는 것이다. 우선 강남

3구에서 마지막까지 빌라촌으로 남아있던 방배1동부터 방배4동까지 낙후되었던 거주지들이 2020년대 초반부터 시작해서 신도시급으로 개발되게 된다.

개포동에 이어, 강남의 마지막 뉴타운으로 불렸던 방배동. 거기에 20년대 후반에는 사당역 복합환승센터 사업까지 진행되며 지역 인프라까지 좋아지니, 장기적으로 본다면 성수 이상으로 좋은 입지였다. 과거 80년대 압·서·방(압구정, 서초, 방배)으로 불리며 최고 부촌으로서의 명성을 날렸을 때처럼, 다시 과거의 그 위상을 찾게 되는 것이다.

그럼에도 불구하고 방배동이 왜 두 번째 선택지냐? 거기에는 당연히 이유가 있었다. 그것은 바로, 방배가 이렇게 발전하기까지 너무 오랜 시간이 걸리기 때문이었다.

'10년이라는 시간은, 그렇게 짧지 않으니까.'

WJ 스튜디오는 당장 1년 사이에, 말 그대로 어마어마한 성장을 일궈냈다. 그리고 우진은 당연히 여기에 만족하지 못한다. 사업이라는 것은 커지면 커질수록 성장 속도가 눈덩이처럼 더 불어나게 된다. 때문에 10년 뒤의 미래라는 시점은, 지금 우진으로서도 감히 재단할 수 없는 미래였다. 그래서 우진은 당장 빠르게 성장 중인 성수동 업무지구에 조금 더 마음이 기울어있는 상태였다.

"야, 국밥 다 식었어. 갑자기 왜 멍 때리고 앉았냐."

경완의 목소리에 상념에서 깨어난 우진은 뒷머리를 긁적이며 대답했다.

"아, 잠깐 생각난 게 좀 있어서요."

그에 경완은 고개를 절레절레 저으며 다시 수저를 들었다.

"하여간 특이한 놈이라니까. 그러니까 청담동 재건축 사업장을 쥐락펴락할 수 있었겠지만 말이지."

우진은 국밥에 남은 국물까지 싹싹 긁어 입에 털어놓고는, 한결 가벼워진 기분으로 밖에 나왔다. 오늘은 4월의 마지막 금요일. 이렇게 다사다난했던 4월이 지나고, 어느새 2011년도 중반에 접어들고 있었다.

— * —

우진은 매수했던 일곱 채의 물건들 중, 두 채를 제외하고는 전부 다 매도하였다. 어머니의 명의로 매수했던 물건 하나와 법인 명의로 매수했던 물건 하나를 제외하고는, 싹 다 매도해버린 것이다. 단기간의 차익이라 세금만 십억이 넘었지만, 그게 아깝다고 생각지는 않았다.

결과적으로 우진이 처음 생각했던 수준보다 훨씬 더 크게 시드머니가 모였으니 말이다. 뿌려뒀던 씨앗을 전부 거두고 난 뒤 WJ 스튜디오의 법인통장에는 무려 80억이라는 돈이 모여 있었다. 물론 그중 이번에 벌어들인 돈은 절반도 되지 않는다. 그사이 WJ 스튜디오의 매출이 성장하면서 늘어난 영업이익의 지분도, 상당히 컸으니까.

"와, 내가 통장에 이런 액수가 찍히는 걸 보게 될 줄이야."

잔고를 확인한 뒤 입을 쩍 벌리는 진태를 보며, 우진도 웃으며 고개를 끄덕였다.

"그러게. 우리 그래도 꽤 성공했다, 형."

"야, 이게 성공 수준이냐? 젠장, 이럴 줄 알았으면 회사 지분이라도 너한테 사놨어야 했는데."

"형이 산다고 했어도 내가 안 팔았거든?"

"쳇, 매정하기는."

사실 진태는 WJ 스튜디오에 정말 조금이지만 지분이 있었다. 우진이 최근 스톡옵션으로, 직원들에게 조금씩 지분을 넣어줬던 것이다. 물론 그 지분을 다 합해야 1퍼센트도 채 되지 않는 수준이었지만, 그래도 그중 압도적으로 많은 지분을 받은 것이 진태였다. 그래서 진태는 우진에게 정말 고마웠다.

"그나저나 오늘은 아침부터 나만 부른 이유가 뭐냐?"

"차나 한 모금 하면서 얘기하자고."

진태가 앉은 자리 앞으로 티백이 담긴 찻잔을 슥 밀어준 우진이, 천천히 다시 말을 이었다. 방금 전까지 히히덕거리던 표정은 그새 어디로 사라지고, 꽤 진지한 표정이 된 우진이었다.

"형, 혹시 작년 가을쯤에 내가 했던 얘기 기억하고 있어?"

"음? 작년 가을…? 무슨 얘기?"

진태가 고개를 갸웃하자, 우진이 다시 입을 열었다.

"회사 인수합병 건에 대해서 내가 얘기했었는데, 혹시 기억 안 나?"

'인수합병'이라는 단어를 듣자마자, 진태는 곧바로 고개를 끄덕였다. 그때의 이야기는 사실 가벼운 대화가 아니었으니, 진태도 잊지 않고 신경 써서 기억하고 있었던 것이다.

"그건 당연히 기억하고 있지."

"그래?"

"왜, 이제 때가 된 거야?"

"맞아, 슬슬 움직여볼 때가 된 것 같아서 불렀어."

우진의 말을 들은 진태는 잠시 머릿속을 뒤져보았다. 작년에 우진이 이야기를 꺼낸 뒤, 틈틈이 조사해봤던 내용들을 떠올린 것이다.

"그때 네가 인수대상으로 가장 처음 얘기했던 회사가, 성진건설이었어. 맞지?"

정확히 기억하는 진태의 모습에, 우진이 살짝 놀란 표정이 되었다.

"어, 맞아. 형, 기억력 좋다?"

진태가 씨익 웃으며 답했다.

"기억력이 좋은 게 아니라, 그때 이후로 계속 조사하고 있었던 거야."

"크…! 역시!"

"뭐, 그렇다고 막 대단한 건 아니지만… 정리해놓은 서류 있어. 가져올까?"

진태의 물음에 우진이 손을 휘휘 저으며 대답했다.

"아, 아냐. 그건 지금 말고, 내일 오전에 볼게."

"그래?"

"오늘은 내가 점심부터 계속 미팅이 있어서, 길게 얘기하기가 힘들거든."

"아 맞다, 서나헤어 직영점 미팅 있다고 했지?"

"맞아."

고개를 끄덕인 우진은 찻잔을 한 모금 홀짝였다. 그런 그를 보며, 진태가 의아한 표정으로 다시 물었다.

"그럼 내일 얘기하지, 오늘 이 얘기를 왜 꺼낸 거야?"

우진의 대답이 곧바로 이어졌다.

"내일까지 형이 해줬으면 하는 일이 하나 있어서."

"뭔데?"

우진이 담담한 목소리로 말했다.

"우림컴퍼니라는 회사가 있거든?"

"음? 뜬금없이 거긴 뭐 하는 회산데?"

"SPC(Special Purpose Company)야. 특수목적법인이지."

우진이 무슨 말을 하려는지 감을 잡지 못한 진태가 고개를 갸웃하자, 우진이 다시 입을 열었다.

"성진건설의 재무상태와 밀접한 연관이 있는 곳이야."

"그래…?"

"파다 보면 알게 될 거야. 내일까지 우림컴퍼니 재무상태 좀 조사해줘."

— * —

여느 기업이나 마찬가지겠지만, 보통 회사 부도의 가장 큰 이유는 돈의 흐름이 끊겨서다. 특히 영업이익률이 낮고 부채비율이 높아 재무건전성*에 민감한 편인 건설사들의 경우, 자금 확보만큼 중요한 과제가 없다. 목돈을 크게 확보할수록 더 큰 사업장의 수주에 참여할 수 있고, 반대로 자금이 마를수록 할 수 있는 일의 질과 양도 줄어들게 되니 자금 조달력이야말로 건설사 수주능력 중 가장 중요한 부분이 아닐 수 없는 것이다.

그래서 부동산 시장이 침체될 때, 현금보유량이 많지 않은 건설

---

* 기업체질이 얼마나 건강한지 측정하는 지표.

사들은 위기를 겪게 된다. 2011년은 바로 그런 해였다. 07, 08년도의 호황으로 시세에 거품이 많이 꼈던 지역들에 미분양이 쏟아지기 시작했으며, 때문에 미분양, 할인분양, 입주자의 잔금연체 등을 이유로 건설사들은 사업장을 수주하기 위해 대출받았던 돈을 쉽게 상환하지 못했다.

특히 신용도가 높지 않은 중소 건설사들은 회계상 채무에 포함되지 않는 PF(Project Financing)대출을 많이 받았었는데, 이것은 2011년도 저축은행사태*까지 불러왔을 정도로 큰 문제가 됐었다. 건설사들이 줄줄이 도산하면서, 채권을 회수하지 못한 은행들까지 같이 무너지게 된 것이다.

PF대출이란 자산을 담보로 돈을 빌려주는 것이 아닌 어떤 사업의 사업성을 담보로 돈을 빌려주는 개념인데, 그러다 보니 사업이 어그러지면 은행으로서도 돈을 회수할 길이 없게 되는 것. 쉽게 말해 사업 계획서를 보고 돈을 빌려줬는데 해당 사업이 망한 상황이라고 할 수 있었다.

'그때 이게 진짜 무슨 날벼락인가 했었지.'

전생의 이맘때쯤 성진건설에서 일했던 우진은 어렸던 나이에도 불구하고 이 저축은행 사태를 바로 옆에서 경험했다. 현장 일을 하면서 처음으로 정착해 자리 잡았던 회사인 성진건설이 한순간에 부도가 나서 일자리를 잃었었으니 말이다.

그때 우진이 가장 이해할 수 없었던 부분은, 성진건설이 부실기업이 아니었다는 점이었다. 여느 중견 건설사들과 달리 성진건설

---

* 금융위원회가 2011년 2월 17일부터 22일까지 모두 7곳의 저축은행에 영업정지 처분을 내리면서 시작된 사건으로, 5,000만 원 이상 예금자와 채권 투자자들이 원금까지 손실하게 됐던 사태.

의 재무구조는 튼실한 편이었고, 전년도(2010년) 영업이익률도 결코 마이너스가 아니었으니까. 소위 말하는 흑자 부도가 났었던 것이다.

완공된 사업장에서 대금만 다 받으면 채무도 갚고 흑자가 날 상황이었는데, 그 돈을 받지 못해서 결국 못 버티고 파산했던 것. 사실 이때 우진은 크게 손해를 보지 않았었다. 일개 현장직원인 우진이야 한 달 치 수당 정도만 받아내지 못했을 뿐, 그 이상의 손해는 없었던 것이다.

그래서 부도가 터졌던 당시, 우진은 받지 못한 수당이 좀 아까웠던 것을 빼면 별다른 생각이 없었다. 다만 나중에 나이를 먹고 실제 건설사가 운영되는 과정을 전부 알게 된 이후, 그때 성진건설의 부도가 어떻게 일어났던 건지 이해할 수 있게 되었던 것이다.

'지금 생각해보면, 진짜 안타까운 상황이었지. 성진 대표님도 꽤 인망 있는 사람이었던 거로 기억하는데….'

그리고 이때의 기억이 있었기 때문에, 우진은 작년 연말부터 성진건설을 인수 합병할 생각을 할 수 있었다. 그의 예상이 맞다면 이미 저축은행 사태가 터진 시점인 지금, 성진건설의 채권은 헐값에 채권시장에 나와 있을 테니까.

"사실, 성진건설에 대해 조사하면서 좀 의아한 부분들이 있었어."

"어떤 부분?"

"알아보니 회사 가치가 수백억 단위는 되는 건설사였는데, 네가 인수할 예정이라고 했으니까."

"우리 자본 규모로 여길 어떻게 인수하냐는 생각을 한 거지?"

"그렇지. 사실 이 시점에 우리가 거의 100억 가까운 현금을 쌓을 수 있을지도 몰랐고… 정상적인 상황이라면 지금 가진 돈으로도 인수는 절대로 불가능했을 테니까."

우진의 지시를 받고 우림컴퍼니의 재무조사를 한 진태는 많은 것을 알 수 있었다. 우림컴퍼니는 성진건설이 PF대출을 받기 위해 설립한 특수목적법인이었는데, 이곳의 재무상태를 조사하다 보니 겉으로 보이지 않는 성진건설의 위기를 파악할 수 있게 된 것이다.

우림컴퍼니라는 가림막으로 가려져 있던 성진건설의 커다란 부채를 훤히 들여다볼 수 있었던 것. 때문에 이 조사 과정에서, 진태는 우진이 하고자 하는 계획까지도 얼추 이해할 수 있었다. 다만 지식이 부족한 탓에, 약간 방법론적인 부분에서는 헛다리를 짚었지만 말이다.

"빚더미에 앉은 성진건설의 지분을 싼값에 매수하려는 생각이야?"

"아니, 그건 아냐."

"그럼?"

우진이 다시 말을 이었다.

"내가 매수하려는 건 성진건설의 채권이야."

"채권…?"

"은행이 갖고 있는 성진건설의 채권을, 아주 헐값에 가져오려는 거지."

채권이란 쉽게 말해 돈을 받을 권리를 말한다. 성진건설을 대상으로 한 100억짜리 채권이 있으면, 성진건설로부터 그 돈을 받아낼 수 있는 권리가 생기는 것이다. 그렇다면 그 채권이라는 것을, 우진은 어떻게 헐값으로 사겠다는 걸까? 그 해답은 지금의 상황에 있었다.

몇백억을 받아낼 수 있는 채권이라 하더라도, 채무자의 상환능력이 제로에 수렴할 정도로 떨어진 상태라면 사실상 100억짜리 채권이든 1,000억짜리 채권이든, 휴지쪼가리나 다를 바 없으니 말이다. 지금 시점 성진건설은 거의 부도 위기나 다름없는 상황이었고 부도가 나는 순간 사실 은행의 입장에서는 돈을 받을 길이 사라진다.

우진이 채권의 가격을 후려친다 해도 팔 수밖에 없게 되는 것이다. 전부 다 날려 먹는 것보단, 조금이라도 건지는 게 중요하니까. 하지만 우진의 이러한 설명을 다 들었음에도, 진태는 이해가 되지 않았는지 고개를 갸웃하였다.

"네 말대로라면, 우리는 그 채권을 왜 사는 건데?"

"응?"

"은행에서 회수 불가능하다고 판단할 정도로 부실한 채권을, 우리가 가져와서 회수할 수 있다는 거야?"

우진이 손가락을 까딱이며 대답했다.

"아니, 당연히 불가능하지. 그 지독한 은행 놈들도 받아낼 수 없는 돈을 우리가 무슨 수로 받아내?"

"그럼?"

"우린 이 채권을 갖고 가서, 성진건설에 딜을 할 거야."

"딜?"

"채무를 돈 말고 지분으로 상환하라고. 결과적으로 채권으로 지분을 사는 셈이지."

"…!"

"형이 파악한 채권 총액이 얼마라고 했었지?"

"대충 120억 정도 돼."

"딱 적당하네."

"뭐가?"

"그 정도 채권이면, 성진건설의 지분을 충분히 확보할 수 있을 것 같거든."

"…!"

"현시점 성진건설은 지분 가치도 많이 떨어진 상태라서… 120억짜리 채권이면 못해도 지분 50퍼센트 정도는 확보할 수 있을걸?"

"그래?"

"사실상 M&A*가 가능해질 정도의 지분을 확보할 수 있을 거야."

우진의 이야기를 듣던 진태는, 머릿속에 과부하가 걸릴 지경이었다. 본인이 직접 조사해서 자료를 뽑아왔다 보니 전반적인 흐름은 이해가 되는데, 디테일까지 완벽하게 머릿속에 들어오지 않는 것이다. 그래서 진태는 의문스러운 부분을, 다시 우진에게 물어보았다.

"그럼 은행은 왜 그렇게 안 하는데?"

"뭘?"

"네가 말한 것처럼 은행도 아예 성진건설을 인수해버릴 수 있는 거잖아?"

진태의 물음에, 우진이 웃으며 고개를 저었다.

---

* M&A(Mergers & Acquisitions)란 다른 회사의 경영권을 확보하기 위해 기업을 인수합병하는 것을 의미한다.

"은행이야 당연히 그렇게 안 하지."

"…?"

"걔들 입장에서 성진건설은 망해가는 건설사일 뿐이야. 같은 금융권 회사도 아니고… 거길 왜 인수하겠어?"

진태가 다시 물어보려는 순간, 우진의 말이 이어졌다.

"하지만 우린 달라. 사실상 성진건설이 지금까지 쌓아온 무형적 가치들을, 채권을 통해서 염가에 사는 셈이거든."

"무형적 가치가 뭔데?"

"WJ 스튜디오의 10배는 족히 넘을 누적 매출, 건설업 분야에서 갖고 있는 각종 면허들."

"…!"

"거기에 우리가 갖지 못한, 건설 전문 인력들과 장비들."

우진이 탁자를 톡톡 두들기며, 한마디를 덧붙였다.

"결정적으로 성진건설은, 이번 위기만 넘기면 다시 수백억 이상의 기업 가치를 톡톡히 해줄 만한 회사야."

우진의 입가에 기분 좋은 웃음이 걸렸다.

"물론 우리가 탈나지 않게 완전히 소화할 때까지, 내부적으로 진통은 좀 있을 테지만…."

여기까지 모든 이야기를 들은 뒤에야 머릿속에 선명하게 그림이 그려진 진태는, 혀를 내두르며 고개를 끄덕였다.

"네가 말한 대로만 진행되면, 충분히 가능한 시나리오네."

"그렇지, 그리고 되게 해야지."

성진건설의 인수합병이 성공적으로 이뤄진다면, WJ 스튜디오는 완전히 다른 회사가 될 수 있다. 지금까지는 인테리어 위주로 구성된 작은 규모의 공사들과 각종 건축 디자인, 설계 정도가 WJ 스튜디오가 할 수 있는 범위의 일이었다면 이제는 제법 그럴싸한 시공 능력까지 갖추게 되는 것이었으니 말이다. 오너인 우진으로서는, 선택지가 몇 배 이상으로 늘어나게 되는 셈이랄까. 그래서 우진은 어떻게든 이 그림을 완성시킬 생각이었다.

"괜찮은 세무법인부터 알아봐줘, 형."

"우리 거래하는 곳 있잖아?"

"거긴 안 돼. 이쪽을 전문적으로 취급하는 데가 따로 있을 거야."

"오케이."

우진의 이야기를 수첩에 간단히 메모한 진태가 다시 입을 열었다.

"그럼 그다음 스텝은, 성진건설의 채권을 가진 은행 쪽에 접촉을 하는 건가?"

우진이 고개를 저었다.

"아니, 먼저 접촉할 필요 없어. 지금 들어가면 그렇게까지 싸게 못 살 거야."

"그래?"

"조금 기다리면, 분명 시장에 나올 거고… 한두 번 유찰되면 그때 가져오자고."

"알겠어. 그럼 경영지원팀이랑 한번 회의를 해야겠네."

우진이 고개를 끄덕이며 대답했다.

"맞아. 경영지원팀도 경영지원팀이고, 금융 쪽 전문가들 자문도 많이 받아야 해. 큰 그림이야 그렸지만, 사실 나도 디테일은 잘 모르니까."

진태와 함께 전반적인 계획을 정리한 우진은 곧바로 사내 회의를 소집하였다. 그리고 이날을 기점으로, 한동안 꽤 여유 있던 우진의 일정은 다시 타이트해졌다. 선영아파트 조합과 관련된 일을 할 때는 사실 우진이 직접적으로 움직여야 하는 부분들이 거의 없었지만 성진건설을 인수하기까지는, 대표자인 우진에게 떨어지는 페이퍼 워크가 가장 많을 수밖에 없다.

'그래도 해야지. 사실상 올해 있을 일들 중, 가장 중요한 이벤트나 다름없으니까.'

다시 눈코 뜰 새 바빠질 것이 분명함에도 불구하고, 오히려 기대감에 반짝이는 우진의 두 눈. 그런데 이렇게 할 일 많은 우진에게 한 가지 재앙이 다가왔다. 그것은 바로 벚꽃이 지면 대학생들에게 어김없이 찾아오는 중간고사. 산학협력 덕분에 꽤 많은 학점을 날로 먹은 우진이지만, 그래도 몇몇 과목은 신경 쓰지 않을 수 없었던 것이다.

특히나 그중에서도 우진이 가장 열심히 수강 중인 디공디는, 다른 몇 개 과목을 합친 것보다도 중간과제가 많은 지옥의 과목. 그래서 오늘 우진은 이 과제를 위해, 조금 일찍 퇴근해서 제이든의 집으로 향하는 중이었다. 그를 이 재앙으로부터 지켜줄 흑기사, 석현과 함께 말이다.

"대표님."

"불안하게 왜 그렇게 불러? 여기 회사도 아닌데."

"원래 인생, 기브 앤 테이크 아니겠습니까."

"…."

"가는 게 있으면 오는 것도 있어야 하는 법."

"흐으음…."

운전석 창밖으로 시선을 돌리는 우진을 향해, 석현이 은근한 목소리로 말을 이었다.

"이번에 돈 좀 많이 버셨다는 소문이 있던데….."

"헛소문이야."

우진의 대꾸조차 무시한 채, 석현이 계속해서 말했다.

"회사에, 차 한 대 정도 늘릴 때가 된 것 같지 않습니까?"

석현의 검은 속내를 눈치챈 우진이, 푹 하고 한숨을 내쉬었다.

Parametric Design

사실 오늘 우진은 원래 제이든의 집에 갈 생각이 없었다. 과제를 하겠답시고 석현과 함께 제이든의 집에 갔다가, 밤새 둘이 게임하는 것만 구경하게 될지도 모른다고 생각했으니 말이다. 하지만 제이든은 우진의 그 추측을 강력하게 부인했고….

[Bloody Hell! 이 제이든을 대체 뭐로 보는 거야?]

"겜덕후."

[결코 그렇지 않아. 제이든 님은 벌써 게임에 접속하지 않은 지 한 달도 넘었다고.]

"그 거짓말… 진짜야?"

[물론. 그러니까 당장 오도록 해, 우진.]

그렇게 오랜만에 제이든의 집에 도착한 우진은 꽤 신선한 경험을 하게 되었다. 원래 같았으면 우진이 도착하자마자 일단 치킨을 주문한 뒤 조이패드를 쥐여주며 치킨값 내기 축구게임부터 한 판 하자고 했어야 하는 제이든이었건만.

어쩐 일인지 그런 절차 없이 곧바로 과제를 시작한 것이다. 용도가 거의 PC방이나 다름없던 컴퓨터 방은, 제이든의 작업실로 완벽히 다시 태어나 있었고, 항상 게임 대기화면이 떠올라있던 여러 대의 모니터에는, 죄다 3D 모델링 프로그램이 켜져 있었다. 예전에는 결코 상상할 수 없던 광경이었다.

"제이든, 혹시 어디 아픈 건 아니지?"

"What?! 난 아주 멀쩡해, 우진."

"사람이 갑자기 변하면 죽을 때가 된 거라던데."

"사실 배가 조금 아프긴 한데, 이게 아마 죽을병은 아닐 거야."

"…."

게임 대신 3D프로그램을 두들기고 있다는 사실만 제외하면 여전히 제이든의 텐션은 높았다. 그래도 우진으로선, 쉽게 적응되지 않았지만 말이다.

"야, 석현아."

"응?"

"쟤, 갑자기 왜 저러는 거야?"

"뭐가?"

"저렇게 열정적으로 과제하는 거, 공모전 때 이후로 처음 봐서 그래."

석현이 어깨를 으쓱하며 대답했다.

"요 몇 달간은 계속 저랬어."

"그래?"

"수업 때는 어땠는데?"

"디공디 수업?"

"응, 3D모델링 수업."

"수업 때는 비슷했는데… 후다닥 작업해놓고 나한테 자랑하면서 우쭐거리고…."

"그래?"

"그러고 보니, 제이든 모델링 실력이 너무 좋아진 것 같아서 좀 의아하긴 했어."

"크크."

"뒤에서 이렇게 열심히 하고 있었던 건가?"

"아마도…?"

열심히 마우스를 딸깍거리던 와중에도 둘의 이야기를 듣고 있었던 건지, 제이든이 대화에 툭 하고 끼어들었다.

"제이든은 뒤에서 딱히 열심히 한 적 없지."

"뭐?"

"원래 제이든 님의 재능이 대단했을 뿐이야."

"…."

"평범한 우진은 아마도 비범한 제이든을 이해하기 힘들겠지만. 후후."

어쩐지 오늘따라 더욱 신나 보이는 제이든은, 우진을 향해 눈길조차 주지 않은 채 컴퓨터에 빨려 들어갈 듯 작업을 계속했다. 그리고 조용해진 제이든 덕분에, 우진은 석현과 함께 과제 이야기를 본격적으로 시작할 수 있었다.

"이번 중간 과제가, 라이노를 이용해서 유기적인 건축조형물을 디자인하는 거였지?"

석현의 말을 들은 우진이, 놀란 표정으로 되물었다.

"뭐야? 너 숨겨진 수강생이냐?"

"응?"

"내가 말해준 적도 없는데 우리 과제를 어떻게 그렇게 구체적으로 잘 알아?"

석현이 피식 웃으며 대답했다.

"어쩌면 비슷할지도 몰라."

"뭐?"

석현이 제이든을 턱짓으로 가리키며 말을 이었다.

"디공디 수업만 듣고 나면, 쟤가 항상 날 집으로 불렀거든."

"…?"

"오늘 배운 게 잘 안된다고 도와달라면서 말이지."

조용히 과제에 몰입해 있는 줄 알았던 제이든이 또다시 불쑥 끼어들었다.

"Holy! 무슨 소리야, 석현! 제이든은 모든 걸 혼자서 공부했다고!"

물론 제이든의 그 대꾸는, 완벽히 무시당했지만 말이다.

"뭐, 대충 어떻게 된 건지 알겠지?"

어깨를 으쓱하는 석현을 보며, 우진은 실소를 흘릴 수밖에 없었다.

"크크, 귀여운 녀석이라니까."

"Bloody Hell!"

제이든의 흥분한 목소리로 인해 잠시 시끄러워졌던 컴퓨터방에, 곧 다시 평화가 찾아왔다. 자신의 결백함을 주장하는 것보다 과제가 더 중요했는지, 제이든이 다시 작업에 집중하기 시작했으니 말이다. 조용해진 사이 우진은 옐로페이퍼를 쭉 찢어서, 생각했던 아이디어 스케치를 그리기 시작하였다. 석현에게 조언을 구하고 도움을 얻기 위해선, 일단 어떤 디자인을 하고 싶은 건지 공유할 필요가 있었으니 말이다.

"석구. 내가 그린 게 뭐인 것 같아?"

"음…?"

우진이 그린 그림을 내어놓자, 석현은 고개를 갸웃하였다. 아이디어 스케치인 탓에 그림이 러프(Rough)하기도 했고 애초에 주제가 유기적 형태이다 보니, 명확한 형체를 알아보는 게 쉽지 않았던 탓이다. 그에 우진이 한마디를 덧붙였고,

"그냥 느낌만 말해봐, 느낌만."

석현은 그의 말 그대로, 떠오르는 이미지를 툭 얘기하였다.

"이거 약간 파동 같은데?"

"그치?"

"물 위에 물방울을 떨어뜨린 것 같기도 하고… 그런 느낌으로 그린 것 맞아?"

석현의 말에 우진이 곧바로 고개를 끄덕였다. 그가 말한 대로 우진이 그린 아이디어 스케치는, 물결에서 모티브를 가져온 것이었으니 말이다.

"물에 어떤 힘이 가해지면, 그 힘이 가해진 지점을 기점으로 파동이 생겨나잖아?"

"그렇지?"

"근데 이 파동이 여러 종류가 섞이면, 불규칙하면서도 규칙성이 보이는 특별한 모양이 만들어지더라고."

우진의 말에, 석현은 더욱 흥미로운 표정이 되었다. 유기적 모델링을 위해 떠올리는 일반적인 모티브들보다는, 확실히 특별한 관점에서의 접근이었으니 말이다.

"파동이 섞인다는 게, 제각각 다른 위치에서 다른 종류의 힘에 의해 생긴 파동이 하나의 매개체를 통해 뒤섞이는 걸 의미하는 거

지?"

다분히 이과스러운 석현의 반문에, 우진이 고개를 절레절레 흔들며 대답했다.

"쉽게 말해서, 잔잔한 물 위에 돌을 3개 떨어뜨리는 거야."

"계속 말해봐."

"각각 다른 위치에 다른 크기의 돌을 떨어뜨리면, 그 위치들을 기점으로 파동이 퍼져 나갈 테고…."

우진은 옐로페이퍼 위에 둥근 선들을 그려내며, 계속해서 말을 이어갔다.

"그 경계들이 만나는 지점이 되면, 특별한 패턴이 물 위에 만들어진다는 거지."

석현이 간결하게 대꾸했다.

"같은 말이야."

"뭐가?"

"내가 했던 말이 그 말이라고."

"아무튼!"

이제 우진이 하고자 하는 유기적 모델링이 뭔지 대략 깨달은 석현이 씨익 웃으며 다시 입을 열었다.

"그러니까 너는 이 물의 파동들이 섞이면서 생기는 패턴을 모티브로 해서, 유기적인 모델링을 작업해보고 싶다는 거잖아?"

우진이 고개를 끄덕였다.

"바로 그거지."

힘주어 대답한 우진은 은근한 목소리로 다시 입을 열었다.

"할 수만 있다면 진짜 멋진 그림이 만들어질 것 같은데…."

말을 하며 자신감이 떨어지는지, 조금씩 작아지는 우진의 목소리.

"이거, 모델링 솔루션이 있을까?"

잠시 생각에 잠겼던 석현은, 곧 고개를 끄덕이며 대답하였다.

"쉽지는 않을 것 같은데, 가능은 할 것 같아."

"오…? 그래?"

"대신 라이노만으론 힘들 것 같고, 그래스하퍼를 써야 할 것 같네."

가능할 것 같다는 말에 반색했던 우진의 표정은, 그래스하퍼라는 단어가 나오는 순간 그대로 굳어지고 말았다.

— * —

사실 우진이 처음 파동에서 모티브를 가져오며 떠올렸던 모델링 방식은, 지극히 아날로그적인 것이었다. 일반적인 모형을 모델링하듯, 파동의 모양을 구성하기 위한 뼈대를 일일이 다 그릴 생각이었으니 말이다.

'물결이 퍼지는 것처럼 원형으로 점점 커지는 선을 그린 다음에… 그것의 높낮이를 조절해서 면으로 이으면 물결 모양으로 유기적인 모델링을 할 수 있지 않을까?'

물론 이 방식도 결코 불가능한 모델링 솔루션은 아니었다. 한 땀한 땀 작업을 위한 극한의 노동력이 필요할 뿐, 불가능할 이유는 없었으니 말이다. 다만 이 방식대로 모델링을 한다면 한 가지 문제가 있었는데, 그것은 바로 서로 다른 파동이 만나며 영향을 주는 구간을 표현하기 힘들다는 것이다.

수면 위에서 수많은 파동들이 섞여 있는 그 모습을 아날로그로 표현하려면, 노가다의 영역을 넘어선 극한의 작업량이 필요할 터였다. 그래서 우진이 석현에게 기대한 것은, 그가 모르는 라이노의 기능에 대한 석현의 지식이었다. 이런 종류의 모델링을 편히 할 수 있도록 만들어진 기능이 있지는 않을지 기대했던 것이다.

하지만 석현은 라이노의 기능을 넘어선 그래스하퍼라는 새로운 플러그인에 대한 이야기를 꺼낸 것이었고, 그것이 우진의 표정이 굳은 이유라고 할 수 있었다. 그래스하퍼는 디공디 수업에서도, 지난주에야 처음 배워본 프로그램이었으니 말이다.

'배웠다고 하기도 애매하지. 그냥 프로그램을 켜봤을 뿐이니까.'

게다가 그래스하퍼는 모델링에 대한 열정이 넘치는 우진에게도 눈이 핑 돌아갈 정도로 어려운 인터페이스를 가지고 있었다. 라이노나 맥스처럼 직관적으로 점을 찍고 선을 이어 매스로 만드는 방식이 아니라, 어떤 수식과 수치를 활용한 알고리즘을 짜서 그것으로 모델링을 만드는 방식이었으니 말이다. 그래서 우진은 저도 모르게 한숨을 쉬었고, 그런 그를 보며 석현은 피식 웃었다.

"야, 그렇게까지 어렵게 생각할 것 없어."

"어려운 게 팩트잖아."

"기본 개념만 알면, 오히려 더 쉬울 수도 있어."

"기본 개념?"

고개를 갸웃하는 우진을 향해, 석현이 설명을 시작하였다.

"너 라이노에서 점을 찍을 때, 찍고 싶은 위치를 마우스로 클릭하지?"

우진이 고개를 끄덕였다.

"그렇지?"

석현은 라이노와 그래스하퍼를 컴퓨터에 세팅하면서, 계속해서 말을 이었다.

"그래스하퍼에서도 마찬가지야. 점을 찍고 싶은 위치를 설정해 주면 그 자리에 점이 찍히거든."

우진이 여전히 이해하지 못한 표정이자, 석현이 다시 입을 열었다.

"그러니까 일반적인 모델링 프로그램에서 마우스 클릭으로 찍었던 그 위치를, 좌표값으로 써 넣어주면 똑같이 찍힌다는 얘기야."

석현이 설명하는 사이 어느새 프로그램은 전부 다 켜졌고, 능숙하게 그래스하퍼를 오픈한 석현은 바둑판처럼 생긴 아이콘을 끌어다가 화면에 올려놓았다. 이어서 x, y, z라는 글자가 쓰여 있는 아이콘의 좌측 부분에, 각각 0이라는 숫자를 써넣었다.

그러자 다음 순간,

"오…?"

그래스하퍼와 연결된 라이노의 화면 위에, 점 하나가 생성되었다.

"x, y, z축의 좌표가 전부 다 0인 위치에, 점이 하나 생성된 거야."

"그러네."

"이번엔 이런 식으로 점을 하나 더 만들어서…."

석현은 같은 과정으로 10, 10, 0의 좌표에 점을 하나 더 만들었고, 이번에는 Line라는 글씨가 써 있는 아이콘을 끌어다가 기존의 두 개의 아이콘을 이어 넣었다. 그러자 라이노의 화면 안에 찍힌 두 개의 점이, 어느새 하나의 선으로 이어져 있었다.

"와…! 이거 재밌는데?"

석현이 작업하는 것을 지켜보던 우진은 흥미진진한 표정이 되었고, 그 표정을 본 석현은 뿌듯한 얼굴로 다시 설명을 시작하였다.

"점을 하나 찍는 것만 봤을 땐 마우스 클릭보다 훨씬 더 번거로 워 보이지만… 네가 만들려고 하는 그 파동 모형의 모델링을 작업 할 때는 그래스하퍼만큼 편한 툴도 없을 거야."

우진이 눈을 반짝이며 되물었다.

"어째서?"

석현이 씨익 웃으며 대답하였다.

"파동이 물리적으로 생겨나는 공식을 알고리즘에 대입하면, 그 규칙성에 따라서 그래스하퍼가 자동으로 세그먼트(Segment)를 뿌 려줄 거거든."

"…!"

"여러 가지 파동이 섞이는 것도 문제없어. 알고리즘만 정확하게 만들면, 파동을 100개 섞어봐도 자연스럽게 모형이 만들어질 테 니까."

지금까지 단 한 번도 생각해본 적 없던 모델링 방식에 대한 설명 에, 우진의 두 눈은 점점 더 확대되고 있었다.

— * —

당연한 얘기겠지만, 디자이너에게도 성향이라는 게 있다. 때문 에 건축 디자이너들 사이에서도 사람마다 다른 성향이 존재하는 데, 그것을 가르는 대표적인 기준점 중 하나가 감각적인 디자인과 이성적인 디자인이다.

물론 이 기준이라는 것을 칼로 무 자르듯 정확하게 나눌 수는 없 다. 하지만 어떤 디자이너든 이 두 가지 성향 중 어디 하나에 조금 이라도 더 가까울 수밖에 없다. 먼저 감각적인 디자인에 대해 설명하자면, 이것은 다음과 같이 이야기할 수 있다.

[경험에 의해 축적된 수많은 소스들을 자신의 감성과 느낌에 의존하여 풀어내는 디자인 방식.]

그러니까 어떤 논리와 이성적인 사고에 의한 디자인보다는, 디자이너 본인의 Feeling에 더 의존하는 디자이너들이 감각적인 디자인을 추구하는 디자이너인 것이다. 그렇다면 그 반대의 개념에 해당하는 이성적인 디자인은 어떤 것일까? 그것은 이렇게 설명할 수 있었다.

[디자인 프로세스를 확립함에 있어 자신의 어떤 추상적인 감각보다는, 논리적이고 이성적인 방법론을 중시하는 디자인 방식.]

감각적인 디자이너들이 타고난 자신의 느낌과 감각을 가지고 디자인한다면, 이성적인 디자이너들은 어떤 논리적인 프로세스를 가지고 디자인 결과물을 만들어낸다. 그리고 우진과 제이든의 성향을 이 관점에서 본다면, 완전히 상극에 가깝다고 할 수 있었다.

제이든은 본인의 Feeling을 중시하는 디자이너였고, 우진은 논리적인 프로세스를 바탕으로 디자인하는 디자이너였으니까. 그래서 어떤 유기적인 조형물을 디자인해야 하는 공통된 주제의 과제를 진행하면서도, 둘이 추구하는 디자인 방식은 완전히 다른 것이었다. 모델링 툴을 활용함에 있어서도, 선호하는 방식이 달랐고 말이다.

“우진, 이 제이든 님이 디자인한 모델을 봐.”

“오, 멋지네.”

“리액션이 좀 불만스럽긴 하지만, 오늘은 기분이 좋으니까 특별히 넘어가 주도록 하지.”

“뭐라는 거야, 멋있다니까.”

"아직 이상한 아이콘만 만지작거리고 있는 우진의 작업물과는 차원이 다른 멋짐이지?"

"그래, 그러니까 작업 다 끝났으면 방해하지 말고 집에 가도록 해."

"Holy shit! 여기 우리 집이라고!"

"흠, 그럼 네 방으로 가."

"여기 내 방이야!"

"아무튼 어디론가 가 있어 봐. 난 지금 아주 바쁘니까."

제이든이 완성한 유기적 모델링의 주제는 바로 생명력이었다. 'Vitality'라는 단어가 갖는 추상적인 느낌 그 자체를 역동적인 형태를 통하여 3D 모델링으로 표현해낸 것. 사방으로 꿈틀대며 뻗어 나가는 제이든의 3D모델링은 주제와 아주 잘 어울리는 형태를 가진 것이었으며, 이것은 우진이 보기에도 꽤 훌륭한 과제물이었다. 멋지다는 감탄이, 결코 빈말은 아니었던 것이다.

'멋있다고 했으면 됐지, 뭘 어쩌라는 거야?'

툴툴거리며 야식을 먹으러 나가는 제이든을 보며, 우진은 고개를 절레절레 저었다. 제이든의 작업물도 확실히 멋지긴 했지만, 우진의 관심은 거기까지였다. 우진은 지금 꽤 오랜만에, 시간 가는 것도 잊어버릴 정도로 모델링 작업에 심취해 있었으니 말이다. 석현의 도움을 통해 하나하나 기능을 익히기 시작한 그래스하퍼는, 작업방식 자체가 너무도 우진의 취향이었다.

"파동의 모양은 결국, 파장의 길이와 진폭에 의해 결정되잖아?"

"그렇지."

"파동이 발원 지점에서 멀어질수록 진폭은 점점 더 줄어들 거고."

"맞아."

"그것부터 우선 알고리즘으로 만들어보자."

우진은 회귀 이전부터, 어떤 현상에 대해 논리적으로 접근하는 것을 좋아했다. 때문에 어떤 규칙성이 담긴 알고리즘을 직접 설계해서 자신이 설계한 그대로 만들어지는 모델링 방식은, 완전히 그의 취향일 수밖에 없었다.

'이렇게 한번 만들어둔 알고리즘은, 다른 디자인에도 응용해서 계속 사용할 수 있는 거잖아?'

같은 알고리즘이라 해도 어떤 Input 값이 들어가느냐에 따라, 완전히 다른 형태의 결과물이 도출되기도 한다. 또 만들어둔 알고리즘을 응용해서 조금씩 변형된 형태로 만들어낼 수도 있었으니, 처음 뼈대를 만드는 작업만 어려울 뿐 만들어둔 뼈대를 이리저리 변형하면서 다양한 결과물을 뽑아내는 것은 그래스하퍼의 모델링 방식이 더 효율적이었다.

"자, 여기서 그럼 이렇게 연결하면…."

동심원 모양의 파동 알고리즘을 하나 완성해 낸 우진이, 그것을 그대로 다른 좌표에 하나 더 복사했다. 그러자 같은 형태의 파동이 그대로 하나 더 만들어졌고….

"오…! 대박!"

두 개의 파동 좌표를 조금 가깝게 가져가자, 파동이 만나는 지점에서 우진이 원했던 느낌의 패턴이 그대로 그려졌다. 마치 살아있는 생명체처럼 말이다.

"와, 이게 진짜로 되네?"

두 눈이 휘둥그레진 우진을 보며, 석현이 흐뭇한 표정으로 대답했다.

"그러게. 나도 파동 알고리즘은 처음 짜본 건데, 그대로 되니까 신기하긴 하다."

생각대로 모델링이 만들어지는 것을 확인한 우진은 더욱 신이 나서 이것저것 기능을 찾기 시작했다. 어떤 동기부여가 없을 때는 숨이 턱 막힐 정도로 어렵게 느껴졌던 프로그램이, 한번 흥미가 붙기 시작하자 어느새 재미있는 장난감이 되어버린 것이다.

더욱 흥미가 생긴 것은 석현 또한 마찬가지였다. 원래도 이 비주얼 스크립트 방식의 모델링에 꽤 재미를 붙이고 있던 그였는데, 함께 연구할 사람이 생기자 더 재밌어진 것이다. 제이든도 최근 열정 넘치게 모델링 툴을 공부하고 있었지만, 비주얼 스크립트 쪽은 잘 건들지 않았던 것.

그래서 둘은 제이든의 작업실에서, 거의 동이 틀 때까지 계속해서 프로그램을 만지작거렸다. 잘 모르는 기능을 발견하면 해외 사이트에 접속해서 영어 원서로 된 설명까지 찾아보면서, 열정적으로 그래스하퍼를 공부한 것이다. 하여 그 결과 우진은 만족스런 작업물을 완성해낼 수 있었다.

"야, 이거 괜찮은데?"

"그렇지?"

"다음에 우리 회사에서 인테리어 시공할 일 있을 때, 아트 월 패턴으로 가져다 써도 되겠어."

석현의 말에, 우진이 기분 좋게 웃으며 대꾸하였다.

"모델링이랑 시공은 또 다른 영역이다, 친구. 이걸 대체 어떻게 손으로 빚을 건데?"

"하긴, 그것도 그러네."

"무튼 고마워, 석구. 덕분에 벼락치기 성공했네."

"고마우면… 알지? 대표님?"

"뭐, 인마."

"믿습니다!"

"법인차?"

"두 번 말하면 입 아프지."

"그건… 생각 좀 해볼게."

석현과 잠깐 농담을(석현은 농담이 아니었다) 주고받은 우진은 모델링 파일을 컨버트(convert)하여 3DS 파일로 만들었다. 그리고 석현을 먼저 집으로 보낸 뒤, 홀로 과제를 마무리하기 위한 작업을 좀 더 했다. 만들어진 3D파일을 렌더링 전용 프로그램으로 옮겨서, 재질을 입히고 좀 더 그럴싸하게 꾸민 것이다. 그래서 완전히 해가 떴을 때가 돼서야 우진은 비로소 과제를 끝마칠 수 있었다.

"야, 일어나 제이든."

"What? 우진, 왜 이렇게 일찍 일어난 거야?"

"일어난 적 없어."

"…? 설마 밤을 샌 거야?"

"나 지금 학교로 갈 건데, 내 차 타고 같이 갈래? 아니면 있다가 지하철 타고 올래?"

"Holy! 당연히 날 태우고 가야지! 무슨 소리야!"

"그럼 빨리 씻어."

"석현은?"

"석구는 새벽에 집으로 갔어."

"악덕 사장에게 노동력을 착취당했군."

"헛소리하면 버리고 간다?"

"젠장! 정 없는 코리안!"

제이든이 준비하는 동안 소파에서 잠시 눈을 붙인 우진은 곧장 차를 운전해서 학교로 향했다. 몸은 무척이나 피곤했지만, 정신은 그 어느 때보다 또랑또랑했다. 오늘 석현과 함께 그래스하퍼를 이용한 모델링 작업을 해보면서, 그가 과거 동경했던 디지털 건축을 일부 엿본 느낌이었으니 말이다.

'교수님께선 뭐라고 하시려나.'

USB 안에 들어있는 작업물을 한 번 더 떠올린 우진의 입가에 기분 좋은 미소가 걸렸다. 어제 오후까지만 해도 걱정됐던 디공디의 중간과제 프레젠테이션이 이제는 기대되기 시작하는 우진이었다.

—— ✱ ——

디공디 수업은 타과 학생들에게도 잘 알려진 수업이었다. K대의 공간디자인과가 아니라면 배울 수 없는 다양한 3D툴의 응용 디자인에 대한 수업이었으니 말이다. 특히 공간디자인과 이상으로 3D툴을 다양하게 다루는 산업디자인과 학생들의 경우, 아무리 과제량이 많고 시간을 많이 잡아먹는다고 하더라도 이 수업을 듣고 싶어 하는 학생이 있을 정도였다.

그리고 K대 산업디자인과의 4학년인 강세정은 그런 학생들 중 한 명이었다. 그녀는 졸업반이 된 이후 제품 모델링 쪽으로 졸업전시 방향을 잡은 상황이었는데, 다른 학생들이 보여주지 못하는 특별한 모델링 퍼포먼스를 만들어내고 싶어서 이 수업을 수강한 것이었다. 사실 알리아스나 라이노와 같은 프로그램의 기본적인 숙련도는 산업디자인과 고학년인 그녀가 압도적으로 높을 수밖에 없었다.

디지털 건축이 본격적으로 유행하기 전인 2011년도에는, 유기적인 모델링이 가장 많이 쓰이는 분야가 제품디자인과 자동차 디자인이었으니까. 그래서 세정은 이 수업을 수강하면서 자신이 다른 학생들에게 밀릴 것이라는 생각은 단 한 번도 해본 적이 없었다. 아무리 응용난이도가 높은 모델링 기술들을 배운다고 한들, 기본 출발점이 다른 그녀가 훨씬 더 유리할 수밖에 없다고 생각한 것이다. 학점을 평가하는 첫 번째 과제인 중간과제를 하면서도, 그 생각은 변한 적이 없었다.

밤새 열정적으로 작업하여 만들어낸 과제물은 졸업반인 그녀가 보기에도 충분히 만족스러울 정도의 퀄리티였으니까. 그래서 가장 앞 순번임에도 불구하고 자신 있게 발표를 마친 세정은 조운찬 교수의 평가를 들으면서 그 생각에 더욱 확신을 가졌다. 평소 칭찬을 잘 하지 않는 운찬이 아주 흡족한 표정으로 그녀의 발표를 칭찬한 것이다.

"역시 졸업반이라 그런지… 모델링 퀄리티가 남다르네요, 세정 양."

"감사합니다, 교수님!"

"곡면의 이음새가 깨지는 부분도 없고… 비대칭 유기체임에도 불구하고 균형감도 있고… 좋습니다. 아주 훌륭해요."

하여 자리로 돌아온 세정은, 여유로운 표정으로 다른 학생들의 발표를 듣기 시작했다. 속으로는 조금 미안한 마음도 있었다. 4학년 졸업반인 그녀가 2학년 수업에 난입하여 밸런스를 파괴해버린 셈이었으니 말이다.

'그래도 어쩔 수 없지 뭐… 2학년 때는 이 수업을 들을 여유가 없었으니까.'

그녀와 함께 수강 신청한 같은 과, 같은 학년의 학생도 한 명 더 있었지만, 세정의 경쟁상대는 아니었다. 산업디자인과 내에서도 세정의 모델링 실력은 최상위권에 속했다. 물론 평범한 2, 3학년 학생들의 작품보다야 나았지만, 세정이 작업물에 비하면 확실히 퀄리티가 떨어졌던 것. 하지만 그렇게 여유로운 표정으로 다른 학생들을 발표를 감상 중이던 세정은 웬 외국인이 나와서 발표를 시작했을 때 처음으로 당황하게 되었다.

'저 멀대는 뭐지?'

서구적인 외모와 다르게 유창한 한국말부터 시작해서, 자신의 작업물과 비교해도 전혀 꿀리지 않을 만큼 완성도 높은 모델링을 들고 나타났으니 말이다.

"유기적인 곡선들이 뻗어 나가는 형태는, 생명력과 활력을 표현하기 아주 좋은 방식이라고 생각했습니다."

"제법이구나, 제이든."

"제이든은 항상 대단하죠."

우쭐거리는 표정과 요상한 화법과는 다르게, 세정이 보기에도 감탄스러운 노력과 실력이 담긴 제이든의 모델링.

'쟨 몇 학년이지…? 공간디자인과 졸업반인가? 군대를 안 가서 그런지, 엄청 어려보이네?'

하지만 그로부터 두 차례 정도가 지나간 뒤 다시 별생각 없이 발표를 지켜보던 세정은, 이번엔 놀람을 넘어 경악할 수밖에 없었다.

"뭐, 뭐야…?"

K대의 유명인사이기 때문에 그녀도 아주 잘 알고 있는 인물인 우진. 그가 중간과제로 들고 온 작품이, 제이든의 것보다도 훨씬 더 충격적이었던 것이다.

─── ✳ ───

디자인은 재현이 아니다. 아무리 정밀한 알고리즘으로 파동이라는 것을 그대로 재현했다 하더라도, 그것만으로 디자인이 될 수는 없는 것이다. 복제의 영역에서 경이로움을 연출해낸 하이퍼 리얼리즘이라는 분야가 있긴 하지만, 그것을 작품이라고 할지언정 누구도 디자인이라고 하지는 않는 것처럼 말이다.

그래서 우진이 파동에서 가져온 것은, 모티베이션일 뿐이었다. 파동이 퍼져나가는 형상(形狀)의 영역에서의 모티브를 가져왔고, 나아가 그 형상이 만들어지는 원리에서부터 모티브를 가져왔다. 그렇게 가져온 모티브를 재해석하여 우진의 의도가 담긴 파동을 만들어냈고, 그것은 더 이상 파동의 재현이 아닌 디자인의 영역이 되었다.

"파동이란 어떤 매개체를 통해 에너지가 전달되는 현상입니다. 서로 다른 힘이 같은 매개체 안에서 만날 때 그것은 간섭을 일으키며 새로운 패턴을 만들어내기도 하고, 힘이 전달되기 힘든 먼 거리까지 나아갔을 때에는 자연스레 소멸되기도 합니다."

일단 우진이 스크린 위에 띄워 보인 모델링은, 다른 학생들의 작업물과 비교했을 때 확실히 다른 차별점을 가지고 있었다. 작품의 퀄리티를 떠나서 손으로 빚어 만든 모델링과 일정한 규칙성과 알고리즘을 이용해 만들어낸 모델링은 연출하는 느낌 자체가 다를 수밖에 없었으니 말이다.

그 두 가지 중에 뭐가 더 뛰어난 것이냐고 묻는다면, 그에 대한 대답을 하는 것은 불가능하다. 그것은 사과와 오렌지 중에 뭐가 더 맛있냐는 질문과 비슷한 것이니까. 하지만 평생 오렌지를 먹어보지 못한 사람에게 오렌지를 맛보여준다면, 그 순간만큼은 달콤하고 새콤한 맛에 매료될 것이다. 익숙한 사과의 맛에서 느낄 수 없었던 새로운 감동을, 오렌지에서 느낄 수 있을 테니 말이다.

그런 의미에서 우진이 가져온 모델링은, 아직까지 이러한 종류의 작업물을 보지 못한 학생들에게 신선한 충격을 가져다주었다. 2011년인 이 시점에 비주얼 스크립트 알고리즘을 이용한 디지털 모델링의 개념은, 국내는 물론 해외 잡지에서도 찾아보기 힘든 것이었으니까. 그래서 우진의 발표가 이어지는 동안, 강의실은 고요하기 그지없었다. 조운찬 교수를 제외한 모두가, 그저 멍하니 우진이 가져온 작업물을 응시하고 있을 뿐이었다.

"파동의 이러한 성질은 세상의 많은 이치에 적용될 수 있습니다. 사람과 사람 사이의 관계 속에서도 마찬가집니다. 우리 모두는 자신만의 파장을 가지고 있고, 그 파장이 관계 속에서 섞이며 새로운 패턴을 만들 수 있기 때문입니다."

우진은 준비했던 말을 담담히 이어갔고, 그것을 지켜보는 조운찬은 두 눈을 반짝이고 있었다. 그가 우진에게 놀란 것은 두 가지였다. 첫째로는 아직 수업을 본격적으로 시작하지도 않은 비주얼 스크립트로 이만큼이나 완성도 높은 모델링을 뽑아 왔다는 것에 대한 감탄이었으며.

두 번째로는 단순히 기술적으로 뛰어난 모델링을 가져온 것을 넘어, 그것이 확실한 모티베이션과 디자인적 철학을 담고 있다는 점에 대한 감탄이었다.

'어디서 따로 디자인 방법론에 대한 공부를 한 것도 아닐 텐데…'

사실 비주얼 스크립트에 대해 연구한 지 꽤 오래된 조운찬의 기준에서 우진이 가져온 모델링 자체는 그리 대단한 것이 아니었다. 당장 그가 컴퓨터를 켜고 한두 시간 정도만 알고리즘을 짜보면, 충분히 비슷한 모형을 만들어낼 자신이 있었으니 말이다. 그래서 운찬에게 더 대단하게 느껴지는 것은, 이 모델링에 담긴 우진의 프로세스였다.

"그래서 제 디자인의 모티브가 '파동(Wave)'이었다면, 주제는 '관계(Relationship)'입니다. 서로 다른 파장이 서로에게 영향을 주며 형성되는 관계 그리고 그 관계의 형성에 영향을 주는 또 다른 변수인 환경."

우진은 레이저 포인트를 들어 스크린에 떠올라 있는 자신의 작품을 가리켰다. 동심원의 형태로 퍼져나가는 다섯 개의 파동. 그리고 그것들이 서로 영향을 주면서 만들어낸 새로운 패턴. 여기서 한 가지 더 추가된 것은, 우진이 알고리즘 사이에 끼워 넣은 보이지 않는 어떤 새로운 힘이었다.

파동은 서로에게 영향을 주며 일정한 규칙으로 퍼져나가고 있었지만, 우진이 가상으로 그어놓은 곡선의 언저리에 다가가면 이제까지의 규칙을 무시하고 소멸되도록 만들어진 것이다. 파동의 알고리즘에 따라 위아래로 흔들리던 모델링을 이루는 점(vertex)들이, 우진이 만들어놓은 가상의 선에 가까워질수록 서서히 평면에 붙도록 만든 것. 그 라인을 따라 레이저 포인트를 움직여 보인 우진이 담담한 어조로 다시 입을 열었다.

"이것이 자연스런 관계의 형성에 영향을 주는 또 하나의 요소인 환경(Environment)입니다."

결과적으로 우진이 만든 유기적인 형상의 모델링은 동심원으로 퍼져나가는 파동들을 마치 지우개로 일부분 지워낸 듯한 모양새였다. 파동이 생겨나는 원리와 알고리즘을 활용하여, 관계의 형성이라는 어떤 사회적 현상을 디자인적으로 형상화한 것이다. 그러면서 이것은 조형적인 아름다움도 가지고 있었다.

그래서 이 모델링은, 더 이상 파동의 재현이 아닌 디자인이 되었다. 우진의 피티가 끝났음에도 불구하고, 잠시 침묵이 흘렀다. 피티라기보단 작업물에 대한 간결한 설명 같은 것이었지만, 그 짧은 순간 동안 학생들이 받은 충격은 꽤나 큰 것이었다. 그리고 오늘 중간발표가 시작된 이래로, 처음으로 박수가 터져 나왔다.

짝- 짝짝짝-

우레와 같은 박수갈채는 아니었다. 다만 학생들의 진심이 담긴 담백한 박수 소리들. 우진은 멋쩍게 웃었고, 잠시 후 조운찬 교수의 강평이 이어졌다. 그 시작은, 당연히 칭찬이었다.

"훌륭한 작품이구나, 우진아."

"감사합니다, 교수님."

"그래스하퍼로 작업한 거지?"

"맞습니다."

"아직 가르쳐주지도 않았는데, 잘도 써먹었구나."

"알고리즘 구조를 짜는 과정에서 컴공과 친구의 도움을 좀 받았습니다."

칭찬이 멋쩍은 우진이 뒷머리를 긁적이며 얘기했지만, 조운찬은 오히려 의아한 표정으로 되물었다.

"글세, 프로그래밍에 익숙하다고 해서 꼭 그래스하퍼를 잘 다룰 수 있는 건 아닌데… 어쨌든 고생했구나."

운찬은 우진이 만들어온 작업물을 스크린에 그대로 띄워놓은 채, 이런저런 설명을 부연하였다. 아무래도 그래스하퍼라는 툴에 대한 이해도가 높은 조운찬이다 보니, 우진이 감으로 만들어놓은 알고리즘에 대해 좀 더 세세하게 학생들에게 설명한 것이다.

마침 다음 주부터 시작될 수업 내용이 비주얼 스크립트와 관련된 과정이었으니, 우진이 가져온 이 작업물은 학생들의 흥미를 유발시키기에 아주 훌륭한 애피타이저였다. 하여 십여 분 정도의 추가설명을 마친 뒤, 조운찬은 다시 우진을 응시하였다.

"그런데, 우진아."

"예, 교수님."

"네가 이번 작업물을 만들면서 활용한 이 모든 알고리즘과 디자인 방법론 말이다."

"넵."

"그게 곧 패러메트릭 디자인(Parametric Design)이라는 건, 혹시 알고 작업한 거냐?"

전혀 생각하지 못했던 운찬의 질문에, 우진의 두 눈이 휘둥그레졌다.

— * —

파라미터(Parameter)의 사전적 의미는 매개변수다. 그리고 '패러메트릭 디자인'에서 이야기하는 파라미터 또한, 그 의미에서 크게 벗어나지 않는 개념이다. 하지만 다소 이론적인 개념보다 더 직관적인 의미에서 파라미터를 얘기해 보자면, 그것은 모델링에서 어떤 형태를 구성하는 모든 '요소'라고 할 수 있다.

가령 두루마리 휴지만 한 크기의 원통이 있다고 생각해보자. 이 원통이 만들어지기 위해서는, 원의 반지름과 원통의 높이라는 수치 값 그리고 원통이 만들어질 위치를 나타내는 좌표가 필요하다. 패러메트릭 디자인에서는 이 세 가지 요소를 각각 파라미터라고 정의하며, 이 파라미터의 수치를 변화시킴으로써 다양한 형태의 원통을 다양한 좌표에 만들어낼 수 있다.

원통이라는 기본적인 형태의 카테고리는 알고리즘에 의해 규정되어 있지만, 파라미터의 수치를 변화시킴으로써 수많은 다른 원통을 만들어낼 수 있는 것이다. 이것이 바로 패러메트릭 디자인의 기본 개념이자 출발점이며, 이번에 우진이 과제로 작업한 모델링의 디자인 방법론이기도 하다.

중간과제에 대한 평가가 전부 끝난 뒤 조운찬 교수의 교수실에 따라간 우진은 이러한 설명들을 들을 수 있었고, 덕분에 패러메트릭 디자인의 개념에 대해 더 쉽게 이해할 수 있었다. 막연하게 동경하고 추구하던 디지털 건축을 공부하기 위한 방향성을 생각보다 빠르게 잡을 수 있게 된 것이다.

"어쩌다 보니 제가 원하던 방향의 디자인을 하게 됐던 거네요."

"그렇지."

"소 뒷걸음질 치다가 쥐 잡는다더니… 하하."

우진의 멋쩍은 웃음에 운찬이 웃으며 대꾸했다.

"그저 뒷걸음질이라기엔, 꽤나 정확한 방향성이던걸?"

"그런가요?"

따뜻한 녹차 라떼를 한 모금 홀짝인 운찬이, 빙긋 웃으며 한마디 덧붙였다.

"오늘 네 발표를 듣고 확실하게 깨달았다."

"뭘요?"

"네 디자이너로서의 성향 자체가, 이쪽 방향에 확실하게 맞다는 걸 말이야."

어떤 분야든 마찬가지겠지만, 그것을 정말 심도 있게 파헤치며 공부하기 위해서는 성향이 어느 정도 맞아야만 한다. 특히나 그 분야가 아직 많이 연구되지 않은 새로운 분야라면 더더욱 그렇다. 알고리즘을 짜고 패러미터를 조절하며 자신만의 디자인 방향성을 만들어가려면, 그 과정 자체에 흥미를 느껴야만 한다는 것이다.

그런 의미에서 조운찬은 우진의 이번 과제가 무척이나 마음에 들었다. 패러메트릭 디자인이라는 개념이 제대로 성립조차 되지 않은 상황에서 이런 결과물을 도출해냈다는 것은, 그 자체로 우진의 성향이 이쪽 분야에 아주 잘 맞는다는 의미였으니 말이다.

장기적으로 운찬과 함께 이 분야에 대해 연구하며 공부할 동료로서, 아주 합격점이라고 할 수 있었던 것. 운찬의 그런 마음을 느낀 우진도 기분 좋게 웃을 수 있었다. 전생에는 막연히 동경의 대상이기만 했던 디지털 건축에 어느 정도 소질이 있음을 인정받은 것 같았으니까.

"그거 정말 다행이네요."

우진의 말에 조운찬이 되물었다.

"다행이라니?"

"사실 제가 계획하고 있던 것들이 근거 없는 자신감으로 인한 잘못된 선택은 아니었는지… 조금 걱정하고 있었거든요."

"근거 없는… 자신감?"

이해할 수 없는 우진의 말에 운찬은 고개를 갸웃하였고, 우진이 웃으며 다시 말을 이었다.

"전에 제가 말씀드렸던 거 기억하시죠? 왕십리 패러필드에 저희 스튜디오에서 작업해 올리기로 했던 파빌리온 말이에요."

"아, 그거야 기억하지."

우진이 다시 입을 열었다.

"사실 제가 그 파빌리온을 욕심냈던 게, 이 패러메트릭 디자인을 접목한 작품을 만들어보고 싶어서 그랬던 거거든요."

"오호…?"

운찬의 두 눈에 흥미가 어렸고, 우진은 계속해서 이야기를 이어 갔다.

"그래서 막상 저질러놓고는 조금 걱정했었죠."

"잘 못 해낼까봐?"

우진이 고개를 끄덕였다.

"네. 괜히 능력도 없으면서 디지털 건축 흉내 낸다고 도전했다가, 망신당하는 건 아닐까 하는 그런 걱정이죠."

이야기를 꺼내면서 우진은 꽤 후련한 표정이었다. 사실 이런 얘기들은, 어디에도 쉽게 할 수 없는 내용이었으니까. 잘할 수 있다는 자신감의 이면에는 항상 이런 실패에 대한 걱정도 있는 법이었는데, WJ 스튜디오의 오너라는 무게를 어깨에 지고 있는 우진은 이런 이야기를 쉽게 꺼낼 수 없었던 것이다. 하지만 조운찬 교수는 우진에게 있어 스승이었고, 제자로서의 우진은 얼마든지 이런 얘기를 해도 된다. 그래서 우진은 마음이 좀 편해졌다.

"우진아."

"예, 교수님."

"디지털 건축은 세계적으로도 아직 시작단계에 불과한 분야야. 특히 국내에서는 완전히 생소한 개념이지. 흉내? 지금 시점에서 흉내 낼 대상이 있기는 하냐?"

우진에게는 디지털 건축에 대한 미래의 지식이 있지만, 그 또한 그저 수박 겉핥기에 불과할 뿐이다. 전생에 우진은 그 분야에 대해 관심 정도만 있었을 뿐, 전혀 공부한 적이 없었으니 말이다. 그래서 우진은 고개를 끄덕였고,

"그건 그렇… 죠."

우진이 고개를 주억거리자, 조운찬이 미소를 지으며 다시 말을 이었다.

"네가 아니라 누가 하더라도… 이 시점에서 디지털 건축에 대한 시도는 어쩌면 무모한 것일 수도 있어. 대중의 공감을 받지 못하는 디자인은 빛을 발하지 못하는 법이니 말이지."

우진은 조용히 그의 다음 말을 기다렸고, 마른침을 한차례 삼킨 조운찬이 다시 입을 열었다.

"하지만 누군가 첫걸음을 떼지 못한다면 어떻게 앞으로 나아가겠냐."

"맞는 말씀입니다."

조운찬이 씨익 웃으며 한마디를 더했다.

"그런 의미에서 지금은 도전하기 아주 좋은 시기라고 생각한다. 어쩌면 한국 디지털 건축 역사의 첫 페이지에, 네 작품이 그려질지도 모를 일이지."

그리고 운찬의 그 말을 들은 순간, 우진의 가슴이 벅차오르기 시작하였다.

작은 건축

제이든은 오랜만에 우울했다.

"석현은 너무해."

"뭐가?"

"Boss만 너무 편애한다고."

"내가 언제?"

"나도 Parametric Design을 분명 잘할 수 있었을 거야."

"정말?"

"석현이 도와줬다면 말이지."

"흠….""

"왜 나한테는 저렇게 멋진 걸 알려주지 않은 건데?"

"그야, 네가 싫다고 했으니까."

— ∗ —

유리아의 카페 프레스코 루프탑. 여느 때처럼 모델링 공부를 위
해 노트북을 들고 이곳에서 만난 제이든과 석현은 항상 그랬던 것

처럼 시끄럽게 떠들고 있었다. 대화의 주제는 바로 어제 있었던 디
공디 수업. 정확히는 우진에게만 좋은 것을 알려준 석현을, 제이든
이 원망하는 중이었다.

"What?! 내가 언제! 제이든은 그런 적 없어!"

"아냐, 분명히 그랬어. 재현해줘?"

"…!"

억울한 표정의 제이든을 마주 보며, 석현은 혼신의 힘을 다해 제
이든을 연기하였다.

"석현… 제이든에게 이런 복잡한 수식은 필요 없어. 제이든의 모
델링 실력은 이미 완성됐으니까."

"제이든이 그랬다고?"

"그래. 제이든이 그랬어."

"젠장! 제이든은 쓸데없이 관대해."

"그럴 때는 관대하다고 하는 게 아니라 어리석다고 하는 거야,
제이든."

찌그러진 찐빵처럼 구겨진 제이든의 표정을 보며, 석현이 낄낄
거리며 웃었다. 제이든을 놀리는 것은 언제나 삶의 활력소였다.

"그나저나 우진은 왜 이렇게 늦는 거야?"

"우진에게 또 뭘 가르쳐주려고."

"가르쳐주긴 뭘 가르쳐줘. 같이 만들어보고 싶은 알고리즘이 있
을 뿐이야."

"Holy! 그런 게 있으면 나도 같이 만들어야지!"

"완성된 디자이너인 제이든에겐, 딱히 필요 없는 잡기술일 뿐인
걸?"

"Bloody Hell!!"

잔뜩 흥분상태가 된 제이든과 그런 제이든의 반응이 너무도 재밌기만 한 석현. 그들이 그렇게 티격태격하는 사이 주문한 음료와 디저트가 나왔는지 부저가 울렸고 제이든은 툴툴거리면서 아래층으로 내려가 디저트를 가져왔다. 언제나처럼 초코 시폰 케이크를 주문한 제이든은 그것을 엄청난 속도로 흡입하기 시작했다. 여전히 불만 가득한 표정으로 말이다.

"제이든, 왜 이렇게 뿔이 났어?"

석현의 물음에 제이든이 대답했다.

"제이든에게는 뿔이 없어."

"…케이크 먹는 걸 방해해서 미안해, 제이든."

순식간에 디저트는 물론 커피까지 전부 다 흡입해버린 제이든은, 다시 노트북을 열어 작업에 집중하기 시작했다. 그리고 그러는 사이 뒤늦게 우진이 도착하였다.

"다들 와 있었네. 그럼 시작해볼까?"

———— ＊ ————

오늘 우진이 석현·제이든 듀오와 만난 것은, 꽤나 중요한 일 때문이었다.

'디지털 건축을 향한 WJ 스튜디오의 첫걸음이라고 해야 하나?'

5월이 된 지금, 왕십리 패러필드의 설계변경은 거의 마무리 단계에 들어가 있었다. 브루노가 디자인했던 기존의 설계안을 기준으로, 패러마운트사의 실무진들과 설계조율이 거의 끝나가는 것이다. 설계에 대한 최종 조율이 끝난다는 말은 이제 모든 구조가 픽스된다는 이야기.

그리고 이것은 곧, 메인 로비에 들어갈 파빌리온의 설계를 드디어 시작할 수 있게 되었다는 말과도 일맥상통하였다. 파빌리온이 들어갈 구체적인 위치와 공간의 크기, 주변에 위치하게 될 매장들과 구조물들의 디자인 등. 이 모든 것이 이제 준공될 때까지, 변동되지 않는다는 이야기였으니 말이다.

'패러필드의 예상 공기(공사기간)는 일 년 정도… 파빌리온은 준공예정일로부터 한 달 정도 전쯤 설치해야 할 테니, 늦어도 올가을까지는 디자인·설계를 끝내야 해.'

그리고 우진은 이번에 디공디의 중간과제를 준비하면서, 석현과 제이든에게서 꽤 큰 가능성을 보았다. 우진이 원하는 패러메트릭 디자인과 디지털 건축에, 두 사람의 능력이 크게 도움 될 것임을 확신할 수 있었던 것이다.

원래의 계획대로라면 파빌리온을 디자인하는 과정에서 필요한 알고리즘과 솔루션을 조운찬 교수에게만 의존하려 했었지만 생각보다 뛰어난 포텐을 보인 두 사람 덕에 자체적인 연구개발 계획까지 세울 수 있게 됐던 것. 물론 그렇다고 해서 조운찬 교수의 도움을 받지 않겠다는 것은 아니었지만 말이다.

'교수님의 지원을 더 극대화시킬 수 있게 된 거지.'

우진이 생각하는 석현과 제이든의 역할은 조금 달랐다. 석현의 역할이 알고리즘을 짜고 패브리케이션(Fabrication)*에 대한 솔루션을 만들어내는 것이라면 제이든의 역할은 콘셉트 디자인 단계

---

* '제작'이라는 사전적 의미를 가지고 있다. 건축업계에서는 디자인된 결과물을 실제 건축물로 현실화하는 과정을 의미하는 단어로 사용한다.

에서부터 더 감각적이고 아름다운 조형을 그려내는 것이었으니까. 그래서 우진은 이 두 사람을, 장기적으로 키워볼 생각이었다. 제이든이야 아직 학생인 데다 브루노의 스튜디오에서 인턴 중이기에 본격적으로 고용할 수는 없지만 석현의 포지션은 슬슬 모형 파트의 총 책임자에서 빼올 때가 되었다고 생각하였다.

"그래서 우진."

"응?"

"오늘 우린 뭘 하려고 모인 거야?"

제이든의 물음에 우진이 어깨를 으쓱하며 대답했다.

"음… 파빌리온 디자인 설계의 시안을 짜기 위한, 디자인 기술 R&D(연구개발) 정도로 정리할 수 있겠네."

"Research and Development?"

"뎃츠 롸잇."

"제발, 그렇게 구린 발음으로 영어를 모독하지 말아줘, Boss."

"뭐, 뜻이 통했으면 된 거 아냐?"

어깨를 으쓱한 우진은 본격적으로 자신이 생각하는 비전에 대해 둘에게 이야기하기 시작했다. 그에 석현은 아주 흥미로운 표정으로 그 이야기를 경청하였고 조금 전까지만 해도 입이 댓 발은 나와 있던 제이든 또한, 어느새 두 눈을 반짝이고 있었다.

"그러니까 우진의 말대로라면… 이 제이든 님이 WJ 스튜디오의 디자인 기술연구소장이 되는 거야?!"

"연구소장은 석현이지."

"Holy! 그럼 제이든은?!"

"음… 너는 디자인 총괄 디렉터를 해보는 게 어때?"

"디자인… 총괄 디렉터?"

"WJ 스튜디오 디자인 R&D팀의 Chief Director가 되는 셈이지."

"젠장! 멋지잖아?!"

우진의 이야기가 끝나자, 이번에는 다른 의미에서 흥분한 제이든이 방방 뛰기 시작했다. 물론 총괄 디렉터니 하는 감투야 우진이 대충 즉흥적으로 지어서 얘기한 거지만, 이런 부분에서 단순한 제이든에게는 그게 엄청 매력적으로 다가왔던 것이다. 반면에 이 프로젝트 자체에 흥미를 느낀 석현 또한 제이든만큼 흥분한 것은 마찬가지였다.

"우진이 네가 나한테 기대하는 부분은… 비주얼 스크립트를 활용해서, 다양한 패턴이나 구조물을 만들어낼 수 있는 알고리즘을 R&D하는 거지?"

"빙고! 바로 그거지."

"재밌겠네."

"하지만 내가 원하는 게 거기서 끝은 아니야."

"음?"

"디자인이 끝난 유기적인 모델링 파일을 실제 공간에 시공하기 위한… 패브리케이션 솔루션까지도 네가 해줘야 할 일이지."

우진은 석현의 성향에 대해서 누구보다 명확하게 파악하고 있었다. 사실 디지털 건축과 모형제작이라는 분야가 일견 동떨어진 것처럼 보일 수도 있지만, 석현이 흥미를 느끼고 집요하게 팔 만한 공통분모는 분명하게 가지고 있었던 것이다. 머릿속으로 계산하고 설계해서 만들어낸 부품들을 조립하여, 처음 상상했던 형태가 깔끔하게 만들어졌을 때의 그 희열. 우진도 석현만큼은 아니지만 비슷한 성향을 가진 사람이었기 때문에, 석현의 취향을 더 확실하게 이해할 수 있었다.

"크…! 좋아, 좋아. 아주 좋아. 그런데 그럼, 이제 내가 하던 모형 파트 관리는 그럼 누가 해?"

"그거야 팀장급 세 분 중에 한 분한테 인수인계하면 되지. 송 팀장님이 모형 실력은 제일 좋으신 것 같던데, 그분한테 넘기든가."

"아냐. 송 팀장님이 손재주는 좋은데, 일머리는 좀 부족해서."

"그래?"

"그 부분은 내가 내일 출근하는 대로, 모형 파트 회의 열어서 결정해서 보고할게."

"좋아, 그러자고."

두 사람의 호응이 좋은 탓에 더욱 신바람이 난 우진은 계속해서 자신의 계획을 구체화시켰다. 그리고 어느 정도 이야기가 정리되자, 이제 주제는 패러필드에 설치될 파빌리온으로 넘어갔다. 우진은 가장 먼저, 테이블 위에 가져온 설계도면을 쭉 펼쳐 올렸다. 파빌리온이 설치될 위치를 기준으로 세밀하게 디자인한 설계도면들을 먼저 두 사람에게 보여준 것이다. 이어서 본격적으로 우진이 원하는 파빌리온 디자인에 대한 방향성을 둘에게 설명하기 시작하였다.

"난 이 메인 로비를 중심으로… 패러필드라는 공간 안에 있는 시설들의 상호작용을 파빌리온의 디자인 안에 표현하고 싶어."

"네가 중간과제로 했던 파동 모델링과 비슷한 맥락이네?"

"어떤 면에서는 그렇지만, 사실 어떤 상호작용을 표현하는 건 패러메트릭 디자인의 공통점이라고 보는 게 맞지."

"하긴… 같은 알고리즘 안에서, 패러미터들 사이의 상호작용으로 변칙적인 패턴이 만들어지는 게 곧 패러메트릭 디자인이니까."

꿀 먹은 벙어리가 된 제이든의 앞에서, 우진과 석현의 열띤 토론이 시작되었다. 파빌리온의 디자인 방향성에 대한 기본 틀은 우진이 생각해둔 것이 있었기에, 그것을 디자인으로 표현할 방법에 대한 이야기들이 토론의 주가 되었다. 그렇게 저녁쯤에 시작된 디자인 회의는 밤늦게까지 계속되었고, 그 과정 속에서 우진의 머릿속에만 존재하던 파빌리온의 디자인이 흐릿하게나마 형체를 갖추기 시작하였다.

그렇게 5월의 어느 날은 바쁘게 흘러가고 있었다.

— * —

브루노는 요즘 정신없이 바빴다. 패러마운트사와의 실무조율 과정도 녹록하지 않은 것이었지만, 본격적인 시공 준비가 시작되자 일이 더욱 많아진 것이다. 처음 설계조율 과정이 브루노와 패러마운트 사이의 일대일 조율 과정이었다면, 시공사로 선정된 천웅건설까지 개입된 시공 준비 과정은 삼자 조율이라고 할 수 있는 것.

그리고 이 과정에서 얼마나 의사소통이 잘 되느냐에 따라 완공된 건축물의 퀄리티가 달라진다는 걸, 브루노는 아주 잘 알고 있었다. 그래서 브루노는 아무리 바쁘고 힘들어도, 작은 설계 하나하나까지 꼼꼼히 검토하고 소통하는 중이었다.

"하, 이제 어느 정도 문서 작업이 끝나가는군."

에어컨을 틀기는 애매하지만, 슬슬 더위가 느껴지는 5월 초의 날씨. 이마에 흘러내리는 한 줄기 땀을 닦은 브루노가 중얼거리자, 그 맞은편 자리에 앉아있던 소연이 입을 열었다.

242

"고생하셨어요, 브루노. 그래도 이제 두세 번 정도만 주고받으면 끝날 것 같아요."

제이든과 소연이 브루노의 사무실에서 인턴으로 일한 지도 벌써 2개월이 넘었다. 그리고 그 과정에서 성실하게 일하고 배운 소연은, 꽤 중요한 일들까지 맡고 있었다. 학부생에 불과한 소연이 디자인적인 측면에서 어떤 결정적인 역할을 한 것은 당연히 아니었지만, 브루노와 천웅건설의 실무 소통 과정에서 꼼꼼하게 서로의 의견을 전달하며 한몫을 톡톡히 해낸 것이다.

"그래요. 고마워요, 소연. 덕분에 이번 주 안에는 설계 픽스가 나올 것 같군요."

열심히 일한 것과 별개로, 덤벙대는 제이든에게는 결코 맡길 수 없었던 실무적인 일들. 그래서 브루노는 소연이 무척이나 마음에 들었다. 영어 실력까지 훌륭해서 소통에 문제가 없을 정도라는 점 또한, 높은 가산점을 줄 수 있는 부분이었고 말이다.

'인턴 기간이 끝난 뒤에, 소연에게는 조금 더 적극적인 제안을 해봐야겠어.'

브루노의 눈에 소연은, 학부를 졸업하고 조금 더 경험을 쌓는다면 훌륭한 디자이너가 될 만한 인재였다. 물론 2개월 만에 이 모든 것을 판단하기에는, 조금 섣부른 것일 수도 있다고 생각했지만 말이다.

"자, 그럼 다들 퇴근하세요."

"수고하셨습니다, Boss."

"고생하셨어요, 브루노."

책상을 정리하고 가방을 챙겨 든 브루노는, 소연의 자리를 지나치다 문득 물어보았다.

"내일은 제이든이 출근하는 날이죠?"

K대의 산학협력 시스템은 주 5일 출근제가 아닌 정해진 시간을 채우면 되는 방식이었고, 그래서 요일마다 소연과 제이든이 번갈아 출근하고 있었다.

"맞아요, 브루노. 오늘 작업한 사항들, 제이든에게 인수인계해 놓을까요?"

소연의 물음에, 브루노가 기겁하며 고개를 저었다.

"오, 제발. 그럴 필요는 없어요, 소연."

"프흐흐. 제이든이 지난번처럼 메일을 오발송할까 봐 그러시는 거죠?"

"음… 아주 복합적인 이유가 있지요. 제이든에게는 그가 잘하는 일을 시킬 생각이에요."

소연과 짧은 대화를 마친 브루노는, 기분 좋게 내려가서 그의 차에 시동을 걸었다.

부르릉-

한국에 법인을 처음 내면서 구입했던 한국산 중형 세단은, 벌써 몇 년째 브루노의 발이 되어주고 있었다.

'흠, 다음 주에는 우진과도 미팅을 한번 해야겠군. 슬슬 파빌리온 디자인이 어떻게 진행되고 있는지도 궁금하고 말이지.'

머릿속으로 다음 주간의 일정을 정리하며, 브루노는 익숙하게 핸들을 움직였다. 복잡한 서울시 도로에서 운전하는 것도 제법 능숙해진 브루노였다.

'오늘 저녁은 배달음식을 시켜볼까…'

머릿속에 다양한 저녁 메뉴가 떠올라서인지, 자신도 모르게 입에 침이 고인 브루노. 그런데 브루노가 이런저런 생각을 떠올리고

있던 그때,

위이이잉-!

조수석에 던져두었던 그의 스마트폰이, 갑자기 요란하게 진동하기 시작하였다.

— * —

브루노가 한쪽 눈썹을 살짝 치켜올렸다.

"음…?"

진동하는 스마트폰의 화면 위에 떠올라있는 수신자의 이름이 의외의 인물이었으니 말이다.

[Mateo Villa]

'마테오가 어쩐 일이지?'

스페인의 유명한 건축가 중 한 명이자 브루노의 친구이기도 한 인물인 마테오 비야. 모국에서 일할 때에는 거의 매주 얼굴을 보던 가까운 사이였지만, 브루노가 한국에서 일을 시작하게 된 뒤로는 연락이 뜸해졌던 친구였다.

"흠."

반가운 이름에 기분이 좋아진 브루노는 밝은 목소리로 전화를 받았다.

"이야, 이게 누구신가."

브루노의 기분 좋은 목소리에, 수화기 너머에서도 유쾌한 대답이 돌아왔다.

[헤이, 브루노. 잘 지냈는가?]

"나야 항상 잘 지내지."

[요즘 한국에서 엄청 활약하던데?]

"음? 글래셜 타워를 말하는 건가?"

[맞아, 얼마 전에 준공되었지?]

"천하의 마테오가 알아주니 기분이 좋군, 그래."

[〈엘 크로키(EL Croquis)〉에서 봤어. 거의 메인으로 실렸던데?]

"하하. 내가 그쪽이랑 좀 친한 거 알잖나. 에디터들이 잘 봐준 게지, 뭐."

[겸손한 척하기는.]

〈엘 크로키〉는 스페인에서 가장 유명한 건축 잡지 중 하나였다. 스페인의 건축물들뿐 아니라, 세계적으로 유명한 건축물들과 건축가의 작품 위주로 소개해주는 인지도 있는 잡지. 때문에 여기에 한 번 실리는 것만으로도 어느 정도 인지도가 생길 만큼, 공신력 있는 잡지기도 하였다.

'이거, 스페인에 돌아가면 편집장에게 밥이라도 한 끼 사야겠군, 그래.'

기분이 좀 더 좋아진 브루노가 어깨를 으쓱하였다. 〈엘 크로키〉에 글래셜 타워가 실렸다는 사실은 알고 있었지만, 그게 메인으로 올라간 줄은 몰랐으니 말이다.

"여하튼 그래서 어쩐 일인가, 마테오. 내 칭찬이나 해주려고 이렇게 국제전화까지 했을 것 같지는 않고 말이야."

[오랜만에 안부 차 전화할 수도 있지. 자네 너무 날 매정한 사람으로 보는 것 아닌가?]

"무소식이 희소식이라던 친구가 할 얘긴 아닌 것 같은데…."

[하하.]

"본론이나 얼른 얘기해보시게. 슬슬 궁금해지기 시작했으니 말

246

이지.”

[거참. 알겠네. 브루노 자네도 성질 급한 것은 알아줘야 한다니까.]

브루노가 섬세한 건축 디자이너라면, 마테오는 현장에서 구르는 상남자 같은 스타일의 건축가였다. 그리고 이런 마테오의 성향을 잘 아는 브루노는, 그가 안부 차 전화했을 리 없다는 것을 처음부터 확신하고 있었다. 마테오의 말이 다시 이어졌다.

[자네 혹시 축구 좋아하나?]

뜬금없는 마테오의 물음에, 브루노가 의아한 표정이 되었다.

“뜬금없이, 축구?”

하지만 다음 순간,

[이번에 우리 사무실에서, 축구 경기장 설계 의뢰를 받았거든.]

예상하지 못했던 흥미로운 이야기에, 브루노의 눈이 다시 반짝이기 시작하였다.

“축구… 경기장?”

[흐흐, 관심이 좀 생기나 보지?]

“당연하지. 벌써 재밌어 보이는데?”

건축가들은 대부분 다양한 작업물에 대한 욕심을 가지고 있다. 브루노는 개중에서도 특별한 시설이나 건축물에 대한 욕심이 많은 디자이너. 축구 경기장이라는 흔치 않은 카테고리에 흥미가 동한 것은 너무 당연한 수순이었다.

[자네 고향이 비즈카야(Bizkaia)였나?]

“아니. 빌바오(Bilbao)가 맞긴 한데, 그 동네는 아닐세.”

[그렇군.]

잠시 뜸을 들인 마테오가 다시 이야기를 이어갔다.

[어쨌든 빌바오 출신이라면, 산 마메스 구장을 알고 있겠지?]

브루노가 고개를 끄덕이며 수화기에 대고 다시 입을 열었다.

"물론이지. 산 마메스의 거대한 아치는 아직도 기억나는군."

[그 산 마메스 구장을 이번에 신축하기로 했다네.]

"오…! 그게 정말인가?"

[내 사무실에 설계 공모의 기회가 들어왔고 말이지.]

마테오의 이야기를 듣던 브루노는 반색하였다. 빌바오의 비즈카야는 브루노에게도 추억이 있는 지역이었고, 때문에 그곳의 랜드마크 중 하나였던 산 마메스 경기장이 신축된다는 소식은 기분 좋은 것이었으니까. 하지만 브루노는 한 가지 의아한 부분이 떠올랐다.

"그런데 마테오."

[말씀하시게.]

"산 마메스 정도의 경기장 설계 공모라면 공시되지 않은 것이 이상한데… 왜 나는 아직 본사에서 연락을 받지 못한 거지?"

브루노의 물음에, 마테오가 웃으며 대답하였다.

[그야 아직 내가 말한 내용이 오피셜이 아니기 때문이네.]

"음…?"

[친한 건축주 중 한 분이 아틀레틱 클루브(Athletic Club)*의 구단 회장과 친분이 있는데, 그쪽을 통해서 들은 이야기거든.]

"오호."

[자네도 알다시피 우리 동네가 바스크 순혈에 대한 집착이 좀 있지 않은가.]

---

* 스페인의 바스크 지방을 대표하는 명문 축구클럽이다.

"그야 아주 잘 알지. 특히 축구 쪽이라면…."

[그래서 내게 가장 먼저 연락이 온 모양이야. 몇 가지 조건만 충족시켜 준다면, 내 사무소의 작품을 선택해주겠다고 말이지.]

"하하, 어찌 된 일인지 대충 그림이 그려지는군."

스페인에서 축구라는 종목은 국기나 다름없을 정도로 인기 있는 스포츠다. 특히 남성이라면 열에 여덟 이상이 축구에 대한 관심을 가지고 있을 정도. 그래서 브루노 또한 나고 자란 지역의 축구팀인 아틀레틱 클루브에 대해 잘 알고 있었고, 그들이 21세기까지도 고수하고 있는 특별한 성향에 대해서도 알고 있었다. 그것은 바로 바스크 지역 순혈만을 고집하는 민족주의적 성향.

'바스크 순혈이 아니라면, 선수로 기용조차 하지 않는 친구들이니까….'

설마 그 잣대를 구장설계에까지 가져올 줄은 몰랐지만 말이다.

'결과적으로 그 덕에 마테오에게 가장 먼저 기회가 가게 되었으니… 이걸 좋다고 해야 하나.'

잠시 동안 이런저런 생각을 떠올린 브루노가, 다시 입을 열었다.

"그나저나, 충족시켜달라는 조건은 뭔가?"

[그게, 좀 골치가 아파.]

"음…?"

[다른 건 다 우리가 맞춰줄 수 있는데, 조금 난해한 조건을 하나 요구했거든.]

브루노의 두 눈에 호기심이 어렸고, 마테오의 말이 다시 이어졌다.

[경기장 내에서 경기가 진행되는 필드를 포함, 규정으로 규격이 정해져 있는 부분을 제외한 모든 시설물들을… 가우디 건축물처

럼 만들어달라더군.]

"뭐…? 가우디?"

브루노는 어이없는 표정이 되었고, 스마트폰 너머로는 마테오의 한숨이 새어 나왔다.

[구단 회장이 가우디의 열렬한 팬인가 봐. 축구장 자리에 구엘 공원(Güell)*이라도 만들고 싶어 하는 눈치더라고.]

가우디는 '건축의 성자'라는 별명이 붙었을 만큼, 스페인에서 어지간한 위인 이상으로 사랑받는 20세기의 건축가였다. 때문에 아틀레틱 클루브의 구단 회장이 가우디의 열렬한 팬이라는 것은 별로 놀랍지 않은 사실. 하지만 어느 정도 정형성을 가져야 하는 건축물인 축구장이라는 시설에 가우디와 같은 비정형 건축 디자인을 도입하고 싶어 한다는 것은, 대충 듣기에도 골치 아픈 일이 아닐 수 없었다. 하여 마테오의 한숨에 공감한 브루노는 쓴웃음을 지으며 다시 입을 열었다.

"그래서, 내게 뭔가 도움 받고 싶은 부분이 있는 거지?"

브루노의 물음에, 마테오가 기다렸다는 듯 대답하였다.

[이번 여름에 협회에서 열리는 컨퍼런스에 자네가 꼭 와줬으면 좋겠어.]

"음? 그건 왜?"

[그때까지 우리가 최대한 설계 디자인 시안을 잡아놓을 텐데, 아무래도 자네의 조언을 꽤나 많이 받아야만 할 것 같거든.]

"하하, 내 조언이라… 도움이 될까?"

[적어도 내가 아는 사람들 중에서는, 자네가 가장 도움 될 것 같

---

* 스페인의 유명 건축가 가우디의 대표 작품. 기하학적인 구조와 화려한 문양을 활용해 디자인한 정원이다.

은데…?]

브루노는 스페인의 건축가들 사이에서 가장 도전적인 건축을 선호하는 사람 중 한 명이었다. 도전적인 건축을 한다는 얘기는 건축 설계 과정에서 많은 걸림돌을 겪어왔다는 이야기고, 그때마다 항상 솔루션을 찾아왔다는 이야기기도 하다. 그래서 마테오는 브루노에게 도움을 요청한 것이었다.

"그렇게 생각해준다면야, 내가 가지 않을 수 없겠군."

[그래, 아주 잘 생각했다네. 이번에 지게 될 빚은, 내 아주 톡톡히 갚아주도록 하지.]

"하하, 친구 사이에 별말을 다 하는구먼."

마테오와 통화하는 사이, 브루노는 어느새 집에 도착하였다. 퇴근길이라 많이 막혔음에도 불구하고, 오랜만에 친구와 통화하다 보니 시간이 금세 지나간 것이다.

"자, 그럼 여름에 보도록 함세. 컨퍼런스가 7월이었나?"

[7월 둘째 주로 기억해.]

"좋아. 그때 보도록 하지, 친구."

[이번 설계 공모만 잘 끝나고 나면, 한국에도 한번 놀러 가겠네.]

"하하, 그러시게나."

[자네의 글래셜 타워를 한번 보고 싶었던 참이거든.]

집에 문을 열고 들어선 브루노는 마테오와 몇 마디 더 나눈 뒤 전화를 끊고 소파에 앉았다. 브루노는 마테오가 조금 부러웠다. 건축가로서 얻기 힘든 특별한 기회를 얻었으니까. 물론 그 기회를 잡을 수 있을지는 아직 두고 봐야 할 테지만 말이다.

"거참, 축구 경기장이라… 마테오가 오랜만에 재밌는 작업을 하는군, 그래."

하지만 그렇다고 해서 설계권에 욕심이 나는 것은 당연히 아니었다. 이미 진행 중인 왕십리의 패러필드만 하더라도 축구장에 비견될 정도로 재미있는 프로젝트였으며, 이 대규모 프로젝트를 진행하면서 다른 설계권을 탐낼 만큼 손이 남지도 않았으니까. 그래서 브루노는, 조금이나마 이 설계에 참여할 수 있게 된 것으로 만족하였다.

"가우디의 비정형 건축을 닮은 스타디움이라… 마테오가 어떤 작품을 만들어 놓을지 기대가 되는구먼."

잠시 소파에 앉아 숨을 돌린 브루노는 미리 생각해두었던 배달 음식을 주문한 뒤 따뜻한 물에 몸을 담갔다. 오늘은 다른 일정 없이 푹 쉴 예정이었다. 마테오로부터 재밌는 소식을 들은 것과 별개로, 내일은 그 자신의 설계를 위해 해야 할 일들이 많았다.

— * —

수업이 끝난 우진은 서둘러 짐을 챙겨 강의실을 나왔다.

"어후, 시간이 진짜 빠듯하네."

오늘 강의는 소연과 함께 듣는 유일한 교양수업. 때문에 강의실을 나오는 우진의 뒤에는 소연도 부랴부랴 짐을 챙겨 따라 나오고 있었다.

"오빠, 미팅 몇 분 남았지?"

"30분 남았네."

"그때까지 갈 수 있겠어?"

"음… 지금이 다행히 밀리는 시간은 아니니까?"

오늘 우진은 중요한 미팅이 있었다. 최근 일주일이 넘는 시간을 갈아 넣어 뽑아낸 파빌리온의 디자인 시안을 브루노에게 처음 보여주기로 한 날이었으니까. 사실 이렇게 일정이 급박할 예정은 아니었다. 오늘 교양수업은 원래 빠지려고 했었으니까. 하지만 계산해보니 이미 결석 가능한 한도가 가득 찬 상황이었고, 그래서 이렇게 수업을 다 들은 뒤에 출발할 수밖에 없던 우진이었다.

"조금만 빨리 걷자, 소연아."

"알겠어."

오늘 하루 종일 수업이 있었던 소연은 브루노의 사무실로 출근하지 않는 날이었다. 그래서 굳이 우진과 함께 갈 필요는 없었지만, 그를 따라가는 이유는 호기심 때문이었다.

'브루노가 파빌리온을 꽤나 기대하던데….'

소연은 최근까지 우진이 조운찬 교수의 교수실을 수시로 들락거리며, 파빌리온 디자인에 열을 올리는 것을 봐왔다. 게다가 파빌리온 디자인에 사용된 툴이 졸업반 선배들도 고개를 절레절레 젓는 그래스하퍼라는 사실까지도 알고 있었으니 우진이 대체 어떤 디자인을 들고 나왔을지 너무 궁금했던 것이다.

"자, 갑시다!"

부르릉-!

그래서 출근할 필요가 없음에도 불구하고, 소연은 망설임 없이 우진의 차에 올랐다. 이번 왕십리 패러필드 프로젝트에서 양 사 간의 소통을 많이 책임졌던 소연이었기에 따로 브루노의 허락이 없더라도 미팅에는 참관할 수 있을 터였다.

"벨트 꽉 메라."

"응?"

"나 좀 밟아야 될 수도 있을 것 같아서."

부우우웅-!!

"으아악!"

우진이 평소답지 않게 과격하게 운전한 탓에 미팅 시간은 늦지 않고 도착하였다. 그리고 사무실에 도착한 두 사람을 가장 먼저 맞아준 것은, 잔뜩 흥분한 표정으로 기다리고 있던 제이든이었다.

"헤이 Boss! 빨리 들어오라고!"

— * —

많은 건축 디자이너들은 파빌리온 작업을 좋아한다. '작은 건축'이라고도 불리는 파빌리온은 엄연한 건축이면서도 디자이너로서 다양한 시도를 해볼 수 있는 작품이기 때문이다. 실용건축에 적용하고 싶었지만, 다양한 제약들과 클라이언트와의 마찰 때문에 시도하지 못했던 특별한 디자인들.

파빌리온은 그런 부분들을 좀 더 편하게 디자인해볼 수 있는 실험대 같은 역할도 해주는 것이다. 그래서 처음 패러필드 로비의 파빌리온에 대한 이야기를 우진이 꺼냈을 때, 브루노는 자신이 직접 디자인해보고 싶다는 생각도 했었다.

원하는 디자인을 마음껏 표현할 수 있는 기회이면서, 패러마운트라는 대기업으로부터 충분한 페이까지 받을 수 있는 좋은 조건이었으니까. 하지만 그 생각도 잠시뿐, 파빌리온에 대한 이야기를 꺼내며 두 눈을 반짝이는 우진을 보자 브루노의 생각은 달라지게 되었다.

'이 특별한 친구가 이번엔 뭘 보여주려나…?'

공모전에서의 첫 만남 때부터, 브루노에게 신선한 충격을 줬던 우진. 이 어리고 특별한 디자이너가 이번에는 어떤 신선한 디자인을 보여줄지, 그것에 대한 기대가 더 커진 것이다. 사실 순리를 따져도 이 모든 기회를 만들어낸 우진에게 파빌리온의 디자인을 맡기는 게 맞았지만.

그런 부분들을 떠나서도 우진의 디자인을 보고 싶다는 생각이 더 강해진 것이다. 그래서 오늘 이 미팅을, 브루노는 꽤나 기다리고 있었다. 한 번씩 제이든에게 들었던 이야기들도, 브루노의 기대를 더욱 증폭시켜놓았고 말이다.

"기대하셔도 좋습니다, 브루노."

"오호, 제이든은 우진의 디자인을 이미 봤나봅니다?"

"하하, 그냥 본 정도가 아니죠."

"음?"

"제이든은 Boss의 훌륭한 서포터니까요."

"제이든이 우진의 디자인에 많은 도움을 줬나보지요?"

"Of course! 제이든이 없었다면 아마… 젠장. 그래도 우진은 잘했겠지만, 어쨌든 제이든은…."

며칠 전 제이든과의 대화를 잠깐 떠올린 브루노는, 피식 웃으며 고개를 절레절레 저었다. 조금 엉뚱한 면이 있긴 하지만, 제이든도 결코 범상치 않은 디자이너임은 분명했다. 적어도 제이든 덕에, 올해 사무실의 분위기가 한층 UP 된 것만큼은 사실이었다.

'제이든이 조금만 더 꼼꼼했으면 좋았을 텐데 말이지.'

그리고 브루노가 이런 생각을 떠올리고 있던 그때, 바깥에서 요란한 제이든의 목소리가 들려왔다.

"헤이 Boss! 빨리 들어오라고!"

— * —

"오랜만입니다, 우진. What have you been up to lately?"

어눌한 한국어에 영어를 섞어가며, 우진을 향해 반갑게 인사하는 브루노. 그런 그를 향해, 우진도 웃으며 인사하였다. 그런데 웬일로 우진의 입에서, 영어 비슷한 것이 흘러나왔다.

"저야 잘 지냈죠, 브루노. I'm keeping cool. And you?"

종종 한국말을 섞어가며 얘기해주는 브루노에게 미안했던 우진이, 영어공부를 열심히 하는 소연에게 몇 가지 영어 회화를 배워놓은 것. 물론 그 영어를 가르친 장본인인 소연은, 옆에서 머리를 탁하고 짚었지만 말이다.

"제발, 그 발음 좀 어떻게 하면 안 될까, 오빠?"

제이든도 한숨을 푹 쉬었다.

"소연, 제발 우진에게 영어를 가르치지 말아줘."

"왜?"

"이건 영어에 대한 모독이라고."

하지만 두 사람의 공격에도 불구하고, 그저 어깨를 으쓱할 뿐인 우진.

"혀가 짧은 걸 어떡해."

그런 그를 보며, 소연과 제이든이 동시에 푹 하고 한숨을 내쉬었다.

"Holy⋯."

256

"하아…."

시작부터 유쾌하게 등장하는 우진을 보며, 브루노는 껄껄 웃을 수밖에 없었다. 딱히 소통에 도움 될 수준은 아니었지만, 어눌하게라도 영어로 얘기하는 모습을 보니 재미는 있었던 것이다.

"저도 잘 지냈습니다, 우진."

하지만 한시라도 빨리 우진의 파빌리온 디자인을 확인하고 싶었던 브루노에겐, 우진의 어눌한 영어를 계속 들을 여유가 없었고, 그래서 자연스레 두 사람의 대화는 예전처럼 통역으로 전환되었다. 브루노에게는 대기하고 있던 통역사가 있었고, 우진에게는 소연이 있었으니까.

"설계조율 때문에 엄청 바쁘셨죠?"

"바쁘기야 했지요. 하지만 제이든과 소연이 많은 도움이 되었습니다."

"흠, 제이든이 도움이 됐다고요?"

"Bloody Hell!"

"하하, 물론입니다. 제이든은 뛰어난 포텐을 가진 디자이너지요."

자연스레 회의실에 자리를 잡고 앉은 그들은, 미리 준비되어 있던 음료로 목을 축이며 이런저런 이야기를 나누었다. 물론 대화의 주체는 거의 브루노와 우진. 우진이 가져온 파빌리온의 디자인을 보여주기에 앞서, 설계조율의 진행 상황에 대해 공유하는 두 사람이었다.

"지난번 참조 주신 메일은 잘 확인했습니다."

"패러필드 쪽에 보냈던 메일 말씀하시는 거죠? 설계 최종본."

"그렇습니다, 브루노. 기존안에서 큰 변동 없이 조율이 잘된 것 같던데요?"

"패러마운트 쪽 담당자가 꽉 막힌 사람이 아니어서 다행이었습니다. 예산도 꽤 넉넉하게 책정해줘서 좀 놀랐지요."

"저도 엊그제 통화했는데, 태호건설의 비리 사건 때문에 생긴 이미지를 쇄신하고 싶어 하는 눈치더라고요. 저한테도 마지막까지 꼼꼼하게 잘 부탁한다고…."

"아하."

"브루노의 설계로 시공되었는데 그림이 조감도처럼 제대로 나오지 않는다면… 패러마운트가 여론에서 또 이런저런 뭇매를 맞게 될 테니, 그게 걱정되나 봐요."

"그런 거였군요."

"패러마운트 임원진의 관심도 모여 있는 상태니, 담당자 입장에서는 부담이 될 만하죠."

디렉터는 브루노지만, WJ 스튜디오 또한 패러필드의 설계 전반에 참여하였다. 그래서 우진은 최종 조율된 설계를 하나하나 꼼꼼히 살펴가며 확인하였고, 그런 우진의 모습은 브루노에게 신뢰를 심어주었다.

'확실히 프로페셔널해.'

사실 이미 픽스된 설계를 서포터인 우진의 입장에서 이렇게까지 꼼꼼하게 볼 필요는 없는데도 불구하고, 하나하나 공들여 피드백을 내어놓고 있었으니 말이다. 지상층부터 시작해서 지하층까지. 구획 하나하나 기존의 설계와 어떻게 변동되었는지, 도면을 펼쳐놓고 꼼꼼하게 비교하는 우진. 그리하여 메인 로비가 있는 최하층의 도면을 펼쳤을 때, 우진은 드디어 준비해온 USB를 꺼내 들었다. 그가 지난 몇 주 동안 심혈을 기울여 디자인한, 파빌리온의 모델링이 담긴 파일을 말이다.

"브루노."

"말씀하세요, 우진."

"이번에 저희 설계에서 핵심이 되는 요소가, 사용자의 동선과 채광 아닙니까?"

우진이 운을 떼자, 브루노가 흥미로운 표정으로 고개를 주억거리며 대답했다.

"그렇지요."

브루노가 디자인한 왕십리 패러필드는 여러 가지 디자인적 요소를 가지고 있지만, 그중에서도 브루노가 가장 신경 쓴 부분이 바로 동선과 채광이었다. 정확히는 다이아몬드 패턴의 유리천장을 통해 지하 공간까지 내리쬐는 자연광을 지상 건물의 형태와 유리패널의 각도를 이용하여, 지하까지 이어지는 사용자 동선 곳곳에 흐르도록 만든 디자인.

그 아름답게 내리쬐는 태양광이 건물 내부로 흘러내리고, 종래에 모여드는 곳이 바로 우진의 파빌리온이 지어질 로비 공간이었다. 우진은 USB 파일이 스크린에 켜지는 동안, 품속에서 미리 준비해 왔던 아이디어스케치를 꺼내 들었다. 패러필드의 설계도가 입체적으로 그려진 도면 위에, 붉은 색상으로 어지럽게 그어져 있는 수많은 선들.

"이게 뭐지요?"

브루노의 물음에, 우진이 간결하게 대답하였다.

"유리패널을 통해 태양광이 흘러내리는 경로를 선으로 표현한 겁니다."

"오호."

"그리고 이 선들이, 제가 지금부터 보여드릴 파빌리온 디자인의 핵심이 될 요소이지요."

우진의 말에 브루노는 다시 한번 아이디어스케치를 꼼꼼히 뜯어 보았다. 이 선들이 파빌리온 디자인의 핵심이라는 말을 한번 이해 하고 추측해보기 위해서 말이다.

'흠….'

하지만 잠시 후, 브루노는 고개를 갸웃할 수밖에 없었다. 잠깐의 시간 동안 이 스케치를 보고 있는 브루노의 머릿속에 떠오르는 디 자인 솔루션은, 이 선의 모양을 모티브로 만든 기하학적 조형물에 그쳤으니 말이다.

'뭐, 그런 모양새의 파빌리온이 나온다고 하더라도, 나쁘지 않을 것 같긴 한데….'

같은 모티브로 디자인을 한다고 하더라도, 표현 방식이나 디자 이너의 역량에 따라 결과물은 천차만별이 될 수 있는 법. 그래서 브루노는 이 이상 추측을 포기하고, 가만히 앉아 스크린을 응시하 기 시작하였다. 아이디어 스케치만으로는 아직 특별함이 느껴지 지 않았으니 우진이 가져온 결과물을 확인한 뒤에, 그 이상의 것들 을 논의해볼 생각이었다.

"자, 그럼 일단 모델링부터 먼저 보여드리도록 하죠."

하지만 바로 다음 순간.

"…!"

덤덤한 표정으로 스크린을 응시하고 있던 브루노는, 저도 모르 게 자리에서 벌떡 일어서야 했다.

수많은 다이아몬드 패널이, 공간의 흐름을 따라 움직인다. 지하 최하층부터 시작해서 몇 개 층을 걸쳐 뻥 뚫려있는 공간인 패러필드의 로비. 마치 바닷속을 유영하는 작고 수많은 물고기 떼처럼, 로비의 외곽 동선을 따라 아름답게 흐르고 있는 수많은 다이아몬드 패널들. 처음 이 모델링을 본 순간, 브루노는 방금 전까지 했던 모든 추측과 고민을 머릿속에서 지울 수밖에 없었다. 다른 모든 요소들을 다 떠나서, 그저 디자인 그 자체를 감상하게 되었으니 말이다.

'하하….'

심지어는 우진이 보여준 아이디어 스케치까지도 잠시 동안 기억나지 않을 정도였다. 어떤 디자인적 콘셉트와 모티브를 생각하기에 앞서, 그냥 우진이 가져온 모델링의 비주얼 자체가 압도적이었던 것이다. 사실 우진이 이야기한 아이디어 스케치가 어째서 이 디자인의 핵심요소였는지, 그것을 아직 파악하지 못한 탓도 있었다.

'대체 어떻게 이런 형태를 디자인할 수 있었던 거지?'

브루노의 시선이, 모델링의 구석구석을 찬찬히 훑어보았다. 어떤 흐름과 규칙성에 따라 작아지고 커지는 다이아몬드 패널들을 보고 있자니, 그저 감탄밖에 나오지 않았다. 3차원 공간에서 이토록 완벽한 규칙성을 가진 모듈들을 수천 개 이상 그려내는 것은, 아날로그적인 방식으로는 결코 가능할 수 없는 일이었다.

'어떤 툴을 사용했기에, 이런 모델링을 뽑아낼 수 있었을까?'

마치 어떤 경이로운 자연경관을 감상하기라도 하는 양 스크린에서 눈을 떼지 못한 채, 가만히 그것을 응시하고 있는 브루노.

'그래. 과정도, 동기도 전부 중요하지만⋯ 결국 좋은 건축 디자인이란 보는 순간 이렇게 압도적인 충격을 줄 수 있는 것이어야 하지.'

브루노는 이 공간 전체를 디자인한 디렉터이자 건축가다. 때문에 자신이 설계한 공간에 동화될 이 파빌리온의 형태를 자연스럽게 상상할 수 있었고, 모델링만으로 보이지 않는 부분들까지도 머릿속에 그려낼 수 있었다. 몇 개 층을 관통하며 이십 미터가 넘는 높이에서 흘러내릴 수천 개의 다이아몬드 패널들.

브루노가 디자인해둔 유리패널들과 어우러지며, 압도적인 존재감을 뿜어낼 거대한 파빌리온. 그것들을 아래에서 올려다볼 때 느껴지게 될, 웅장하기 그지없는 스케일감. 디자인적 아름다움의 기준이야 항상 주관적일 수밖에 없는 것이지만, 적어도 브루노는 한 가지 확신을 할 수 있었다. 이것은 지금까지 본 적 없는, 새로운 종류의 아름다움이라는 것을 말이다.

도전의 첫걸음

"이거, 대체 어떻게 한 겁니까?"

브루노의 첫 번째 질문은, 우진도 어느 정도 예상하고 있었던 것이었다.

"하하. 역시 브루노도, 패러메트릭 디자인을 본격적으로 접하신 건 처음인가 보군요."

"Parametric… Design?"

"디지털 건축에 쓰이는 기법 중 하나인데, 들어보신 적 없나요?"

"들어본 적이 있는 것 같아서 그렇습니다. 패러메트릭 디자인이라….'"

2011년인 지금 시점은, 해외에도 이제 막 알고리즘이 디지털 건축에 접목되던 시기였다. 스페인을 포함한 유럽의 건축가들 중에도 이미 이러한 연구와 시도를 하는 디자이너들은 분명히 존재했고, 그래서 브루노도 우진으로 인해 처음 이 패러메트릭 디자인을 접하는 것은 아니었다.

하지만 아직까지 이러한 건축 디자인 기법 자체가 메인 스트림에 올라오지는 않은 상황이었기 때문에, 쉽게 머릿속에 떠오르지는 않은 것. 그래서 잠시 후 겨우 기억을 떠올린 브루노는, 다시 한 번 놀란 표정이 되어 우진을 향해 입을 열었다.

"코딩과 알고리즘을 접목시킨 모델링 툴이 있다는 이야기는 들었는데… 설마 우진이 그런 툴들을 다룰 줄 아는 겁니까?"

아무리 세계적인 건축가라 하더라도, 브루노의 나이는 이제 쉰을 넘어 예순이 다 되어간다. 물론 브루노가 나이에 비해 깨어있는 디자이너기는 했지만, 그래도 비주얼 스크립트를 활용한 디자인 툴이라는 분야는, 그로서는 쉽게 접근할 수 없는 분야가 맞았다. 브루노 또래 대부분의 디자이너들은, 비주얼 스크립트는커녕 기본적인 3D 모델링 툴들도 다루지 못하는 경우가 대부분이었으니까.

"기회가 닿아 배울 수 있었습니다. 정말 가능성이 무궁무진한 툴이지요."

그래서 모델링에 대한 우진의 설명이 이어지는 동안, 브루노는 혀를 내두를 수밖에 없었다.

"제가 처음에 보여드린 아이디어 스케치 있잖습니까."

"그래요, 여기 있습니다."

브루노가 들고 있던 아이디어 스케치를 다시 책상 위에 올려놓자, 우진은 그것을 손가락으로 짚으며 설명을 이어나갔다.

"조금 전에 말씀드렸듯, 이 아이디어 스케치는 빛의 흐름을 표현한 겁니다."

브루노는 가만히 우진의 말이 이어지길 기다렸다.

"그리고 자세히 보시면 이 빛줄기가 통과하는 지점이, 제가 만든 모델링의 다이아몬드 패널들이 소멸하는 지점이지요."

우진은 스케치에 그려진 굵은 선 하나를 손가락으로 짚은 뒤, 레이저 포인트를 들어 스크린에 떠올라있는 모델링을 가리켰다. 이어서 스크린 위에, 똑같이 선을 한 번 그어 내렸다.

"여기, 패널들이 점차 작아지며 결국 소멸하는 지점."

"오호."

"빛이 통과되는 이 지점이, 패널이 소멸되며 공간을 만들어내는 지점입니다."

"듣고 보니 그렇군요."

"그러니까 이 크고 작은 패널들의 모든 움직임이, 브루노가 설계하신 빛의 흐름에 영향을 받는 겁니다."

우진의 말이 끝난 뒤, 브루노는 스케치와 스크린을 계속해서 번갈아 응시하였다. 그렇게 시선을 움직이는 것은, 결코 브루노뿐이 아니었다. 브루노의 옆에 앉아있던 제이든과 우진의 옆자리에 앉아있던 소연도 아이디어 스케치와 스크린을 비교하며, 계속해서 시선을 움직였던 것이다.

그리고 조용한 가운데 5분 정도의 시간이 지났을까? 우진을 제외한 장내의 모두가, 고개를 주억거리고 있었다. 가장 먼저 다시 입을 연 것은 브루노였다.

"멋지군요, 우진."

"하하, 감사합니다."

"그러면 이 디자인이, 최종 디자인인 걸까요?"

우진이 살짝 고개를 저었다.

"그렇지는 않습니다. 오늘 보여드린 것은 디자인 콘셉트와 전체적인 느낌을 보여주기 위한 것이었고… 아직 시간이 좀 더 남았으니, 최소 한 달 정도는 추가로 연구하며 디벨롭해봐야지요."

"과연…."

브루노는 우진과 이야기하면서도, 스크린에서 눈을 떼지 못하고 있었다.

"이 패널들의 형태가 다이아몬드 모양인 것은, 아무래도 제가 유리 천정에 사용한 패널들과 디자인 통일성을 주기 위함이겠죠?"

우진이 대답했다.

"어느 정도는 그 이유도 있지만, 근본적으로는 브루노가 다이아 패턴을 사용한 이유와 비슷합니다."

"떨어져 내리는 빛이 다각도로 부서져 내리는 것을 표현하시려고 한 거로군요."

"바로 그렇습니다."

두 디자이너는 계속해서 의견을 나누었다. 우진의 파빌리온 디자인이 마음에 쏙 든 것과 별개로, 개선점이 없는 것은 아니었으니 말이다. 조금 더 공간과 어우러지면서, 한편으로는 더 극적인 아름다움을 주기 위한 아이디어들.

아예 노트북을 켠 우진은 모델링 파일을 열어 브루노를 보여주었고, 즉석에서 알고리즘과 패러미터를 변형시키며 다양한 모형을 연출해 보였다. 그것을 보던 브루노가 더욱 감탄했음은 당연한 일이었다.

"오…, 정말 기가 막힌 툴입니다."

"하하, 그렇지요? 이렇게 알고리즘만 한번 잘 짜놓으면, 같은 콘셉트를 가진 다양한 타입의 디자인을 쉽게 뽑아낼 수 있지요."

"Great!"

브루노의 설계사무소와 WJ 스튜디오 양 사 간의 미팅으로 시작된 이 만남은, 어느새 디자인회의가 되어 한 시간이 넘게 이어졌다. 그 과정에서 제이든과 소연도 이런저런 의견을 내었으며, 그것들 또한 확실히 디자인 방향성에 도움이 되었다.

"자, 오늘 이야기는 여기까지 하는 게 좋겠군요."

브루노의 말에, 우진이 고개를 끄덕였다.

"정말 도움 많이 되었습니다, 브루노. 역시 제가 생각지 못했던 부분들을 깔끔하게 짚어주시는군요."

"도움이 되었다니 다행입니다."

마지막까지 모델링을 응시하던 브루노는, 흡족한 표정이 되었다. 다음 달에 다시 갖기로 한 미팅에서는, 얼마나 더 멋진 형태의 파빌리온을 볼 수 있을지 기대되었다. 하지만 이 와중에, 브루노는 한 가지 걱정되는 부분이 있었다.

"그런데, 우진."

"말씀하십시오."

"파빌리온의 디자인 방향성이나 퀄리티는 더할 나위 없이 마음에 듭니다만…."

"…?"

"과연 이 복잡하고 아름다운 형태를 실제 건축으로 어떻게 구현할 수 있을지, 그 부분이 많이 걱정되는군요."

브루노의 걱정은 당연한 것이었다. 모델링으로도 스크립트 알고리즘을 사용하는 게 아니라면 만들기 어려운 복잡한 형태를, 실물로 만들어내기 위해서는 어떤 방법을 써야 할지 감도 잘 오지 않았으니 말이다. 하지만 이미 생각해둔 것이 있는 우진은 가볍게 웃을 뿐이었다.

"걱정하지 않으셔도 됩니다. 모델링을 설계할 때 알고리즘을 적용했던 것처럼… 서로 다른 이 수천 개의 패널들을 도면화시킬 수 있는 알고리즘도 충분히 만들어낼 수 있으니까요."

"오오…!"

우진의 말을 정확히 이해하지는 못했지만, 브루노는 천천히 고개를 끄덕였다. 약간의 조작만으로 천차만별의 형태를 뽑아낼 수 있는 툴이라면, 이렇게 만들어진 데이터를 도면화시키는 것도 충분히 가능할 것이라고 판단했으니까. 우진이 말했으며 브루노가 상상한 이 방식이, 바로 디지털 패브리케이션(Digital Fabrication)이라고 불리는 기법이었다.

딸깍-

노트북을 정리하여 가방에 넣은 우진은 천천히 자리에서 일어났다. 수업이 끝나자마자 정신없이 와서 몇 시간을 떠들었더니, 뱃속에서 꼬르륵 소리가 울려 퍼지고 있었다.

"브루노, 저녁이라도 함께 하시겠습니까?"

브루노가 웃으며 고개를 끄덕였다.

"물론, 좋습니다."

— * —

시간은 또다시 빠르게 흘렀다. 이제 시작이라고 생각했던 5월은 어느새 훌쩍 지나가 6월이 되었으며, 그 6월마저도 순식간에 절반이 지나가 버렸다. 그동안 우진은 여느 때처럼 눈코 뜰 새 없이 바쁜 나날을 보냈다. 파빌리온 디자인의 디벨롭부터 시작해서 패브리케이션을 위한 알고리즘 연구까지, 파빌리온 설계를 위해 투자한 시간이 가장 많았다.

또한 성진건설을 인수하기 위해 필요한 서류들을 작성하는 데도 꽤 많은 시간을 써야만 했다. 그리고 이 모든 일들은, 우진 혼자서

할 수 없는 일들이었다. 파빌리온 디자인을 위한 알고리즘 작업에는 석현의 도움이 꼭 필요했으며, 성진건설을 인수하기 위한 대응에는 진태를 비롯한 경영지원팀의 도움이 필요했으니 말이다. 그리고 우진은 이 훌륭한 조력자들의 도움 덕에 6월 17일 금요일, 드디어 성진건설을 인수할 수 있게 되었다.

"고생하셨습니다, 대표님."

"조 팀장님이 가장 고생 많으셨지요."

"하하, 저야 뭐. 대표님과 진태 실장님께서 오더 주신 대로만 자금을 움직였을 뿐입니다."

"겸손은요. 조 팀장님 같은 전문가가 계시지 않았더라면, 아직도 애를 먹고 있었을 겁니다."

WJ 스튜디오의 경영지원팀장인 조석준은 우진이 작년 연말에 영입한 인재였다. 그는 대형 증권회사의 리스크 관리 팀에서 일하던 엘리트였는데, 박경완의 인맥을 한 다리 건너서 소개받아 높은 연봉을 주고 모셔온 인물이었다. 사실 처음 김진태에게 M&A에 대한 이야기를 꺼냈던 시점부터, 오늘을 미리 염두해두고 영입했던 것. 물론 장기적으로 회사를 키우기 위해 꼭 필요한 인재라 생각하기도 했고 말이다.

"흐흐, 성진건설을 실질적으로 50억 언더에 합병했다는 이야기를 들으면, 아마 제 지인들은 믿지 못할 겁니다."

"특수한 상황 때문에 가능했던 거죠, 뭐. 그리고 사실 전부 다 인수한 건 아니지 않습니까?"

"M&A과정에서 쓸모없는 부분들이 떨어져 나가는 것은, 어떤 케이스건 마찬가지 아니겠습니까."

"이제 탈 나지 않게 소화만 잘 시키면 되겠군요."

"성진에서 아직 받아내지 못한 공사 대금부터 하나씩 회수해내야죠."

"잘 부탁드립니다, 조 팀장님."

"대표님 덕에 이번에 정말 재밌는 경험을 했습니다, 으하핫."

M&A가 무사히 끝난 뒤, WJ 스튜디오에 남은 여유분의 현금은 대략 20억 정도였다. 현재 찍혀있는 액수만 따지자면 40억에 가깝긴 했지만, 시공에 들어간 자재비용이나 성진건설을 인수함으로 인해 기하급수적으로 늘어난 인건비를 생각하면 그 전부를 여윳돈이라고 할 수는 없는 것이다.

'성진건설이 사옥으로 쓰던 건물을 매각하면 대략 10억 정도는 추가로 생길 거고… 여기에 다음 달 들어올 공사대금까지 합하면… 얼추 그림은 그려지네.'

조석준에게 받은 재무파일을 꼼꼼히 확인한 우진은 기분 좋게 미소 지었다. 이제 건설사 인수라는 올해 있었던 가장 큰 산을 하나 또 넘었으니, 드디어 숙원사업을 시작할 때가 된 것이다.

"조 팀장님."

"예, 대표님."

"이번 주 안으로 성수동 부동산들 돌아다니시면서, 괜찮은 부지 좀 물색해주세요."

"부지… 라시면?"

우진의 입꼬리가 씨익 말려 올라갔다.

"이제 식구들도 늘어났으니, 더 큰 집이 필요하지 않겠습니까."

"…!"

"성진 건물에 근무하는 직원들도 이제 우리 식구들이니, 전부 한데 모여야지요."

우진의 말을 이해한 조석준의 두 눈이 반짝였다.

"부지 규모는 얼마 정도로 알아보면 되겠습니까?"

미리 생각해뒀던 우진이 지체 없이 대답했다.

"대지 150평 정도면 괜찮을 것 같습니다."

"예, 대표님."

"10층 이상은 올릴 수 있는 곳이어야 합니다."

"그렇게 알아보도록 하겠습니다."

— * —

단순하게 150평 부지에 10층 이상 건물을 올리면, 연면적은 1,500평이 훌쩍 넘어간다고 생각할 수 있다. 하지만 우진이 말한 150평 부지라는 것은, 건물이 지어지는 면적이 아닌 전체 토지의 넓이를 의미하는 것이다. 산업개발진흥지구*로 지정된 성수동 준공업지역의 경우, 법적으로 제한된 건폐율은 70퍼센트 정도. 쉽게 말해 150평 넓이의 부지를 매입하더라도 실제로 건물을 지을 수 있는 땅은 100평 남짓이라고 할 수 있다.

'여기에 용적률도 생각해야 되니….'

그리고 준공업지역에 제한된 용적률은 400퍼센트인데, 산업개발진흥지구 지정 특례로 인해 완화된 용적률로 최대한 연면적을 확보한다고 해도 480퍼센트 정도가 한계다. 여기에 면적을 더 확보할 수 있는 또 한 가지의 방법은 부지의 일부를 공공시설로 국가

---

* 개발진흥지구 중 하나로, 공업기능을 중심으로 개발·정비할 필요가 있는 지구를 말한다.

에 기부채납*하는 정도일 것이었다.

땅 일부를 국가에 떼어주면서, 그 대신 용적률과 층수 제한을 완화받는 것. 그리고 이렇게 법이 허락하는 한도 내에서 모든 용적률을 다 당겼을 때, 우진이 지을 수 있는 사옥의 총면적은 천 평이 조금 넘는 정도였다.

"최대 층 13층. 총 연면적 1,072평. 서울숲이나 한강뷰는 아니지만, 북쪽으로 중랑천뷰도 나오고… 확실히 괜찮네, 이 정도면."

"맞아. 좀 알아보니까, 평단가도 꽤 괜찮게 나온 매물이야."

아침 일찍부터 대표실에는, 세 사람이 둘러앉아 두런두런 이야기를 나누고 있었다. 그들은 바로 우진과 진태, 그리고 석현. 그들의 앞에는 보는 것만으로도 시원한 얼음이 가득 담겨있는 커피가 한 잔씩 놓여 있었다.

"유일한 흠은 역까지 거리가 좀 된다는 건데…."

우진과 진태의 대화를 듣던 석현이, 슬쩍 끼어들며 입을 열었다.

"성수역에서는 많이 멀지만, 뚝섬역까진 8분 정도?"

"그렇게 얘기하니까 또 괜찮은 것 같기도 하고."

그들의 앞에 펼쳐져 있는 것은 성수동의 지도. 그 옆에는 부동산에서 브리핑받은 매물들 중, 가장 조건이 좋아 보이는 부지와 관련된 서류도 쌓여 있었다.

'전생에 성수동 부지 찾아봤을 땐 이 입지에 이 정도 규모 부지면 거의 100억짜리였는데… 이게 고작 30억이라니.'

카페 프레스코에서 공수해온 아메리카노를 기분 좋게 홀짝이며, 우진은 잠시 예전 기억을 떠올렸다. 우진이 전생에 성수동 부지를

---

* 국가 외의 주체가 재산의 소유권을 무상으로 국가에 이전하여 국가가 이를 취득하는 것을 말한다.

알아봤던 것은 그때 다니던 건설사에서 지식산업센터를 수주했을 때였는데, 그러니까 2024년 정도에 봤던 시세와 지금의 시세를 비교해본 것이다. 어차피 사옥으로 쓸 건물을 짓는 것이지만, 사옥이라는 것이 본래 기업에서 가질 수 있는 가장 큰 자산 중 하나. 미래 가치를 생각해보는 것은, 우진으로선 당연한 일일 수밖에 없었다.

'그래. 조금만 더 기다려보고… 더 괜찮은 물건이 안 나온다 싶으면 여기로 해야겠어.'

그리고 우진이 이런 생각을 잠시 떠올리고 있던 그때, 석현이 우진에게 물었다.

"그런데, 대표님."

"응?"

"이렇게 사옥을 크게 짓는 이유는 뭐야? 나중에 직원들로 전 층을 다 채울 생각을 하는 거야?"

아무리 성진건설을 인수했다 한들, WJ 스튜디오에게 그렇게나 큰 평수가 필요하지는 않다. 넉넉히 직원 숫자를 130명 정도로 잡아도, 두세 개 층이면 충분하다 못해 넘치는 것이다. 그래서 석현은 조금 의아하게 생각했지만, 우진은 웃을 수밖에 없었다. 그 질문이 너무 순진하게 느껴졌으니까.

"아니, 뭐 언젠가 그렇게 되면 좋겠지만… 그 정도 규모가 되면 다시 신사옥을 짓는 게 낫겠지."

"그럼?"

"우리 회사에서는 일단 꼭대기 세 개 층만 사용할 거야."

"음…?"

"왜 꼭 사옥 전체를 우리가 써야 한다고 생각해? 임대 주면 되지."

"아!"

"위치만 잘 잡으면, 한 층당 임대료 천오백 정도는 나올 거야. 1층은 그 두 배도 가능할걸?"

"대박…!"

우진의 머릿속에는, 이미 사옥을 지은 후의 계획들이 서 있었다. 어떤 식으로 임대를 맞추고, 그 와중에 어떻게 근무환경을 최적화시킬지 말이다.

'1, 2층에는 카페 프레스코를 내 이름으로 하나 내고, 3, 4층은 음식점을 좀 들여와야겠어. 10층 한 층 정도는 휴게 공간 위주로 구성된 라운지도 괜찮겠고….'

브랜드가 론칭한 지도 반년이 넘게 지난 지금, 카페 프레스코는 명실상부 첫손에 꼽는 국내 프랜차이즈 커피 브랜드가 되었다. 가맹점을 열고 싶다는 업주들이 줄을 서서 기다리고 있을 정도. 그래서 이 카페 프레스코를 1, 2층에 입점시키는 것만으로도 건물 가치를 크게 올릴 수 있었다.

우진은 여기에 더해 석중과의 인맥을 활용하여, NA푸드원의 요식업 브랜드들도 들여올 생각이었다. 뚝섬역 사거리부터 이어지는 서울숲 길은 점점 더 상권이 살아나 핫 플레이스가 될 예정이었으니, 장기적으로 봐도 아주 괜찮은 계획. 그러니까 부지 매입 계약서에 도장을 찍기도 전에, 이미 사업적인 측면에서의 구상은 거의 끝나 있었던 것이다.

'남은 건 이제, 사업성을 해치지 않는 선에서 최대한 멋진 디자인을 뽑아내는 건데….'

진태, 석현과 이삼십 분 정도 더 이야기를 나눈 우진은 사무실을 나갈 준비를 하였다.

"진태 형. 부동산이랑 약속시간 12시 30분이었지?"

"맞아."

"가기 전에, 조금 이른 점심이나 먹고 움직이자."

"좋지."

우진은 한시라도 빨리 사옥의 디자인 시안을 작업하고, 설계를 시작하고 싶었다. 하지만 그러기 위해서는 계약서에 도장을 찍는 것이 먼저. 그래서 오늘 부동산을 둘러보러 가는 우진은 잔뜩 마음이 들떠 있었다.

'직접 임장하다 보면 생각지도 못했던 물건을 발견할 수 있을지도 모르고….'

그리고 이런 생각을 하며 사무실을 나선 우진은 그날 정말 생각지도 못했던 상황을 마주하게 되었다.

———— * ————

성수동은 원래 낡은 공장과 오래된 빌라들이 주를 이루던 지역이었다. 좁은 골목골목을 돌아다녀 보면, 대체 이렇게 낙후된 지역이 어쩌다가 핫 플레이스가 될 수 있었는지 의문이 들 정도. 그 첫 번째는 당연히 지리적으로 훌륭한 입지 때문이겠지만, 그것만이 이유는 아니었다.

우진이 생각할 때 2010년대 중반부터 성수동이 뜬 가장 큰 이유는, 서울 중심권에서 산업개발 진흥 지구로 지정되어있는 유일한 지역이라는 점이었다. 2호선 라인을 기준으로 북쪽은 IT 산업단지라는 이름으로 개발이 추진되고 있었으며, 남쪽 한강변은 '한강 르네상스'라는 이름으로 50층에 육박하는 고급 주거지역이 예전부터 구상되었으니 자연스레 자본이 몰려들 수밖에 없는 환경이었던 것이다.

다만 2011년 기준으로 아직도 대부분이 낙후된 공장지대다 보니, 아직까지는 미래가치에 비해 값이 많이 싼 상황이었고, 우진이 WJ 스튜디오를 아예 이쪽에서 뿌리 내리려는 이유도 그 때문이었다. 그래서 우진은 지금 열심히 옆에서 떠드는 부동산 사장님이, 조금 난감하게 느껴지고 있었다.

"하, 사실 사장님. 이쪽 북측지대에 있는 부지를 사옥부지로 매입하시는 건, 좀 추천 드리고 싶지 않아요."

"왜요?"

"지구 단위 개발이라는 게 지정됐다고 해서 막 그렇게 빨리 뭐가 달라지는 것도 아니고, 너무 난개발된 지역이라 정비되는 데 엄청 오래 걸릴 거거든요."

"아하."

"차라리 건대 쪽에 제가 괜찮은 빌딩 몇 개 알고 있는데, 그쪽으로 알아보시는 건 어떨까요?"

"토지가 아니고 빌딩이요?"

"빌딩도 어차피 이십 년 넘은 것들은, 건물가격 다 감가돼서 남아 있질 않습니다."

"그야 그렇죠."

"그런 것들을 잡으셔서 리모델링 잘해서 다시 매각하시면… 차익이 아주 쏠쏠하거든요."

지금 우진의 곁에서 걸으며 쉬지 않고 얘기하는 남자는, '서울숲 부동산'이라는 상호를 가진 뚝섬역 인근의 부동산 사장이었다. 일전에 우진이 지식산업센터 임대를 맞출 때에, 일을 아주 꼼꼼히 잘

해줬던 윤 사장님. 그래서 이번에도 이쪽에서 거래를 한번 해볼까 했던 우진은 속으로 한숨을 푹 쉬고 있었다. 꼼꼼하고 성실한 그의 성향이 마음에 들어서 거래를 하려는 것이었지만, 그만큼 오지랖까지 넓은 사람인 줄은 몰랐으니 말이다.

'너무 진심으로 조언해주셔서 고맙긴 한데… 내가 10년, 20년 뒤에 여기 와봤다고요, 이 아저씨야….'

사실 사장님 입장에서는 매수자가 잘 나타나지 않는 공장지대를 우진이 사주면 훨씬 더 좋은 것인데, 나름 양심적으로 영업을 하고 있었던 것. 그래서 우진은 떨떠름한 표정이면서도, 그저 웃으면서 그의 이야기를 들어줄 수밖에 없었다.

"저는 그래도 싼값에 최대한 넓은 부지를 확보하려는 거라서요, 건대 쪽은 아무래도 힘들 것 같아요."

"아하, 그러시군요."

"아쉽지만 어쩔 수 없네요. 돈 더 벌면 또 말씀드릴게요."

"하핫, 젊으신 분이 지금도 충분히 많이 버시면서, 얼마나 더 버시려고요. 대단하십니다."

그래도 다행인 것은, 우진이 몇 번 딱 잘라 얘기하자 오지랖을 더 부리지는 않았다는 점. 표정에는 아직도 미련이 남아있는 것 같았지만, 그런 그를 보며 우진은 피식 웃을 수밖에 없었다. 어쨌든 이 사람에게서는, 본인이 생각할 때 최대한 좋은 물건을 소개해주고자 하는 선한 의도가 계속 보였으니 말이다.

'그래도 확실히 좋은 아저씨라니까.'

그와 함께 천천히 공장지대 안으로 들어서며, 우진은 오전까지 분석했던 다른 매물에 대해 이야기하였다. 최대한 이 조건과 비슷하면서 더 좋은 입지와 가격을 가진 물건을 찾는 것이 오늘 임장의 목적이었으니 말이다.

"말씀하신 물건, 광나루길 쪽에 있는 주유소 부지지요?"

"역시 바로 아시네요."

"하하. 당연하지요. 제가 이 동네에서 그래도 몇 년을 굴렀는데요."

윤 사장은 항상 가지고 다니는 작은 수첩을 품속에서 꺼내 들고는, 잠깐 그것을 뒤적거리기 시작했다. 이제 우진이 원하는 토지가 어떤 스타일인지는 거의 파악되었으니, 조건에 맞는 매물들을 찾아보는 것이다.

"음. 일단 확실히 낫다고는 할 수 없지만, 조건 비슷한 매물이 두어 개 정도는 더 있군요."

"오, 그렇습니까?"

"기왕 여기까지 걸어오신 거, 하나씩 다 둘러보시죠?"

"물론입니다. 한두 푼 하는 거래도 아닌데, 직접 눈으로 다 보고 결정해야죠."

저벅- 저벅-

윤 사장으로부터 몇 군데 브리핑받은 우진은 그쪽을 향해 걸음을 옮기기 시작하였다. 그러면서 이동하는 동안 눈에 들어오는 풍경들을 흥미롭게 감상하였다.

'이 동네는 공장들보다, 너무 자잘하게 지어진 한 동짜리 아파트들이 제일 문제야 역시. 이러니까 사업성이 안 나와서 십 년이 더 지나도 아파트만 그대로 서 있었지….'

과거와 미래를 비교할 수 있는 것은 우진만의 특권이었고, 그래서 이렇게 부동산 임장을 다닐 때면 우진은 자연스레 전생의 기억들을 떠올리게 된다. 우진에게는 과거의 일이지만, 이 시점에서는 미래에 일어나게 될 일들. 하지만 이미 우진으로 인해 조금씩 뒤틀려서, 언제든 다른 일이 벌어져도 이상하지 않을 미래의 일들. 그런데 이렇게 상념에 잠겨 걷던 우진은 첫 번째 부지에 도착하기도 전에 걸음을 우뚝 멈춰서야 했다.

'음⋯?'

앞장서 걷고 있던 윤 사장이 점점 더 멀어지고 있었지만, 갑자기 밀려든 위화감 때문에 도저히 걸음을 뗄 수 없었던 것이다.

'뭐지? 저 골목 안쪽에 분명히 뭔가 있었던 것 같은데?'

그래서 잠시 윤 씨에게 양해를 구한 우진은 자신이 본 것을 확인하기 위해 골목 사이로 들어갔다. 그리고 잠시 후,

"⋯!"

우진의 눈앞에는 어느새, 황금빛 아지랑이들이 은은하게 피어오르고 있었다.

여기에 짓겠습니다

우진은 두 눈을 끔뻑였다.

'내가 지금 뭘 보고 있는 거지?'

은은하다는 말로는 표현하기 힘든, 광활한 시야 안에 또렷하게 빛나고 있는 황금빛 물결들. 이건 분명 우진이 처음 보는 또 다른 형태의 골든 프린트였고, 결코 환각 같은 것이 아니었다. 그래서 우진은 당황하지 않을 수 없었다.

'이게 여기서 왜 나와?'

지금까지 우진에게 나타났던 골든 프린트는, 언제나 건축의 설계나 디자인에 도움을 주는 것이었으니까.

"대표님, 그쪽에서 뭐 하세요?"

"아, 자, 잠시만요."

하지만 당황은 잠시일 뿐, 우진은 이 상황에 대해서 침착하게 생각하기 시작했다. 골든 프린트는 그에게 도움을 주면 도움을 줬지, 결코 해를 끼치는 현상이 아니었으니 말이다.

'지난번 카페 프레스코에서 골든 프린트가 떴을 때… 그때도 도면이 아닌 이런 삼차원 공간이었지.'

지금까지 항상 골든 프린트는 우진의 디자인에 도움이 될 단서를 제공해주었다. 그래서 처음에는 뜬금없이 나타난 이 녀석이 당황스러웠지만, 다시 천천히 생각해보니 이상할 것도 없는 상황이었다.

'생각해보면 건축에서 가장 중요한 것 중 하나가 바로 부지(敷地)니까….'

잠시 골든 프린트를 살펴보던 우진이 윤 사장을 향해 얘기하였다.

"사장님, 잠시… 이쪽을 좀 둘러봐도 될까요?"

"음, 이쪽에는 따로 나와 있는 매물이 없는데요?"

우진이 멋쩍게 웃으며 대답했다.

"어차피 임장 나왔으니, 주변 환경을 전체적으로 좀 꼼꼼하게 둘러보고 싶어서 그렇습니다."

"제가 안내해드릴까요?"

"아! 그러실 필요까진 없고요. 저 혼자 빨리 둘러보고 와도 되겠습니까?"

"아… 뭐, 그러시다면. 편히 둘러보고 오세요. 저는 먼저 저쪽 부동산에 가 있겠습니다."

"10분 내로 가겠습니다."

우진이 뭘 보겠다는 건지 감이 오지 않은 윤 사장은 고개를 갸웃하며 먼저 자리를 떠났고, 우진의 시선은 다시 금빛으로 빛나는 선들을 따라 움직였다. 분명히 건물들의 뒤편에 존재하거나 그 아래 깔려있는 금빛 선들이건만, 마치 선들이 보이는 위치만 건물들이 투명해지기라도 한 듯 적나라하게 골든 프린트의 형태가 우진의 눈에 들어온다.

'신기하네. 지형지물이 전부 투시(透視)되는 느낌이잖아?'

벌써 몇 번을 접함에도 불구하고 아직까지도 적응되지 않는 기현상. 우진은 혀를 내두르며 천천히 걷기 시작하였다.

—— * ——

골든 프린트가 떠올라 있는 부지는 그렇게 넓은 공간이 아니었다. 오히려 우진이 처음 생각했던 150평 정도의 부지의 절반도 채 되지 않을 정도로 작은 공간. 그래서 금빛 선을 따라 한 바퀴 도는 데까지, 우진은 그리 오랜 시간이 걸리지 않았다. 하지만 그 과정에서 우진은 다양한 의문점을 떠올려야 했다. 일단 첫 번째 의문은 당연히 이 부지에 골든 프린트가 어째서 떠올랐는지에 대한 의문이었다.

'골든 프린트의 영역을 보면, 분명히 이쪽 대로변 필지 두 곳에 걸쳐 있는데….'

필지란 명확한 경계를 가지는 토지의 등록 단위다. 하나의 지번을 부여받아 지적공부에 등록되는, 토지의 소유권을 나타낼 수 있는 기본 단위인 것. 그런데 골든 프린트는 어떤 하나의 필지를 가리키는 게 아닌, 두 개 필지에 걸쳐서 떠올라 있었다. 면적 자체는 100평은커녕 50평도 되어 보이지 않았지만, 그 면적이 교묘하게 두 필지의 경계에 위치해 있었던 것이다. 인위적으로 분리해놓은 법적 경계 따위는, 아무래도 골든 프린트의 고려 대상이 아닌 모양이었다.

'이러면 골든 프린트가 생성된 땅을 전부 확보하기 위해서… 결국 200평 이상을 사야 되는 거잖아?'

아무리 우진이라 해도 눈대중으로 필지의 정확한 평수를 맞출

수는 없다. 하지만 대략 어느 정도 가늠은 해볼 수 있었고, 두 개 필지를 전부 매입한다면 얼마가 들어갈지도 짐작해볼 수는 있었다. 그래서 우진의 머릿속에 떠오른 액수는, 기존에 책정해뒀던 예산의 2배 정도.

"크흠…."

시작부터 꽤나 골치 아픈 난제를 던져주는 골든 프린트였다.

'후우, 그래. 돈이야 어떻게든 구한다고 치고….'

이어서 두 번째로 우진이 떠올린 의문은, 골든 프린트의 형태에 대한 의문이었다. 복잡한 선들로 이뤄져 있는 황금빛 프린팅은 언제나처럼 추상적인 형상을 하고 있었고, 그것은 평면적으로 대지 위에 그려져 있었지만 결코 평면도의 형태는 아니었던 것이다. 한 가지 특징이 있다면, 모든 선들이 크고 작은 다각형으로 이뤄져 있다는 점. 마치 수많은 다양한 도형들이 납작하게 겹쳐 그려진 모양새였다.

'이게 대체 뭔지, 전혀 감이 안 오는 게 문제네.'

사실상 지금 가장 중요한 것은, 이 형태가 우진에게 주는 힌트가 어떤 건지를 알아차려야 한다는 부분이다. 그걸 알아야 우진도 확신을 갖고 디자인을 할 수 있을 것이며, 그에 앞서 이 부지들을 무리해서라도 매입할 수 있을 테니까. 하지만 그 힌트가 쉽게 풀릴 리는 없었고, 그래서 우진은 사진이라도 찍어서 가져가고 싶었다. 물론 다른 사람들의 눈에 보이지 않는 골든 프린트가, 스마트폰 사진으로 찍힐 리는 없었지만 말이다.

'후. 어떻게든 찾아내야지. 골든 프린트가 내게 알려주려는 힌트를… 이대로 지나칠 순 없으니까.'

슥- 슥-

수첩에 대략적인 스케치를 남긴 우진은 일단 자리를 떠나 윤 씨와 약속했던 장소로 이동하였다. 하지만 다른 매물들을 브리핑받는 동안에도, 우진의 머릿속은 온통 골든 프린트뿐이었다.

"그럼 사장님, 제가 최종적으로 고민 좀 해보고, 다시 연락드리도록 하겠습니다."

"예, 대표님! 물론입니다. 신중히 결정하셔서 전화 주세요!"

그래서 돌아오는 길, 우진은 골든 프린트를 다시 한번 둘러본 뒤에 WJ 스튜디오로 귀환하였다. 그리고 그날부터, 우진의 고민은 시작되었다. 그 누구에게도 조언받을 수 없는, 오로지 혼자 해결해야만 하는 특별한 고민이 시작된 것이다.

—— * ——

우진에게는 예전부터 한 가지 버릇이 있었다. 그것은 바로, 설계나 디자인을 포함하여 어떤 일이 잘 풀리지 않을 때에 그와 관련된 정보들을 무작위로 수집해보는 버릇. 이번 경우에도 마찬가지였다. 단순히 골든 프린트의 형태만 보고는 아무것도 떠올릴 수 없는 상황이었기에, 골든 프린트가 떠오른 필지를 다각도로 분석하기 시작한 것이다.

대지의 용도부터 시작해서 다양한 입지조건. 심지어는 필지의 주변에 위치한 건물들이 어떤 용도로 쓰이고 있는지까지도. 분석할 만한 건덕지가 하나라도 있으면, 우진은 뭐든지 찾아서 연구하고 도식화했다.

'이러다 보면 뭐라도 하나 떠오르겠지.'

물론 그렇다고 해서 무작위로 아무 정보나 수집하는 것은 아니었다. 우진이 서치하고 분석하는 정보들은, 해당 위치에 설계·디자인을 하기 위해 필요한 정보들이라는 공통점을 가지고 있었으니까. 심지어 우진은 이 필지가 어떤 풍수지리적인 의미를 가진 곳은 아닌지, 평소에 관심 없던 영역까지도 찾아서 들춰보았다. 본래 그런 토테믹(Totemic)한 분야를 선호하는 편은 아니었지만, 모르는 사람이 보기에는 골든 프린트도 비슷한 영역일 수 있다고 생각하였다.

"으… 젠장! 대체 뭐야 이게."

하지만 그렇게 이틀, 사흘이 지날 때까지도, 우진은 결국 어떤 단서도 찾아내지 못했다. 그래서 답답한 마음이 든 우진은 해가 질 무렵 무작정 사무실을 나섰다.

"나 오늘은 먼저 퇴근해볼게, 형."

"그래라. 근데 너 무슨 일 있는 건 아니지?"

"응? 갑자기 왜?"

"방금 대표실에서 이상한 비명을 들은 것 같아서."

"아… 그런 거 아니니까 걱정하지 마."

"뭐, 문제 있으면 숨기지 말고 얘기해야 돼, 알겠지?"

"내가 애냐. 걱정 말고 일 보셔."

끝까지 의심의 눈초리를 거두지 않는 진태를 뒤로한 채, 우진이 향한 곳은 바로 골든 프린트가 있던 그곳이었다. 걸음을 옮기며 혹시나 골든 프린트가 이미 사라졌으면 어쩌지 하는 걱정을 잠깐 했지만, 다행히 황금빛 선들을 아직 우진을 기다리고 있었다. 여전히 의미를 알 수 없는, 요상하고 복잡한 형태를 한 채로 말이다.

저벅- 저벅-

실물을 영접하자 다시 마음이 착잡해진 것인지, 우진은 한숨을 푹 쉬며 그 주변을 빙 둘러 걷기 시작하였다.

'석현이라도 골든 프린트를 공유할 수 있으면, 뭔가 단서를 잡아낼 수 있지 않았을까?'

금빛 선 하나하나를 뜯어보며 별생각을 다 해봤지만, 그런다고 해서 딱히 해답이 떠오를 리는 없었다.

'이러다 결국 못 찾아내면… 그래도 이 부지를 매입하긴 해야 할까? 아니. 그럴 거면 그냥 원래 계획대로 북측 강변부지를 사는 게 낫겠지?'

오히려 생각을 거듭하면 거듭할수록, 우진의 머릿속은 더욱 심란해지기만 할 뿐.

'젠장… 차라리 방구석에 박혀서 그래스하퍼 알고리즘을 짜는 게 더 쉽겠어. 그건 어디 물어볼 데라도 있지.'

그런데 그렇게 툴툴거리며 걸음을 옮기던 우진은 어느 순간 또다시 위화감을 느낄 수 있었다.

"응…?"

처음 골든 프린트를 발견하고 골목 안으로 들어왔을 때, 그때 느꼈던 묘한 위화감과 비슷한 것이 느껴진 것이다.

'잠깐, 방금 분명히 뭔가 이질적이었는데?'

스치듯 지나간 위화감이었지만, 우진은 그것을 결코 놓치지 않았다. 지푸라기라도 있으면 잡고 싶다는 간절함 때문이기도 했지만, 본능적으로 여기에 어떤 단서가 있을 것이라는 감이 온 것이다. 그래서 우진은 걸음을 멈췄고, 방금 지났던 그 자리를 똑같이 다시 지나기 위해 몇 발자국 뒷걸음질 쳤다.

'그래, 여기서 다시 한번 이렇게 움직이면….'

그리고 바로 그 순간,

"…!"

우진의 온몸에, 순간적으로 소름이 돋아 올랐다.

'미친…!!'

처음 이 공간을 발견했을 때와 방금 전 같은 위치에서 움직였을 때. 이 순간 동시에 느꼈던 위화감의 정체를, 분명하게 깨달을 수 있었던 것이다.

'그림자! 그래, 그림자였어!'

우진의 걸음에 따라, 저물어가는 해의 각도에 따라, 우진이 움직이는 방향의 반대편으로 천천히 기울어가며 움직이고 있던 주변 지형지물 일부의 실루엣이 담긴 그림자. 그 그림자들이 골든 프린트의 영역에 들어선 순간 정말 신기루처럼 사라져버리고 있었다. 정확히는 그 그림자의 위치가 골든 프린트에 그려진 황금빛 선과 맞물려 떨어지면서, 마치 그 위치에 흡수되듯 사라져버린 것이다.

'이번에는 이렇게 반대편으로 움직여 볼까?'

아직 정확히 이 골든 프린트의 힌트에 대해 통찰한 것은 아니지만, 우진은 온몸에 힘이 나는 것이 느껴졌다. 칠흑 같던 어둠 속에서 당장 탈출할 수 있는 것은 아니지만, 적어도 한 줄기 빛을 찾아낸 셈이었으니까.

그래서 우진은 정신없이 사방으로 움직이며, 이 수많은 도형들이 의미하는 바를 찾아내기 위해 뛰어다녔다. 그리고 그렇게 완전히 해가 저물어갈 즈음, 우진이 들고 있던 수첩에 하나의 그림이 완성되어 있었다.

— * —

　사람의 눈은 수십 년에 걸쳐서 시각(視覺)에 적응한다. 빛의 반사에 의해 다양하게 인식되는 수많은 시각적 현상들을, 어떤 규칙성과 경험에 의거하여 시각정보로 인식하게 되는 것이다. 그리고 '그림자' 또한, 사람의 눈이 인식하는 시각적 정보 중 하나다.

　떨어져 내리는 빛을 어떤 물체가 가리고 있으면, 그 물체의 크기만큼 빛이 가려지면서 생겨나는 시각요소인 그림자. 그래서 특정 부분에서만 그림자가 나타나지 않는다는 것은 시각적으로 충분히 위화감을 줄 수 있는 요소였고, 그 덕에 우진은 이번 골든 프린트의 비밀을 풀어낼 수 있었다.

　'이런 식으로 일조량에 대한 힌트를 만들어줄 줄이야.'

　우진의 수첩에 그려진 것은 어떤 건축에 대한 디자인 같은 것이 아니었다. 그것은 사실 그림이라기보다, 주변 환경이 고려된 일조권을 도식화한 것. 이 부지에서 해당 시간대에 확보 가능한 최대 일조량을 골든 프린트를 통해 뽑아낼 수 있었던 것이다. 그리고 이 과정에서, 우진은 한 가지 확신을 얻을 수 있었다.

　'왜 이 자리에 골든 프린트가 나타났는지 이제 알겠어.'

　골든 프린트가 아니었더라면 사옥 후보지로 고려하지 않았을 이 부지가, 어떤 가치를 가지고 있는지 알게 된 것이다.

　'대로변이면서 서울숲 길 초입에 위치해 있고… 그러면서 서울숲, 한강까지 조망권까지 확보되는 최고의 자리. 게다가 뚝섬역도 바로 앞이야.'

　처음 우진이 고려했던 부지가 북측 중랑천에 가까운 위치였다면, 지금 골든 프린트가 떠오른 이곳은 뚝섬역과 성수역을 잇는 메

288

인 대로변이다. 정확히는 대로의 끝 삼거리에서, 서울숲길로 들어서는 초입부에 위치한 코너 자리. 우진이 처음 이 자리를 고려하지 않았던 이유는 몇 가지 아쉬운 점들 때문이었다.

첫째로는 뚝섬역에서 한양대역, 왕십리역으로 도로를 따라 이어지는 지상철이 부지의 앞으로 지나간다는 점. 두 번째로는 배후지역이 전부 용적률 낮은 '2종 주거지역'으로 묶여 있어서, 이 자리까지 2종 주거지역으로 착각하고 있었다는 점.

'서울숲 길 기준으로 북쪽 지역이, 준주거지역으로 설정되어있을 줄 몰랐지.'

2종 주거지역은 대지 면적대비 충분한 연면적을 뽑아낼 수 없는 땅이었으니, 10층 이상의 사옥을 짓는 데 적합하지 않다고 생각한 것이다. 그래서 입지 자체는 원래 선택했던 부지보다 더 좋았음에도, 단점들이 더 크게 다가왔던 것. 하지만 골든 프린트가 나타나는 바람에 우진은 더 자세히 이 부지에 대한 정보들을 수집하게 되었고 덕분에 숨겨져 있던 가치들을 찾아낼 수 있었다.

지상철이 부지 앞으로 지나가기는 하지만 도로를 기준으로 반대편에 지나가기 때문에 조망권에 전혀 지장이 없으며, 소음으로부터 자유로운 편이라는 사실. 그리고 서울숲 길의 북측 일부 부지는 준주거지역으로 묶여 있어, 용적률 한도가 준공업지역만큼이나 높게 설정되어있다는 사실.

마지막으로 준공업지역의 가장 남쪽에 위치하기 때문에, 서남쪽으로 서울숲부터 한강까지의 조망권까지도 확보가 가능하다는 사실까지 말이다. 2종 주거지역인 서울숲 길 남쪽은 저층 건물밖에 들어설 수 없었으니, 앞으로 더욱 활성화될 서울숲 길의 상권으로 인한 이익은 전부 보면서도 고층 건물로 홀로 우뚝 지어 올릴 수 있는 알짜배기 부지였던 것이다.

골든 프린트가 우진에게 보여준 것은 일조권에 대한 정보에 불과했지만, 반대로 그 힌트를 알아내기 위한 정보 수집을 통해 더 중요하고 많은 정보들을 알아낸 우진이었다.

'모르겠다고 그냥 포기했으면, 나중에 크게 아쉬울 뻔했어.'

그래서 우진은 망설임 없이 이곳 부지를 매수할 수 있었다. 아직 골든 프린트를 활용한 디자인 설계를 끝내지 않았음에도 불구하고, 입지 자체의 가치만 가지고도 판단하는 데에 전혀 어려움이 없었다.

"사장님, 저 여기로 할까 합니다."

"네…?"

"이쪽 두 개 필지, 매물로 나와 있죠?"

"네, 맞습니다. 하지만 여기는…."

당황한 표정으로 뭔가 또 이야기를 꺼내려는 윤 사장을 우진이 사전에 저지하였다.

"단점들은 충분히 알고 있습니다, 사장님."

"그, 그래도…."

"꼭 여기로 해야 하는 이유가 있으니까, 최대한 싸게 매입할 수 있게만 도와주시면 감사하겠습니다."

"그렇게까지 말씀하신다면, 알겠습니다. 제가 매도인을 만나서 가격을 최대한 깎아보지요."

윤 사장은 자신이 장담했던 대로, 매물로 나와 있던 가격보다 더 싼 가격에 거래를 성사시켜주었다. 그래도 원체 부지가 넓은 탓에 원래 우진이 사옥부지 매입목적으로 책정했던 예산보다는 더 큰 출혈이 있었지만, 당연히 그게 아깝지는 않았다. 1.5배 정도 더 많은 돈을 써야 했다면, 우진이 얻을 수 있는 유·무형적 가치는 3배도 넘을 것 같았으니까.

"와우, 여기가 WJ 스튜디오 신사옥을 짓게 될 부지라는 거지?"

"그렇다니까."

"뚝섬역도 가깝고, 서울숲도 가깝고. 입지 죽이네!"

우진이 머릿속으로 얼마나 고민했는지 모르는 진태는 속 편하게 감탄하였고, 그런 그를 보며 우진은 피식 웃을 수밖에 없었다.

"잔금은 넉넉하게 8월까지로 잡았어."

"알겠어. 좀 빠듯하긴 하겠지만, 다음 달 매출 괜찮게 나올 테니 충분히 확보 가능할 거다."

"원래 땅 주인이 공장 주인이었으니까, 따로 명도 할 일은 없을 거야."

"그건 좋은 소식이네."

"착공은 9월 정도로 잡아볼 테니까, 그때까지 사전작업 좀 부탁해."

"오케이. 그럼 디자인 설계는?"

"그거야 내가 직접 핸들링해야지."

"좋아, 좋아."

일단 부지 매입이 진행되자, 그다음 단계들은 일사천리였다. 애초에 WJ 스튜디오 자체가 설계부터 시공까지 전부 다 취급하는 업체이면서 대표인 우진이 그 모든 것을 진두지휘하니 예산 집행과정에서 필요한 자잘한 보고단계들을 많이 생략할 수 있었던 것이다. 시공사가 곧 시행사이자 클라이언트인, 아주 이상적인 사업장인 것.

'이제 이 골든 프린트를 만족시킬 수 있을 만한 최고의 설계를 뽑아내기만 하면 되겠는데….'

대표실 책상에 앉은 우진은 설레는 마음으로 옐로페이퍼를 펼쳤다. 이제부터 해야 할 일은, 골든 프린트가 준 정보를 통해서 최고의 디자인 설계를 뽑아내는 일.

'골든 프린트가 주변 환경에 따른 일조량에 대한 정보를 줬으니까… 그 정보를 최대한 활용하는 디자인을 뽑아내는 게 골든 프린트의 의도겠지.'

우진의 경험상 골든 프린트를 만족시키지 못한다면, 황금빛 홀로그램은 사라지지 않는다. 때문에 만약 우진이 최선의 디자인을 해내지 못한다면, 그는 영원히 자신의 사옥에서 황금빛 선들을 마주해야 할지도 몰랐다.

'그런 일은 없어야….'

끔찍한 상상을 잠시 떠올린 우진이 고개를 절레절레 저었다. 물론 자신이 없는 것은 아니었지만 말이다.

"자, 그럼 시작해볼까?"

펜을 집어 든 우진의 손이, 옐로페이퍼 위를 빠르게 움직이기 시작했다. 9월에 착공을 하겠다고 이야기했으니, 최소 7월 내로 디자인은 전부 나와야 할 터. 8월 한 달은 시공을 위해 필요한 실시설계를 뽑아내는 데만 해도, 충분히 빠듯할 터였다.

'일조량을 최대한 활용한 건축 디자인이라….'

앉은자리에서 거의 세 시간을 넘게 고민한 우진은 기지개를 켜며 자리에서 일어났다.

"으…! 벌써 시간이 이렇게 됐나?"

오랜만에 무아지경으로 펜대를 놀리다 보니, 어깨가 결릴 때까지 자리에서 일어나지 않은 것이다.

'일단 오늘은 여기까지 하고… 내일 디자인 회의부터 좀 해봐야겠어.'

파사드 디자인부터 시작해서 평면도까지 열 장도 넘는 그림을 그려댄 우진은 그것을 그대로 책상 위에 올려둔 채 짐을 챙겼다. 설계라기보단 아이디어 스케치에 가까운 그림들이었지만, 이것들을 그대로 내일 회의에 들고 들어갈 예정이었다.

"진태 형, 아직 안 갔어?"

"아, 이제 퇴근하려던 참이야."

"같이 가자. 나 지금 나가려고."

"좋지. 오랜만에 저녁이나 같이할까?"

"뭐, 그럽시다."

사옥 건설을 위한 준비가 얼추 끝나서인지, 어느 때보다 기분 좋은 표정으로 퇴근길에 오른 우진. 그런데 우진이 진태와 떠들며 엘리베이터에 타고 있던 그 시각.

우우웅-!

우진이 떠난 자리에 남아있던 한 장의 옐로페이퍼에, 황금빛 홀로그램이 일렁이기 시작하였다.

— * —

스페인의 건축 디자이너 마테오는 최근 무척이나 골치 아픈 상황에 직면해 있었다. 그 상황이라는 것은 당연히, 그의 주업인 건축설계와 관련된 일. 정확히는 얼마 전 설계권을 따낸, 스타디움 건축설계 때문에 벌어진 상황이었다.

"아니, 실장님. 이것보다 더 평면을 뒤틀면, 관객석을 충분히 확보하는 게 너무 힘들어진다니까요?"

"곡면을 따라 불규칙하게 관객석을 배치한다면, 남는 공간을 최대한 활용할 수 있지 않습니까?"

"하아… 물론 그렇기는 합니다만….."

한두 달 전쯤 브루노와 통화한 이후 그로부터 도움을 받은 마테오는 사실상 산 마메스 경기장의 설계권을 따낸 상태였다. 공모 결과가 공식적으로 나오지는 않았지만, 회장 루씨아노가 원하는 비정형 파사드를 디자인하여 그의 마음을 사로잡는 데 성공한 것이다.

물론 마테오가 바스크 출신이기 때문에 가능했던 일. 그래서 마테오는 뛸 듯이 기뻤다. 이번 설계권을 따냄으로 인해서 몇 달 동안의 일거리가 생기기도 했으며, 산 마메스 스타디움은 마테오라는 건축가의 포트폴리오를 더욱 풍성하게 만들어줄 훌륭한 건축 소스였으니 말이다.

하지만 문제는 그다음부터였다. 루씨아노 회장의 마음에 들기 위해 비정형적인 투시도를 뽑아냈던 마테오는 실시설계 과정에서 적잖은 문제에 직면할 수밖에 없었던 것이다.

"회장님께서 분명, 보여줬던 투시도와 다르다면서 화를 내실 겁니다."

"실장님… 콘셉트 디자인이 실시설계과정에서 변경될 수 있음은, 미리 말씀드리지 않았습니까?"

비정형적인 아름다움을 위해 디자인했던 구조들이, 실제 건축을 위한 설계에 들어가자 많은 문제를 발생시켰던 것. 마테오는 이 현실적인 수준에서 회장을 설득할 수 있을 것이라 생각했었지만, 그것은 너무 안일했던 판단이었다. 회장은 물론 실무 단계에서 그를 상대하는 실무자조차, 마테오의 생각보다 훨씬 더 완강했으니 말이다.

"조금만 더 고민해주세요, 마테오. 당신이라면 분명 더 멋진 스타디움을 디자인할 수 있을 겁니다."

"노력… 해보도록 하겠습니다, 실장님."

"휴우, 사실 저도 이렇게까지 해야 하는 이유는 잘 모르겠지만… 아시다시피 회장님께서 쉽게 물러서지 않으실 겁니다."

"알고… 있습니다."

"아마 제가 오케이 사인을 내려도, 본인 성에 차지 않으시면 계속해서 컨펌을 내주지 않으실 분입니다."

"그렇겠지요."

"조금만 더 해봅시다. 그래도 회장님께선 마테오를 믿고 계십니다."

"알겠습니다."

그래서 마테오는 정말 속이 꽉 막힌 기분이 되었다.

'하아… 이걸 어쩌지. 이제 와서 못하겠다고 포기해버릴 수도 없는 노릇이고.'

회장이 원하는 디자인을 그대로 뽑아내기 위해서는 평면도의 개념을 뛰어넘는 3차원 설계 방식이 도입되어야 하는데, 그런 첨단 기술이 마테오에게는 없었으니 말이다.

'으으…'

그래서 마테오는, 정말 미안한 마음이 들었음에도 불구하고 다시 브루노에게 전화할 수밖에 없었다. 자신보다 첨단 건축설계 기법들에 대해 많이 알고 있는 브루노라면, 어느 정도 해답을 알고 있을지도 모른다고 생각했으니 말이다.

"헤이, 브루노. 정말 미안한데…."

만약 생각보다 더 많은 도움을 받아야 하는 일이 생긴다면, 브루노의 이름까지 설계자로 올려줘야겠다는 각오를 한 마테오. 그런데 그런 생각으로 전화했던 마테오는, 브루노와의 통화에서 생각지도 못했던 대답을 듣게 되었다.

[흠. 사실 3차원 설계에 대한 기술은 내게도 없다네, 마테오.]

"하아… 역시 그런가?"

[하지만 내가 아는 한 사람이, 어쩌면 자네에게 큰 도움을 줄 수 있을지도 모르겠군.]

"뭐…?! 대체 그 사람이 누군가!"

[마테오, 자네 혹시 한국으로 잠깐 들어올 시간적 여유가 있는가?]

— * —

일조권이 가장 중요하게 고려돼야 하는 건축은 주거 용도로 쓰이게 될 건축이다. 가장 많은 시간 머물며 생활하는 보금자리인 주거공간은, 해가 얼마나 어떻게 드느냐가 중요할 수밖에 없었으니 말이다. 대부분 주거 용도로 지어지는 집들이 가능한 남향으로 지어지는 이유가 바로 이 때문인 것. 그러나 우진이 지금 디자인하려 하는 사옥의 경우에는 조금 달랐다. 물론 사무공간이나 상업공간도 일조량이 중요치 않은 것은 아니지만, 그 중요도가 상대적으로 훨씬 덜했으니까.

'보통 업무시간에는, 창으로 들어오는 햇빛이 오히려 일에 방해가 돼서 블라인드를 치게 되지.'

그렇다면 골든 프린트로부터 얻은 일조량에 대한 정보를, 우진은 디자인에 어떤 식으로 활용할 생각일까? 우진은 이 자연광을 일조량 확보의 측면에서 접근하기보다, 그 자체로서 디자인 소스로 사용할 생각을 하고 있었다. 골든 프린트가 우진에게 보여준 빛에 대한 정보. 그것들이 가진 조형성 그 자체를 건축 디자인에 활용할 생각을 한 것이다.

'애초에 다양한 각도로 뿌려져 있던 골든 프린트의 조형성만 하더라도, 충분히 아름다웠으니까.'

하지만 우진의 생각은, 여기서 더 진전되지 못하였다. 골든 프린트를 떠올리며 그려낸 조형적인 건축물의 스케치는 분명히 멋졌지만, 2퍼센트 정도의 부족함을 느낀 것이다. 그래서 퇴근 후 잠자리에 들기 전까지도 한참을 고민하던 우진은 그 아쉬운 부분이 뭔지 깨달을 수 있었다.

'그래. 다시 생각해보면, 너무 일차원적인 접근이었어.'

단순히 골든 프린트가 보여준 조형성을 가져다가 건축에 적용한다면, 자신만의 어떤 디자인적인 재해석 없이 그것을 그대로 베낀 것과 같다는 느낌을 받은 것이다. 그래서 오늘 출근길에 우진은 사무실에 도착하는 대로 어제 그렸던 스케치들을 처음부터 다시 작업해야겠다는 생각을 하였다. 원래대로라면 오전부터 디자인 회의를 하려 했었지만, 그 또한 일단 미루었다.

"좋은 아침입니다!"

"오셨습니까, 대표님."

"오전 회의는 10시에 세팅하면 될까요?"

"아, 회의는 오후로 밀어주세요."

"알겠습니다."

"정확한 시간은 점심 식사시간 이후에 다시 전달드리겠습니다."

"예, 대표님."

대표실에 들어온 우진은 가장 먼저 에어컨부터 틀었다. 7월이 다 되어서인지, 초여름의 더위가 일찍부터 기승을 부리는 아침이었다.

"으, 이제 걷기만 해도 땀이 나네."

오는 길에 뽑아온 음료수 캔을 따 한 모금 마신 우진은 가방을 내려놓고 자리에 앉았다.

"자, 그럼 이제 다시 시작해 볼까…?"

그런데 바로 그 순간.

"…!"

생각지 못했던 광경을 발견한 우진의 두 눈이 휘둥그레졌다. 현장에 나타나 있던 골든 프린트가, 우진이 그려놨던 평면도 중 한 장의 위에 그대로 떠올라 있었으니까.

— ＊ —

우진은 잠깐 정지한 상태로, 황금빛 홀로그램을 뚫어지게 쳐다 보았다.

'이렇게 두 군데에 골든 프린트가 떠오른 건 처음인데…?'

지금까지 한 번 골든 프린트가 떠올랐던 프로젝트에, 연속적으로 또다시 골든 프린트가 나타났던 적은 없었으니 말이다. 물론 이것은 우진의 입장에서 환영할 만한 일이었지만, 그래도 묘한 기분이 드는 것은 어쩔 수 없었다. 마치 우진의 콘셉트 설계가 마음에 들지 않았던 골든 프린트가, 힌트를 추가로 더 던져주었다는 느낌을 받았으니까.

'정말 그런 건가? 이거 좀 자존심 상하는데….'

하지만 그런 묘한 기분도 잠시뿐, 우진은 다시 의욕 넘치기 시작했다. 디자인도 디자인이지만, 골든 프린트의 비밀을 알아내는 것도 꽤나 재밌는 일이었던 것이다. 그래서 일단 우진이 가장 먼저 고민하기 시작한 부분은, 열 장도 넘는 스케치와 그림들 중 단 한 장에만 이 골든 프린트가 떠올랐느냐는 점.

일단 이 의문점은 금방 해결할 수 있었다. 평면도나 입면도, 혹은 외관 파사드에 대한 스케치인 다른 옐로페이퍼들과 달리, 골든 프린트가 떠올라 있는 종이만이 3차원 투시도였던 것이다. 평면과 입면의 요소가 전부 들어가 있는, 그러니까 그림 한 장으로 완벽한 구조를 알 수 있는 투시도. 우진은 빈 옐로페이퍼를 한 장 더 뜯어서, 좀 더 정갈하고 정확한 투시 도면을 다시 그려보았다. 그러자 그가 예상했던 대로, 그 종이 위에도 골든 프린트가 떠올랐다.

'재밌네.'

그렇게 첫 번째 의문점이 쉽게 해결되자, 두 번째 의문이 곧바로 떠올랐다. 그것은 바로 이 종이 위의 골든 프린트가, 현장에 떠올라 있던 그것과 같은 힌트를 가진 똑같은 프린팅이냐는 부분이었다.

'일단 생김새는 거의 비슷한 것 같은데….'

그래서 우진은 현장에서 직접 그렸던 종이를 꺼내었고, 새롭게 얻은 두 장의 골든 프린트와 비교해보았다. 그리고 그 결과 우진은 무척이나 재밌는 사실을 알아낼 수 있었다. 새로 생겨난 골든 프린트에는, 조금 더 특별한 규칙이 있었던 것이다.

'이거 혹시….'

새로운 골든 프린트는 현장에서 봤던 금빛 실루엣과 비슷하면서도, 확연하게 다른 형태를 가지고 있었다. 그리고 결정적으로 그 위에 우진이 펜대를 놀릴 때마다, 조금씩 그 형태가 계속해서 변하였다. 현장에 떠 올라있던 골든 프린트가 그저 현시점에서 떨어져 내리는 빛에 대한 정보를 주는 것이었다면 우진이 그린 도면에 새롭게 나타난 골든 프린트는, 그의 설계가 바뀔 때마다 그 설계를 실시간으로 반영해 주고 있었던 것이다. 거의 한 시간 동안 도면을 고쳐 그리며 골든 프린트의 변화를 연구한 우진은 이에 대해 확신을 얻을 수 있었다.

'이거… 대박이네.'

사실 건축에서 빛에 대한 정보는, 위도에 대한 정보와 치밀한 계산이 전제된다면 거의 확실하게 구해낼 수 있는 부분이다. 하지만 그러한 정보를 얻어내기 위해 따로 프로그램을 만들지 않고서는, 이렇게 실시간 설계에 따른 빛의 움직임을 곧바로 알아낼 수 있는 방법은 없다. 그래서 우진은 점점 더 설레기 시작했다.

'이번 골든 프린트를 어떻게 활용해야 할지, 이제 좀 알 것 같기도 하네.'

이 골든 프린트라는 특별한 무기에 최근 우진이 꽂혀있는 패러메트릭 디자인을 잘 접목시킨다면 정말 기상천외한 설계를 뽑아낼 수도 있겠다는 생각이 든 것.

'시간에 따라 빛이 들어서는 정확한 위치가 계산된다면, 그 빛을 따라 인터렉티브(Interactive)하게 변하는 패턴을 집어넣을 수도 있을 테고… 이거 점점 더 욕심이 커지는데?'

순간적으로 머릿속에 떠오른 수많은 상상들에, 우진은 저도 모르는 사이 마른침을 꿀꺽 집어삼켰다.

'아니면 골든 프린트가 주는 이 힌트를 아예 알고리즘으로 짜서, 꼭 이번 사옥설계뿐 아니라 패러필드의 파빌리온에도 접목시킬 수 있다면….'

파빌리온에 적용했던 우진의 기존 디자인 또한, 브루노가 설계한 빛의 흐름을 패러메트릭 디자인에 접목시킨 것이었다. 하지만 그것은 정확한 계산에 의거한 것이 아닌, 비교적 추상적인 것. 그런데 그 추상적이었던 것이 완벽한 계산에 의해 다시 설계되고, 그래서 실제로 완공되었을 때, 깔끔하게 맞아떨어지는 그림을 연출해낼 수 있게 된다면?

우진의 시선이 달력을 향했다. 패러필드의 파빌리온을 설계 중인 이 시점에 빛과 관련된 골든 프린트가 떠올랐다는 것이, 이제 무척이나 공교롭게 느껴졌다.

'그래, 골든 프린트가 어떤 이유로 내게 온 건지는 모르겠지만, 이걸 어디까지 어떻게 써먹느냐는 내 자유지.'

우진의 욕심은 언제나처럼 골든 프린트를 그저 사용하는 데서 끝나지 않았다. 이것을 완전히 자신의 것으로 소화해내는 것, 그것이 우진의 최종적인 목표라고 할 수 있었다.

딸깍-

컴퓨터의 전원을 누른 우진은 두세 장의 도면만을 남겨놓은 뒤 책상을 정리하여 한쪽으로 치웠다. 그리고 누군가에게 전화를 걸며, 3D프로그램을 부팅하였다.

"석구, 바쁘냐?"

[조금?]

"뭐 하는데?"

[지금 SH물산 사업장 쪽 발주 나갈 모형 최종점검 중이야.]

"그거 끝나면 대표실로 좀 와줘."

[무슨 일인데?]

"중요한 일이야. 그러니까 가능한 오전 중으로."

[오케이. 알겠어.]

석현과의 전화를 끊은 우진은 이번에는 달력을 열어 이것저것 메모하기 시작하였다. 그렇게 다소 두루뭉술하던 우진의 계획이, 빠르게 구체화되고 있었다.

— * —

기말고사가 끝났다. 다사다난했던 우진의 2학년 1학기도 마무리되었다. 그리고 우진의 노트북 스크린에 떠올라 있는 성적표는, 여느 때와 마찬가지로 아주 극단적이었다. A+와 F가 혼재되어 있는, 그야말로 기상천외한 성적표. 그것을 옆에서 구경하던 소연이, 혀를 내두르며 입을 열었다.

"아니, 오빠. 출석만 하면 B는 주는 수업을 재수강을 받으면 어떡해?"

"그러게."

"C, D가 하나도 없는데, 학점이 3도 안 되는 성적표는 처음 봐."

"나도 그래."

쓸쓸한 표정으로 대답하는 우진의 옆에서, 이번에는 제이든이 길길이 날뛰기 시작하였다.

"Bloody Hell! 우진의 디공디 학점이 A+라니. 말도 안 돼. 믿을 수 없어."

"제이든 너는 A+이 안 되나 보지?"

"제기랄, 그렇지 않아. 제이든은 분명히 우진보다 더 뛰어났으니까."

"그래서 디공디 성적이 뭔데?"

"비밀이야."

"A+ 미만이 아니라면, 그게 곧 A+이라는 말 아냐? 다 말해놓고 비밀이라니."

"그렇지 않아, 우진."

"뭐라는 거야."

"아무튼, 제이든은 최고거든."

"…"

우진은 사실 제이든을 놀릴 강력한 무기를 하나 가지고 있었다.

'선빈이도 A+던데. 얘기해주면 상처받겠지?'

제이든은 우진을 제외하면 A+가 없을 것이라 생각하고 있었지만, 사실 선빈의 디공디 성적도 A+이었으니 말이다. 그리고 지금 제이든의 반응을 보니, 그의 성적은 아마 A0 또는 A-정도일 터. 최종 과제에서 비주얼 스크립트의 알고리즘을 활용하지 않은 것이, 약간의 감점 요소가 된 모양이었다.

'그러게, 하기 싫어도 그래스하퍼 공부 좀 하지.'

하지만 제이든의 여린 마음을 보호해주는 차원에서, 이번에는 관대하게 참아주기로 하였다.

"제이든의 학점은 무려 4.1이야. 우진과는 비교도 되지 않지."

"좋겠네."

"운 좋게 디공디는 A+을 받았지만, 역시 제이든을 이길 수 없다는 걸 잘 알았겠지?"

"그러게."

어쩌면 그것은, 단순히 제이든의 시끄러운 목소리로부터 고막을 보호하기 위한 선택이었을지도 몰랐지만 말이다.

"뭐, 그래도 학고(학사경고)는 면했으니까. 이거면 만족!"

근질거리는 입을 가까스로 다문 우진이 노트북을 덮고 자리에서 일어섰다. 그러자 방금 전까지도 투덜거리고 있던 제이든이 따라 일어서며 우진에게 물었다.

"우진, 오늘 저녁은 치킨 어때. 살 없는 치킨이 먹고 싶어."

"뼈 없는 치킨이겠지."

"젠장, 우진은 좀 더 관대해질 필요가 있어."

"내가 여기서 더 관대해지려면, 아마 디자이너가 아니라 성직자가 돼야 할 거야."

이어지는 제이든의 헛소리를 무시한 우진이, 잠시 시계를 확인해보았다.

'교수님 만나 뵙고 오면, 대충 시간이 맞을 것 같기도 하고….'

조운찬 교수와의 약속이 있어 저녁 식사를 거절하려 했는데, 생각해보니 시간상 괜찮을 것 같았던 것이다.

"나 그럼 교수님 뵙고 올 테니까, 저녁은 6시 반쯤 먹는 게 어때."

대답은 소연이 먼저 했다.

"좋아, 나도 그때까지 영디과 친구 좀 만나고 오지, 뭐."

이번에는 제이든이 물었다.

"메뉴는?"

"음… 살 없는 치킨만 아니면 될 것 같아, 제이든."

"Bloody Hell!"

노트북을 정리해서 주섬주섬 가방에 넣은 우진은 늘어났던 짐들을 정리한 뒤 2학년 과실을 나섰다. 그리고 우진의 걸음은 점점 더 빨라졌다. 교수실이 과실에서 그리 멀리 떨어져 있지는 않았지만, 약속 시간까지 이제 오 분도 채 남지 않았으니 말이다.

'교수님보다는 먼저 가 있어야지.'

하지만 이때만 해도 우진이 알 수 없는 사실이 하나 있었다. 오늘의 약속에는, 생각지도 못했던 한 명의 손님이 더 올 예정이었으니 말이다.

흐름을 타다

조운찬 교수의 교수실로 가는 길, 우진은 꽤 기대감 어린 표정이었다.

'선물이라는 게 대체 뭘까?'

바쁜 탓에 잊고 있었던 조운찬과의 대화가, 약속 시간이 다가오자 문득 떠오른 것이다.

[그날은 어지간하면 꼭 시간 내서 와라, 우진아.]

[예, 뭐… 시간이야 미리 빼놓으면 되니까요. 그런데 무슨 일 있으세요?]

[무슨 일이 있다기보단, 우진이 네게 괜찮은 선물을 줄 수 있을 것 같거든.]

[오, 선물이라니. 기대되네요.]

생각해보면 며칠 전에 있었던 갑작스런 조운찬 교수의 호출은 꽤 뜬금없는 것이었다. 따로 호출이 아니더라도 패러메트릭 디자인에 대한 공부 때문에 조운찬 교수의 교수실을 이미 뻔질나게 드나들고 있던 우진이었으니 조운찬이 굳이 날짜와 시간을 정해서 따로 그를 부를 이유는 없었던 것이다.

'그때는 별생각 없었는데⋯ 진짜 오늘 뭐라도 있는 건가?'

그래서 조운찬 교수의 교수실 앞에 도착한 우진은 조금 기대하는 마음으로 문을 두들겼다. 선물이 얼마나 좋은 것일지에 대한 기대보다는, 어떤 종류의 것인지가 더 궁금하다고 해야 할까.

똑똑-

이어서 안으로 들어가자, 언제나 그랬듯 조교가 먼저 우진을 맞아주었다.

"우진이구나."

"네, 형."

"교수님 안에 계셔. 이거 음료수 한잔 들고 들어가라."

"감사합니다."

우진은 조운찬 교수가 주겠다는 선물을, 비주얼 스크립트 알고리즘과 관련된 책자나 프로그램이 아닐까 생각하였다. 그런 것이라면 확실히, 조운찬이 선물이라고 얘기할 만했으니까. 하지만 두런두런 대화 소리가 들리는 접견실에 들어선 순간⋯.

"네, 교수님. 하하."

"오 과장님은 잘 계시죠?"

"오 과장님이라면⋯."

"왜, 그때 제 설계 발주 담당해주셨던 분 있잖습니까."

"아아!"

"그분 못 뵌 지가 오래된 것 같아서 말이죠."

"그럼요. 아주 잘 계시죠, 우리 오 과장님."

우진은 적잖이 놀랄 수밖에 없었다.

'음? 사람이 한 명 더 있잖아?'

당연히 조운찬 한 사람만 기다리고 있을 줄 알았던 접견실 안에서, 두런두런 이야기 소리가 새어 나왔으니 말이다. 심지어 그 대화 내용 속에는….

"하하, 저희 SH물산이야 항상 교수님께 감사드리고 있습니다."

"그렇게 생각해주시니 아주 뿌듯하네요."

정말 의외의 단어도 포함되어 있었다.

'SH물산이라고?'

그래서 안쪽으로 걸어 들어가는 동안, 우진은 귀를 더 쫑긋 세웠다.

"솔직히 교수님께서 합류 안 해주셨으면, DDP 쪽도 아직 난항이었을 겁니다."

"거기야 애초에 SH물산의 기술력이 아니었다면, 국내에선 시공이 불가능한 건물이었지요."

"하하 그런가요?"

정확히 누군지는 알 수 없지만, SH물산의 직원이면서 DDP시공 파트 쪽의 관계자인 듯 보이는 의문의 목소리.

'혹시….'

접견실의 문고리를 잡은 우진은 두근거리기 시작했다. 왠지 조운찬의 '선물'이라는 게 뭔지, 알 것만 같았으니 말이다.

딸깍-

문을 열고 들어간 우진이 밝게 웃으며 인사하였다.

"교수님, 저 왔습니다."

— * —

국내의 메이저 건설사들 중, 우진과 가장 밀접한 관계를 맺고 있는 건설사는 단연 천웅건설이다. 사실상 지금의 우진이 있을 수 있었던 데에 천웅과 박경완의 도움이 지대했으니, 이것은 너무 당연한 사실. 하지만 그렇다고 해서 우진이, 장기적으로 천웅하고만 밀접한 관계를 맺을 필요는 없다. 천웅에서 그걸 원하는 것도 아니었고 말이다.

'물론 앞으로도 가장 긴밀하게 협력할 회사는 천웅이겠지만….'

그래서 우진은 이제 슬슬 다른 건설사 몇 곳과도 거래를 트기 시작하는 중이었다. 그중에서 우진이 가장 탐나던 곳이 바로 SH건설. 그 이유는 간단했다. 다른 건설사의 경우 천웅이 할 수 없는 특별한 무언가를 갖고 있지는 않았지만, SH건설은 꽤나 특별했으니까. SH건설은 지금 우진이 추구하는 디지털 건축의 방향성과 어떤 의미에서 가장 어울리는 방향성을 추구하는 회사였다.

'기술력만큼은 국내에서 여길 따라올 건설사가 없지.'

우진의 전생에서도 SH건설은 세계적으로 가장 뛰어난 첨단 건축기술을 갖추게 되는 회사였다. 반도체 등 첨단기술 측면에서 이미 세계적인 기술력을 갖춘 SH전자가 그룹을 이끄는 주력 대기업인 SH그룹의 특성상, 어쩌면 너무 당연한 미래이기도 했다.

'그런 의미에서 이건… 진짜 생각지도 못했던 선물인데?'

우진이 눈앞에 앉아있는 깔끔한 외모의 남자를 살짝 응시했다. 포마드로 딱 붙여 올린 헤어스타일에 세련된 동그란 뿔테안경. 서글서글한 눈매와 날카로운 콧대를 가진, 30대 후반 정도로 보이는 사내. 우진이 받아 든 그의 명함에는, 다음과 같이 적혀 있었다.

[SH물산 건설 부문]

[첨단기술사업부]

[시공파트장 임강석]

건설사마다 조직도가 전부 다르고, 우진이 그것을 전부 꿰고 있는 것은 아니다. 하지만 이 명함 한 장과 몇 가지 정황으로 우진은 대략 이 사람이 지금 어디에서 일하는 사람인지 추측해낼 수 있었다.

'DDP 시공현장에서, 패브리케이션 시공 디렉팅을 담당하는 사람인 것 같은데….'

동대문 디자인 플라자의 약자인 DDP. 세계적인 건축가 자하 하디드의 작품인 DDP는, 같은 크기와 모양이 단 하나도 없는 수많은 철제 패널들로 외관이 마감되어 있다. 이것은 도저히 2차원 도면과 설계기법으로 시공해낼 수 없는 구조였는데, 여기서 3D툴을 통해 3차원 설계도면을 만들어낸 사람이 바로 조운찬이었으며 그 설계를 시공해낸 업체가 바로 SH물산이었다. 그리고 우진의 추측상 오늘 처음 본 이 남자가, SH물산 쪽에서 직접적으로 조운찬과 함께 실무를 담당하는 중요한 실무진 중 한 명일 것이었다.

"반갑습니다, 서 대표님. 조운찬 교수님께 이미 이야기는 많이 들었습니다."

"이거 쑥스럽습니다. WJ 스튜디오 대표 서우진이라고 합니다."

우진은 임강석의 명함을 품속에 갈무리해 넣으며, 그와 동시에 자신의 명함을 건네주었다. 그것을 받아 든 임강석이 기분 좋게 웃으며 다시 입을 열었다.

"이거 유명인을 이렇게 다 뵙게 되고, 정말 영광입니다."

"영광이라니요, 그렇게 비행기 태워주실 필요는…."

"제가 〈우리 집에 왜 왔니〉도 정말 열심히 챙겨 봤었거든요."

"하하, 감사합니다."

"서 대표님은 한번 꼭 뵙고 싶었습니다. 젊으신 나이에 이렇게까지 업계에 큰 영향력을 주신 분은, 지금껏 본 적이 없으니까요."

날카로운 첫인상과 다르게, 임강석은 호쾌한 웃음을 지으며 우진과 악수를 나누었다. 첫 만남이라 우진을 향한 그의 말에 어느 정도 겉치레가 담겨있긴 하겠지만, 그래도 우진을 만나보고 싶었다는 말만큼은 진심인 듯 보였다. 악수를 나눈 뒤 자리에 앉은 우진이, 이번에는 반대로 강석을 향해 궁금한 것을 물어보았다.

"SH물산 첨단기술사업부시면… 혹시 DDP 현장 쪽에서 실무를 담당하시나요?"

"예리하십니다. 바로 맞추시네요."

"아무래도 교수님과 SH물산의 연결고리는, DDP뿐이니까요."

살짝 놀란 표정이 되었던 임강석은 곧 다시 웃으며 말을 이었다. 화기애애한 분위기속에서 먼저 나온 대화 주제들은, 가벼운 일상적인 이야기부터 시작해서 최근 있었던 프로젝트들에 대한 이야기. 아무래도 우진의 전적이 화려하다 보니, 우진과 관련된 이야기들이 주를 이룰 수밖에 없었다.

"서 대표님, 혹시 그거 아십니까?"

"네? 어떤….'"

"선영아파트 시공사 총회 때 말입니다."

"아…?"

"저희 설계안 발표했던 SH건설 담당자가, 제 한 기수 선배님이시거든요."

"헛, 그렇습니까."

"그때 서 대표님 덕에 감봉 당하실 뻔하셨죠."

"아앗⋯."

"뭐, 이미 지난 일입니다. 선배님도 사실 그때 서 대표님 발표 보고, 패배를 직감하셨다고 하더라고요."

"운이 좋았죠, 뭐."

"그걸 운으로 할 수 있는 사람은 업계에 없을 겁니다. 하하."

업계의 실무자라서 그런지, 강석은 생각보다 우진의 행보에 대해 많은 것들을 알고 있었다. SH물산이 참여했던 선영아파트의 수주전은 물론 왕십리 패러필드와 관련된 스토리부터 시작해서 브루노와 우진의 관계까지. 그래서 우진은 한편으로 신기한 기분이 들었지만, 그래도 고무적인 마음이 가장 컸다.

'뭔가 뿌듯하네.'

대기업 SH건설에서 파트장쯤 되는 직책의 인물이 자신에 대해 이렇게 잘 알고 있다는 사실은, 그만큼 우진이 굵직한 일들을 해왔다는 방증이었으니 말이다.

"하하, 제 제자지만, 사실 제자라고 어디 말하고 다니기도 민망한 친굽니다."

"제가 교수님 같아도 그러겠습니다. 서우진 대표님 정도 되는 입지를 가진 사람이 대학생이라는 것부터가, 사실 너무 아이러니한 일 아니겠습니까?"

"흐흐. 어디서 이런 친구가 튀어나왔는지."

"오늘 두 분께서 너무 얼굴에 금칠을 해주셔서⋯ 정말 몸 둘 바를 모르겠군요."

하지만 기분이 좋은 것과 별개로 조운찬 교수가 이 자리를 마련해준 것이, 이렇게 칭찬이나 듣고 가라는 의도는 아니었을 터. 그는 분명 우진에게 선물을 준비했다고 말했고, 때문에 우진이 이 자리에서 임강석이라는 인맥을 얻어가길 바랬을 것이었다.

정확히는 임강석을 통해서 WJ 스튜디오가 SH물산과의 친분을 만들어내고 그것으로 우진이 추구하는 디지털 건축에 더 쉽고 빠르게 다가갈 지름길을 개척해내길 바랐을 것이다. 우진은 조운찬의 그 마음을 잘 알았기에, 그에게 무척이나 고마웠다.

'교수님께서 이렇게까지 떠 먹여주시는데, 못 받아먹으면 바보겠지.'

임강석과 대화해보면 해볼수록, 우진은 조운찬의 배려를 느낄 수 있었다. 그간 조운찬이 DDP 쪽 일을 하면서 임강석과 사적인 이야기를 할 수 있는 기회가 있을 때마다, 우진의 얘기를 빼놓지 않고 어필한 것이 느껴진 것이다. 그래서 우진은 부담되지 않을 정도로 조금씩 일적인 이야기를 툭툭 던지기 시작했다. 임강석이 충분히 흥미를 가질 만한 주제를 자연스럽게 이야기하면서 말이다.

"이번에 제가 진행 중인 프로젝트도, 파트장님께서 꽤 관심 가지실 만한 분야겠네요."

"오호, 그렇습니까?"

"DDP에 비교하면 보잘것없는 규모기는 하지만, 제가 이번에 파빌리온을 하나 디자인하고 있거든요."

"파빌리온이라면…."

"그 왕십리에 브루노가 설계 중인 패러필드 있잖습니까?"

"네, 잘 알지요."

"거기 메인 로비에 들어갈 파빌리온을, 저희 회사에서 지금 디자인 중입니다."

부서 자체가 디지털 건축 쪽에 밀접한 관련이 있기 때문인지, 우진이 이야기하는 패러메트릭 디자인에 처음부터 크게 관심 있던 임강석.

"오…! 거기에 조 교수님과 연구하신 패러메트릭 디자인을 처음 적용하시는 겁니까?"

"바로 그렇습니다. 디자인은 이미 거의 픽스되었고, 패브리케이션을 위한 솔루션을 뽑아내는 작업에 한창이지요."

우진은 그에게 자신의 디자인 방향성에 대해 어필하였고, 그것으로 한 가지 기회를 만들어내었다.

"다음에 제게 한 번 디자인을 보여주실 수 있겠습니까?"

"물론입니다. 완공되면 가장 먼저 파트장님을 초대해드리겠습니다."

우진의 디자인적 역량과 가능성을, 그에게 제대로 어필할 수 있는 기회.

"아아, 완공 이후에야 제가 언제든 찾아가면 되지 않습니까."

"그렇다면…."

"혹시 렌더링 컷이 미리 나온다면, 한번 구경해보고 싶어서 말이지요."

반짝이는 강석의 눈을 보며, 우진은 직감하였다.

'좋아…!'

WJ 스튜디오를 또 한 번 크게 성장시킬 수 있을 만큼 커다란 흐름. 그 큰 흐름 위에 올라탈 수 있는 기회가, 눈앞에 나타났다는 사실을 말이다.

— * —

만류귀종(萬流歸宗)이라는 말이 있다. 모든 흐름은 결국, 하나로

314

통일된다는 말. 지금 우진의 상황이 그러했다. 패러필드에 설치할 파빌리온 디자인부터 시작해서, 성수동에 새로 짓게 될 WJ 스튜디오의 신사옥. 그리고 오늘 조운찬 교수를 통해 얻게 된, SH물산의 첨단기술사업부 인맥.

마지막으로 아직 우진은 알지 못하지만, 브루노와의 통화 이후 한국행 비행기 표를 끊은 스페인의 건축가 마테오까지. 이 모든 것은 완전히 별개의 일들이었으며 표면적으로 보기에도 연관성 없어 보이는 독립적인 사건이었지만, 결국 우진이 지향하는 하나의 방향성 안에서 같은 흐름으로 이어지고 있었다.

세계적으로 디지털 건축에 대한 관심이 높아지는 이 시점에, 우진은 자신의 건축 디자인 색깔을 그 안에서 만들어가기 시작했고, 그렇게 결국 하나의 방향으로 길이 만들어진 것이다. 그래서 우진은 운이 좋다고 생각했다.

'이렇게까지 잘 풀릴 줄은….'

물론 우진의 생각과 달리 이 중에는 그 어느 것 하나 운만으로 이뤄진 일이 없었지만 말이다.

첫째로 우진이 청담 선영의 수주전을 성공적으로 이끌어내고 나아가 투자를 성공시켜내지 못했더라면 이렇게 신사옥을 지을 부지를 매입할 수 없었을 것이다. 청담 클리오 써밋의 설계대금이 기본적으로 WJ 스튜디오를 급성장시킬 수 있는 밑거름이 되어주었으며 그 돈을 다시 투자하여 배 이상 불려냈기 때문에 수십억 이상이 필요한 사옥신축을 계획할 수 있었던 것이니까.

두 번째로 우진이 미래의 지식과 열정으로 패러마운트사의 로비를 밝혀내지 않았더라면, 파빌리온을 디자인하는 일 또한 없었을 것이다. 또 브루노에게 이렇게까지는 신임을 얻어내지 못했을 것이며, 그랬더라면 브루노는 마테오에게 우진을 소개시켜주지 않았을 것이다.

마지막으로 우진이 자신의 열정과 가능성을 적극적으로 조운찬에게 보여주지 않았더라면, 오늘 있었던 SH건설 임강석과의 만남도 없었을 것이다. 아무리 조운찬이 제자인 우진을 아낀다고 하여도, 일개 학부생에게 SH물산이라는 대기업을 연결해줄 수는 없었을 테니 말이다. 이렇게 우진이 해왔던 모든 일들은, 결국 그가 추구하는 하나의 방향으로 자연스럽게 흘러왔다고 할 수 있었다.

'임강석과 SH건설이라… 이쪽에서 3차원 도면으로 설계된 비정형 건축에 대한 시공이 해결된다면, 디지털 건축을 추구하는 입장에서 이보다 더 든든한 지원군은 없겠지.'

당장 우진이 진행 중인 모든 프로젝트에, 큰 힘이 되어줄 게 분명한 SH물산의 기술력. 물론 오늘 한 번 본 것으로 임강석이 우진의 인맥이 된 것은 아니겠지만, 일단 물꼬를 튼 이상 우진은 자신이 있었다. 이 또한 서우진이라는 디자이너와 WJ 스튜디오의 성장에 밑거름이 될, 하나의 포석으로 만들 자신 말이다.

[그럼 기다리고 있겠습니다, 대표님.]
[이거… 작업물 받아보시고 실망하실지도 모르겠는데요.]
[하하, 글쎄요. 조운찬 교수님께 들은 이야기대로라면, 제가 실망할 일은 아마 없지 싶은데 말입니다.]

임강석과 마지막으로 나눴던 대화를 떠올린 우진의 입에서, 기분 좋은 웃음이 새어 나왔다. SH건설의 시공관계자 임강석은 우진의 작품을 진심으로 기대하는 눈치였다. 그 자체가 원래 디지털 건축 분야에 관심이 많은 사람이기도 했지만, 사업부의 입장에서도 우진과 같은 가능성 넘치는 인재를 알아두는 것이 나쁠 리 없었던 것이다.

그래서 우진은 오늘 저녁 식사라도 함께하지 못한 것이 아쉬웠다. 제이든, 소연과 선약이 있는 우진과 마찬가지로, 조운찬 교수와 임강석도 선약이 있었다. 정확히는 오늘 조운찬이, SH건설의 실무진들과 현장 점검 이후 회식 약속이 잡혀 있었고 아무리 우진이 뛰어난 인재이며 조운찬의 제자라고 한들, 그 자리에 덜컥 끼어들 수는 없는 노릇이었다.

'그 회식 일정 덕분에 임강석이라는 사람이 오늘 학교에 방문했던 거라니… 더 아쉬워할 필욘 없겠지.'

소연, 제이든과 함께 순살치킨을 시켜 맛있게 저녁을 해결한 우진은 아주 기분 좋게 집으로 귀가했다. 예상치 못했던 조운찬의 선물 덕에 아주 만족스러운 하루를 보낸 우진이었다.

—— * ——

임강석과의 만남이 있었던 뒤로, 또 일주일 정도가 빠르게 지나갔다. 그동안 우진은 파빌리온의 디자인과 설계에도 꽤 많은 시간을 투자했지만, 그래도 가장 많은 시간을 할애한 것은 바로 WJ 스튜디오 신사옥의 디자인과 설계였다. 물론 파빌리온도 일정이 그렇게 넉넉한 상황은 아니다. 다만 WJ 스튜디오의 신사옥이, 당장

8월 말, 9월 초 정도에 착공 일정이 잡혀 있을 뿐이었다.

적어도 7월 중순 안으로 기본설계는 끝나야, 8월까지 실시설계를 마무리하고, 늦더라도 9월 초에 착공이 시작될 수 있을 터였다. 그래서 오늘도 우진은 대표실에서 머리를 끙끙 싸매며 프로그램을 만지작거리고 있었다. 지난달부터 우진의 옆에 붙어서, 비주얼 스크립트 알고리즘 제작을 담당 중인 석현과 함께 말이다.

"흐으… 조금만 더 하면 될 것 같은데…."

어떤 분야든 마찬가지겠지만 특히 '디자인'은, 많은 노력과 열정을 투여할수록 더 큰 욕심이 생길 수밖에 없는 분야다. 그리고 디자인에 대한 욕심이라면 누구에게도 지지 않을 우진이 자신의 첫 번째 사옥을 설계하고 있었으니 쉽게 결론이 난다면 그게 더 이상한 일일 것이었다.

"우진아, 네가 원하는 파노라마 패턴을 완성시키려면, 결국 2층, 3층 평면의 일부를 포기해야 해."

"1층 층고를 아무리 높여도, 천장을 뚫지 않고는 각도가 안 나오겠지?"

"그렇다니까."

"연면적에서 손해를 좀 보더라도, 역시 디자인 콘셉트를 더 살리는 게 맞겠네."

"난 그렇게 생각해. 면적 줄었다고 뭐라고 할 클라이언트가 있는 것도 아니고, 우리 회사 사옥이잖아? 뭐 줄어든 면적만큼 임대수입이야 줄어들겠지만…."

석현과 얘기하던 우진이, 펜을 빙그르르 돌리며 피식 웃었다.

"줄어든 임대수입만큼 석구가 더 열일해서 벌어다 주겠지, 뭐."

"아 뉘, 대표님 이거 너무하시는 것 아닙니까?"

서로 마주 보며 한 차례 낄낄거리며 웃은 두 사람은 다시 작업에 집중하기 시작했다. 얼추 윤곽이 나오기 시작한 사옥의 디자인을 보고 있자면, 벌써부터 뿌듯한 기분이 드는 우진이었다.

'입구부터 시작해서 로비, 그리고 계단실까지. 이런 모양으로 창이 뚫리면, 유저 동선에 따라서 시시각각 변하는 인터렉티브한 패턴이 만들어질 수 있을 거야.'

우진은 자신의 손에 들려있는 설계도를 보며, 문득 신기하다는 생각을 했다. 처음 골든 프린트를 연구하고 그 비밀을 알아낸 뒤, 옐로페이퍼에 그려냈던 아이디어스케치와는 확연히 달라진 파사드의 디자인. 디자인은 마치 살아 숨 쉬는 생명체처럼, 일정 부분을 구체화 시킬 때마다 또 새로운 가능성과 여지를 만들어내었고 설계가 7할 이상 완성된 오늘까지도, 조금씩 조금씩 변하고 있었다.

처음에는 단순히 창을 통해 실내에 떨어져 내리는 빛을 가지고 패러메트릭 디자인을 활용한 빛의 패턴을 만들 생각이었는데 거기에 '시간'이라는 개념이 추가되었고, 나아가 '동선'이라는 개념이 또 추가되었다. 시간에 따라 달라지는 채광의 방향, 유저의 위치에 따라 다르게 보일 패턴의 모양.

이 요소들까지 전부 어우러져, 가변적인 패턴을 만들어내는 특별한 설계로 진화한 것이다. 이런 복잡한 설계는 사실 골든 프린트라는 우진만의 사기적인 무기와 석현이라는 천재적인 조력자가 있었기에 가능했던 것이지만, 그 이전에 우진이 가진 특별한 디자인 철학과 공간에 대한 상상력이 있었기에 시작될 수 있었던 것이기도 하였다.

'빨리 다 지어서 완공된 모습을 보고 싶네.'

그런데 우진이 이런 생각들을 떠올리고 있었을 때, 한참 마우스를 딸깍이던 석현이 문득 우진을 다시 불렀다.

"근데, 우진아."

"응?"

"이거 네가 얘기한 대로 정확하게 외벽에 창을 만들 수 있긴 할 것 같은데…."

"그런데?"

"정말 이렇게 창을 뚫으면, 네가 말한 대로 정확히 그 위치에 빛의 패턴이 만들어질까?"

석현의 물음에, 우진이 의아한 표정으로 되물었다.

"알고리즘으로 계산한 거잖아. 정확한 거 아냐?"

석현이 고개를 끄덕이며 다시 말을 이었다.

"계산이야 정확하지만, 그 전에 두 가지가 전제돼야 해."

"그게 뭔데?"

"우리 사옥이 지어질 위치의 위도와 경도가 정확하다는 것. 그리고 주변 지형지물이라는 변수가 네가 설계한 빛의 흐름을 방해하지 않을 것."

"아하."

"아무리 설계를 잘해놔도, 애초에 다른 지형지물에 가려서 빛이 들어오지 않으면 말짱 도루묵이잖아."

석현의 말은 일리가 있는 것이었다. 아무리 현장을 유심히 관찰하고 치밀하게 알고리즘을 짠다고 하더라도 정확히 우진이 의도한 대로 건축되기에는, 변수가 너무 많았으니 말이다. 일단 석현이 말한 변수 중 하나인 지형지물부터가 실제로 건축이 올라가기 전에 완벽하게 고려하기 힘든 부분인 게 사실. 물론 석현이 골든 프린트의 존재를 모르기 때문에 하게 되는 걱정이었지만 말이다. 그래서 우진은 선의의 거짓말을 할 수밖에 없었다. 걱정이 많은 석현을 안심시키기 위해서 말이다.

"현장에서 직접 실측 수도 없이 한 거니까, 걱정하지 말고 만들어줘."

"조금이라도 각도가 어긋나면 패턴 찌그러지는 거 알지?"

"글쎄, 안다니까"

"시공도 걱정이네."

"현장에 내가 매일 나가볼 거니까 걱정하지 마셔."

"휴우, 알겠어."

하루가 지나고 이틀이 또 지났다. 석현과 우진은 계속해서 의견을 조율하며 설계를 수정하고 발전시켜 나갔다. 그 과정에서 골든 프린트의 존재를 모르는 석현은, 우진의 정확한 계산에 여러 번 놀라야 했고 말이다.

"와 씨, 진짜 네 말 대로네?"

"그렇지?"

"서우진 공간지각능력 미쳤네. 이걸 눈으로 보는 것만으로 계산해서 맞춘다고?"

"정확한 계산까진 아니고, 감이지. 감."

"뭐가 됐든!"

그때마다 우진은 멋쩍은 표정으로 뒷머리를 긁적여야 했다. 골든 프린트가 알려준 솔루션을 석현에게 납득시키려면, 그때마다 천재인 척해야 했으니 말이다. 시간 낭비 없이 완벽한 설계를 뽑아내기 위해서 필연적인 과정이었지만, 조금 부끄러운 건 어쩔 수 없었다.

'좋은 게 좋은 거지 뭐.'

이런 과정들 속에서 두 사람이 얻은 것은, 그저 사옥 설계도면이 완성되는 것뿐만이 아니었다. 알고리즘을 활용한 실제적인 설계는 두 사람 모두 처음이다 보니, 이 설계 과정에서 수많은 노하우가 쌓인 것이다. 하여 이렇게 일주일 정도가 더 지났을까?

[2011년 7월 21일 목요일.]

드디어 WJ 스튜디오 신사옥의 기본설계가 완성되었다. 그리고 기본설계가 완벽하게 나왔다는 것은, 완공됐을 때 사옥이 어떤 모습일지 투시도를 정확하게 뽑아볼 수 있다는 의미이기도 했다.

"자, 이거 최종파일이다."

"오케이. 이거로 렌더 뽑아볼게."

"으, 진짜 그림 어떻게 나올지 기대되네."

"아무리 렌더를 잘해도, 실제 시공된 거랑은 차이가 있을 수밖에 없어. 알지?"

"내가 무슨 바보냐?"

그래서 최종적으로 만들어진 모델링 파일을 렌더링 프로그램으로 옮긴 우진은 구조물 하나하나에 생각해뒀던 재질을 꼼꼼하게 맵핑하기 시작했다. 그리고 모든 맵핑 작업이 끝난 뒤 우진은 대표실 컴퓨터에 맵핑된 파일을 띄워서, 렌더링 버튼을 클릭하였다.

딸깍-

[Rendering….]

하지만 두 사람이 그 즉시 렌더 컷을 볼 수 있는 것은 아니었다.

"이거 얼마나 걸려, 우진?"

"글쎄, 꽤 오래 걸릴걸? 최소 다섯 시간?"

"뭐라고? 네 컴퓨터 그래픽카드 좋잖아."

"그래도, 설정을 워낙 세게 때려 박아놔서…."

우진이 설계한 건축물은 빛의 세심한 움직임 하나하나가 아주 중요한 디자인이었고, 때문에 컴퓨터가 그 모든 빛의 설정을 계산해서 렌더컷을 뽑아내는 데까지는 오랜 시간이 필요했던 것이다.

"일단 오늘은 퇴근하자. 내일 아침에 출근하면 완성되어 있겠지 뭐."

"그래. 지금이 일곱 신데, 열두 시까지 기다릴 수는 없겠지."

"열두 시에 다 된다는 보장도 없어."

그래서 두 사람은 우진의 컴퓨터를 그대로 켜둔 채, 대표실 불을 끄고 일단 퇴근하였다. 이제 둘이 퇴근하여 재충전의 시간을 갖는 동안, 우진의 컴퓨터가 열심히 일해 줄 것이었다.

우-우-우-웅-

우진과 석현이 떠난 자리. 열심히 돌아가는 쿨러도 소용없을 만큼, 뜨거운 열기를 뿜어내는 우진의 컴퓨터. 그리고 그렇게 밤이 깊어갈 즈음, 대표실에 울려 퍼지던 요란한 소리가 이내 조용히 잦아들었다.

위이이잉- 툭-

또, 그와 동시에….

스하아아아-!

우진의 책상 위에 펼쳐져 있던 도면 위에서, 황금빛 아지랑이가 모니터 안으로 빨려 들어가기 시작하였다.

좋은 사람들

다음 날 출근한 우진의 눈에 가장 먼저 들어온 것은, 대표실 책상 위에 놓아두었던 설계도면이었다. 정확히는 최근 그 설계도면 위에 항상 떠올라 있었던, 우진의 조력자인 골든 프린트. 당연히 책상 위에서 빛나고 있을 줄 알았던 골든 프린트가, 거짓말처럼 자취를 감췄던 것이다.

'골든 프린트가… 사라졌어?'

그래서 의아해진 우진은 다른 도면들도 살펴보았지만, 그 어디에서도 골든 프린트는 찾을 수 없었다. 더욱 의아한 것은, 출근길에 지나온 현장에는 여전히 골든 프린트가 빛나고 있었다는 점.

"흠."

하지만 의문도 거기까지일 뿐, 우진은 더 이상 개의치 않았다. 어차피 어제부로 설계는 완벽하게 마무리되었고, 이제 남은 것은 시공뿐이었으니까. 현장의 골든 프린트는 왜 남아있는지 모르겠지만, 사실 이제 골든 프린트로부터 뽑아먹을 것은 전부 뽑아먹었다고 생각한 우진이었다. 그래서 우진의 관심은 곧, 절전상태가 되어 꺼져 있는 모니터를 향해 옮겨갔다. 까만 모니터가 켜지면, 그 안에 완성되어있을 WJ 스튜디오 신사옥의 3D 렌더링 투시도.

'잘 뽑혔겠지?'

두근거리는 마음으로 자리에 앉은 우진은 오른손으로 잡은 마우스를 가볍게 딸깍였다. 그러자 다음 순간,

지잉―

우진의 지난 한 달간의 모든 노력과 정수가 담긴 단 하나의 건축물이, 그의 눈앞에 처음으로 모습을 드러냈다.

"…!"

그리고 한참 동안 모니터에 고정된 우진의 시선은 떨어질 줄을 몰랐다.

― * ―

우진은 단순히 추측 정도만 하고 있을 뿐이었지만, 골든 프린트가 사라지는 것은 우진의 설계가 골든 프린트의 기준을 넘어섰을 때 벌어지는 현상이었다. 간밤에 우진의 설계도에서 사라진 골든 프린트는 완벽하게 모델링된 우진의 3D 파일로 빨려 들어갔고, 그 말인즉 우진의 최종 디자인이 골든 프린트의 기준을 넘어섰다는 말이었다.

물론 골든 프린트의 기준을 넘었다고 해서 그것이 최선이며 완벽한 디자인은 아니다. 디자인이라는 것이 어떤 하나의 답을 정할 수 있는 분야는 아니었으니까. 하지만 적어도 최고의 디자인 반열에 들 수는 있다는 의미였고, 그래서 우진이 3D렌더링을 통해 뽑아낸 조감도는 멋질 수밖에 없었다. 그것을 직접 디자인한 우진조차도, 감격스러울 만큼 말이다.

'됐어. 됐다고…!'

머릿속으로 막연히 상상하던 뷰가 담긴 추상적인 그림을 이렇게 구체화시켜서 조감도로 확인하자 우진은 벅차오르는 감정을 느낄 수밖에 없었다. 한시라도 빨리 이 설계를 구체화시켜서 실시설계 도면으로 만들고, 얼른 현장에 삽을 떠서 완성된 건물로 만들어서 영접하고 싶은 마음뿐이었다.

그래서 우진은 곧바로 석현을 불렀다. 석현에게 이 조감도를 보여준 뒤, 착공까지의 일정을 구체적으로 세워볼 생각이었다. 그에게 가장 먼저 보여주고 싶은 마음도 있었다. 당연히 다른 WJ 스튜디오의 직원들에게도 이 그림을 보여주고 싶었지만, 그래도 사옥 디자인을 뽑아내는 동안 자신과 함께 가장 많은 고생을 한 석현에게 가장 먼저 보여주고 싶었던 것이다.

'석구 반응이 궁금하네.'

마침 렌더컷이 궁금했던 석현은 우진의 전화를 받자마자 바로 달려왔고 모니터에 띄워진 그림을 보는 순간, 처음 그것을 확인했던 우진과 마찬가지로 멍한 표정이 되어버렸다.

"…!"

그렇게 잠깐 동안 입을 다문 채로, 우진과 함께 조감도를 감상한 석현. 그의 입에서 나온 첫마디는 바로 이것이었다.

"정말… 이대로 지을 수 있겠지?"

우진이 씨익 웃으며 고개를 끄덕였다.

"물론이지."

—— * ——

8월이 됐다. 그리고 어느새 셋째 주가 되었다. 항상 이쯤 되면 느끼는 거지만, '올해 여름이 가장 더운 것 같다'는 하며 에어컨 앞에서 간단하게 브런치를 먹은 재엽은 옷을 갈아입고 나갈 준비를 하였다. 오랜만에 방송국 스케줄이 없는 오늘이었지만, 오후에는 약속이 있었다.

'짜식들 오랜만에 보겠네.'

오늘 재엽이 만나기로 한 사람은, 리아와 수하. 그리고 우진이었다. 처음 〈우리 집에 왜 왔니〉에서 한 팀이 되며 친해졌던 그들은, 이제 프로그램과 관련 없이 재엽의 가장 친한 그룹 중 하나가 되어 있었다.

우진은 이미 몇 달 전 프로그램에서 하차했고, 리아도 바빠진 해외 일정 때문에 얼마 전부터 다른 연예인으로 교체되었다. 때문에 이제 〈재엽 팀〉은 수하를 제외하면 완전히 다른 구성이 되어 있었지만, 그래도 기존 멤버인 이 네 명이 가장 편한 재엽이었다.

"어, 형. 나 오늘은 그냥 내 차로 움직일 테니까, 형은 신경 쓸 거 없어."

[다음 주부터 바쁘니까 술 너무 많이 마시지 마라, 윤재엽.]

"오늘은 리아, 수하 만나니까, 술 많이 마실 일 없습니다요. 걱정 마쇼."

[임수하 배우님 지난번에 보니까 말술이시던데….]

"…어쨌든 걱정 말고 형 편하게 일 봐."

[그려.]

나가는 길 매니저와 가볍게 통화한 재엽은, 차를 몰고 성수동으로 향했다. 사실 네 사람이 모두 모이기로 한 곳은 언제나처럼 신사동이었지만, 리아와 수하가 오기 전까지 시간이 좀 남아있었기 때문이었다. 평일 낮 시간이라 그런지 차는 별로 막히지 않았고, 재엽은 금방 목적지에 도착할 수 있었다. 재엽이 사는 압구정에서 성수동까지는 성수대교만 건너면 코앞이나 마찬가지였다.

끼익-

WJ 스튜디오가 있는 지식산업센터 주차장에 차를 댄 재엽은, 모자를 푹 눌러쓰고 14층으로 향했다. 우진의 사무실에는 이번이 두 번째 오는 거였지만, 딱히 헤맬 일은 없었다. 14층의 절반 이상이 WJ 스튜디오의 사무실이었으며, 그중에서도 우진의 대표실은 엘리베이터 바로 앞 호실이었으니까.

띵-!

그래서 어렵지 않게 우진의 사무실을 찾은 재엽은, 마침 사무실에서 나오는 중이던 우진을 발견하고는 반갑게 인사하였다.

"여, 브로!"

"형, 일찍 왔네?"

"점심 먹고 나서 온다고 했잖아. 그런데 어디 가는 중이야?"

"아, 오늘 낮에 잠깐 행사가 있어서."

"뭐?"

우진의 이야기를 듣던 재엽은 조금 당황한 표정이 되었다. 분명히 우진이 낮 시간에 와도 된다고 해서 찾아온 건데, 일이 있다는 이야기를 하니 말이다. 그런 재엽의 기색을 느낀 우진이, 오해를 풀기 위해 멋쩍은 표정으로 다시 말했다.

"아, 사실 형이 이렇게까지 일찍 올지 모르고, 그쪽 현장으로 바로 오라고 할 생각이었어."

"응…? 무슨 현장인데? 내가 가도 되는 곳이야?"

우진이 씨익 웃으며 한마디 덧붙였다.

"WJ 스튜디오 신사옥 착공식이랄까…?"

"어?"

재엽을 잡아끌어 다시 엘리베이터에 같이 탄 우진이, 기분 좋게 웃으며 다시 반문하였다.

"내가 말한 적 없었나?"

사실 오늘 우진은 재엽이 성수동으로 오겠다는 이야기를 듣고는 한 가지 계획을 세워놓았었다. 그를 신사옥 착공현장으로 불러서, 테이프 커팅을 부탁할 생각이었던 것이다.

"없지 짜샤! 신사옥이라고? 너네 회사 건물 짓는 거야?"

"그런 셈이지."

대형 건설사의 기공식이나 착공식처럼 거창하게 진행할 생각은 아니었지만, 그래도 인지도 있는 국민 연예인인 재엽이 테이프를 끊어준다면 직원들의 사기 증진 측면에서도 도움이 될 것이라고 생각한 것. 재엽이 커팅위원 중 한 명으로 우진과 함께 테이프커팅을 해준다면, 다들 좋아할 게 분명하였다.

'리아 누나나 수하 누나도 왔으면 남자직원들이 난리 났겠지만… 일정이 안 맞는 건 어쩔 수 없지, 뭐.'

그래서 우진은 재엽에게 간단히 설명했고, 그 이야기를 들은 재엽은 고무적인 표정이 되었다.

"이야, 서우진. 대박이네."

"대박은 무슨."

"너 회사 차린 지 이제 일 년 좀 넘은 거잖아."

"그렇지?"

"맨땅에서 시작해서 사옥 지을 정도로 회사를 키웠으면, 대단한 거지, 인마."

"흐흐, 운이 좋았을 뿐이야."

재엽은 우진의 등을 팡 때리며 상기된 목소리로 다시 입을 열었다.

"착공식이면, 오늘부터 짓기 시작한다는 거지?"

"맞아. 오늘 첫 삽 뜰 거야."

"크…! 부라더 너무 멋있는데?"

생각했던 것보다 더 흥분한 재엽을 보며, 우진은 뒷머리를 긁적였다.

'대체 뭘 생각하기에 이렇게 기대하는 거야?'

사실 WJ 스튜디오 신사옥 건물의 규모가 그렇게까지 큰 것은 아니었는데, 재엽의 반응을 보면 거의 강남대로나 테헤란로의 마천루 같은 대형 빌딩을 떠올리는 것 같았으니 말이다. 하지만 우진의 생각과 달리, 재엽이 흥분한 이유는 이 행사에 대한 기대 때문이 아니었다. 단지 친한 지인이자 동생인 우진이 이렇게 하루가 다르게 성장하는 모습을 보니, 어떤 대리만족 같은 것이 느껴졌을 뿐이었다.

'진짜 난놈이라니까, 난놈.'

사실 재엽은 어릴 적부터 사업가였던 아버지의 흥망성쇠를 이십 년이 넘도록 지켜봐왔다. 그래서 이렇게 사업체를 운영하면서 수많은 직원들에게 월급을 주고 그들을 책임진다는 것이, 얼마나 대단한 일인지 잘 알고 있었다. 재엽 또한 연예인으로서 손가락에 꼽을 정도로 성공한 사람이었지만, 그것과 또 결이 다른 성공인 것이다. 그래서 재엽은 우진의 차를 타고 현장으로 이동하면서도 계속해서 이것저것 물어보았다.

"신사옥은 몇 층짜리 건물이야?"

"13층이야."

"오…! 그런데 그 정도면, 너희 직원 규모에 비해 너무 큰 거 아니야?"

"응?"

"지식산업센터 한 층도 다 못 채우잖아, 너희."

"아… 얼마 전에 성진건설이라고, 건설사 하나 인수했거든."

"뭐…?!"

"이제 우리도 직원 백 명은 넘어."

"와…! 대박! 이럴 줄 알았으면 형이 사회라도 봐주는 건데."

"에이, 그렇게까지는…."

"지금이라도 어때? 애드립으로 해줄게. 페이는 원래 받는 수준의 절반으로."

"됐습니다, 고갱님."

재엽과 함께 현장에 도착한 우진은 현장사무실의 앞에 차를 대고 기분 좋게 내렸다. 그러자 재엽을 알아본 진태가 반갑게 손을 내밀며 악수를 청하였다.

"하하, 바쁘신 분이 이런 누추한 곳에 오신다고 고생 많으셨습니다."

"누추한 곳이라니요. 실장님이야말로 고생 많으십니다."

연배가 비슷한 둘은 이미 안면이 있었기 때문에 편하게 인사를 나누었다. 이어서 따로 사회자도 없었던 착공식의 간단한 식순을 확인한 재엽은 테이프커팅뿐 아니라 사회까지도 봐주었다.

[이거, 대표님이 돈을 너무 아끼시는데요. 저 오늘 행사비도 못 받고 자원봉사 나왔습니다.]

"프하하핫."

[제가 딱히 미신을 믿는 편은 아닌데… 그래도 착공식이면 제사 같은 것도 지내고, 축하 공연 같은 것도 하고, 어! 그래야 되는 것 아닙니까?]

"맞습니다!"

즉석에서 사회를 봤음에도 불구하고, 국민 연예인이라는 클래스를 입증하기라도 하듯 물 흐르듯 행사를 진행하는 재엽.

[여튼, 대표님. WJ 스튜디오의 무궁한 발전을 기원합니다.]

[감사합니다, 재엽 씨.]

[WJ 스튜디오가 세계적인 건축사무소가 되고 나면, 대표님께서 제 집도 한번 지어주시면 고맙겠습니다.]

"하하하."

하여 화기애애한 분위기 속에, WJ 스튜디오의 첫 번째 착공식이 순조롭게 마무리되었다.

성진건설과 합병된 이후로 처음 한자리에 모인 WJ 스튜디오의 전 임직원들은, 다들 진심으로 신사옥이 멋지게 완공되기를 바랐다. 그리고 모든 행사가 끝나자 시간은 대략 오후 5시 정도. 저녁에는 전 임직원들의 회식을 위해 통째로 고깃집을 대관해두었지만, 우진은 처음부터 거기서 빠질 생각이었다.

"진태 형, 잘 좀 부탁해."

"그래, 이 기회에 다들 친해져야지."

"회식 다 끝나면 나한테 연락 한번 주고."

"그런데 넌 왜 빠지는 거야?"

"내가 있으면 다들 불편하잖아. 기존 우리 직원들이야 괜찮지만, 성진 쪽에서 넘어오신 분들은 어린 대표님이 부담스러울 거야."

재엽, 리아, 수하 등과 약속이 있어서 빠진 것은 아니었다. 처음부터 회식에 참여할 생각이 없었기 때문에, 그들과의 약속도 잡은 것이었으니까. 다만 새 식구들이 WJ 스튜디오에 융화되는 과정에서, 좀 더 거부감을 줄일 수 있도록 일부러 자리를 피해준 것이다.

"그래, 뭐. 네 뜻이 그렇다면야."

그래서 사무실에 돌아온 우진은 간단하게 대표실에서 짐을 챙긴 뒤 이번에는 재엽의 차에 올랐다. 그리고 운전석에 앉은 재엽에게 담담한 목소리로 말했다.

"오늘 정말 고마웠어, 형."

조금 낯간지럽지만, 우진의 진심이 담긴 한마디.

"별말씀을."

우진은 오늘 새삼스레 생각하게 되었다. 회귀 후 우진에게 생긴 가장 큰 자산은, 미래의 지식도, 골든 프린트도 아닌 좋은 사람들이라는 사실을 말이다.

— ＊ —

신사동 가로수길. 어느새 핫 플레이스가 된, 유리아의 카페 프레스코 건물. 그 옥상 루프탑에는 오랜만에 네 사람이 모여 있었고 그중에서도 수하는 꽤 신이 나 보였다.

"그나저나 누나, 그때 샀던 청담 선영은 팔았어?"

"나 아직 안 팔았지!"

"그래? 조금 오르면 바로 팔 것처럼 그러더니."

"네 말대로 계속 오르는데 어떻게 파냐?"

"잘했네. 그래서 요즘 얼만데?"

"엊그제 부동산에서 연락 왔는데, 13억에 팔아주겠대."

"오…! 내 예상보다도 페이스가 더 빠른데?"

"그래서 결정했어."

"뭘?"

"그냥 여기 입주해서 살기로."

"돈 없다며? 마포 클리오 팔 거야?"

"아니, 거기도 안 팔아."

"…?"

"일을 더 열심히 하려고."

"좋은… 마인드네."

수하가 신이 난 이유는 간단했다. 우진의 말을 믿고 무리해서 매입한 청담 선영아파트의 시세가 그녀의 예상보다도 한참 더 빠른 속도로 급등하고 있었던 것이다. 소송에서 비대위를 상대로 대승을 한 덕에 사업성까지 더 좋아졌고 그로 인해 추가분담금이 줄어

드니 자연스레 시세는 더 크게 펌핑된 것. 그래서 배가 아픈 것은 그때 우진의 제안을 거부했던 재엽이었다.

"으으… 무리하더라도 나도 하나 했어야 했는데."

재엽은 청담 선영의 원조합원이었으니, 현재 급등하는 시세를 모르고 있을 리 없었다.

"그러니까 오빠, 인생은 타이밍이라니까?"

수하는 헤헤 웃으며 맥주를 홀짝였고, 재엽은 진심에서 우러나 오는 한숨을 푹 하고 내쉬었다. 올해 초 여윳돈을 묻어뒀던 주식계좌가 문득 떠오르면서, 갑자기 자괴감에 빠진 것이다. 그런데 어쩐 일인지, 이번 투자건의 최대 수혜자인 리아는 별다른 이야기가 없었다. 그래서 이번에는 리아를 향해 우진이 물었다.

"누나, 68평형은 거래가 아직 없나?"

리아가 매수했던 아파트는, 선영아파트 단지에서 몇 없는 가장 큰 평수. 대답은 리아 대신 수하에게서 나왔다.

"아니, 있던데?"

"그래?"

"18억인가 19억인가. 얼마 전에 팔렸다더라고."

수하의 호들갑에, 리아가 고개를 절레절레 저으며 입을 열었다.

"어차피 의미 없어."

"응? 왜 의미가 없어."

"그게 얼마가 되든 어차피 난 들어가서 살 거니까. 이번에 이사하면 그냥 쭉 눌러 살 거야."

애초에 투자재로서 접근한 게 아닌 실거주할 집을 쌀 때 산다는 마인드였던 리아는 급등하는 시세에 별로 관심이 없었던 것이다.

"뭐야, 이 누나. 완전 쿨하잖아?"

우진의 이야기를 옆에서 재엽이 한마디 거들었다.

"유리아 요즘 완전 배불렀어."

우진이 다시 덧붙였고.

"카페도 잘되고 음반도 잘되니까, 그럴 만하지 뭐."

수하도 낄낄거리며 리아를 놀렸다.

"크…! 역시 리아는 클래스가 다르다니까."

가만히 있다가 봉변을 당한 리아는, 억울한 표정이 되었지만 말이다.

"그런 거 아냐, 진짜. 이 사람들이 아주 생사람 잡네. 사실 요즘 제일 잘나가는 건 우진이 아냐?"

리아는 비난의 화살을 슬쩍 우진에게로 돌려보려 했지만, 그 시도는 곧바로 무산되고 말았다. 사실 여기 있는 사람들이 전부 우진의 추종자나 다름없었으니 말이다.

"우진이는 논외지."

"맞아, 어디서 은근슬쩍 물타기를 시도하려고."

"첫, 너무해."

오랜만에 만난 네 사람은 이런저런 이야기를 하며 웃음꽃을 피웠다. 카페 루프탑에서 맥주에 안주를 쌓아놓고 마시고 있었지만, 누구도 그들을 저지할 리 없었다. 여긴 리아의 가게였고, 루프탑은 오늘 모임을 위해 아예 통째로 비워둔 상태였으니까. 그렇게 한참 또 이야기를 하던 중, 리아가 문득 우진에게 물었다.

"그나저나, 우진아."

"응?"

"아까 얘기하려다가 깜빡했는데, 청담 선영 재건축 완공되면 너도 이쪽으로 들어와 살 거야?"

리아의 물음에 재엽과 수하의 시선이 동시에 모였다. 이제 다들 같은 아파트 단지의 주민이 될 예정이었으니, 우진의 의향이 궁금했던 것이다. 우진은 으쓱하며 대답하였다.

"글쎄, 한 채는 남겨뒀으니까, 그럴 수도 있겠지?"

이번에는 재엽이 물었다.

"그럴 수도 있다니?"

잠시 뜸을 들인 우진이 웃으며 다시 입을 열었다.

"일단 나 올 가을에 이사할 예정이거든. 여기서 좀 살아보고, 청담 써밋은 완공될 쯤 결정하려고. 아직 2년은 더 남았으니까."

우진의 말을 들은 세 사람의 얼굴에 더욱 흥미로운 표정이 어렸다.

"오, 진짜?"

그들이 아는 사람 중 가장 뛰어난 부동산 전문가이자 건축 디자이너인 우진. 그가 이사할 집이 궁금한 것은, 너무 당연한 것이었다.

"어디로?"

"뭔데, 어디로 이사할 건데?"

사실 우진이 아직까지도 개포동의 허름한 주공아파트에 살고 있는 것이, 세 사람에게는 줄곧 의문이었던 것.

"리아 누나, 혹시 서울 숲 옆에 지금 짓고 있는 주상복합 알아?"

"주상복합이라면…."

"지난번에 석중이 형님 이사하신다고 했던 데 있잖아."

"아, 거기! 네가 그때 프리미엄 주상복합이라고 추천했던 거기?"

리아와 달리 전혀 이해하지 못한 재엽과 수하는 고개를 갸웃하였고, 우진의 말이 다시 이어졌다.

"서울 숲 클라시아 포레스트라고. 올 8월에 준공 떨어지는 주상 복합 있거든."

"오호."

"얼마 전에 분양권 싸게 급매 나온 물건이 있기에, 냉큼 잡았어."

재엽이 물어보았다.

"투자 가치 괜찮은 곳이야?"

"투자 가치보다는, 그냥 살고 싶어서 산 거야."

"그래?"

"알아보니까 고급화 엄청 잘돼있기도 하고, 위치가 너무 마음에 들었거든."

우진의 이야기를 듣던 수하는, 어느새 스마트폰으로 검색해서 찾아보고 있었다.

"야, 여기 제일 작은 평수가 58평인데?"

"응, 그거야."

뒤늦게 지도를 본 재엽도 고개를 끄덕이며 한마디 했다.

"와, 너희 사무실에서 엄청 가깝네."

"그치. 역시 직주근접이 최고잖아? 새로 지을 사옥에서는 더 가까워."

"그러네, 진짜."

〈서울숲 클라시아 포레스트〉에 대해 이것저것 검색해본 세 사람은, 호들갑을 떨어 대었다. 그리고 결론은 결국 이것이었다.

"그럼 9월에는 입주하는 거야?"

재엽의 물음에 우진이 대답했고,

"그렇겠지?"

리아와 수하가 거의 동시에 이어 물었다.

"우린 당연히 초대해주겠지…?"

"집들이는 기대해도 되겠지?"

"…."

그렇게 우진의 뉴 하우스 첫 번째 집들이 손님은 순식간에 결정되었다.

— * —

〈서울숲 클라시아 포레스트〉는, 사실 성수동에서 꽤 상징적인 주상복합이었다. 낙후된 빌라촌과 공장지대였던 성수동에 가장 처음으로 들어선 프리미엄 주거단지이자, 성수동 젠트리피케이션(Gentrification)*의 시발점과 같았던 건축물.

처음 분양할 때만 하더라도 성수동에 이런 고급 주상복합이 웬 말이냐 했던, 그래서 시공사인 칠성건설의 무리한 시도라고 평가받던 이 〈서울숲 클라시아 포레스트〉는 2012년이 지나면서 인지도를 얻기 시작했고, 13년에는 고급 주거의 상징과도 같은 아파트로 자리 잡게 된다.

이것은 애초에 이곳이 잘 지어진 프리미엄 아파트이기 때문이기도 했지만, 결코 그 때문만은 아니었다. 미래가 바뀌지 않는다면 13년에 〈천년의 그대〉라는 드라마가 방영을 시작하며 선풍적인 인기를 끌게 되는데 해외에서까지 대박을 터뜨렸던 이 드라마의 남자주인공이 사는 집으로 〈서울숲 클라시아 포레스트〉가 전파를 타면서 대중적으로 엄청난 유명세를 타게 되니 말이다.

---

* 낙후된 구도심 지역이 활성화되어 중산층 이상의 계층이 유입됨으로써 기존의 원주민이 대체되는 현상.

물론 그로 인해 시세도 크게 오르게 되며, 그것이 우진이 망설임 없이 이 아파트를 매수할 수 있었던 이유였다. 그렇다고 해서 투자보다는 실거주 메리트 때문에 이곳을 매입했다는 그의 말이 거짓은 아니었다. 투자 대비 수익률만 놓고 보자면, 여기보다 선영아파트 여러 채를 들고 가는 게 훨씬 더 나은 선택이었을 테니까.

'성수동에 신사옥까지 확정된 마당에… 앞으로 나한테 여기보다 살기 좋은 위치는 없지 뭐.'

사옥이 지어지면 어머니의 칼국수 집도 한 자리 내어드릴 생각이었으니, 〈서울숲 클라시아 포레스트〉는 정말 다각도로 고민한 끝에 결정된 선택이었다. 물론 재엽과 리아, 수하 등과 같은 단지 주민이 될 수 있는 선영아파트도 매력적인 선택지였지만, 일단은 우진의 상황에서 여기만큼 끌리는 위치는 찾을 수가 없었다.

'드디어 이사라니…!'

그리고 한 가지 더, 우진의 기억 속에 있는 이 〈서울숲 클라시아 포레스트〉에는 재밌는 에피소드도 하나 있었다. 〈천년의 그대〉로 일약 스타가 된 남자주인공이 드라마가 종영할 즈음 실제로 이 주상복합을 매입하여 살게 되는데 웬 중국의 팬 하나가 그가 사는 집 맞은편을 수억의 프리미엄을 얹어서 곧바로 매수했다는 일화가 있었던 것이다.

이것은 우진의 전생에 무척이나 유명했던 이야기 중 하나였는데, 이 이야기가 더 재밌는 이유는, 그 남자주인공이 우진과도 안면 있는 연예인이라는 점 때문이었다.

'민우가 과연 이번에도 〈천년의 그대〉 남주로 데뷔하려나?'

리아의 크리스마스 파티 때 처음 안면을 텄으며, 요즘도 가끔 석현, 제이든과 만나서 논다는 순박한 청년 민우가 바로 이 에피

소드 속 주인공이었던 것. 우진은 민우의 얼굴을 본 지 꽤 되었지만, 어쩌면 몇 년 뒤에는 그와 이웃사촌이 되어있을지도 모를 일이었다.

어쨌든 이런 특별한 스토리들과 별개로, 우진은 꽤나 들뜰 수밖에 없었다. 일에 치여 미루고 미루던 이사를 드디어 하게 되었으며 이것은 우진이 처음으로 미래가 아닌 현재의 자신을 위해 투자한 것이었으니까.

"어머니께서 좋아하셨으면 좋겠는데…."

8월의 어느 날. 우진은 아무 말 없이 어머니를 모시고 성수동에 왔다. 그날은 〈서울숲 클라시아 포레스트〉의 사전점검일. 새 아파트가 지어지고 입주하기 전, 자신의 집에 어떤 하자가 있는지 체크하기 위해 수분양자들이 방문하는 행사 날이었다.

"여긴 새로 지어진 아파트가 보구나?"

"네, 어머니."

"그런데 왜 여기로 들어가는 거니? 여기에 외부인이 주차해도 돼?"

어머니 주희의 물음에 우진이 웃으며 대답했다.

"외부인이라뇨. 이제 '우리 집'인걸요."

"응…?"

"제가 작년부터 조만간 이사하자고 했었잖아요. 개포동 주공아파트도 아늑하고 좋았지만, 어머니께서도 이제 이렇게 좋은 집에 한 번 살아보셔야죠."

처음에 우진의 말을 이해하지 못했던 주희는, 잠시 동안 주름진

눈꺼풀을 깜빡일 뿐이었다. 하지만 다음 순간,

"그럼 이 아파트가…."

"얼마 전에 모아둔 돈으로 샀어요. 다음 달에 이쪽으로 이사하려는데… 괜찮으시죠, 어머니?"

일부러 어머니께 이야기하지 않았던 것은 아니었다. 다만 바로 어제까지도 너무 일정이 바빴던 탓에, 따로 얘기를 꺼낼 기회가 없던 것일 뿐. 어차피 사전점검 이후에도 입주까지는 꽤 시간이 남아있었으니, 오늘 아파트를 보여드리면서 말씀드리려 했던 것이다.

하지만 주희는 곧바로 우진의 물음에 대답하지 못했다. 순간적으로 복받치는 감정에, 울컥한 것이다. 그리고 잠시 후 그녀의 입에서 나온 첫 마디에, 이번에는 우진이 울컥할 수밖에 없었다.

"우리… 이렇게 좋은 집에 살아도 되는 거니?"

어머니의 이 한마디 말에서, 복잡한 감정이 느껴졌으니까.

"돼요. 더 좋은 집에도 살 수 있어요. 그러니까 걱정 않으셔도 돼요."

어머니를 모시고 현장 사무실에 들어간 우진은 직원의 안내를 받아 키를 받고 아파트 입구로 들어섰다. 어지간한 호텔보다 럭셔리한 로비를 지나 엘리베이터를 타자, 이사가 더욱 실감 나는 우진이었다.

'이런 집에 다 살아보고… 진짜 많이 컸다. 서우진.'

펜트하우스의 바로 아래층인 45층에 내린 우진은 두근거리는 마음으로 키를 대고 현관문을 열었다. 그러자 서울숲의 녹지부터 시작해서 한강까지 이어진 아름다운 거실 조망이, 가장 먼저 두 모자의 눈에 들어왔다. 우진의 뒤를 따라 들어온 주희의 눈가에서, 참고 참았던 눈물이 결국 흘러내렸다.

Fabrication

새집의 사전점검을 다녀온 뒤, 우진은 더욱 동기부여가 되는 것을 느꼈다. 어머니께 효도했다는 생각에 뿌듯함도 들었으며, 무엇보다 앞만 보고 달려온 그 자신에게도 큰 선물이 된 것 같은 느낌이었다.

'진즉 이사할걸 그랬나.'

건축은 우진의 꿈이자 이상이며, 인생의 전부나 다름없다. 그런 그에게 '집'이라는 개념은 남들보다 더욱 특별하게 다가오는 것이었으며, 그래서 새집에 들어선 순간, 벅차오르는 감정이 더 컸던 것 같았다. 지난 일이 년 동안 정말 많은 것을 이뤘다는 생각은 종종 했지만, 이렇게까지 피부로 확 와닿은 적이 없었을까. 모든 일을 함에 있어서 이전보다 더욱 힘이 나는 것은, 단지 착각이 아닐 것이었다.

'내가 직접 지은 집에서 살아도 뿌듯하겠지만… 남이 멋지게 지어놓은 집에 입주하는 것도 기분이 썩 좋단 말이지.'

마치 남이 해준 요리가 제일 맛있다는 요리사처럼, 실없는 생각을 하며 오전 업무를 보던 우진. 마침 대표실 앞을 지나던 석현을 발견한 우진이, 그를 불러 세워 말을 걸었다.

"석구! 오후 타임에 모형제작실 두 개 비워뒀지?"

우진의 부름에 휙 걸음을 돌려 들어온 석현이 고개를 끄덕이며 대답했다.

"당연하지. 오늘부터 파빌리온 모듈 프로토 제작 들어가기로 했었잖아."

"맞아."

"도면 미리 다 뽑아서 세팅해뒀으니까, 일 보던 거 끝나면 바로 넘어오시죠."

"오케이."

9월이 되고 WJ 스튜디오의 신사옥이 본격적으로 착공을 시작하자, 이제 우진이 가장 집중한 프로젝트는 당연히 파빌리온 제작이었다. 사옥 설계가 시작되기 이전에 기본적인 디자인 방향성은 전부 다 만들어진 상황이었지만 사실 3차원 도면이 베이스가 되는 디지털 건축이라는 것은, 아무리 '작은 건축'이라 불리는 파빌리온이라 해도 제작 과정에서 수많은 R&D가 필요했던 것이다. 3D 모형으로 가상의 공간에 모델링하는 것과 실재하는 장소에 실물로 제작하는 것 사이에는 결코 적지 않은 간극이 존재했으니까.

지이이잉-!

그래서 오늘도 모형제작실 하나를 완전히 전세 낸 석현은, 우진이 원하는 형태의 모듈을 만들어내기 위해 모형 기계들을 혹사시키는 중이었다.

"조 팀장님, 아까 레이저커팅 도면 드린 거 작업 다 끝났나요?"

"아, 파트장님. 거의 다 됐을 것 같습니다. 십 분 내로 작업물 가지고 넘어오겠습니다."

"모듈 조립작업도 손이 좀 필요하니까, 두 사람만 이쪽으로 붙여 주세요."

"넵!"

WJ 스튜디오 내에서 석현의 직책은 이제 기술연구소장이었다. 원래의 직책은 모형 파트의 파트장이었지만, 얼마 전 대대적인 인사이동 이후 기술연구소장으로 직책이 바뀐 것이다. 하지만 아직까지 내부 사람들은 그를 파트장이라고 부르고 있었는데, 그 이유는 간단했다. 석현이 '소장님'이라는 호칭이 너무 나이 들어 보인다며 거부했으니 말이다.

'기술연구소장이라는 단어로 들었을 때는 그런 생각 못 했는데… 소장님이라고 하니까 완전 아저씨 된 것 같잖아.'

우진은 아저씨라는 단어에 거부감을 느끼는 순간 이미 아저씨가 된 것이라며 석현을 설득했지만, 석현은 도저히 그 말을 용납할 수 없었다. 창창한 스물셋, 08학번에게 아저씨라니!

'다음 인사이동 때 차라리 R&D 총괄 디렉터로 명칭을 바꿔달라고 해야겠어.'

석현은 그런 생각을 하며 열심히 작업을 지속하였고, 그렇게 오후가 되자 한 사람이 작업실로 넘어왔다. 사내에서 유일하게 석현을 소장님이라고 부르는 인물이었다.

"소장님, 작업은 좀 잘 돼가?"

"젠장, 소장님이라고 하지 말랬지."

"제이든 같은 표정 짓지 말고, 빨리 제작한 모듈이나 보여줘봐."

"후우, 알겠어. 잠깐만."

오늘도 그렇게 화기애애한 분위기 속에서 WJ 스튜디오의 하루가 지나가고 있었다.

파빌리온은 건축의 축소판이다. 하지만 디자인적인 측면에서 본다면, 건축가가 가지고 있는 다양한 측면의 소스들이 더 명확하게 드러나는 장르가 바로 파빌리온이라 할 수 있었다. 실제 건축에서는 수많은 제약 때문에 시도하거나 보여주지 못했던 디자인적인 욕망들을, 파빌리온을 작업할 때 여실히 표출하는 것이 바로 건축 디자이너들이었으니까.

그래서 업계에서는 파빌리온을 평가할 때, 단순히 겉으로 드러난 조형적 아름다움만을 가지고 가치에 대한 이야기를 하지 않는다. 파빌리온이 만들어지기까지 담겨지는 모든 건축적인 프로세스 또한 파빌리온의 일부가 되어, 그 디자인적 가치를 더욱 끌어올리는 또 다른 요소가 되는 것이다.

이를테면 그것을 구성하는 하나의 작은 모듈이라든가 설계도면 혹은 이러한 구조를 뽑아내기 위해 필요했던 기술적인 메커니즘과 건축적인 철학까지도. 때문에 우진이 작업하는 이 파빌리온에서는, 아름다운 패러메트릭 디자인을 만들어내기 위해 설계된 수많은 알고리즘들까지도 하나의 디자인적 가치를 지니게 되었다.

"이 모듈이 설계된 과정을, 하나의 드로잉으로 만들어서 파빌리온의 옆에 전시할 거야."

"패널을 만들어서 와이어로 건다는 말이지?"

"그런 셈이지."

브루노가 설계한 빛의 흐름을 따라 다이아몬드 문양의 크기와 비율이 어떤 식으로 변하고 움직이는지, 해가 비추는 시간에 따라 이 문양들이 어떤 패턴을 만들며 패러필드의 로비를 수놓을 것인지, 이곳 복합몰을 이용하던 유저가 어떤 위치에서 어떤 방향으로 파빌리온을 관찰하느냐에 따라, 조형성이 얼마나 다르게 느껴질 것인지, 마지막으로 이 형태를 10미터 높이에 가까운 로비 공간에 완벽하게 설치하기 위해, 어떤 방식의 설계 제작과정이 사용되었는지 등. 이 모든 요소들이 조화를 이루어 탄생한 작품이 바로 우진이 디자인한 파빌리온인 것이다.

"듣고 보니 그럴싸하고 멋지네."

"그럴싸하다니. 내 건축 철학을 너무 평가절하하는 거 아니냐."

그러면서도 이 모든 요소들이 하나의 전제 안에 들어가 있어야 했는데, 그것은 아이러니하게도 1차원적인 아름다움이었다. 그 과정과 요소들을 보여주는 드로잉들조차도, 모든 의미를 배제하고 시각적으로 봤을 때 아름다워야 한다는 것이다. 우진은 아무리 그럴싸한 철학을 담은 건축이라 하더라도, 아름답지 않다면 좋은 디자인이 아니라고 생각했다.

"네가 그랬잖아. 디자인은 일단 눈으로 볼 때 그럴싸하고 멋져야 된다며."

"그… 렇긴 한데…."

"그러니까 난 최고의 칭찬을 한 거야."

"듣고 보니 그러네. 똑똑한데, 석구."

"호호, 당연한 말씀."

그래서 우진은 파빌리온의 제작과정과 메커니즘 하나하나를 아름다운 드로잉으로 승화시키려 노력하였다. 하여 그 결과 WJ 스튜디오의 작업실 한편에는, 파빌리온의 소형 프로토 타입이 완성될 수 있었다.

"야, 이거 만들어놓고 보니까 예쁘네."

"그렇지?"

"실물 사이즈로 들어가면 진짜 간지 나겠다. 높이만 9.5미터였나?"

"맞아. 구조적으로 버티는 덴 문제없겠지?"

"와이어만 충분히 달아준다면."

프로토 타입으로 제작된 파빌리온의 모형은 단순히 연습 삼아 만든 것이 아니었다. 우진은 앞으로 어떤 건축 디자인을 할 때마다, 이렇게 프로토 제작 겸 소형모델을 만들어서 사내에 소장할 생각이었으니 말이다. 이 작은 모형도 제 역할을 다 한 뒤에는, 깨끗한 유리 상자로 포장되어 WJ 스튜디오 로비에 전시될 예정이었다.

"브루노랑 미팅이 금요일이지?"

"맞아, 이번에는 그쪽에서 우리 사무실로 오기로 했어. 오전 미팅 이후에는, 패러필드 현장 쪽으로 같이 움직일 거야."

"그럼 금요일은 통째로 비워야겠네."

"그러는 게 좋겠어. 가능한 너도 같이 가야지. 기술담당인데."

대략 1미터가 조금 넘는 파빌리온 축소모형을 구석구석 살피며, 우진은 두 눈을 반짝였다. 몇 번의 R&D과정을 거친 뒤 내년부터는 실제 사이즈 파빌리온의 모듈제작에 들어갈 예정이었고, 내년 하반기 즈음에는 드디어 이 작품이 왕십리 패러필드에 설치될 것이었다. 서울 그 어떤 역사와 비교해도 꿀리지 않을 정도로 수많은 유동인구를 자랑하는 왕십리역. 그곳에 설치된 우진의 첫 번째 파빌리온은 그를 본격적인 건축 디자이너로 데뷔시켜줄 것이라 믿어 의심치 않았다.

"석구, 타입 A랑 C 설계도도 가지고 있지?"

"그건 왜? 폐기된 거 아니었어?"

"이 완성안이 나오기까지 그것도 다 과정이잖아. 미팅 때 보여주긴 해야지."

"흠, 알았어. 준비해놓을게."

완성된 프로토 모델을 본 뒤 더욱 기분 좋아진 우진은 브루노와의 미팅을 더 꼼꼼히 준비하였다. 3D 파일로만 공유됐던 파빌리온의 디자인을 이렇게 실물 제작된 모형으로 보게 된다면, 브루노도 좋아할 것이 분명하다 생각하였다. 그래서 다음 날 아침, 오랜만에 WJ 스튜디오를 찾은 브루노를 무척이나 반갑게 맞이한 우진.

"브루노! 오랜만입니다."

"하하, 그간 잘 지내셨습니까, 우진."

그런데 브루노와 반갑게 인사를 나눈 우진은 그 뒤로 따라 들어온 한 남자를 발견하고는 고개를 갸웃할 수밖에 없었다. 오랜 기간 협업하며 브루노 사무실의 직원들은 대부분 안면이 있었는데, 완전히 처음 보는 남자가 나타났으니 말이다. 희끗희끗한 곱슬머리에 브루노와 비슷한 연배로 보이면서도, 다부진 체격과 진한 인상을 가진 인상적인 외모의 남자.

'음…? 누구지? 스페인 사람 같은데… 브루노의 회사 본사에서 나온 분인가?'

그리고 이런 우진의 의문점을 느낀 것인지, 브루노가 껄껄 웃으며 우진에게 남자를 소개하였다.

"하하, 우진. 생각해보니 제가 미리 얘기하지 않았었군요."

"예?"

"여기, 이 친구는… 제 오랜 친구이자 스페인의 건축가인 마테오입니다."

브루노의 말이 끝날 때마다 재빨리 옆에서 통역가가 번역했지만, 이런 간단한 영어 정도는 우진도 통역 없이 곧바로 이해할 수 있었다. 때문에 브루노의 말이 끝난 순간 우진의 두 눈은 크게 확대될 수밖에 없었다.

'스페인의 건축가 마테오…? 설마 마테오 비야(Mateo villa)?'

브루노의 말을 들은 뒤, 우진은 소개받은 남자의 면면을 자세히 살펴보았다. 브루노와는 조금 색깔이 다르지만, 그와 비교해도 전혀 부족함이 없을 정도로 큰 인지도를 가지고 있던 스페인 건축의 2세대 거장. 전생에는 건축 잡지에서나 봤던 남자의 등장에 우진은 순간 벙찐 표정이 되었고 그런 그를 향해 마테오가 웃으며 다가왔다.

"반갑습니다, 우진. 나는 마테오라 합니다."

브루노와 다르게 영어를 할 줄 모르는지, 걸걸한 목소리의 스페인어로 얘기하는 마테오.

"만나 봬서 영광입니다, 마테오. WJ 스튜디오의 대표 우진입니다."

뜻밖의 만남에 한층 기분이 상기된 우진은 밝은 표정으로 그들을 회의실로 안내하였고, 그 과정에서 당연히 브루노에게 물어볼 수밖에 없었다. 대체 마테오가 한국. 그것도 성수동의 WJ 스튜디오에 어쩌다가 나타나게 되었는지가 너무 궁금했으니 말이다.

"브루노, 이게 어떻게 된 일입니까?"

"하하, 마테오의 방문이 조금 당황스러우셨나 보군요."

"당황은요. 귀한 손님을 맞을 수 있어 영광이지요. 다만 어떻게 오시게 됐는지가 궁금해서 그렇습니다."

회의실에 들어서자 미리 세팅된 음료수가 탁자 위에 가지런히 놓여 있었다. 안쪽에 대기하고 있던 직원 하나가 인원이 하나 늘어

난 것을 발견하고는, 재빨리 바깥으로 나가 음료수를 한잔 더 챙겨
들어왔다.

회의실 안쪽을 잠시 둘러본 브루노가, 빙긋 웃으며 안쪽의 어딘
가를 가리켰다. 그리고 그와 동시에, 웃으며 말을 이었다.
"이 친구가 우진을 만나러 온 이유가, 바로 저기에 있네요."
"예…?"
우진의 시선이 자연스레 브루노의 손끝을 향했고, 그곳에는 어
제까지 우진이 작업했던 파빌리온의 프로토 모형이 자태를 뽐내
고 있었다.

— * —

마테오는 처음, 브루노의 말을 완전히 믿지 않았었다.
[자네가 원하는 그 3차원 설계에 대한 솔루션이, 한국에 있을지
도 모른다고 말했네.]
"3차원 설계 기법에 정통한 건축가가 한국에 있다는 건가?"
스페인에 있는 그의 수많은 인맥들 중에서도 지금 그의 고민을
해결해줄 수 있는 이가 없었으니 말이다.
[뭐, 어느 정도는 비슷한 맥락으로 봐주면 돼.]
"음…?"
[내가 지금까지 봐온 그 디자이너의 작업물들을 보면, 분명 그쪽
으로 능력을 가진 친구거든.]
마테오의 스페인 업계 인맥들은 대부분 건축업계에서 메이저
한 위치에 있는 사람들이었고, 그런 그들조차 고개를 저은 부분이

바로 비정형 건축 디자인과 그것을 구현해내기 위한 삼차원 설계 기법.

"어떤 분인지 혹시 물어봐도 되겠나?"

[방금 말한 대로 우리와 같은 건축가라네. 조금 특별한 점이 있다면… 나이가 아주 어리다는 것이지.]

"나이? 얼마나 어리기에 그러는가?"

[이십 대라는 사실만 알고 있네.]

"…!"

게다가 나이까지 이렇게 어리다는 말을 들었으니, 마테오가 곧바로 믿는다면 그게 오히려 이상할 수준이었던 것이다.

'이십 대라니. 동양의 20대 건축가에게, 비정형 3차원 설계를 할 능력이 있다는 건가?'

하지만 그럼에도 불구하고, 마테오는 한국으로 갈 수밖에 없었다.

"내가 한국으로 가면… 자네가 이야기한 그 친구를 만나볼 수 있는 건가?"

[물론일세. 나와 함께 복합몰 프로젝트를 진행 중인 건축가거든.]

"오호."

지금 그의 상황 자체가 물에 빠져 지푸라기라도 잡아야 하는 수준이었으며, 그 건축가에 대한 기대감보다는 브루노라는 오랜 친우의 말에 대한 무게감이 그를 움직이게 만든 것이다.

'브루노가 이렇게까지 이야기한다면 분명히 이유가 있겠지. 게다가 그와 협업 중인 건축가라면….'

그가 아는 브루노는 결코 가벼운 사람이 아니다. 그런 그가 추천

한 누군가라면, 적어도 마테오 자신이 헛걸음하게 할 만한 사람은 아닐 것이다. 설령 지금 그에게 필요한 해답 그 자체를 가지고 있지 않더라도, 어떤 돌파구를 제시해줄 만한 사람일 것이라고 생각했다. 그래서 마테오는 브루노와의 전화를 끊기도 전에 곧바로 한국행을 결정했다.

"바로 비행기 표를 알아보겠네."

[후후, 잘 생각했다네. 역시 자네 추진력은 알아줘야 해.]

"이 마테오가 원래 추진력 빼면 시체 아니던가."

[사실 이번 컨퍼런스 일정이 밀리지 않았더라면, 내가 그 친구를 데리고 스페인으로 가려고 했었는데, 타이밍이 조금 꼬였군, 그래.]

"아하. 그랬다면 정말 좋았겠는데… 조금 아쉽군."

[뭐, 어쩌겠어.]

그리고 그 한국행 일정에 맞춰서 신속하게 대응할 수 있도록, 머릿속으로 다음 스케줄까지도 빠르게 조율하였다.

[그럼 한국으로 들어오는 날짜는 대략 언제쯤이 될 것 같아?]

"일정을 확인해봐야겠지만, 아무리 늦어도 10월 전에는 들어갈 거네."

[오호, 10월에는 무슨 일이 있나 보지?]

"10월 말 전에는, 회장에게 최소한의 방향성을 제시하기로 했거든."

[그렇군. 좋네, 그럼 일정 나오면 내게 다시 연락 주시도록 하게.]

"고맙네, 브루노."

[별말씀을.]

그렇게 마테오는 한국행을 결정했고, 오늘 이렇게 브루노와 함께 WJ 스튜디오에 오게 되었다. 하지만 한국에 들어와서 성수동까지 걸음 하면서도, 아주 큰 기대는 하지 않았던 게 사실이었다. 그저 이 특별하다는 건축가와의 만남을 통해, 구단 회장을 만족시키는 데 도움 될 만한 작은 아이디어 하나라도 얻어간다면 만족스러울 것 같았다.

'젊고 열정적인 디자이너들은 항상, 창의적이고 특별한 영감을 떠올리게 해주니까.'

하지만 우진과 인사를 나눌 때만 해도 변함없던 마테오의 이 생각은, WJ 스튜디오의 회의실에 들어선 순간 완전히 달라질 수밖에 없었다.

"하하, 마테오의 방문이 조금 당황스러우셨나 보군요."

"당황은요. 귀한 손님을 맞을 수 있어 영광이지요. 다만 어떻게 오시게 됐는지가 궁금해서 그렇습니다."

"이 친구가 우진을 만나러 온 이유가, 바로 저기에 있네요."

"예…?"

브루노가 서우진이라는 그 젊은 디자이너와 이야기하는 사이, 마테오의 시선은 자연스레 회의실을 둘러보게 되었고 회의실 구석에 진열되어 있는 커다란 파빌리온의 모형을 발견한 순간, 그 자리에서 얼어 붙어버린 것이다.

'저 기하학적인 조형물은 대체 뭐지? 어떻게 저런 비정형적인 구조 위에 인터렉티브한 패턴을 씌울 수 있었던 거지?'

평생을 건축만 하며 살아온 건축가로서, 그리고 오늘까지도 항상 더 나은 건축을 하기 위해 노력해온 디자이너로서 매일 수많은 레퍼런스들을 찾아보고 그것들에 대한 연구를 소홀히 하지 않았던 그였음에도 불구하고 한국에 있는 이 작은 건축사무소에 놓여 있는 파빌리온 모형에서 신선한 충격을 느끼게 됐던 것이다.

게다가 한 가지 더.

'저 모형을 디자인한 친구가 정말 이 사람이라면…!'

이 조형물에 담긴 특별함이야말로 지금 마테오에게 놓인 과제인 비정형 건축에 대한 해답에 가까웠으니 마테오로서는 온몸에 소름이 돋아 오르는 느낌이었다. 브루노가 왜 그렇게 적극적으로 한국행을 종용했는지, 이제는 완전히 이해가 된 마테오였다.

그래서 이 조형물에 모든 정신이 팔린 나머지, 마테오는 우진과 브루노가 나누는 대화조차 전혀 귀에 들어오지 않았고, 이 특별한 충격에서 벗어난 직후, 마테오가 우진을 향해 꺼낸 첫마디는 바로 이것일 수밖에 없었다.

"저… 우진?"

"네, 마테오. 말씀하세요."

"혹시 이 조형물이, 당신의 작품인가요?"

원래도 돌려 말하는 것을 별로 좋아하지 않는 마테오였지만, 상황이 이렇게 되자 도저히 이것부터 물어보지 않고서는 배길 수 없게 된 것. 떨떠름한 표정이 된 우진은 천천히 고개를 끄덕였고….

"예, 그렇습니다만. 혹시 무슨 문제라도….."

이 상황을 이해하고 있는 브루노는 소리 없이 웃고 있을 뿐이었다.

"Estás loco(미쳤군)!"

마테오가 탄성을 터뜨리자, 어느새 회의실 안으로 들어온 제이든이 우진을 향해 속삭였다.

"미쳤냐고 묻는데, 우진?"

"…?"

이어서 낄낄거리며 한마디를 덧붙였다.

"Amazing, yeah."

— * —

브루노로부터 대략적인 설명을 들은 우진은 사건의 전말에 대해 대략적으로 이해하게 되었다.

"아하, 그래서…."

"제가 아는 디자이너 중 3차원 툴을 가장 잘 다루는 사람이 우진이었을 뿐입니다, 하하."

"그건 과찬이십니다, 브루노."

그리고 이 모든 이야기를 들은 뒤에는, 어느새 두 눈이 반짝이고 있었다.

'마테오 비야… 게다가 그가 내게 디자인 설계 측면에서 도움을 받고 싶은 프로젝트가 라리가 스페인의 최상위 축구리그의 스타디움이라….'

아무리 우진이 미래를 알고, 또 마테오 비야라는 유명한 건축가에 대해 알고 있었다 하더라도 그가 작업했던 모든 작업물들을 다 기억할 수는 없는 노릇이었다. 우진은 해외의 유명한 건축가들에 대해 동경했었고, 때문에 많은 지식들을 가지고 있었다. 하지만 특별히 팬이었던 건축가가 아닌 이상에는, 보통 그의 가장 유명한 작업물 몇 가지 정도를 아는 것이 전부.

그래서 마테오가 스타디움 설계를 했다는 사실 자체는 금시초
문이었지만, 그것과 별개로 한 가지는 확실하게 알 수 있었다. 어
쩌면 이것이 해외에 서우진이라는 디자이너의 이름을 조금이라도
알릴 수 있는, 아주 특별한 기회라는 사실을 말이다.

'마테오가 내게 원하는 것이 뭔지는 구체적으로 들어봐야겠지
만, 벌써부터 궁금해 미치겠군.'

특히 우진보다 훨씬 더 축구라는 스포츠를 좋아하는 석현과 제
이든의 경우, 이미 엄청나게 흥분되어 보이는 상태.

"우진! 내 꿈이 사실 뭔 줄 알아?"

"조용히 좀 해, 제이든."

"프리미어 리그의 스타디움을 내 손으로 디자인하는 게 꿈이야.
웸블리 스타디움(Wembley Stadium) 같은 곳이라든가…."

"회의하는 동안 잠깐 나가 있어 줄래, 제이든?"

"Bloody Hell!"

"석구, 쟤 좀 내보내."

"미친… 우리가 어쩌면 산마메스 구장 설계에 참여할 수 있게 될
지도 모른다니…."

"저기… 석구?"

"석현, 산 마메스면, 아틀레틱 클루브의 홈구장이지?"

"정확해, 제이든."

"Holy…!"

"니들 다 나가!"

그래서 약간의 소란이 이어졌지만, 다행히 브루노와 마테오는
기분 좋게 그들을 이해해주었다. 오히려 한국의 젊은 디자이너
들이 스페인의 축구를 이렇게 좋아한다는 사실이 뿌듯한 모양이

었다.

"괜찮습니다, 우진. 하하."

"시원한 음료나 한 잔씩 하고 본격적으로 다시 얘기 나누도록 하지요."

물론 부끄러움은 전부 우진의 몫이었지만 말이다.

"죄송합니다, 브루노. 오늘 해야 할 이야기도 많은데… 하….'"

그래서 잠시 음료를 마시며 분위기를 진정시킨 뒤 우진은 천천히 파빌리온과 패러필드 설계에 관한 이야기부터 다시 꺼내었다. 아무리 마테오라는 의외의 인물이 나타났고, 그가 가져온 소식이 무척이나 흥미로운 것이라 하더라도 오늘 이 자리에서 나눠야 할 이야기들 중 가장 중요한 것은, 원래 진행 중이던 왕십리 패러필드와 관련된 안건들이었으니 말이다.

"자, 그럼 일단 우진이 준비해온 파빌리온의 모형에 대한 이야기부터 해볼까요?"

브루노의 말에 고개를 끄덕인 우진은 직원들에게 부탁하여 프로토 모형을 탁자 위에 올려놓았다. 모형이 눈높이 위로 솟아오르자 위에서 내려다볼 때와는 또 다른 느낌이었지만, 애초에 이것은 우진의 의도였다. 이 파빌리온이 패러필드의 로비에 설치되었을 땐, 대부분의 이용자들이 아래에서 위로 올려다보는 각도에서 감상하게 될 것이었으니까.

"일단 이 디자인에 대한 설명을 드리기에 앞서… 제가 한 걸음씩 밟아온 디자인 프로세스에 대한 이야기부터 시작해도 될까요?"

우진의 물음에 브루노는 고개를 끄덕였고,

"물론입니다, 우진. 제 설계의 콘셉트에서 영감을 받아 기본적인 디자인 틀을 만드셨다고 했는데, 그게 어떤 의미였는지 지난 미팅 때부터 아주 궁금했었거든요."

그 옆에 앉아 아메리카노를 홀짝이던 마테오는 두 눈을 빛내기 시작하였다. 어차피 마테오의 입장에서는 두 건축사무소 간의 협업에 대한 이야기만 듣더라도 자신이 가장 궁금했던 의문점이 어느 정도 해결될 것 같았으니 말이다.

'프로세스라… 좋지. 대체 이런 비정형 패턴을 어떻게 만들 수 있었는지가 너무 궁금했으니까.'

그래서 상황이 일단락된 지금, 우진의 목소리가 다시 차분하게 이어졌다.

"제가 지금부터 보여드릴 프로세스의 핵심은…."

레이저 포인트를 들어 올린 우진이 스크린을 향해 버튼을 누르자, 까만 스크린에 천천히 빛이 맺히기 시작하였다.

"이 조형물에 담긴 패러미터와 알고리즘 그리고 그것을 이렇게 실물로 제작할 수 있게 만들어준 패브리케이션 솔루션입니다."

담담하지만 힘 있게 이어지는 우진의 목소리에, 장내의 모두가 집중하기 시작하였다.

우진의 솔루션

　지금 마테오에게 가장 필요한 것은 '방법론'이다. 멋진 디자인, 특별한 디자인도 중요하지만, 그것은 이미 준비된 상태였으니까. 처음부터 그의 클라이언트인 아틀레틱 클루브 구단에서는 그가 스케치하고 디자인했던 비정형 건축의 디자인을 마음에 들어 했었다. 아무리 민족주의가 심한 바스크 지역의 클라이언트라 하더라도, 바스크 출신이라는 이유만으로 그를 고용한 것은 아니었던 것이다. 다만 문제가 된 부분은, 마테오가 회장의 마음에 드는 디자인을 뽑기 위해 다소 파격적인 콘셉트 디자인을 제시했다는 점이었다.

　마테오는 실시설계과정에서 현실성 있는 구조로 조금씩 바꿔가며 설계하려고 생각했던 거였지만, 그의 클라이언트는 원안 그대로의 비정형적 아름다움을 살리지 못한다면 용납할 수 없다고 못 박아버린 것이다. 하지만 마테오가 이제껏 해왔던 설계방식으로는 도저히 기존의 콘셉트 설계를 완벽하게 재현해낼 수 없었다. 하나의 축이 아닌 두 개의 축으로 굽어진, 정확히는 꽈배기처럼 뒤틀린 형태의 곡면설계는 평면적인 도면으로 표현 가능한 범주가 아니었으니까.

스타디움이라는 건축시설물이 가지는 정형화된 기능을 핑계로 수많은 설득을 해 봤지만 그런 핑계들은 역시 씨알도 먹히지 않았다.

'젠장. 단순한 조형물도 아니고 스타디움처럼 거대한 규모의 건축에서… 3차원 곡면을 사용할 수 있는 건축가는 스페인 어디에도 없을 거야.'

그래서 얼마 전에는 이런 생각도 잠시 했었다. 그냥 못하겠다고 계약을 파기해버리고, 3차원 곡면을 설계할 수 있는 다른 건축가를 찾아보라고 으름장이라도 놓을까 하는 생각 말이다. 하지만 그 생각도 잠시뿐. 그것은 마테오의 자존심이 용납할 수 없는 것이었다. 지금까지 건축을 하면서 지금보다 훨씬 더 막막했던 적도 많았지만, 결국에는 그것을 다 이겨내고 이 자리까지 올라온 건축가가 바로 그였으니까.

'최후에 아쉬운 소리를 한 번 더 해보는 한이 있더라도, 일단 할 수 있는 데까지는 해보고 생각하자.'

하여 이렇게 막다른 길에 놓여있던 마테오에게 우진이 보여준 가능성은 한 줄기 빛과도 같은 것이었다. 이 동양의 어린 건축 디자이너가 제작했다는 파빌리온에는 3차원 곡면이 적용된 파츠가 곳곳에 들어가 있었고 심지어 일정한 규칙에 의해 인터렉티브하게 변화하는 특별한 패턴이, 그 곡면의 위에 덧씌워져 있었으니까. 이것은 그가 지금 고민하던 문제를 해결하는 것을 넘어서, 그의 디자인을 한 단계 디벨롭시켜 줄 수도 있을 정도로 혁신적인 구조였다.

"이 알고리즘에 들어가 있는 세 개의 파라미터(Parameter)는, 하나의 패널을 이루는 네 꼭지점의 좌표값을 배열로 나타낸 겁니다."

때문에 우진의 입에서 지금 나오고 있는 말 한마디 한마디는 마테오에게 있어 주옥과도 같은 것이었고….

"그리고 이 두 번째 줄에 연결되어있는 함수는, 꼭짓점과 꼭짓점을 잇는 곡선을 생성하기 위해 만들어진 벡터(Vector) 값이지요."

덕분에 실마리를 찾아낸 마테오의 엉덩이가 들썩이는 것은, 결코 이상한 일이 아니었다.

"이런 식으로 삼차원 곡면이 가지고 있는 모든 요소를 하나의 패러미터로 치환시켜 수치를 뽑아내고, 그 수치가 브루노가 설계한 빛의 흐름에 영향을 받도록 설계된 것이 제 파빌리온 모델링의 핵심 알고리즘입니다."

모든 설명이 다 끝났을 때, 마테오는 침묵할 수밖에 없었다. 우진의 이야기를 들으면서 설계방식 자체가 이해되지 않은 것은 아니지만 큰 틀에서 방향성 정도만 이해한 것일 뿐, 머리가 복잡하다 못해 터질 지경이었으니 말이다. 하여 마테오가 우진으로부터 들은 이야기들을 곱씹는 사이, 브루노가 천천히 입을 열었다.

"그러니까 우진의 이야기는… 이 모든 다이아몬드 패턴과 삼차원 곡면 패널들이 뒤틀린 정도가, 제가 설계한 빛의 흐름과 가까워질수록 더 커진다는 의미가 맞습니까?"

우진이 고개를 끄덕이며 대답했다.

"그렇습니다, 브루노."

"그게 어떻게 가능하지요?"

"빛의 흐름을 가상의 곡선으로 만들어서 삼차원 공간 안에 그리고… 모든 패널의 중심 좌표가 그 가상의 곡선으로부터 얼마나 떨어져 있는지를 거리로 계산했습니다."

"그다음에는요?"

"그 거리의 최댓값과 최솟값을 곡면이 뒤틀리는 정도에 대입하여, 가장 먼 곳에 있는 곡면 패널은 가장 조금 뒤틀리고, 가장 가까운 거리에 있는 곡면 패널은 가장 많이 뒤틀리도록 설계된 겁니다."

"그런 것이 가능하다니… 정말 대단합니다, 우진."

"하하, 아닙니다 브루노. 사실 저는 이 비주얼 스크립트를 활용한 모델링 툴을 개발한 개발자가 존경스럽습니다. 어떻게 보면 그 덕분에 이런 특별한 디자인이 가능했던 거니까요."

우진의 겸손한 대답에 브루노는 고개를 저었다. 툴은 어디까지나 툴일 뿐 그것을 활용하는 것은 디자이너였으니까.

"그렇지 않습니다, 우진. 툴이 새로운 방법을 제시해줄 수는 있겠지만, 결국 근본적인 방법론을 만들어내는 것은 사람이지요."

"하하, 그런가요?"

우진의 디자인이 완전히 마음에 든 탓에, 오늘 미팅의 목적이었던 설계에 대한 의견 조율은 생각했던 것보다 더 빠르게 진행되었다. 물론 우진의 파빌리온이 설치되는 과정에서 현실적으로 기존 설계를 조금씩 변경해야 하는 부분이 있었지만, 총괄 디렉터인 브루노도 우진의 파빌리온 모형을 최대한 살리고 싶어 하고 있었으니 우진으로서는 이야기를 나누기가 무척이나 수월했던 것이다. 그래서 이 모든 논의가 전부 다 끝났을 때, 회의실 내의 분위기는 무척이나 훈훈하였다.

"오늘 우진 덕분에 또 완전히 새로운 분야를 경험하게 되었군요.

정말 감사합니다."

"별말씀을요."

"이 늙은이가 오늘 경험한 것을 습득해낼 수 있을지는 모르겠습니다만… 기회가 닿는다면 저도 이런 디자인을 한번 해보고 싶습니다."

우진이 웃으며 다시 입을 열었다.

"제 도움이 필요하시다면, 언제든지 말씀 주시지요."

"후후, 그게 정말입니까?"

"물론입니다."

우진의 이야기에, 브루노는 잠시 그의 친구 마테오를 응시하였다. 사실 우진의 도움이 그 누구보다 절실하게 필요한 친구가 바로 마테오였으니까.

"혹시 우진의 도움이 필요한 사람이, 제가 아니고 여기 마테오여도 괜찮겠습니까?"

이미 마테오가 한국으로 오게 된 전말을 전부 알고 있는 우진은 브루노가 무슨 이야기를 하는지 바로 알 수 있었고, 때문에 기분 좋게 고개를 끄덕였다. 우진은 처음부터 이야기가 이렇게 흘러갈 것을 알면서 말을 꺼낸 것인지도 몰랐다.

"그럼 시간이 꽤 지났으니, 저녁 식사 후에 그 이야기를 해보는 것은 어떻겠습니까?"

"그 이야기라면…."

"산 마메스 구장에 대한 이야기 말입니다."

"…!"

"저도 사실 아까 많이 궁금했는데, 해야 할 이야기들이 많아서 더 묻지 않았었거든요."

"오오."

"좀 더 구체적인 이야기를 들어보고 싶군요."

우진의 말이 끝나자, 마테오는 반색하며 자리에서 벌떡 일어났다. 그리고 아주 의욕적인 표정이 되어, 걸걸한 목소리로 말했다.

"오늘 저녁은 제가 사겠습니다. 이 근방에서 가장 비싼 레스토랑으로 가시지요."

흥분한 마테오의 목소리에 브루노는 껄껄 웃었고, 그렇게 그들 일행은 성수동에서 저녁 식사를 하게 되었다. 마테오가 말한 것처럼, 우진이 아는 한 가장 비싼 음식점에서 말이다.

— * —

아틀레틱 클루브의 회장 '후안 파블로(Juan Pablo)'는, 최근 심기가 꽤 불편했다. 홈 경기장의 신축이라는 그의 숙원사업 일정이 얼마 남지 않았는데, 그의 마음에 쏙 드는 스타디움 설계안이 아직까지도 나오지 않았으니 말이다. '마테오 비야'라는 빌바오 출신인데다 세계적인 인지도를 가진 건축가를 처음 섭외했을 때만 하더라도, 이런 상황은 생각지 않았었다.

그가 들고 온 콘셉트 스케치는 처음부터 파블로의 마음을 사로잡았고, 그 그림대로만 스타디움이 지어진다면 아틀레틱 클루브는 스페인에서 가장 멋진 경기장을 가지게 될 것 같았으니까. 하지만 그가 믿고 있던 건축가는 자신이 보여줬던 그림이 현실적으로 불가능한 구조라며 조금씩 그림을 바꿔서 내놓았고 그것은 파블로가 볼 때 팥 없는 찐빵과도 같은 모습이 되어버렸다.

그가 마테오의 디자인에서 가장 마음에 들어 했던 부분들, 실시

설계 과정에서 빠져야 한다고 하는 부분들이 정확히 그 포인트였으니 말이다. 그래서 불같은 성격으로 유명한 파블로는 마테오에게 독설을 퍼부을 수밖에 없었다.

"마테오, 이런 디자인의 스타디움은 스페인이 아니라 유럽 어디가도 널렸습니다."

"…."

"제가 원했던 특별한 디자인은 결코 이런 것이 아닙니다."

"후우. 알겠습니다, 파블로."

"기존에 제게 보여주셨던 디자인으로 어떻게든 설계를 해오시길 바랍니다."

마테오는 다시 해답을 찾아오겠다 했지만, 파블로는 이제 그가 미덥지 못했다. 세계적인 건축가라던 그의 위상조차도, 의심되기 시작한 것이다.

'그런 밋밋한 설계로 새 구장을 지을 거였으면, 차라리 동네 목수를 고용하는 게 나을 뻔했어.'

그래서 그가 마테오에게 주었던 날짜가 다 지난 오늘. 구단 메일을 통해 마테오의 설계가 도착했지만, 파블로는 별다른 기대가 없었다. 구단 회의실 스크린에 설계 파일이 떠오르기 직전까지만 해도 말이다.

'이번에도 성에 차지 않는다면, 그냥 그와의 계약을 파기해야겠어. 천문학적인 돈이 들어가는 사업에 타협이 있을 수는 없지.'

본인은 설계발표 현장에 나타나지도 않았으니, 자신이 없어서 내뺐다고 생각한 것이다. 보나 마나 밋밋한 평면설계를 가지고 올 것이라 생각한 것.

"회장님, 일단 투시도부터 먼저 올리겠습니다."

"편할 대로 브리핑하시지요."

하지만 다음 순간 마테오의 설계사무소에서 나온 직원이 스타디움 파사드의 디자인이 담긴 투시도를 열었을 때,

"…?!"

의자를 뒤로 푹 누인 채 심드렁한 표정으로 스크린을 응시하고 있던 파블로는 콧잔등에 흘러내리고 있던 안경을 반사적으로 치켜올릴 수밖에 없었다.

"아니, 이게 무슨…?"

투시도에 떠올라있는 설계 디자인의 형상이, 마테오가 처음 보여줬던 콘셉트 설계를 그대로 구현해냈기 때문은 아니었다. 새롭게 마테오가 들고 온 디자인 시안은 이전의 그 느낌이 살아있으면서도 완전히 다른 구조와 형태를 가진 스타디움이었으니까. 하지만 그럼에도 불구하고 파블로는, 더 이상 마테오와의 계약을 해지한다는 것을 상상조차 할 수 없게 되었다.

"이, 이것이… 마테오가 설계한 새로운 스타디움입니까?"

"그렇습니다, 회장님. 대표님께서 직접 오지 못해서 죄송하시다고…."

이것은 처음 파블로의 마음을 사로잡았던 그 디자인이 아닐지언정 그것보다 훨씬 더 화려하고 특별한 아름다움을 갖고 있었으니 말이다.

"마, 마테오는 지금 어디에 있습니까?"

"대표님은 한국에 계십니다. 그곳에서 엊그제 설계를 보내오셨습니다."

"예…? 거긴 왜…?"

"3차원 설계에 대한 해답을 찾기 위해 가셨다고 알고 있습니다."

경기장을 휘감고 있던 벽체의 뒤틀린 3차원 곡면들은 사라졌지만, 대신 스타디움을 덮고 있는 거대한 천장이 마치 파도치듯 꿈틀거리고 있었다. 스타디움의 중심부를 시작으로 파도치듯 격렬하게 꿈틀대는 천장의 형태는 외곽에 가까워질수록 잔잔한 물결이 되어 잦아들었고 종래에는 담백한 물줄기가 되어, 벽체를 타고 흘러내리는 모양새였다. 파블로의 눈에 비친 그것은… 단어 그대로 예술 그 자체였다.

　'아름다워.'

　숨막히는 표정으로 스타디움을 감상하는 파블로. 그를 잠시 지켜보던 사무소의 직원이, 조심스레 다시 입을 열었다.

　"회장님, 대표님께서 말씀하시길…."

　"예?"

　"오늘은 이 투시도를 보여드리는 것으로 충분할 것이라 하셨습니다."

　"하하."

　기분 좋게 웃는 파블로를 향해, 남자의 말이 다시 이어졌다.

　"설계에 대한 브리핑은 본인께서 직접 하고 싶다 하셨습니다. 혹시 일주일 정도만 더 여유를 주실 수 있겠느냐고…."

　직원의 말이 끝나기도 전에, 파블로가 대답하였다.

　"물론입니다. 그에게 전해주십시오. 이런 스타디움을 지을 수 있다면, 일주일이 아니라 한 달이라도 더 기다려줄 수 있다고 말입니다."

　말을 하는 와중에도 파블로의 시선은, 단 한순간도 스크린에서 떨어지지 않고 있었다.

—— ＊ ——

원래 마테오는 한국에 3일 정도만 머물 생각이었다. 브루노가 이야기하는 그 한국의 젊은 건축가를 만나는 데에는 하루면 충분할 것이라고 생각했으니 첫날은 오랜만에 만난 브루노와 회포를 풀고 둘째 날은 한국의 건축가를 만난 뒤 셋째 날에 다시 스페인행 비행기를 탈 생각이었던 것이다. 하지만 결과적으로 마테오의 그 계획은, 완전히 바뀔 수밖에 없었다.

한국의 건축가 우진은 그가 상상했던 것과 비교도 되지 않을 만큼 그의 설계에 큰 도움을 줄 수 있는 인물이었고 그래서 아예 기본설계 작업 자체를 한국에서 하게 된 것이다. 모든 인프라가 스페인에 있는 상황에서 이런 결정을 하는 것은 쉬운 일이 아니었지만 우진을 만난 날 비행기 표를 바로 취소해버린 마테오는 곧바로 스페인에 전화를 걸었다.

[이번 스타디움 프로젝트 진행하던 설계 팀 인원 추려서 3일 내로 한국행 비행기를 타도록 해.]

[대표님! 갑자기 그게 무슨 말씀이십니까?]

[한국에서 해답을 찾았다네.]

[예?]

[설명은 얼굴 보고할 테니, 여덟 명 정도 인원 추려서 한국으로 보내도록.]

비행기 표에 직원들의 숙박비, 식대까지, 출장비용만 해도 원화로 수천만 원 단위의 비용이 깨질 것임에도 불구하고, 한 치 망설임 없이 이 모든 결정을 내린 것이다. 물론 우진에게 양해도 구하지 않은 채, 단독 결정한 것은 당연히 아니었다. 설계 전반에 걸쳐 도움을 주겠다는 제안은 우진이 먼저 한 것이었고 그 이야기를 들은 뒤에 마테오의 결정이 이뤄진 것이었으니까.

"정말 흥미로운 프로젝트입니다, 마테오."
"그렇습니까?"
"이런 거대한 건축물에 비정형 파사드를 디자인해볼 수 있다는 것 자체가 어지간한 건축가에게는 평생 오지 않을 기회니까요."
"하하."
"이렇게 파격적인 디자인을 원하는 클라이언트도, 사실 잘 없지 않습니까?"
"이거 부끄럽습니다. 저는 비정형 건축만 고집하는 클라이언트를 속으로 욕하기 바빴는데 말입니다."

설계를 도와주겠다는 이야기를 우진이 먼저 꺼낸 것은, 우진의 입장에서는 너무 당연한 것이었다. 디지털 건축에 대한 갈증에 끊임없이 목마른 우진에게는 이런 건축설계에 참여해볼 수 있다는 그 자체만으로도 너무 매력적인 기회였던 것이다.

"제가 아직 이만한 규모의 건축설계를 해본 적은 없지만… 패러메트릭 디자인을 접목한 건축설계 측면에서는 마테오에게 확실히 도움을 드릴 수 있을 것 같습니다."
"저도 그렇게 생각합니다, 우진. 생면부지 외지인인 제게 이렇게 선뜻 도움을 주신다고 하니… 너무 감사하고 또 죄송스럽군요."

"하하, 그렇게 생각하실 것 없습니다. 제게도 좋은 경험이 될 것 같으니 말입니다."

당연한 얘기겠지만, 우진이 직접 도면을 그리고 디자인을 하는 것은 아니었다. 우진에게 그렇게까지 할애할 수 있는 시간이 있는 것도 아니었으며, 그것은 프로젝트의 디렉터인 마테오에게도 실례가 될 수 있는 일이었으니까. 다만 우진이 마테오에게 해주기로 한 것은, 마테오가 제시하는 디자인을 패브리케이션(Fabrication) 할 수 있도록, 그때 그때 솔루션을 제시해주는 정도였다.

물론 이것만 해도 꽤 큰 노력이 들어가는 작업이겠지만 마테오라는 세계적인 건축가의 작업물에 메인 서포터로 이름을 올릴 수만 있더라도, WJ 스튜디오의 위상에 큰 도움이 될 것은 자명할 터. 하지만 마테오의 생각은 우진과 달랐다.

"우진, 정말 감사합니다. 공동설계자에 WJ 스튜디오와 당신의 이름을 올려드리겠습니다."

"아, 그렇게까지는 해주지 않으셔도 됩니다. 서포터 정도로만 이름 올려주셔도…."

"아닙니다. 우진이 아니라면 저는 어디에서도 이런 도움을 받을 수 없었을 겁니다."

"그렇게 생각해주신다면야…."

"설계 비용도 확실하게 셰어해 드리겠습니다. 실무자가 한국으로 넘어오는 즉시, 계약서를 보여드리도록 하지요."

마테오는 이번 프로젝트에서, 금전적인 어떤 이익을 크게 남길 생각이 없었다. 이미 수많은 건축설계로 이름을 알린 마테오는 물질적으로는 부족할 것이 별로 없었고 그에게 가장 중요한 것은 디자이너로서 자신의 커리어를 더 빛내줄 수 있을 만큼 훌륭한 포트폴리오였으니 말이다.

우진이 아니었다면 아예 드롭되었을지도 모를 이번 프로젝트. 우진의 작업물을 보고 디지털 건축에 대한 그의 이야기를 들은 순간, 이번 프로젝트를 살려낼 수 있고 나아가 더 멋진 결과물을 낼 수도 있을 것 같다는 생각이 들었으니 마테오로서는 우진에게 이만한 지분을 할애하는 게 결코 아깝지 않았다.

"이거, 제가 더 열심히 해야겠군요."
"하하, 부담 드리려는 것은 아니었습니다."
"알고 있습니다. 그래도 이렇게 된 이상, 밥값은 해야지요."

그렇게 아주 급작스럽지만, 마테오와 우진의 콜라보가 시작되었다. 공동 디자이너로 등재되는 것은 물론 기본설계 페이에 대해 일정 부분을 할애해준다는 이야기까지 들었으니 우진은 협업이 진행되는 동안 WJ 스튜디오의 인프라까지도 어느 정도 투입할 생각이었다. 그 '인프라'에는, 당연히 석현도 포함되었다.

"석구, 도와줄 거지?"
"어차피 업무 시간에 하는 거잖아. 당연히…."
"아니, 단지 업무 시간은 아닐 거야."
"홀리…."
"한 보름 정도…? 어쩌면 당직실에서 나랑 같이 자야 할지도 모르지."

"젠장!"

처음에는 야근이라는 이야기에 우울한 표정이 됐었지만…

"대신 스타디움의 설계자 명단에, 네 이름도 올려달라고 마테오
에게 이야기해볼게."

"뭐? 그게 정말이야?"

"디자이너에 이름 올리는 것은 힘들겠지만, 서포터의 명단 가장
위에 네 이름을 박아줄게."

"산 마메스 신축 구장 설계자 명단에… 내 이름이 올라간다는 거
지?"

"바로 그거지. 인센티브도 빵빵하게 지급해줄 거고."

"…!"

결국 우진이 제시한 매력적인 콩고물을, 석현은 도저히 거부할
수가 없었다.

"그리고 이 프로젝트까지 마무리되고 나면… 법인 차 한 대 새로
뽑아서 너한테 차 키 줄게, 콜?"

"미친! 그거 정말이지?"

"물론."

"만약 이번에도 연비 타령을 한다면…."

"그럴 일은 없을 거야. 차종 선택권도 네게 주도록 할게. 말도 안
되게 비싼 차만 아니라면…."

"젠장, 이건 녹음해야 해."

"내가 한 입으로 두말 안 하는 거 알잖아."

"대표님, 사랑합니다."

"그럼 도와주는 거지?"

"두 번 말하면 입 아프지."

"오케이, 딜!"

"딜!"

그리고 이렇게 여러모로 의욕 넘치는 분위기 속에서 산 마메스 구장의 설계 프로젝트는 우진이 생각했던 것보다도 훨씬 더 멋진 결과물을 만들어낼 수 있었다.

— * —

〈올라스 페로시스(Olas feroces)〉

마테오와 우진의 이름이 올라간 산 마메스 구장의 새로운 이름. 이것은 한국어로, '맹렬한 파도'라는 뜻을 가진 스페인어였다.

"빌바오 사람들의 축구에 대한 열정을, '맹렬히 몰아치는 파도'에 빗대어 표현해보았습니다."

"하하, 아주 멋집니다, 마테오. 말씀하신 대로 스포츠에 대한 열정이 아주 잘 표현된 디자인이 나온 것 같습니다."

"이게 다 우진 덕분이지요."

"아닙니다. 제가 한 거야 패브리케이션에 대한 솔루션을 제공한 것뿐 디자인 전반의 디렉팅은 마테오가 하지 않았습니까?"

"그렇게 말씀해주시니 감사합니다만… 우진이 아니었다면 탄생할 수 없었던 디자인이었다는 게 사실이지요."

완성된 스타디움의 설계도를 펼쳐논 우진과 마테오는 한없이 뿌
듯한 표정으로 서로를 칭찬하였다. 그리고 서로를 향한 그 칭찬들
에는 조금의 위선이나 거짓도 담겨있지 않았다. 마테오는 생각보
다 더 열정적이고 뛰어난 우진의 능력에 감탄했으며 반대로 우진
은 마테오의 설계 디렉팅 방식과 디자인 프로세스를 경험하면서
많은 것을 배웠으니 말이다.

'확실히 그의 명성이 가짜는 아니었어. 이런 거대한 규모의 건축
에서 이 정도의 조형감과 공간감을 표현해내는 것이… 보통 어려
운 일은 아닌데 말이지.'

그래서 두 사람은, 프로젝트가 마무리되었음에도 불구하고 헤어
짐이 아쉬웠다. 보름이라는 길다면 길고 짧다면 짧은 시간 동안 스
타디움 프로젝트의 기본설계를 함께하면서 서로에게 배울 수 있
는 부분이 아직도 많이 남았다는 사실을 느낀 것이다.

하여 마테오가 서울에 머무는 마지막 날. 용산에 있는 마테오의
숙소에 초청받은 우진은 두 스페인의 건축가와 저녁을 함께하였
다. 마테오가 머무르는 호텔에는 그의 통역사도 함께 머물고 있었
기에, 다행히 소통에는 어려움이 없었다.

"스페인에서는 답변이 날아왔습니까?"

"답변이라면…."

"파블로 회장이 이 설계를 마음에 들어 했는지가 궁금해서 말입
니다. 하하."

우진의 물음에, 마테오가 빙긋 웃으며 대답했다.

"당연합니다. 그는 제가 디자인했던 최초의 설계만으로도 만족했었습니다. 우진의 도움 덕에 훨씬 더 멋진 결과물을 만들어낼 수 있었으니, 파블로 회장의 마음에 들지 못할 리가 없지요."

"그거 참 다행입니다."

우진의 멋쩍은 웃음에, 이번에는 브루노가 한마디 거들었다. 그 또한 이미 완성된 설계와 투시도를 마테오를 통해 봤던 것이다.

"그런 멋진 디자인을 거부할 클라이언트는 아무도 없을 겁니다, 우진. 디지털 건축기법이 이렇게 멋진 분야인 줄 알았더라면, 아마 저도 이번 프로젝트에서 우진과 공동설계를 제안했을 겁니다. 하하."

마테오의 숙소에서 이야기 나누던 세 사람은, 브루노가 디자인한 호텔인 글래셜타워의 라운지로 자리를 옮겨 밤늦게까지 대화를 나누었다. 그리고 이야기가 전부 끝나갈 때 즈음 우진은 두 건축가로부터, 한 가지 제안을 받을 수 있었다.

"우진, 혹시 올 8월에 예정되어 있었던 EAC라는 컨퍼런스에 대해서 알고 계십니까?"

"EAC라면… 유럽의 건축 디자인 컨퍼런스 말씀이신가요?"

"오, 알고 계시는군요."

"세계적인 건축 디자인 컨퍼런스 아닙니까. 당연히 알고 있지요."

EAC라는 얘기를 들은 우진의 두 눈이 반짝였다. 우진도 눈치가 아주 없는 편은 아니었기에, 두 사람이 무슨 얘기를 하려는지 어렴풋이 짐작할 수 있었던 것이다.

'EAC는 보통 여름에 열리는 것으로 알고 있는데… 올해는 지났을 테고 내년에 초대해주려는 건가?'

하지만 다음 이야기를 들은 순간, 우진의 두 눈이 살짝 확대될 수밖에 없었다. 브루노의 입에서 예상치 못했던 이야기가 나왔으니 말이다.

"그렇다면 혹시, 올해 컨퍼런스가 밀렸다는 사실도 알고 계신지요."

"네?"

이번에는 마테오가 말했다.

"올해 EAC는 원래 영국에서 8월 열리기로 되어 있었습니다. 그런데 런던에서 시위가 크게 일어나는 바람에, 11월로 밀리게 되었지요."

"그런 일이…."

두 건축가의 말이 이어질수록, 우진의 심장박동 수는 점점 더 빨라졌다.

"우진만 시간이 괜찮으시다면, 이번 컨퍼런스에 함께하셨으면 해서 말입니다."

마테오의 말이 끝나자, 브루노의 말이 다시 이어졌다.

"단순히 게스트로 초대하는 것이 아닙니다, 우진. 제 프로젝트와 마테오의 프로젝트를 함께한 조력자로서, 이번 컨퍼런스에 함께해주셨으면 하는 겁니다."

브루노의 말이 끝난 순간, 우진은 저도 모르게 두 주먹을 불끈 쥐었다. 올해 컨퍼런스에 두 사람과 함께할 수 있다면, 그것만큼 특별한 경험도 없을 테니 말이다. 두 거장의 조력자로서, 그리고 어엿한 하나의 건축가로서 컨퍼런스에 참여하는 것은, 단순히 초대받는 것과는 또 다른 의미였다.

"감사합니다, 브루노. 그리고 마테오. 두 분이 초대해주신다면,

바쁜 일이 있더라도 당연히 가야지요. 아니, 무조건 가도록 하겠습니다."

홍분한 우진의 목소리에, 두 사람은 동시에 웃음을 터뜨리고 말았다. 항상 두 사람에게 놀라움만 선사하던 이 어린 디자이너에게서, 인간적인 모습을 발견한 것 같았으니 말이다. 브루노를 슬쩍 응시한 마테오가 한쪽 눈을 찡긋하였다. 두 사람은 아직, 우진에게 해줄 이야기가 하나 더 남아있었다. 마테오의 입이 천천히 떼어졌다.

"그리고 우진, 제가 한 가지 더 부탁드리고 싶은 부분이 있는데…."

가까스로 홍분을 가라앉힌 우진이 한 차례 심호흡을 한 뒤 대답했다.

"말씀하세요, 마테오."

웃음 띈 얼굴로 그를 잠시 응시하던 마테오가, 은근한 목소리로 다시 입을 열었다.

"혹시 컨퍼런스에서, 한 타임 정도 프레젠테이션을 해주실 수는 없겠습니까?"

"네에…?"

지금까지와는 비교도 되지 않을 정도로 파격적인 이야기에, 순간적으로 말문이 막혀버린 우진. 그런 그를 향해 빙긋 웃어 보인 마테오가, 잠시 뜸을 들인 뒤 말을 이었다.

"디지털 건축의 가능성과 패러메트릭 디자인의 아름다움에 대해… 유럽의 건축가들에게 공유해주셨으면 합니다."

도약을 위한 준비

마테오와 그의 직원들이 스페인으로 돌아간 뒤, 우진의 일상은 다시 평범하게 돌아왔다. 물론 평범하다 해도 눈코 뜰 새 없이 바쁜 것은 마찬가지였지만… 적어도 회사에서 간이침대를 깔아놓고 자는 등의 스파르타식 업무는 이제 하지 않아도 됐던 것이다.

'으… 진짜 일정 맞춘 게 기적이지, 기적이야.'

보름 동안 집에 간 날이 손가락에 꼽을 정도로 어마어마한 업무량을 소화해낸 탓에, 일상으로 돌아온 지금까지도 아침만 되면 온몸이 뻐근한 우진. 하지만 그럼에도 우진은 이 프로젝트에 참여할 수 있어서 정말 다행이라고 생각하고 있었다.

이번 일 덕에 브루노와 마테오라는 거물급 디자이너들과 더 친분을 돈독히 할 수 있었으며 프로젝트 자체도 진행되면 진행될수록 우진의 마음에 쏙 들었으니까. 마테오는 우진이 처음 기대했던 것보다 훨씬 더 그와 합이 잘 맞는 디자이너였다.

'WJ 스튜디오의 단독 프로젝트였다면, 확실히 그런 스케일감 있는 디자인은 쉽지 않았겠지.'

게다가 한 가지 더, 유럽의 세계적인 건축 디자인 컨퍼런스인

EAC에 두 거장의 이름으로 초대받았다는 사실은 조운찬 교수마저도 부러워할 만한 성과였다.

[그래, 고생했다, 우진아. 보내준 투시도랑 조감도 봤는데, 정말 멋지게 잘 뽑았더구나.]

"교수님께서 도와주신 덕분이죠, 뭐."

[하핫, 별말씀을. 그건 그렇고 우리 서우진이. 정말 대단해. 나는 네 나이 때 영어 공부하면서 유학 생활에 적응하기 바빴는데 말이야.]

"제가 특별히 운이 좋은 사람이라서 말입니다, 하하."

이번 프로젝트에서 조운찬 교수는, 숨겨진 가장 큰 조력자 중 한 명이었다. 우진을 도와 휘몰아치는 파도를 알고리즘으로 만들어 낸 가장 큰 조력자가 석현이었다면 그렇게 만들어진 디자인을 실제 시공 가능한 설계로 뽑아내는 데 가장 큰 조언을 준 것이 바로 조운찬 교수였으니 말이다. 조운찬 교수는 이미 3차원 비정형 건축물인 DDP의 설계과정에서 산 마메스 스타디움만큼이나 거대한 규모의 패브리케이션을 실전에서 성공시킨 바 있었고 이러한 경력이 있는 건축 디자이너는, 전 세계를 통틀어도 한 손에 꼽을 정도로 적었다.

[여튼 클라이언트도 아주 흡족해 했다니 다행이구나.]

"마테오가 교수님께, 감사인사를 꼭 전해달라 했습니다."

[흐흐, 그래? 11월에 영국에 가면, 밥이나 한 끼 얻어먹어야겠어.]

"교수님도 EAC에 오시는 겁니까?"

[짜식이, 스승님을 너무 무시하는 거 아니냐. 나는 원래 컨퍼런스 참석 예정이었지. 너처럼 브루노나 마테오에게 초청받지는 못했다만….]

조운찬과 이런저런 대화를 좀 더 나눈 우진은 기분 좋게 전화를 끊었다. 컨퍼런스에서 짧게나마 피티를 하게 될지도 모른다는 사실은, 일부러 조운찬에게 얘기하지 않았다. 브루노와 마테오의 제안이었으니 어지간하면 성사되겠지만, 그래도 아직 EAC 주최 측으로부터 확답을 받지 못한 상황이었으니 설레발은 치고 싶지 않았던 것이다.

'뭐, 그때 가서 '짠' 하고 서프라이즈를 하는 것도 나쁘진 않겠지.'

출근해서 대표실에 앉자, 우진의 눈에 가장 먼저 들어온 것은 산더미 같은 결재 서류였다. 원래 우진이 운영하던 WJ 스튜디오는 결재방식이 전부 전자서명으로 되어 있었지만, 성진건설 쪽에서 들어오는 결재 서류들이 아직까지 일부 아날로그 방식으로 되어 있었던 것이다. 지금보다 훨씬 더 스마트했던 2030년에서 넘어온 우진과 달리, 80년대부터 나름 긴 역사를 가진 성진건설은 시스템 체계 자체가 고리타분한 것들이 많았고, 우진은 그것을 하나하나 고쳐나가며 천천히 WJ 스튜디오의 일부로 흡수하는 중이었다.

'올해 연말정산만 끝나고 나면, 내년부터는 체질 개선을 확실하게 해야지.'

우진은 서류철들을 하나하나 꼼꼼하게 살피며, 집중해서 일을 마무리하였다. 하여 그렇게 모든 서류들을 전부 확인하고 도장을 찍었을 즈음.

"대표님! 식사 안 하십니까?"

"먼저들 드세요. 저는 오늘 일이 좀 있어서요."

"아, 그렇군요. 식사 맛있게 하십시오!"

직원들은 전부 점심 식사를 위해 자리를 비웠고, 일을 마무리한 우진은 천천히 가방을 챙겨 일어났다.

'할 게 좀 더 남아있긴 하지만… 오늘은 이만 퇴근해야지.'

12시 30분을 가리키고 있는 시계를 힐끔 응시한 우진은 기분 좋게 사무실을 나와 엘리베이터에 올랐다. 이렇게 이른 시간에 퇴근해보는 것은 정말 오랜만의 일. 그가 일찍 퇴근하는 데에는 당연히 이유가 있었다.

"우진! 다 했어?"

"그래. 지금 나가자, 석구."

"오케이! 바로 나올게!"

오늘은 우진이 회귀한 뒤, 처음 이사하는 날이었다.

— * —

서울숲 인근, 낙후된 빌라촌들 사이에 우뚝 솟아 있는 청록빛의 마천루. 주거 목적으로 지어진 주상복합임에도 불구하고 외관 전부가 커튼월로 마감된 멋들어진 건물의 꼭대기에서, 혈기 왕성한 젊은이들의 흥분된 목소리가 울려 퍼지고 있었다.

"이야, 여기가 우진이 새 집이라는 거지?"

"왜, 석구. 부럽냐?"

"아니, 사실 막 그렇게 부럽진 않아."

"오호."

"이렇게 좋은 집이 나한테 무슨 소용이냐."

"그럼 뭐가 소용 있는데?"

"헤헤, 나는 우리 대표님이 주시기로 한 차 키만 있으면 돼."

"그놈의 차는 진짜…."

성수동에 지어진 최초의 프리미엄 주상복합인 〈서울 숲 클라시아 포레스트〉는 9월부터 이미 입주를 시작한 상태였다. 하지만 뜻밖의 프로젝트로 인해 우진이 한동안 워낙 바빴다 보니, 10월이 된 이제야 비로소 새집에 입주할 수 있게 됐던 것이다. 개포동의 주공아파트를 매도한 것은 아니었다. 우진과 어머니의 추억이 담긴 주공아파트는 어머니 명의 그대로 남겨 두었고 그것은 2019년쯤 번쩍거리는 새 아파트가 되어, 어머니의 노후를 책임져줄 예정이었다.

"와, 요즘 진짜 세상 좋아졌다. 이사하는 게 이렇게 편하다니. 센터에서 그냥 알아서 다 해주네?"

"Bloody Hell! 어차피 전부 포장이사 하면서, 대체 이 제이든 님을 왜 부른 거야?"

뒤늦게 도착한 제이든까지 합세해서 떠들기 시작하자 이삿짐센터의 직원들이 전부 빠져나갔음에도 불구하고, 널찍한 우진의 새집은 더욱 시끄러워졌다.

"이사 끝나면 같이 짜장면 먹을 사람은 있어야지."

"What?"

"그게 제이든의 역할이야. 아주 중요한 일이지."

"우진의 앞에서 짜장면을 맛있게 먹어주는 거?"

"데츠 롸잇."

우진의 저렴한 발음에 눈살을 한 번 찌푸려준 제이든이, 방방거리며 날뛰기 시작하였다.

"젠장! 제이든 같은 고급 인력을 이런 일로 불러내다니!"

하지만 제이든은 언제나처럼 우진에게 금세 제압될 수밖에 없었다. 우진은 지금 제이든을 쥐락펴락할 수 있는, 한 가지 강력한 무기를 가지고 있었으니까.

"짜장면이 먹기 싫다면 집에 가도 좋아. 대신 11월 컨퍼런스에 갈 때, 제이든은 데려가지 않을지도 모르지만."

"말도 안 돼. 그런 일은 있을 수 없어, 우진."

"왜?"

"영국은 이 제이든 님의 나라라고! 우리 집이 거기에 있어!"

"영국이야 올 수 있겠지만, 컨퍼런스에는 결코 들어올 수 없겠지."

"Holy…."

"억울하면 얌전히 짜장면을 먹으면 돼. 제이든."

대수롭지 않은 표정으로 얘기하는 우진을 보며, 제이든은 분한 표정으로 소파에 털썩 주저앉았다.

"…관대한 제이든이 한 번만 참아주도록 하지."

그런 그를 보며, 우진은 피식 웃을 수밖에 없었고 말이다.

"한강과 서울숲이 보이는 45층 아파트 거실에 신문지를 깔고 앉아서 짜장면을 먹을 기회는 그렇게 흔한 게 아니거든."

이사는 전부 끝났지만, 우진의 어머니 주희는 아직 새집에 도착하지 못했다. 오늘은 개포동에 있는 그녀의 수제비 칼국수 집이,

마지막 영업을 하는 날이었던 것이다. WJ 스튜디오 신사옥에 입점하기로 한 새 가게가 오픈하기까지는 거의 일 년 가까운 시간이 남아있었지만, 우진의 강력한 주장으로 주희는 한동안 일을 쉬기로 하였다. 우진은 신사옥이 완공되기 전까지 어머니께서 푹 쉬시면서 기력을 회복하시길 바랐다.

'그냥 쭉 쉬셨으면 좋겠지만… 그럴 리 없는 분이시니까.'

어쨌든 그런 이유로, 거의 60평에 가까운 넓은 아파트 거실에서 짜장면을 먹는 것은 우진을 비롯해 혈기왕성한 세 청년뿐. 제이든은 언제 불만스러운 표정이었냐는 듯, 그새 신나서 짜장면을 흡입하며 떠들어대고 있었다.

"우진, 영국에 가면, 이 제이든 님의 뒤만 따라다녀야 할 거야."

"그건 또 무슨 말이야?"

"관대한 제이든 님이 무려 가이드 역할을 해주겠다는 말이지."

"가이드…?"

"설마 런던까지 가서, 컨퍼런스만 달랑 참석하고 돌아올 생각이었어?"

"일정상 아마 그렇게 될 걸…?"

"Holy! 그럴 순 없어, 우진. 최소한 프리미어리그 한 경기는 보고와야지."

"나도 제이든의 말엔 동의해, 대표님. 축구경기를 최소 한 경기 이상 보지 않는다면, 다시 한국으로 돌아올 수 없어."

"차 키야, 프리미어리그야? 선택해, 석구."

"Bloody Hell!"

두 친구와 어울리며 여느 때처럼 실없는 소리를 떠들어대고 있었지만 우진은 그 어느 때보다도 홀가분하고 기분 좋은 표정이었다. 머리를 비우고 친구들과 떠들 때면, 열정적으로 일할 때 느낄수 없었던 또 다른 행복함을 느낄 수 있었으니 말이다. 해서 다 먹은 짜장면을 치우고 두 친구와 함께 가장 먼저 컴퓨터를 방에 설치한 우진은 오랜만에 둘과 함께 게임도 한 판 했다. 어쩌면 20대 초반의 대학생에게는 너무도 평범하기 그지없는 일상. 하지만 우진에게만큼은 작은 일탈과도 같은 것이었다.

"제이든, 설마 지금 우진이한테 진 거야?"
"그럴 리가."
"그럼 여기 모니터에 대문짝만하게 떠 있는 〈패배〉는 뭔데?"
"제이든은…."
"관대하다고?"
"제기랄, 모델링 공부를 한다고 그동안 게임에 너무 소홀했을 뿐이야."

게임을 하며 투닥거리다 보니, 가게 셔터를 내리고 퇴근하신 어머니도 집에 들어오셨다.
"오, 우진이 와 있었니? 석현이도 있었구나?"
"앗! 안녕하세요, 어머니!"
"아. 엄마 왔어요?"
그리고 멀대같은 영국인을 발견한 그녀는, 조금 당황한 표정이될 수밖에 없었다. 어릴 적부터 우진의 친구였던 석현은 주희와도안면이 있었지만, 제이든은 처음 봤던 것이다.
"여기 이 친구는 누구…?"

그리고 제이든은, 그녀에게 아주 강렬한 첫인상을 심어주었다.

"안녕하세요. 우진의 불알친구 제이든이에요."

"으응…?"

'불알친구'라는 단어를 Best Friend 정도로 이해하고 있었던 제이든이, 한바탕 웃음을 선사한 것이다.

"우진아, 너 어릴 때 외국인 친구를 사귄 적이 있었니?"

"아, 그게 엄마…."

어이없는 표정이 된 석현이 배를 잡고 웃기 시작했고.

"크흐흐흑…!"

영문을 모르는 제이든은 빨개진 얼굴로 뒷머리를 긁적였다.

"학교에서 친해진 동기예요. 제이든이라고… 원래 조금 특이한 친구라서 그래요."

어쩔 줄 몰라 하는 제이든의 모습이 귀여웠는지 주희도 결국 웃음을 터뜨렸다. 그렇게 우진은 새로운 보금자리에서, 첫날부터 화기애애한 하루를 보낼 수 있었다.

— ✳ —

10월 초, 우진의 뉴 하우스는 꽤나 붐볐다. 이제 꽤 넓어진 인맥들 때문인지, 거의 일주일에 거쳐 손님들이 다녀간 것이다. 일단 이사 첫날 다녀간 제이든과 석현부터가, 바로 다음 날 또 방문하게 되었던 것. 첫날은 사실 이사를 도와주기 위한 명분으로 온 것이었는데 딱히 할 게 없어서 놀다 간 것이었고 다음 날이 원래 소연과 선빈 등 친한 동기들 몇몇까지 함께하는, 원래 약속된 집들이 날이었던 것이다.

"와… 같은 성수동인데, 우리 집이랑 온도 차이 무엇."

"소연, 소연도 이런 집에 살 수 있는 방법이 하나 있어."

"그게 뭔데?"

"사모님이 되면 돼."

"…?"

"우진과 결혼하면…."

"맞을래, 제이든?"

동기들이 다녀간 다음 날에는, 박경완을 비롯한 친분 있는 천웅 건설의 관계자들과 우진의 오른팔인 진태 등이 방문하였다. 우진의 어머니 주희는 십 년 만에 가게 문을 닫은 뒤 보름 정도 여행을 떠나 있었기 때문에 우진은 편하게 손님을 맞을 수 있었다.

"상무님, 이게 다 뭡니까…?"

"내가 얼마 전에 러시아 쪽에 출장 다녀온 거 알지?"

"그런데요?"

"거기 보드카가 그렇게 유명하잖냐."

"설마 그럼 이 상자가 전부다…?"

"잘 쟁여 놔라. 한 번씩 마시러 올라니까."

경완의 말에 우진이 어이없는 표정으로 반문했다.

"아니, 왜 저희 집에서 마십니까? 좋은 술집들 놔두고."

"뷰가 죽이잖아. 거실 창가에 원목 탁자 가져다 놓은 거, 술 마시려고 세팅해둔 거 아니었냐?"

"아닌데요…."

물론 우진의 반응은 전혀 아랑곳 않는 경완이었지만 말이다.

"전망이 아주 그냥 예술이네, 예술이야. 여기서 술 마시면, 안주가 따로 필요 없겠어. 그렇지 않냐 진태야."

"말해 뭣합니까. 크으…! 그런 의미에서 일단 한 병 까실까요?"

"이 사람들이…."

"좋지!"

"전무님, 형수님께 이를 겁니다."

"괜찮아, 괜찮아. 와이프가 너랑 술 마신다고 하면, 외박해도 아무 소리 안 해. 서 대표랑 약속 있다고 하면 아예 등을 떠밀더라니까?"

"…."

경완과 진태 등이 다녀간 다음, 마지막으로 방문한 손님은 바로 〈우리 집에 왜 왔니〉 팸들. 세 사람 모두 바쁜 일정임에도 불구하고, 한 사람도 빠짐없이 우진의 집에 방문했다. 사실 순서는 마지막이었지만, 우진의 집들이를 가장 먼저 예약했던 사람들이 바로 이들이었다.

"역시 이쪽 일하는 사람 집이라서 그런가? 인테리어도 깔끔하게 잘해놨네."

재엽의 감탄에, 따라 들어온 수하가 한마디 거들었다.

"그러게. 나도 입주하면 우진이한테 인테리어 해달라고 해야겠다."

"입주? 어디 입주 말하는 거야? 청담은 아직 멀었잖아."

"일단 마포 클리오 들어가야지. 이제 딱 반년만 기다리면 입주라고!"

반년이라는 수하의 말에, 관계자가 참지 못하고 태클을 걸었다.

"반년은 아닐 걸, 누나. 준공예정이 6월이니까, 내년 7월은 돼야…."

"이제 2011년도 막바지니까, 반년이나 마찬가지지 뭐."

"…."

다들 좋은 집을 많이 경험해본 연예인이라 그런 건지, 집들이에 왔던 손님들 중 집에 대한 감상은 세 사람이 가장 담백했다. 드디어 좋은 집으로 이사한 우진을 진심으로 축하해주는 정도랄까. 하지만 세 번의 집들이 중, 가장 특별한 집들이가 오늘이었다.

오늘은 우진의 집 말고도, 구경하기로 한 집이 하나 더 있었으니 말이다. 심지어 그 집은, 무려 우진의 집보다 두 배 이상 비싼 초호화 럭셔리 하우스였다. 그래서 가벼운 디저트와 함께 한 시간 정도를 떠든 네 사람은, 슬슬 자리를 털고 일어났다.

"그럼 우진이네는 이제 충분히 구경한 것 같으니까… 우리 위로 올라가 볼까?"

수하의 말에, 옆에 있던 재엽이 엉덩이를 들썩거렸다.

"으흐흐, 그럴까? 이런 아파트 펜트는 대체 어떤 느낌이려나…."

얌전히 음료수를 홀짝이던 리아도 한마디 입을 열었다.

"근데 대표님께 먼저 전화해서 말씀은 드려야 하는 것 아냐?"

오늘 이 네 사람이 방문하기로 한 곳은, 우진과 같은 동의 윗집에 사는 이웃인 석중의 아파트. 석중의 집은 무려 120평짜리 복층 펜트하우스였고 우진조차도 무척이나 궁금할 수밖에 없는 주거의 끝판왕이었다.

세 사람 모두 석중과도 이제 꽤 친분이 생긴 상태였으니, 우진의 집에 방문한다는 얘기를 들은 석중이 아예 본인의 집에까지 초대한 것이다. 그래서 오늘 모임의 인원은 총 여섯 명이었다. 우진의 집에 먼저 대기하고 있던 네 사람과 석중. 그리고 소정까지.

"괜찮아. 내가 방금 소정이한테 물어봤어."

"응? 뭘?"

"소정이 지금 위에 도착해 있대. 지금 올라와도 된다는데?"

수하가 말하는 소정이란 그녀의 소속사 대표이자 강석중의 여동 생인 강소정이었다.

"좋아. 그럼 바로 고고!"

"구웃!"

수하의 얘기를 들은 네 사람은 곧바로 자리에서 일어났다. 그중 에서도 가장 신나 보이는 것은 우진이었다. 세 사람이 자신의 집에 오래 머물지 않아서 서운하거나 하는 기색은 전혀 없었던 것이다.

'크, 오늘은 석중 형님네서 신세 좀 져야지.'

사실 손님들이 집에 오래 머물수록 정리해야 할 것도 많아지는 법. 이미 질리도록 집들이를 한 우진은 오히려 한시라도 빨리 석중 의 집으로 올라가고 싶었다.

"바로 위층이니까, 계단으로 올라가면 돼."

"진짜 완전 이웃사촌이네."

"서우진이 뜬금없이 여기 입주한 이유가 다 있었어."

"응?"

"윗집에서 흘러내리는 콩고물 받아먹으려고 그런 것 아냐."

"정답!"

"그러네, 강 대표님 정도면 콩고물이 아니라 거의 금가루가 흘러 내리겠어."

"흐흐."

우진의 집에서 나온 세 사람은 두런두런 떠들며 계단을 올라갔다. 그리고 그곳에서, 집주인인 석중의 환대를 받을 수 있었다.

"다들 바쁘신 분들이 이렇게 누추한 곳까지… 어서들 들어오시지요."

— * —

일반적인 신축아파트는, 보통 한 층에 2~4개 정도의 호실이 존재한다. 엘리베이터를 두 개 정도 공유하는 작은 메인홀에, 사방으로 한 개씩 호실이 나 있는 구조가 보통이라는 것이다. 우진의 집인 〈서울 숲 클라시아 포레스트〉도 마찬가지였다. 그의 집이 있는 45층만 하더라도, 우진의 집 외에 두 개의 호실이 같은 층에 더 있었으니까.

하지만 꼭대기 층, 펜트하우스는 달랐다. 〈서울 숲 클라시아 포레스트〉의 46층은, 전부가 석중의 집이었다. 거의 60평에 달하는 세 개 호실을 하나로 합쳐놓은 만큼이 석중이 혼자 사는 펜트하우스의 넓이였던 것이다.

"와, 이건 뭐…."

이런 수준의 펜트하우스에 실제로 들어와 보는 것은 우진조차 처음이었기 때문에, 저도 모르게 탄성을 터뜨릴 수밖에 없었다. 물론 가상의 모델링이나 이미지로는 호화로운 펜트하우스를 많이 봐온 우진이지만, 이렇게 실제로 거주하는 펜트하우스에 들어오는 것은 느낌이 또 다를 수밖에 없던 것.

펜트하우스에도 분명히 급이 있었고, 최고의 프리미엄 주상복합인 클라시아 포레스트의 펜트하우스는 그중에서도 최상급의 럭셔리 펜트하우스였으니. 널찍한 마당에 경호원까지 있는 한남동 단독주택을 제외한다면, 이보다 더 호화로운 집은 없다고 봐도 무방할 수준이었다.

'마감재 하나하나 진짜 돈으로 다 발랐네. 칠성건설에서 작정하고 지은 주복(주상복합)이라더니….'

우진은 감탄하는 와중에도 펜트하우스의 구조를 꼼꼼히 살피고 있었다. 첫인상 자체는 입이 쩍 벌어질 정도로 호화로운 공간이었지만, 직업병 탓에 구석구석 살피다 보니 아쉬운 부분도 종종 보였다.

'거실까지 직선으로 이어졌으면 개방감이 훨씬 더 좋았을 텐데. 시야가 가려져서 좀 아쉽네.'

자신이 직접 설계한 청담 써밋 아파트의 펜트하우스와도, 자연스레 비교할 수밖에 없었다.

'규모랑 마감재만 봤을 땐 여기가 써밋 펜트보다 좀 더 호화롭겠지만… 그래도 전반적인 디자인은 그쪽이 더 낫겠어. 역시 칠성건설은 인테리어 풍이 너무 앤틱한 느낌이 있네.'

직업병에 걸린 우진이 이렇게 공간에 대한 평가를 내리고 있는 반면 나머지 세 사람은 순수하게 감탄하며 눈을 반짝이고 있었다. 특히 미래의 펜트하우스 입주자인 재엽과 유리아의 머릿속에서는, 행복회로가 터지기 일보 직전이었다.

"대박… 펜트하우스가 이런 거구나…."

우진이 보여준 평면도만 봤을 때는 감이 제대로 오지 않던 펜트하우스의 느낌들이, 석중의 집이라는 레퍼런스를 실물로 확인하고 나자 더 크게 와닿기 시작한 것.

"우진아."

"엉?"

"우리 집, 좀 더 빨리 지어주면 안 될까?"

"…내가 짓냐."

"으아아, 나도 빨리 입주하고 싶다! 미쳤어! 진짜 대박이야!"

행복회로 과부하로 비명을 지르는 리아를 보며, 석중과 소정은 동시에 웃음을 터뜨렸다.

"리아 씨도 청담 펜트 입주하시면 저희 초대해주셔야 합니다?"

"당연하죠, 대표님!"

집이 워낙 넓은 탓에 한 바퀴 도는 데만 10분도 넘게 걸렸지만, 지루해하는 사람은 없었다. 하여 그렇게 석중의 집을 충분히 구경한 네 사람은, 마지막으로 테라스에 나왔다. 어지간한 대형평수 아파트의 거실보다도 훨씬 넓은 테라스는, 마치 작은 정원처럼 꾸며져 있었다.

"역시 펜트는 테라스가 핵심이지."

우진의 중얼거림에, 옆에 있던 리아가 물었다.

"응? 왜?"

테라스도 분명히 멋지긴 하지만, 그녀의 눈에는 호텔 로비처럼 복층으로 구성된 거실이 훨씬 더 멋져 보였으니 말이다. 하지만 우진의 설명을 듣자 곧바로 고개를 끄덕이게 되었다.

"테라스는 평수에 포함이 안 되거든. 그러니까 서비스 면적이야."

"헐, 정말?"

"누나가 분양받은 펜트도 평수는 80평대라고 되어 있지만, 테라스 넓이만 합쳐도 30평은 추가될걸?"

"대박."

"평단가 계산할 때 포함이 안 되니까, 완전 꿀이지, 꿀."

선선한 10월의 가을바람 탓인지, 테라스 탁자에 둘러앉은 사람들은 다들 무척이나 기분 좋은 표정이었다. 서울의 동쪽부터 서쪽까지 굽이치는 한강의 흐름이 한눈에 보이는 멋들어진 테라스의 전망. 우진의 집 거실에서 봤던 전망과 비슷한 뷰였지만, 개방된 테라스에서 내려다보는 것은 또 다른 느낌이라고 할 수 있었다. 석중은 와인 셀러(Wine cellar)에서 아껴뒀던 고급 와인 몇 병을 꺼내왔고, 그것을 각각 한 모금씩 홀짝이기 시작하자 대화는 점점 더 무르익었다.

"크, 향 진짜 좋다."

"야 서우진. 와인잔을 그렇게 잡고 마시는 사람이 어딨냐?"

"응?"

"와인잔 손잡이를 잡아야지. 그렇게 잡으면 와인 맛 다 버린다."

"흐흐 맛있기만 하구먼, 뭘."

모임 구성원들의 스펙이 워낙 화려한 탓인지, 대화의 주제는 무척이나 광범위했다. 성수동 거주민들의 동네 자랑에서부터 시작된 사적인 이야기들이, 사업 이야기를 넘어 연예계 쪽으로까지 넘어간 것이다.

연예인 셋에 기획사 대표까지 앉아 있다 보니, 연예계 가십거리들에 대한 이야기가 주제로 떠오른 것은 어쩌면 당연한 수순. 이쪽에 대해 잘 모르는 우진은 가만히 듣기만 했지만, 그래도 충분히 즐거웠다. 오고 가는 대화의 내용 자체가, 어디서 돈 주고도 들을 수 없는 것들이었으니 말이다.

'아, 잘나가던 김이설이 갑자기 은퇴했던 게 국회의원 스캔들 때

문이었구나….'

그런데 이렇게 연예계와 관련된 이야기들이 한참 오가고 있을 즈음 갑자기 시작된 소정의 한마디가, 단지 관망자에 불과했던 우진을 대화 속으로 끌어들였다.

"그런데, 대표님."

"야, 여기 대표님이 너 말고도 두 명이야."

"내가 오빠한테 대표님이라고 그러겠냐? 서 대표님 부른 거지."

"네?"

우진과 눈이 마주친 소정이 다시 말을 이었다.

"제가 하나 여쭤보고 싶은 게 있어서 그런데요."

두 눈을 반짝이는 소정을 보며, 우진은 의아한 표정으로 대답하였다.

"말씀하세요."

"혹시 서 대표님. 드라마 세트장 같은 쪽도, 작업해보신 적이 있나요?"

"세트장… 이요?"

생각지도 못했던 소정의 얘기에 우진의 두 눈이 휘둥그레졌다. 하지만 우진을 놀라게 할 이야기는, 거기서 끝이 아니었다.

"이번에 〈천년의 그대〉라고, 제가 투자해서 기획 시작한 드라마가 하나 있거든요."

"네…?"

"그 작품 세계관이 좀 독특해서, 촬영장을 하나 따로 세팅해야 하거든요."

"아…!"

"근데 제가 이쪽으로는 인맥이 없어서요. 혹시 서 대표님께서 이런 일도 하시나요?"

소정의 이야기를 들은 우진의 머릿속이, 빠르게 회전하기 시작했다.

'천년의 그대 메인 투자사가 KSJ엔터였구나…!'

그녀의 말이 떨어진 순간, 본능적으로 재밌는 냄새를 맡은 우진이었다.

— * —

잊고 있었던 전생의 기억들이 떠오르며, 마치 톱니바퀴 맞물리듯 하나씩 큰 그림이 되어 굴러가기 시작한다.

'KSJ엔터가 갑자기 급성장한 데에는 역시 이유가 있었구나.'

전생에서야 관심사가 아니었기에 그러려니 하며 지나쳤던 사건들이, 소정의 얘기를 듣는 순간 이해되기 시작한 것이다.

'신생 기획사가 3년 만에 거의 최대 규모의 대형 기획사로 성장할 수 있었던 건… 〈천년의 그대〉 정도 되는 잭팟이 아니었다면 어려운 일이었겠지.'

〈천년의 그대〉에 KSJ엔터가 밀접한 연관이 있다는 사실을 알게 되자, 하필 이 서울 숲 클라시아 포레스트가 메인 촬영장 중 한 곳이 된 이유까지도 이해할 수 있었다. 석중은 우진과의 인연이 생기기 전부터 이곳 클라시아 포레스트의 펜트하우스 분양자였고 카페 프레스코가 성공했든 그렇지 않든, 우진의 전생에서도 여기가 석중의 집이었을 게 분명했던 것이다.

'석중 형님 집에 와본 강소정 대표가 여길 촬영지로 선택했을 수도 있고… 아니면 협찬을 받았을 수도 있겠고….'

하지만 우진의 머릿속에 떠오른 현재까지의 생각들이 단순히 재밌는 사실 정도라면 소정의 〈천년의 그대〉 촬영을 위한 세트장 제작 제안은, 재미를 넘어 우진을 솔깃하게 할 만한 것이었다. 우진은 아직 그녀의 구체적인 이야기를 들어 보지조차 않았음에도 불구하고 그 세트장이라는 것이 뭘 말하는지 정확히 예상할 수 있었으니까.

'아마 세트장 위치는 이천이겠지.'

2011년인 지금까지만 해도 이천시는 '이천 쌀'로 가장 유명한 도시였다. 하지만 〈천년의 그대〉가 방영되기 시작하는 2013년 이후, 이천에서 가장 유명해진 것은 〈천년의 그대〉의 드라마 세트장이었다.

천년을 넘게 살아온 남자주인공 '서후'가 처음 등장하는 곳이자, 드라마 내에서 시간 역행의 트리거로 중요한 역할을 하는 장소인 천신궁. 이천에 지어진 천신궁의 세트장은 마치 하늘 위에 지어진 궁전처럼 몽환적인 분위기가 콘셉트인 건축물이었다.

'실제로 가보고 나는 엄청 실망했었지만….'

사실 이천의 천신궁 세트장은 〈천년의 그대〉가 워낙 인기를 끈 탓에 유명해진 곳이었지, 건축적인 퀄리티가 높았던 세트장은 아니었다. 애초에 드라마 설정에 맞는 건축을 하기가 너무 어려웠던 곳이었기에, 실제로는 허술하게 지어놓고 대부분 CG로 때웠던 것이다.

그럼에도 불구하고 〈천년의 그대〉가 워낙 흥행한 탓에, 이 드라마에서 가장 중요한 장소인 이곳이 관광명소가 될 수밖에 없었던 것. 전생에 〈천년의 그대〉 팬이었던 우진은 이곳에 놀러 왔다가 실망했던 경험을 가지고 있었다. 그래서 어떤 물질적인 이득 같은 것을 떠나, 흥미가 동하는 것이 너무 당연했다.

'이거, 재밌겠는데?'

하지만 그렇다고 해서 들이댄다면 오히려 소정이 이상하다고 생각할 수 있었기 때문에, 우진은 짐짓 모른 척하며 조금씩 운을 떼었다.

"뭐, 드라마 세트장 작업도 하려면 충분히 할 수 있죠."

"오…! 그래요?"

"혹시 어떤 세트장이 필요하신 건데요?"

우진의 질문에 소정은 조금 난처한 표정이 되었다. 세트장의 콘셉트 자체가 워낙 난해했기 때문. 그리고 잠시 후 그녀의 입에서 나온 설명은, 함께 있던 모두를 당황하게 할 만한 것이었다.

"그게… 구름 위에 떠 있는 궁전이 필요해요. 구름으로 만들어진 궁전이죠."

"네…?"

"뭐, CG로 최대한 커버하긴 할 테지만… 세트장의 전반적인 느낌 자체가 그런 몽환적인 분위기여야 한다고 생각해주시면 돼요."

소정의 말에, 석중이 어이없는 표정으로 물었다.

"무슨 애들 만화도 아니고, 구름 궁전이라고?"

수하도 동그래진 눈으로 한마디 거들었다.

"그러게. 콘셉트가 좀 과한 것 아냐? 세트장을 만들기도 힘들어 보이지만… 그렇게 만들면 엄청 유치해 보이지 않을까?"

그 이야기들을 듣던 우진은 웃을 수밖에 없었다. 처음 〈천년의 그대〉가 방영되었을 때, 가장 많이 나왔던 시청자 반응이 유치하다는 것이었으니 말이다. 손발이 오그라들 정도로 유치하지만, 채널을 돌릴 수가 없었다는 게 대다수 시청자들의 평가. 그럼에도 불

구하고 결국 전무후무할 정도의 시청률과 해외 수출기록을 남긴
전설적인 드라마였으니, 우진은 웃으면서 소정에게 물어보았다.

"궁전이라는 건, 어떤 궁전을 말하는 거예요?"

"네?"

"궁전의 이미지가 나라마다 다 다르잖아요. 자금성도 궁전이고
경복궁도 궁전이고 묘지이긴 하지만, 인도의 타지마할 같은 이미
지도 궁전의 일종이고요."

우진의 반응이 의외였는지, 소정의 두 눈이 동그랗게 커졌다.

"일단 세계관상 한국 전통건축에 가까운 궁궐이긴 한데…."

"그렇군요."

"대표님은 놀라지 않으시네요?"

"왜요?"

"지금까지 제가 이 얘기를 꺼내면, 다들 수하나 석중 오빠 같은
반응이었거든요."

우진이 대수롭지 않다는 듯, 웃으며 반문했다.

"그래요? 난 재밌어 보이는데."

"…?"

리아와 재엽이, 당황스런 표정으로 우진을 동시에 쳐다봤다. 두
사람은 아직 소정과 그렇게까지 친한 사이가 아니었으니, 말을 함
부로 할 수가 없었던 것이다.

'이 유치한 콘셉트가 재밌어 보인다고…?'

'진심으로 하는 말인가…?'

하지만 다른 사람이 어떻게 생각하든, 우진의 재밌어 보인다는
말에 소정은 뛸 듯이 기뻐하였다.

"우왓! 정말 그렇죠?"

"네, 그렇다니까요."

"으히히, 역시 서 대표님은 통찰력이 있으셔!"

수하가 어이없는 표정으로 핀잔을 주었지만 말이다.

"통찰력은 무슨… 야, 서우진. 너 빈말 하는 거 아니지? 네가 이걸 재밌어 보인다고 해버리면….

"빈말 아냐, 난 진짜 재밌어 보여."

"그… 래?"

우진이 싱긋 웃으며 한마디를 덧붙였다.

"원래 건축하는 사람들은, 이것저것 좀 신선한 건축을 해보고 싶거든. 이런 신박한 프로젝트를 어디서 또 만나겠어?"

우진의 말이 끝날 즈음, 소정은 어느새 반짝이는 눈으로 우진을 바라보고 있었다.

— * —

사실 소정은, 이 이야기를 우진에게 처음 해보는 것이 아니었다. 드라마 세트장을 전문적으로 제작하는 업체들도 있었기 때문에, 그런 쪽으로 먼저 알아볼 만큼 알아본 것이다. 하지만 신생업체인 KSJ엔터에 제작비가 넉넉하게 있을 리도 없었고, 세트장의 콘셉트 자체가 워낙 난해했으니 대부분의 업체에서 거절당하고 말았었다.

[대표님, 이 예산이면 그냥 콘셉트 없이 한옥디자인으로 평범하게 지어도 빠듯해요.]

[그, 그럴까요?]

[당연합니다. 아마 저희 말고 다른 쪽 찾아가셔도 다 똑같은 답

변 들으실 거예요.]

[휴우….]

[예산을 최소 2배 이상 늘려 오시거나, 아니면 콘셉트를 좀 무난하게 바꿔주시거나… 그게 아니라 무리해서 진행하시면, 아마 엄청 유치하고 허술하게 결과물이 나올 겁니다.]

사실 천신궁 콘셉트의 가장 큰 문제는, 허공에 떠 있어야 한다는 것이 아니었다. 어차피 그 부분은 CG로 해결해야 할 문제였고, 그보다 중요한 것은 건축물 자체가 구름의 느낌이 나야 한다는 것이었다. 마치 구름 속에 파묻혀 있는 동화 같은 느낌이면서, 또 한국 전통의 궁궐같이 멋진 디자인이어야 한다는 아이러니한 콘셉트.

전문가들 입장에서 이런 콘셉트의 디자인은 유치한 결과물을 만들어내기 아주 최적화되어 있었고, 그래서 꺼릴 수밖에 없었다. 클라이언트들은 자신들이 요구한 조건이 어떻든, 결과물이 그럴싸하고 멋지지 않다면 클레임을 거는 게 보통이었으니 말이다. 물론 우진이라고 해서 이 세트장 제작이 쉬워 보일 리는 없었다.

다만 전생의 기억에서 봤던 세트장이 얼마나 허접하고 유치했는지를 기억하고 있었고, 그 퀄리티의 세트장을 사용했음에도 불구하고 드라마는 대박이 났으니 건축가로서 특별한 경험을 할 수 있을 것 같다는 기대치 하나만으로도, 이 프로젝트에 관심이 가는 게 당연했던 것이다.

"뭐, 하늘의 옥황상제라도 사는 집인가 봐요?"

"그, 그게… 비슷해요."

"전체 세트장 규모는 몇 평 정도 생각하세요?"

"한 1,500평 정도…?"

그래서 우진은 이런저런 부분들을 소정에게 물어보았고, 덕분에 같이 있던 사람들도 덩달아 그 이야기를 듣게 되었다. 그중에 가장 떨떠름한 표정을 짓고 있는 사람은, 다름 아닌 유리아였다.

'〈천년의 그대〉면, 민우한테 출연 제의가 온 드라마로 아는데….'

우진은 알지 못했지만 얼마 전 민우에게 〈천년의 그대〉 남자주인공 제의가 들어갔었고 같은 소속사인 리아가 그 사실을 알고 있었던 것이다.

'이거… 괜찮은 드라마 맞겠지?'

사실 소정의 입에서 이 이야기가 처음 나왔을 때, 민우에게 출연 제의를 반려하라고 해야 하나 진지하게 고민했었다. 설정이나 콘셉트 자체가, 너무 유치해 보였으니 말이다. 하지만 우진이 흥미를 보이고 뭔가 하려고 하자, 왠지 이 유치함조차도 괜찮아 보이기 시작했다. 지금까지 그녀가 경험했던 우진의 촉은, 도무지 실패하는 법이 없었으니까.

"제가 조만간 사무실에 찾아가겠습니다. 구체적인 이야기는 그때 더 하도록 하시죠."

"그… 럴까요?"

그래서 석중과 우진의 집들이 모임은, 전혀 예상치 못했던 새로운 프로젝트의 시발점이 되었고,

"이런 모임에서까지 일 얘기라니… 진정한 일 중독자답다, 서우진."

"왜 이래, 형. 내가 얘기 꺼냈나? 소정 대표님이 먼저 얘기하셨지."

"가벼운 얘기를 여기까지 끌고 온 게 너잖아."

"아무튼!"

오늘의 일이 앞으로 어떻게 발전될지는 이곳에 있는 그 누구도 전혀 알 수 없었다. 심지어 미래를 어느 정도 알고 있는 우진조차도 말이다.

—— ＊ ——

뜻밖의 이벤트가 있었던 우진과 석중의 집들이 날. 그날 이후로 우진의 일상은 한동안 평범하게 흘러갔다. 당장이라도 우진에게 세트장 제작을 맡길 것처럼 얘기했던 소정은 바쁜지 한동안 연락이 없었고, 우진도 그 프로젝트에 대한 이야기를 먼저 꺼낼 만큼 아쉬운 상황은 아니었으니 말이다. 정확히는 그날 일을 한동안 잊어버릴 정도로, 눈코 뜰 새 없이 바쁜 일상을 보낸 우진이었다.

"진태 형, 프레스코 수원역점 어제 마감 공사 들어갔지?"

"문제없이 잘 진행됐으니까, 걱정 마라."

"하긴, 카페 프레스코만 벌써 수십 곳은 한 것 같은데… 이제 눈 감고도 시공하겠네, 형은."

"하하, 그 정도는 아니고."

"서나헤어 쪽은 김 팀장님이 맡고 계시나?"

"응, 거긴 아예 김 팀장 쪽으로 업무 다 돌렸어."

"흐, 그럼 됐고… 이제 오늘 남은 일은, 우리 사옥 현장 한번 들르는 거네."

"오늘도 갈 거냐?"

"당연하지."

"부지런하기는…."

"어후, 벌써 퇴근 시간 지났네. 어떻게 정시 퇴근하는 날이 하루도 없냐."

"내 말이."

직원이 작년의 다섯 배도 넘게 늘어난 WJ 스튜디오였지만, 항상 그랬듯 일손은 모자랐다. 물론 그렇게 바쁜 만큼, 매출도 계속 늘고 있었지만 말이다.

떵-!

진태와 함께 대표실에서 나와 엘리베이터를 탄 우진은 시동을 걸고 사옥 현장으로 향했다. 요즘 우진의 일정 마지막은 항상 신사옥의 시공현장을 방문하는 것이었는데, 이렇게 직접 걸음 하는 이유는 간단했다. 현장에 처음 생겨났던 우진의 골든 프린트가, 사옥이 지어짐에 따라 조금씩 변하고 있었으니까.

우진은 처음 도면상의 골든 프린트만 디자인에 따라 변하는 것인 줄 알았는데, 그게 아니었다는 사실을 최근에 깨달았다. 우진의 눈에만 보이는 현장의 금빛 홀로그램은 공사가 진행됨에 따라 지속적으로 그림자의 형태를 보여주고 있었고, 우진은 그것을 매일 체크하며 공사가 잘되고 있는지를 확인하고 있었던 것이다.

시공과정에서 조금이라도 도면과 틀어지면 우진이 설계한 빛의 패턴이 일그러질 수밖에 없었으니, 골든 프린트를 통해서 더 꼼꼼하게 감시하게 된 우진이었다.

'뭐 특별히 문제가 있었던 날은 없었지만, 그래도 확인하고 퇴근해야 내 마음이 편하니까.'

매일 바뀌어 나가는 골든 프린트를 확인하는 것은, 시공감리 차원인 것도 있었지만 다른 이유도 있었다. 하루하루 달라지는 골든 프린트를 보고 있노라면, 완성되어가는 WJ 스튜디오의 사옥이 더 실감 났으니 말이다.

　밤낮없이 설계해서 만들어낸 빛의 공간을, 골든 프린트를 통해 조금씩 미리 엿보는 기분이랄까. 그래서 시간이 늦었음에도 우진은 퇴근 전에 현장으로 향했고 그곳에서 오늘도 조금 바뀐 골든 프린트의 모습을 보며 뿌듯한 기분이 되었다.

　'크, 이쪽은 어제 없던 모양인 것 같은데.'

　이런 속도로 공사가 진행된다면, 늦어도 내년 여름에는 거의 완성된 사옥의 모습을 볼 수 있을 것 같았다.

　텅-!

　문을 닫고 차에서 내린 우진은 꽤 오랫동안 현장을 감상하였다.

　그런데 그렇게 한 10여 분 정도가 지났을까? 이제는 정말 퇴근하기 위해 다시 차에 오르려던 우진의 귓전으로, 낯익은 여자의 목소리가 들려왔다.

　"대표님! 여기 계셨네요!"